Lámour
Love More

Ever-tangling, ever-loving.

Lámour
Love More

Ever-tangling, ever-loving.

吻了五個世紀

茱蒂・狄弗洛／著　向慕華／譯

A Knight in Shining Armor

Jude Deveraux

楔子

英格蘭，西元一五六四年

尼可試著專注心神在寫給母親的家書上，這封信也許是他此生執筆寫過最重要的一份文件。一切都繫於此封信函：他的榮譽、產業、家族的未來——以及他的生命。

只是在他振筆疾書的當下，卻開始聽見一名女子的啜泣聲。他不悅地從簡陋的小桌旁起身，望向窄小窗戶下方的庭院，那裡只有四個男人在走動，沒有任何女子。況且尼可人在三樓，不可能聽得見她。他所在的房間牆壁厚實，沉重橡木房門由鑄鐵焊接，根本聽不見外面的動靜。

「她不存在於這個世界。」他告訴自己，打了個冷顫，舉手在胸前劃了十字，然後坐回桌邊，繼續提筆寫信。

但才一坐下，他又聽見她的聲音。起先很低柔，接著越來越大聲。

尼可偏過頭聆聽了一會兒。沒錯，她的確在哭泣，但她的淚水並非出於恐懼或哀傷，他感覺得出她的痛苦來自於某種更深沉的情緒。

「不！」他大聲說道。他沒有時間去試圖了解這名女子，無論她是血肉之軀或幽靈。此刻他自己的需求遠比她來得重要。他想將注意力移回信紙上，但卻無法專心，那名女子的淚水牽引著他。她需要某樣東西，但他說不上來是什麼。她需要慰問？還是安撫？她想從他這兒得到什麼？

尼可放下鵝毛筆，用手遮住雙眼，那名女子的眼淚充塞在他腦海裡。不，他心忖，她需要的是希望。那些淚水來自一個陷入絕望之人。

他決心專注在自己的問題上，視線回到桌上的信函。那個女人的問題與他無關，他要是不盡快完成這封信，交給正在等待的信差，恐怕自己將性命不保。

他又寫了兩行字，接著卻不得不停筆。哭聲越來越大，而且漸漸塡滿了整個房間——包括他腦子裡的每個角落。

「小姐，」他用絕望的語氣輕聲說道，「請讓我安靜一會兒。我很願意獻出生命來幫助妳，但我無能為力，因為我的生命並不屬於我自己。」

他再度提筆開始寫信，這次用另一手捂住了耳朵，盡力想阻隔來自那名女子的聲音。

但尼可總是能聽見她。他扔下鵝毛筆，緊閉雙眼、抬起雙手捂住耳朵，任由墨水弄髒了信紙。「妳到底想要我怎麼做？」他大叫，「我願意給妳我的一切，但我已經一無所有了。」

他的請求毫無用處，那女子的哭聲越來越大，直到尼可被搞得頭昏腦脹。他慢慢地睜開雙眼，卻什麼也看不見，在他面前只有一片黑暗。他看不見房間的四面牆壁或房門；他能感覺到身下的椅子，卻無法看見桌子，或是那封對他來說無比重要的信件。

遠處出現一道微小卻明亮的光線，尼可感覺自己被牽引過去。他凝望著那個遙遠細小的光點，彷彿他這一生中，沒有任何事物比它更重要。

「好吧。」他低喃道，閉上眼睛，不再抗拒女子的哭泣聲。他的身體漸漸放鬆下來，把頭垂放在信紙旁。「好吧。」

他再次低語，把自己完全交託出去。

1

英格蘭，西元一九八八年

杜格蕾思．蒙哥馬利坐在租來的車子後座，前座坐著洛柏和他矮胖的十三歲女兒葛洛莉，那女孩和平常一樣正忙著把零食往嘴裡塞。格蕾移動著纖細的雙腿，試著在葛洛莉成堆的行李中找到比較舒服的坐姿。葛洛莉一共帶了六大件同款的皮製旅行箱，因爲車後的行李廂放不下，格蕾只好和它們一塊擠在後座。她腳下有個化妝箱，座位旁還有個大型衣箱，每次她稍稍移動，就會被帶釦、箱沿的飾邊或把手給刮到。此刻她左膝後方有處小搔癢，但是卻搆不到。

「爹地，」葛洛莉以有如四歲蠢小孩的語氣抱怨道，「她刮壞了你買給我的漂亮旅行箱。」

格蕾握緊拳頭，閉上眼睛數到十。她。葛洛莉從來不叫她的名字，總是稱格蕾爲她。

洛柏回頭瞥向她。「格蕾，妳就不能小心點嗎？那些箱子很昂貴。」

「我知道，」格蕾道，努力壓下怒火。「只是我坐得很不舒服，後座的空間有限。」

洛柏厭煩地嘆了口氣。「格蕾，妳非得抱怨每件事不可嗎？就不能讓大家開心地度個假？我只要求妳至少該盡點心力。」

格蕾開口想回話，最後還是閉上嘴；她不想再引來另一場爭端，那不會有任何好處。所以她只是吞下怒氣，用手揉著胃部。它又開始疼了。她想叫洛柏停車買些飲料，好服用大夫開給她治療胃痛的舒緩劑。

「再這樣下去，妳遲早會得胃潰瘍。」大夫曾這樣警告她，但格蕾不願見到葛洛莉因爲成功激怒了她，並且加深了她和洛柏之間的嫌隙而洋洋得意的模樣。

然而當她抬起頭時，還是看見葛洛莉從遮陽板的化妝鏡裡，對她露出嘲弄的微笑。格蕾硬逼自己別過臉，試著專注在英國鄉間的美景上。

車窗外有著翠綠的田野，老舊的石砌圍牆，數目龐大的牛群，如圖畫般美麗的小屋，宏偉的豪邸，以及……葛洛莉。似乎不管到哪兒，格蕾都會看見她。洛柏總是說：「她只是個孩子，平日又很難得見到父親，自然會對妳抱著些許敵意。請試著對她展現一點同情心，行嗎？等妳多了解她一些，就會明白她是個甜美善良的孩子。」

甜美善良的孩子。格蕾思潮起伏地望著窗外，十三歲的葛洛莉，臉上的妝比二十六歲的她還要濃，而且每天在飯店浴室裡花好幾個小時上妝。葛洛莉坐在前座，因爲洛柏說：「她還只是個孩子，這又是她頭一次來到英國。妳以前已經來過了，爲什麼不表現得大方一點？」格蕾必須看地圖認路，卻總是被葛洛莉的大頭擋住視線這一點，似乎並沒有人在意。

格蕾嘗試讓心思專注在風景上。洛柏說她嫉妒他女兒，不想跟任何人分享他，但只要她肯放鬆心情，他們會是愉快的三人行。「葛洛莉失去了太多東西，我們可以成爲她的第二個家。」他說。

格蕾試著去喜愛葛洛莉，很努力地忽視、甚至諒解葛洛莉的敵意，但她實在無能爲力。在她和洛柏同居的一年中，格蕾盡了全力想找出洛柏口中那個「甜美善良」的小女孩。她常帶葛洛莉去逛街購物，自己捨不得花錢，卻爲葛洛莉透支了身爲小學教員的微薄薪資。有好幾個週六夜晚，當洛柏出門參加與工作相關的酒會或晚宴時，格蕾待在家裡當葛洛莉的保姆。她曾提議陪同洛柏出席，但他說：「妳們倆正需要獨處的時間，好多了解彼此。妳要記住，寶貝，想要我就得要全套；愛我，也得愛我的孩子。」

有時格蕾認為事情開始有了進展，她和葛洛莉獨處時會以禮相待，甚至對彼此友善；但只要洛柏一出現，葛洛莉就變回了愛抱怨、撒謊成性的死孩子。儘管身高有五呎二吋（約一五七公分），體重高達一百四十磅（約六十四公斤），葛洛莉仍會賴坐在洛柏腿上，哭訴著她對自己有多「兇惡」。

起先葛洛莉的話只惹得格蕾發笑。她會去傷害一個孩子？這太荒謬了！任誰都看得出那個女孩只是想吸引父親的注意罷了。

但讓格蕾不敢置信的是，洛柏相信了他女兒說的每一個字。他並未譴責格蕾，只是要求她對那個可憐的女孩「好一點」。格蕾立刻豎起了防衛。「你的意思是，你認為我缺乏善心？你真的以為我會錯待一個孩子？」

「我只是希望妳能成熟點，多有點耐性和體諒之心。」

當格蕾問他這句話意喻為何時，洛柏只是無奈地攤攤手，說他無法繼續和她談下去，然後走出房間，格蕾則吞下兩顆胃藥。

每次爭執過後，格蕾總是在內疚和憤怒中掙扎不定。小學裡有一整間教室的孩子們熱愛著她，然而葛洛莉卻似乎痛恨她。她真的是在嫉妒葛洛莉嗎？她是否在無意識間讓那個女孩知道，她不想和洛柏的女兒一起分享他？每當格蕾想到自己可能抱持的嫉妒心，就發誓會更努力嘗試讓葛洛莉喜歡她，而這通常意味著購買更多昂貴的禮物。同時她也再次答應，在葛洛莉來跟他們一起度週末時當她的保姆。而葛洛莉的母親卻可以悠閒度日，格蕾苦澀地想著。

但其他時候，格蕾只感到憤怒。即使一次也好，爲何洛柏就不能站在她這一邊？他就不能告訴葛洛莉，格蕾的舒適比那些該死的旅行箱更重要？也許他可以告訴葛洛莉，格蕾有個名字，不該老是用她來稱呼她。只是每次格蕾對洛柏提起這些，最後都只落得必須道歉的下場。洛柏說：「天啊，格蕾，妳是個成年人了。我只能在每隔兩週的週末見到女兒，所以當然會比較偏向她。妳跟我每天都在一起，難道妳就不能偶爾退居到第二位嗎？」

他的話聽起來頗合理，但格蕾仍會幻想洛柏要求他女兒多「尊敬」一下「他所愛的女人」。

但她的幻想並未成眞，所以格蕾只能閉上嘴巴，趁著葛洛莉不在時享受與洛柏共度的時光。當葛洛莉沒介入其中時，她和洛柏是完美的一對；而經由千古以來的女性直覺，她知道她很快就會得到她最想要的：一紙婚約。

婚姻是格蕾一生夢寐以求的事物。她不像姊姊們那麼有野心，只想擁有一棟不錯的房子、一個丈夫和幾個孩子。也許將來有一天，她會寫幾本童書，書裡的主角是群會說話的動物；她從不渴望當個企業女強人。

她已經在洛柏這個完美丈夫人選身上，投資了一年半的時間。他身材高大、長相英俊、衣著體面，還是位優秀的整形外科醫生。他會把脫下的衣服掛好，不四處亂扔，也會幫忙做家事；他不愛拈花惹草，也總會按照說好的時間回家；他可靠、值得信賴且忠實，但最重要的是，他非常需要她。

他們相識後不久，洛柏就對格蕾訴說了他的人生故事。他童年時期缺乏關愛，四年前離異的前妻更是冷若冰霜，毫無愛人的能力，因此他終生都在找尋像格蕾這樣美好、慈愛的女子。相識三個月後，洛柏告訴格蕾，他想和她建立一段「永久關係」——她認爲那意味著婚姻——但首先他想確定彼此能否「相處融洽」，畢竟他在首次婚姻中受傷甚深。換句話說，他希望兩人能先同居一段日子。

格蕾認爲他的話很有道理，尤其她自己也曾經歷過數段「不幸」的戀情，於是她快樂地搬進了洛柏那棟華麗、昂貴的大房子，開始盡她所能地向他證明自己是個溫暖、慷慨、充滿愛心的女人，絕不像他母親和前妻那樣冰冷。

除了必須應付葛洛莉之外，和洛柏的同居生活十分美滿。他是個精力充沛的男人，他們常出門跳舞、健行、騎自行車，也經常在家中宴客或參加派對。她不曾跟男人同居過，卻很輕易地就適應了這種家居生活，感覺這就是最適合她的人生。

當然，他們之間還有其他問題存在，但洛柏比任何她以前交往過的對象都要好得多，所以她願意原諒他的一些小怪癖——大部分都與金錢有關。的確，幾乎每次出門購物時，他都會「忘了」帶支票簿這一點頗令人不悅；到戲院窗口買票，或在餐廳吃飯要結帳時，十有五次洛柏會發現他把皮夾留在家裡沒帶出來。如果格蕾開口抱怨，他就會搬出那套新時代女性無不爭著各自付費的大道理，然後他會溫柔地親吻她，帶她到某間昂貴的餐廳用餐——由他買單，而格蕾就會原諒他。

格蕾知道她可以忍受這些小毛病——是人都不免有些怪癖——眞正逼得她快抓狂的是葛洛

莉。只要有葛洛莉在，他們的生活就成了戰場。在洛柏眼中，他的女兒是世上最完美的事物；只因爲格蕾不以爲然，洛柏就將她視爲敵人。當他們三人在一塊時，洛柏和葛洛莉才是同一國的，格蕾只能落單。

而此刻，在這趟英國的度假之旅中，前座的葛洛莉正從腿上的盒子裡拈起一塊糖遞給父親，似乎沒人想到也該給格蕾一塊。

格蕾望著窗外，暗自咬牙。也許不只是葛洛莉，還加上錢的問題，才使得她如此憤怒。因爲這趟旅程，讓洛柏的金錢怪癖有變本加厲的趨向。

她與洛柏初識時，兩人曾長談過彼此的夢想，也多次提到要來英國旅行。幼年時格蕾經常和家人到英國度假，但已經很多年沒再來過。去年九月她搬去和洛柏同居時，他曾說：「從今天算起一年後，我們一起去趟英國吧。到那時我們應該就知道了。」對於會「知道」什麼，洛柏並未多加解釋，但格蕾心知肚明，他的意思是一年後，他們將會知道彼此是否適合共締鴛盟。

格蕾花了一整年時間，精心籌畫這趟她視爲蜜月的旅程。她私下稱之爲「預度蜜月」，這個念頭每每令她露出微笑。她預訂了最浪漫、最隱密且昂貴的英國鄉間旅館；當她詢問洛柏對飯店的意見時，他只是對她眨個眼道：「這趟旅行用不著省錢。」她要來了宣傳小冊，買了旅遊指南，仔細研究行程，直到熟記了英國半數以上的村莊名稱。洛柏唯一的要求是旅程中必須兼顧教育意義與樂趣，所以格蕾列出了許多靠近他們下榻的美麗旅館、兩人可以一同探訪的景點和活動——這倒沒花費她多少力氣，畢竟對熱愛歷史的人來說，大英帝國就有如迪士尼樂園。

接著，在他們出發前三個月，洛柏表示將會在旅途中給她一個極爲特別的驚喜，這使得格蕾更加用心安排一切，也對洛柏玩的這場小秘密遊戲感到興奮不已。她會一面計畫行程，一面漫想著：他會在這兒求婚嗎？還是在這裡？這地方的感覺很好。

出發前三週，格蕾在替洛柏整理家用帳目時，發現一張開給某間珠寶店的已兌現支票，金額是五千美元。

她緊握著支票，眼裡充滿喜悅的淚水。「是訂婚戒指。」她悄聲呢喃道。洛柏肯花這麼大一筆錢，證明他平時或許稍嫌吝嗇了點，但遇上真正重要的事，他還是很大方的。

接下來幾週，格蕾有如漫步在雲端，不但為洛柏烹煮各式美食，在床笫之間也特別曲意承歡，盡她所能地取悅洛柏。

不過在出發前兩天，洛柏稍微刺破了她心中喜悅的泡泡——雖然還不至於戳破它，但的確讓她有些洩氣。洛柏要求過目機票、預付訂金等等旅途所需的費用清單，並在核計出金額後，把結果遞給她。

「這是妳那一半費用。」他說。

「我的費用？」她呆愣地回答。

「我知道妳們這些現代女性，很重視負擔自己的花費這碼事，我可不想被人指控是隻大男人主義的沙豬。」他笑著說。「妳不願成為男人的負擔，對嗎？妳也不會想加重我對醫院、還有對我前妻的責任吧？」

「不，當然不會。」格蕾喃喃道，感到有些困惑。每次碰上洛柏的那些大道理，她都會有類似的反應。「可是我沒錢。」

「格蕾甜心，請別告訴我，妳把賺來的薪水全花光了。也許妳該去上幾堂會計課程。」他放低聲音道，「不過妳家人有錢，不是嗎？」

格蕾的胃再度開始作怪，讓她想起醫生警告過她引發胃潰瘍的可能性。她已經跟洛柏解釋過上百次，沒錯，她的確家境優渥——應該說是極爲富有——但她父親深信該讓女兒們學會如何自力更生，所以格蕾必須設法養活自己，直到年滿三十五歲才能繼承家產。她知道若遇到緊急狀況，她父親定會出手相助，但一趟到英國的享樂之旅，實在很難算得上是緊急狀況。

「別這樣，格蕾，」見她沒回應，洛柏笑著說道，「我老聽妳談起家人間豐沛的愛與互相支持，難道他們就不能幫妳這一次嗎？」在格蕾能開口前，洛柏將她的手舉到唇邊印下一吻。「寶貝，想辦法籌出這筆錢吧，我好希望這趟英倫之旅能成行，因爲我要給妳一個非常、非常特別的驚喜。」

格蕾一方面想大聲指控他這樣做不公平，如果她必須負擔一半的旅費，他該在她預訂那些超昂貴的旅館之前就先說清楚；但另一方面，她自問不該指望洛柏來負擔她的旅費，畢竟他們並非夫妻，只是洛柏口中的「夥伴」。「聽起來像是約翰．韋恩和他的跟班。」格蕾第一次聽他這樣說時，曾咕噥了那麼一句，但洛柏只是一笑置之。

她最終還是開不了口向父親求助，那等於向他承認了自己的失敗，所以她只好打電話給一位住在科羅拉多的表親。錢是借到了，而且不用付利息，只是她也被對方好好唸了一頓。「他是個外科醫生，妳是待遇微薄的小學教師。你們同居已經一年了，他還要妳負擔豪華之旅的半數旅費？」格蕾本想解釋洛柏的母親如何利用金錢來懲罰自己的孩子，還有他那個揮霍無度的冰冷前妻；她想澄清錢的問題只是他們生活中的一部分，而且她十分確定洛柏將在旅程中向她求婚。

但她什麼都沒說，只是不悅地要對方盡快把錢匯過來。

然而她表親的話的確令她感到沮喪，於是在出發前的最後幾天裡，格蕾做了幾次自我反省。

負擔自己出遊的費用很公平，不是嗎？洛柏說得對：現在的確是新女性的時代。她父親不讓她過早繼承數百萬家產，爲的就是要訓練她自立，現在洛柏這樣也是爲了她好，畢竟是她自己太蠢，她沒有早點弄清楚她得自己負擔旅費。

把錢拿去支付完半數的帳單後，格蕾回復了大半的好心情；到了該收拾行李的時候，她已經又開始對這趟旅程充滿期待。她興高采烈地在大手提袋裡塞滿盥洗用具、旅遊書和其他雜七雜八的用品。

乘坐計程車前往機場的路上，洛柏對她特別殷勤體貼，不時親暱地用鼻子愛撫她的頸間，直到格蕾受不了司機窺視的目光，尷尬地將他推開。

「妳猜到是什麼驚喜了嗎？」他問道。

「你中了樂透。」格蕾答道，仍然假裝毫不知情。

「比那更好。」

「讓我想想……你買了一座城堡，我們將以城主和城主夫人的身分，一輩子住在那裡。」

「比那要好多了，」他認眞地說道，「妳知道要維持那種城堡的運作得花上多少錢嗎？我敢打賭妳一定猜不到有什麼比這更棒的驚喜。」

格蕾滿懷愛意地凝望著他。她已經知道她的結婚禮服會是什麼模樣，並想像著所有親人們贊同地對她微笑。他們的孩子會有著洛柏湛藍的雙眸，還是她的綠色眼瞳？遺傳他的棕髮或者她的紅髮？「我一點也猜不出來！」格蕾撒謊道。

洛柏笑著靠回椅背，以謎樣的語氣說道：「妳很快就會知道了。」

到了機場後，格蕾去辦理行李託運，而洛柏只是一直四處張望，彷彿在尋找什麼。格蕾付小費給搬運行李的腳伕時，洛柏突然高高舉起雙手朝某人揮舞。

起先格蕾忙得弄不清楚發生了什麼事，直到她聽見有人大叫「爹地！」，然後抬頭看見葛洛莉朝他們跑過來，身後跟著推著行李推車的腳伕，車上堆滿六只嶄新的旅行箱。

眞巧啊，格蕾暗忖，一面檢查行李託運員交給她的領取憑條，一面分神看著葛洛莉飛身撲向她父親。他們擁抱了一會兒之後分開，洛柏的手臂仍緊緊環著他寶貝女兒圓滾滾的肩膀。

格蕾辦完了手續，把注意力放到葛洛莉身上，費了好一番工夫才忍住不皺起眉頭。葛洛莉穿著綴滿流蘇的外套、牛仔靴和一件過短的皮裙，看起來活像個六〇年代、過於臃腫的脫衣舞孃。

她母親在哪裡，又怎會允許自己的女兒打扮成這副模樣？格蕾邊想邊梭巡四周，找尋洛柏的前妻。

「嗨，葛洛莉。」格蕾道，「妳們母女也要出門嗎？」

她的話讓葛洛莉和她父親差點笑彎了腰。「你還沒告訴她。」葛洛莉尖聲笑道。

洛柏過了好一會兒才恢復過來。「這就是那份驚喜。」他說道，把葛洛莉向前推，彷彿她是格蕾剛贏得的某種獎盃。「這是妳所能想像最美好的驚喜，不是嗎？」

格蕾還是不明白——也許她是太過於驚駭而不想明白。她只能站在那裡，無言地瞪著面前那對父女。

洛柏用另一手將格蕾攬到身邊。「我的兩個女孩都要跟我一塊兒同行。」他驕傲地說道。

「兩個？」格蕾輕聲道，感覺喉嚨開始緊縮。

「是啊，」洛柏的嗓音充滿愉悅。「葛洛莉就是我暗示了好幾週的那份驚喜，她要跟我們一起去英國。我就知道妳一定猜不到，對吧？」

沒錯，這跟格蕾猜想的何止天差地遠。了解到自己夢想中的美好浪漫之旅絕無可能發生，令她此刻只想尖叫、怒吼、拒絕同行。但她什麼也沒做。「所有旅館我都只預訂了雙人房。」最後她設法擠出一句。

「要他們加張床就行了。」洛柏不以為意地說道，「我相信我們不會有問題的，因為我們有愛當後盾，那就足夠了。」他放開格蕾。「現在先辦正事，格蕾，妳不介意替葛洛莉辦理一下託運行李的手續吧？我想跟我的寶貝小綿羊好好敘一敘離情。」

格蕾只能點頭，痲木地走向報到櫃檯，後頭跟著腳伕和一整推車的旅行箱。她得為葛洛莉多出來的四箱行李付出兩百八十元，還得另外給腳伕小費。

離飛機起飛沒剩下多少時間，而洛柏正和女兒聊得十分熱絡，讓格蕾慶幸自己不需要開口說話。就算有人想問她什麼，她也不確定她能回答得出來。隨著每一分鐘的流逝，她看著自己的夢想一個接著一個破滅。香檳晚餐讓步給在車上囫圇吞棗的速食；午後在林間小徑的慵懶漫步轉換成「找一些葛洛莉也能享受的活動」的爭執場面——這是格蕾早就聽過太多遍的要求。

還有隱私也將會是個問題。他們三人得共享一個房間，這樣她跟洛柏何時才有機會獨處？

直到上了飛機格蕾才明白，洛柏爲了讓女兒同行花了多少工夫。葛洛莉登機證上的座位號碼跟他們是同一排，挨著走道；但洛柏讓葛洛莉坐在他們中間，所以最後是格蕾坐了她最討厭的靠走道位子，因爲不管她怎麼擺放手臂或雙腿，空服員總是會說她擋住了餐車的行進。

在長途航程中，洛柏微笑地將葛洛莉的機票遞給格蕾。「把這個加入我們的旅費清單裡吧，每一分錢——也許我該說每一先令都要記清楚。」他朝格蕾眨了眨眼。「我的會計師認爲，這趟旅行的所有支出都能拿來抵稅。」

「但這是私人旅遊，不是公務出差。」

洛柏皺起眉頭。「拜託，格蕾，妳怎麼又來了。只要仔細記錄我們花了多少錢就好，這樣我們回家以後才好對半分攤。」

格蕾看著手中葛洛莉的機票。「你的意思是分成三份，對吧？我三分之一，你和葛洛莉各三分之一。」

洛柏一臉驚恐的表情，保護性地用手環住葛洛莉，彷彿格蕾想毆打那個孩子似的。「我說的是對半分攤，有葛洛莉在，妳也會玩得開心，花掉的錢根本比不上有她陪伴將帶給妳的歡愉。」

格蕾轉開臉，不想在此時跟洛柏起爭執。晚一點——當他們能獨處，並且避開葛洛莉充滿興味的注視時，他們會把這件事談個清楚。

接下來的漫長航程中，格蕾埋頭看書，葛洛莉和洛柏玩著牌戲，徹底忽略她。她吞了兩次胃藥，免得過多胃酸把自己的胃給消化掉。

如今坐在車上，格蕾仍不時揉著疼痛的胃部。他們抵達英國的這四天來，她也試過要享受假期。頭一天晚上，三人住進美輪美奐的旅館房間後，葛洛莉就對著旅館在房裡加添的輪床哀鳴——之前格蕾已被未預期葛洛莉出現的旅館主人狠狠訓了一頓——當洛柏要女兒爬上他們的四柱大床上一起睡時，格蕾忍著沒有抱怨。在幾乎被擠下床兩次之後，格蕾只好自己去睡輪床。葛洛莉在昂貴的餐廳裡點了三樣主菜時，格蕾還是沒說什麼。

「我只是想讓我的寶貝嚐嚐每種菜色，格蕾，請妳別這麼吝嗇。我眞不懂妳是怎麼了，我一直以爲妳很大方的。」洛柏說道，然後遞給格蕾一張她得分攤一半的鉅額帳單。

格蕾必須不斷自我提醒，她是個成人，而葛洛莉只是個孩子，才能強迫自己閉上嘴隱忍不發。她用藏在洛柏行囊某處的五千元訂婚戒來安慰自己，那枚戒指讓她記起他的確是愛她的。她並且提醒自己，洛柏爲葛洛莉所做的一切也都是出於愛。

但經過昨晚之後，格蕾發現她實在難以繼續保持笑臉。昨晚在另一頓要價一百五十美元的昂貴晚餐途中，洛柏拿出一個長形的藍絲絨盒交給葛洛莉；格蕾看著她掀起盒蓋，感覺心頭一沉。盒裡裝著的物事讓葛洛莉眼睛一亮。「但今天不是我的生日啊，爹地。」她低語道。

「我知道，寶貝，」洛柏輕柔地說道，「我只是想用它來告訴妳，『我愛妳』。」

葛洛莉緩緩自盒中取出一條以金、銀細絲交纏而成的寬版手鍊，上面綴滿了鑽石與翡翠。格蕾忍不住倒抽一口氣，因爲她知道自己的訂婚戒指，正被套在葛洛莉那隻臃腫的手腕上。

葛洛莉以勝利的姿態舉起手臂。「妳看到了嗎？」

「是的，我看到了。」她冷淡地回答。

晚餐過後，在他們房間外的走道上，洛柏朝著她大發雷霆。「妳對我送給我女兒的手鍊表現得漠不關心。葛洛莉把它秀給妳看，是有心想藉這個機會對妳主動釋出善意，妳卻對她嗤之以鼻。妳這樣做實在很傷她的心。」

「那就是你花了五千塊所買的東西？送給一個孩子一條鑽石手鍊？」

「葛洛莉已經算是個小女人了，她既年輕又漂亮，當然有資格佩戴美麗的飾物。再說，那是我的錢，我們尚未結婚，妳無權干涉我如何使用金錢。」

這是數日以來他們頭一次有機會獨處，格蕾想維持住自己的尊嚴，想說服自己別去在意洛柏替他年紀輕輕的女兒買了條鑽石手鍊，卻送給與他共同生活的女人一半的帳單。只是格蕾向來不善於掩飾她的感覺，眼裡含著未曾落下的淚水，她把雙手輕放在他的手臂上。「我們會結婚嗎？」她低聲問道，「眞的會有那麼一天嗎？」

洛柏憤怒地甩開她的手。「除非妳開始對我女兒跟我表現出一些愛心和善意。」他冷冷地看著她，「妳知道嗎，我一直以爲妳是不同的，但我不得不開始懷疑，妳就跟我前妻一樣冷酷無情。現在請恕我失陪了，我得去安慰我的女兒，在妳那樣對待她之後，她恐怕早就哭瞎了眼睛。」他最後又怒瞪了她一眼，轉身走進房間。

格蕾渾身無力地靠在牆上。「一對翡翠耳環應該足以抹去她的眼淚。」她對著空氣低喃。

所以此刻她坐在車上，因葛洛莉堆滿後座的行李而必須扭曲著身子，心知肚明不會有求婚這碼事，更不會有什麼訂婚戒指，反而得在接下來長達一個月的旅程裡，充當洛柏的秘書兼領航員，同時忍受他女兒的嘲弄。在這一刻，格蕾實在不確定自己該怎麼做，不過坐上頭一班飛機回家的念頭，倒是挺吸引她的。

即使她正盤算著想要離開，但看著洛柏的後腦，讓她的心一陣緊縮。如果她因一時的怒氣而坐上飛機，她知道等回到美國後，她就必須搬出洛柏的房子。她得再找間公寓棲身，然後——然後什麼？再度開始約會？身爲小學教員，她沒有太多機會認識男人。當然，她也可以去投靠她的家人——並承認她在感情路上再一次的失敗？

「格蕾，我想我們可能迷路了。」洛柏道，「那間教堂到底在哪裡？我以爲妳會看好地圖，我無法同時身兼司機和領航員。」他的嗓音裡有絲昨天之前並不存在的尖銳，格蕾知道他仍然很生氣她對那條手鍊的反應。

格蕾迅速翻動地圖，同時試圖繞過葛洛莉的大頭好看清路標。「這裡！在這裡右轉。」洛柏將車子轉進一條英國鄉間小徑，兩旁的樹叢幾乎要掩蓋住路面。他們的目的地是一個看起來彷彿數百年不曾改變過、叫做艾胥伯登的偏遠村莊。

「這裡有一間建於十三世紀的教堂，裡面有座伊莉莎白時代伯爵的石墓。」格蕾查看著她的筆記本。「尼可拉斯．史岱佛伯爵，死於西元一五六四年。」

「怎麼又要參觀教堂？」葛洛莉哀叫道，「我已經看膩教堂了，她就不能找些其他更有趣的地方嗎？」

「我受吩咐要多查詢歷史古蹟。」格蕾不悅地脫口而出，忘了先舒緩語氣。

洛柏把車停在教堂前方，然後回頭望向格蕾。「葛洛莉並沒有說錯什麼，妳實在不該亂發脾氣。格蕾，妳讓我開始後悔帶妳跟我們一塊來了。」他說道，然後下了車。

「帶我來？」格蕾說道，可是他已經摟著葛洛莉，朝教堂走了過去。「但我是自己負擔我的旅費。」她輕聲道。

格蕾並沒有跟著洛柏和葛洛莉進入教堂，而是留在外面，漫步在地面凹凸不平的墓園裡，心不在焉地瀏覽著那些年代久遠的墓碑。她有些重要的決定要做，需要時間好好思考。她是該留下來悲慘度日，還是該一走了之？如果她現在離開，她知道洛柏將永遠不會原諒她，而她在他身上所投資的時間和努力全都白費了。

「嗨。」

格蕾被這突來的聲音嚇了一跳，轉身看見葛洛莉就站在她身後。也許是格蕾的想像力作祟，但那女孩腕上的鑽石手鍊在陽光下似乎更爲閃亮。

「妳想要什麼？」格蕾帶著戒心問道。

葛洛莉噘起下唇。「妳討厭我，對不對？」

格蕾嘆口氣。「不，我不討厭妳，我只是……這是大人的事，妳不懂。」她深吸了口氣，只想獨處以便能思考。「妳怎麼不待在裡面參觀教堂？」

「我覺得很無聊。妳這件上衣很漂亮，」葛洛莉說道，下垂的眼瞼帶著格蕾早已熟悉的狡詐。「它看起來很昂貴，是妳那些有錢的家人買給妳的嗎？」

格蕾不打算咬下這個餌，被她的話所激怒，所以只是不甚贊同地看了她一眼，然後轉身走開。

「等一等！」葛洛莉大聲道，接著發出一聲尖叫。「哎喲！」

格蕾轉過身，發現葛洛莉倒在一座粗糙石碑旁的土堆上。她很懷疑那個女孩是否眞的受了傷，因爲葛洛莉向來喜歡作戲。嘆了口氣，她走過去伸手扶起葛洛莉，但一等她站直身子，便開始哭泣。格蕾無法勉強自己去擁抱葛洛莉，但還是輕輕拍了拍她的肩膀，對葛洛莉撞到墓碑時擦傷的手臂露出同情的神色。葛洛莉看著自己的手臂，更大聲地哭了起來。

「應該沒那麼疼吧，」格蕾試著安撫她。「我知道了，不如把妳的新手鍊換到那隻手上，我敢說疼痛一定會立刻消失。」

「不是的，」葛洛莉吸吸鼻子。「我難過是因爲妳討厭我。爹地說，妳原本以爲我的手鍊會是妳的訂婚戒指。」

格蕾的手從葛洛莉臂上滑落，全身都僵硬起來。「他怎麼會有如此荒謬的想法？」

葛洛莉斜睨著她。「噢，妳任何事都瞞不過我爹地的，」她嗓音裡帶著狡黠。「他知道妳以爲他要給妳的驚喜是向妳求婚，也知道妳以爲開給珠寶店的支票，是要用來買訂婚戒指。」葛洛莉微笑道，「爹地跟我經常爲了妳有多想嫁給他而大笑，爹地說只要他讓妳以爲他會向妳求婚，妳就會做任何他要妳去做的事。」

格蕾站得僵直的身軀開始顫抖。

葛洛莉露出惡意的笑容，放低聲音道：「爹地說，要不是妳將會繼承那麼大一筆錢，他早就甩了妳。」

格蕾一巴掌打上葛洛莉那張自鳴得意的肥臉。

洛柏就在那一刻走出教堂，看到格蕾揮出那一掌。葛洛莉尖叫著衝進父親懷裡。

「她一直不停打我，」葛洛莉尖聲道，「她還抓傷我的手臂，你看，爹地，都流血了，是她做的！」

「天哪，格蕾，」洛柏一臉驚恐地說道，「我不敢相信妳會做出這種事，竟然動手打一個孩子，妳——」

「孩子！我已經受夠了那個孩子！我也受夠了你嬌寵溺愛她的方式，更受夠了你們兩個人對待我的態度！」

洛柏冷冷地怒視她。「這整趟旅程裡，我們對妳只有寬容和體諒，而妳卻總是在懷恨、嫉妒。我們盡了一切努力想要取悅妳。」

「你從未費心想取悅我，你做的一切都是爲了葛洛莉。」格蕾眼中充滿淚水，她哽咽地幾乎無法呼吸，腦中不斷響起葛洛莉惡毒的言詞。「你們倆一直在背後嘲笑我。」

「這都是妳在胡思亂想，」洛柏說道，仍然對她怒目而視，也仍然將葛洛莉護在懷裡，彷彿格蕾隨時會出手攻擊那個女孩。「既然我們令妳如此不滿，或許妳寧可不要我們的陪伴。」他轉過身，摟緊了葛洛莉，開始朝車子走去。

「我同意，」格蕾說道，「我準備好要回家了。」她彎身想拾起放在墓碑旁的皮包，但它不在那裡。她很快地搜尋了附近的幾座墓碑，但仍然不見皮包的蹤影。

車子發動的聲音令她抬起頭來。起先她不敢相信自己看到了什麼，洛柏正要開車離去，把她一個人丟在這裡！

格蕾跑向墓園的大門，但車子已經轉上小徑；接著格蕾驚恐地看著葛洛莉把一隻手伸出車窗——掛在她指尖晃盪的正是格蕾的皮包。

格蕾徒勞無功地追趕車子，但它很快地駛出視線之外。她呆滯、恍惚、不敢置信地走回教堂。她現在身處異國，身無分文，沒有信用卡，沒有護照；而最糟的是，她所愛的男人竟然棄她於不顧。

教堂厚重的橡木門扉並未關上，所以格蕾走了進去。裡面涼爽、潮濕且陰暗，高高的石牆讓這裡顯得寧靜、諧和。

她得好好想想自己目前的處境，並且計畫一下該做些什麼。不過，洛柏肯定會回來的。也許此刻他正在將車子掉頭，準備開回來接她。也許他隨時都會衝進教堂來，把格蕾拉進懷裡，告訴她，他有多抱歉，希望她能原諒他。

然而不知是何原因，格蕾並不相信事情眞會如此。不，洛柏太過憤怒——而葛洛莉又太會撒謊。格蕾確信那個女孩會極盡誇大地編派格蕾如何弄傷她的手臂，使洛柏的怒氣火上加油。

不，格蕾還是自己想辦法從這場災難中脫身，才是明智之舉。她得打對方付費的電話給她父親，請他匯錢過來，並再度向他坦承，他的小女兒又一次失敗了。她得告訴他，他的女兒連去度個假都能惹來麻煩。

淚水開始蓄積在她眼眶裡，她想像著聽見她大姊麗莎說道，「我們家的小迷糊格蕾這次又做了什麼？」她原打算靠著洛柏，好讓家人能以她為傲；洛柏可不像其他那些格蕾交往過的混混之流，他是如此受人尊敬、有合宜的身分地位，但她還是失去了他。要是她能忍住不對葛洛莉發脾氣就好了……要是……

她環顧教堂四周，淚水模糊了她的視線。陽光穿透高牆上老舊的窗櫺，一道明亮清澈的光線照亮了左側拱門下那座白色的大理石墓。格蕾朝它走去，石墓上躺著由白色大理石雕刻而成，和真人同樣大小的男子雕像，上半身穿著盔甲，下身是條樣子怪異的短褲，雙腳在腳踝處交叉，臂下夾著一頂頭盔。「尼可拉斯．史岱佛，」她大聲讀著碑文。「索維克伯爵。」

前一刻格蕾正恭喜著自己，在目前的狀況下還能怡然自得，接著卻突然間崩潰，雙膝一軟地倒在地上，手攀著石墓，前額抵靠在冰冷的大理石上。

她開始發自內心深處地哀哀悲泣，自覺是個失敗者，一個徹頭徹尾的失敗者。她的淚水不只是為了今天而流，而是因為她這一生所接觸到的每一樣事物，似乎都是失敗的。從她邁入青春期開始，她父親就得一次又一次地替她惹出的麻煩善後。

十六歲那年，她瘋狂地愛上了一個「男孩」，並因為他們不喜歡他而和全家人對抗。但她的姊姊麗莎——聰明、一輩子從未出過錯的麗莎——讓格蕾看了一些文件。她愛上的那個男孩當時已經二十五歲，並且曾經入獄服刑，然而格蕾仍堅稱無論他有多少缺點，她依然愛他。他們的戀情在他因竊盜罪被逮捕時告吹。

十九歲時，她迷戀上一位牧師。神職人員聽起來是個安全的戀愛對象。當他的照片登上了報紙的頭版時，她結束了那段關係；他已經娶了三個老婆。

接下來還有……格蕾哭得太傷心，根本想不起來其他那些男人，但她知道那張名單可是長無止境。洛柏看起來似乎那麼與眾不同，那麼受人尊敬——但她卻無法留住他。

「我到底是哪裡出了錯？」她哭叫道。

她透過朦朧的淚眼，看著棺上男人石刻的臉龐。中古世紀的婚姻都是經由安排而來。在她二十二歲那年，發現她當時的男友——一名股票經紀人——因內線交易而被捕時，曾爬到她父親的腿上，問他能否爲她選擇一個對象。

亞當．蒙哥馬利笑著說道：「甜心，妳的問題在於妳總是愛上對妳需求太多的男人，妳該找到一個並不需要妳，而只是純粹想要妳的男人。」

格蕾吸吸鼻子。「那正是我所要的：一位騎著白馬的銀甲騎士，他瘋狂地愛上我，帶我回到他的城堡裡，我們從此幸福快樂地度過一生。」

「差不多就是這樣，」她父親微笑。「穿著盔甲倒無所謂，但是格蕾甜心，如果他常在半夜接到神秘電話，然後跳上他的哈雷機車，一連好幾天都不回家的話，就盡快離開他，知道嗎？」

一想到她有多少次必須向家人請求幫助，讓格蕾不由得哭得更加傷心。現在她又得再次向他們求助，又得再次承認她因爲男人而陷入麻煩。只是這次的情況更糟，因爲這個男人曾得到她家人的認可，格蕾卻還是失去了他。

「幫助我。」她輕聲道，一隻手擺在石雕像的手上。「幫助我找到我的銀甲騎士。幫助我找到一個想要我的男人。」

她向後坐到自己的腳跟上，雙手掩面開始痛哭。

過了好一會兒，她才慢慢察覺到有人在她身邊。當她轉頭望過去時，一束從高聳的窗戶穿透進來的陽光映照在金屬表面上，過於刺眼的亮光令她跌坐回石地板上，抬手遮眼。

站在她面前的是個男人，一個穿著……盔甲的男人。

他動也不動地站在那裡，兩眼怒視著格蕾，讓她起先以爲他只是個幻象。格蕾張大了嘴巴，驚異不已地盯著他看。他長得不是普通的俊帥，身上穿著她所見過最符合史實的戲服。他的頸部圍了一圈細窄的襞襟，其下是長及腰間的盔甲。而那實在是件了不起的盔甲！閃亮的金屬看起來幾乎就像是用白銀打造而成，盔甲前方有許多排蝕刻上去的金色花形紋飾。他的下身穿著一件長度僅達大腿一半的燈籠褲，短褲下面的雙腿——那雙強勁、肌肉結實的長腿——裹著富有光澤，看來像是由絲線織成的長襪，左膝上方繫著繡有美麗花紋的藍色絲質吊襪帶，腳上穿著露出腳趾，樣式怪異的軟鞋。

「好了，女巫，」他以低沉的男中音說道，「妳把我召喚來此，有何目的？」

「女巫？」格蕾吸了吸鼻子，抹掉淚水。

男子從燈籠褲裡掏出一條白色亞麻布織成的手帕遞給格蕾，她用它大聲地擤著鼻涕。

「是我的敵人僱用妳的？」男子問道，「他們又想到什麼奸計要來害我？難道我的腦袋對他們而言還不夠嗎？站起來，小姐，好好解釋清楚。」

是個大帥哥，可惜腦子不太靈光，格蕾暗忖。「聽著，我不知道你在說什麼。」她慢慢站起身，「現在請恕我失陪——」

她的話沒能說完，因爲男子抽出一把至少有一碼（約九十一公分）長的細刃劍，抵住她的喉嚨。「解除妳的咒語，女巫，送我回去！」

格蕾實在受夠了。先是洛柏和他說謊成性的女兒，現在又來了個瘋狂的哈姆雷特。她再度放聲大哭，癱靠在冰冷的石牆上。

「該死！」男子咕噥地抱怨，接著格蕾就發現自己被人抱起來，朝一旁的長椅走去。

他把格蕾放到堅硬的長椅上，低頭看著她，眼裡仍冒著怒火。

格蕾似乎無法停止哭泣。「這是我一生中最悲慘的一天。」她哀泣道，「我很抱歉，我通常不是個愛哭的人，但是在同一天裡被自己心愛的男人拋棄，然後又被人用利劍攻擊，讓我實在忍不住。」她抹掉淚水，垂眼望著那條亞麻手帕，它的樣式方正，四周圍繞著用絲線繡成，大約一吋半寬度，看起來像是花朵和龍形的圖案。「眞漂亮。」她哽聲道。

「沒有時間談論這些瑣屑的小事了，我的靈魂正面臨危機——妳的也一樣。我再說一遍：解除妳的咒語。」

格蕾慢慢平靜了下來。「我不知道你在說什麼。我剛才獨自在這裡哭得很盡興，然後你穿著一身可笑的行頭，跑進來對我大吼大叫，我應該打電話報警才對——或是通報治安官，無論他們這種鄉下地方是怎麼稱呼的。在英國這樣隨身帶著劍合法嗎？」

「合法？」男子問道，盯著她的手臂。「妳手上那樣東西是鐘嗎？妳這身穿著又是怎麼回事？」

「這叫手錶，還有這是我爲來英國旅行準備的衣服，非常保守。不是牛仔褲或T恤，是質料很好的上衣和裙子，你知道的，瑪波小姐[1]型的衣服。」

他仍朝她皺著眉頭，但似乎已不再那麼憤怒。「妳的言談十分怪異，妳屬於哪一種女巫？」

[1] 艾嘉莎．克莉絲蒂推理小說中之著名主角。

格蕾沮喪地舉手向天，站起來面對他。他比她高大許多，使得她必須抬頭看他；他鬈曲的黑髮長及頸間僵硬的襞襟，唇上蓄著黑色鬍髭，下巴留著修剪整齊、倒三角形的短鬚。「我不是女巫，也不想參與你這場伊莉莎白時代的戲劇演出。」她堅定地說道，「現在我要離開這間教堂，如果你打算用那把劍耍任何花招的話，我保證會尖叫到讓窗戶全掉下來。這是你的手帕，很抱歉把它弄得這麼濕，也謝謝你把它借給我。再見，希望你的演出能受到好評。」話聲一落，她立即轉身走出了教堂。

「至少今天在我身上，不會再發生任何比我所經歷過更可怕的事了。」格蕾喃喃自語道，走向就位於大門外側的電話亭，打了一通對方付費的電話給在美國的父母。此時的緬因州仍是清晨時分，來接電話的麗莎還滿是睡意。

任何人都好，爲何偏偏是她？格蕾翻了翻白眼。她寧願跟世上任何人交談，也不願面對她這位完美的大姊。

「格蕾，是妳嗎？」麗莎問道，清醒了過來。「妳還好嗎？沒又惹上什麼麻煩吧？」

格蕾咬緊了牙關。「我當然沒惹上任何麻煩，爸或媽在嗎？」或街上隨便哪個陌生人都行，她想著，只要不是麗莎。

麗莎打了個呵欠。「不在，他們到山上去了，我來幫忙看家，順便趕一篇論文。」

「妳想它會贏得諾貝爾獎嗎？」格蕾試著說笑以示輕鬆。

但麗莎並未被她唬過去。「好了，格蕾，到底出了什麼事？是不是妳那位外科醫生把妳丟棄在哪兒了？」

格蕾發出短促的笑聲。「麗莎，妳眞會說笑，洛柏、葛洛莉和我玩得開心極了。這裡有那麼多美妙的事情可做，就在今天早上，我們還看了一齣中古時期的話劇演出，那些演員棒透了，妳一定不會相信他們的戲服有多逼眞。」

麗莎沉默了一會兒。「格蕾，妳在說謊，我從妳的聲音裡聽得出來。到底怎麼回事？妳需要錢嗎？」

格蕾試過了，但她就是無法勉強自己說出那個「對」字。她的家人最愛訴說他們所謂的「格蕾糗事」。例如有一次格蕾被鎖在旅館的房門外，身上只圍著一條浴巾。還有一次格蕾到銀行去存錢，卻碰上搶匪正在搶劫銀行；但這個故事裡他們最喜歡的一段，是當警方到達現場後，才發現搶匪們手持的只是幾把玩具槍。

她可以想像麗莎會如何大笑著告訴所有蒙哥馬利家的親戚們，小格蕾是怎麼被丟棄在英國的一間教堂裡，身無分文，連本護照都沒有。「噢，還有，」麗莎會在鬨堂大笑聲中加上一句，「她還被一個瘋狂的莎士比亞戲劇演員攻擊。」

「不，我不需要錢，」她終於說道，「我只想問候你們一聲。希望妳能順利完成論文，再見。」她掛斷電話時，還能聽見麗莎叫著「格蕾——」的聲音。

她閉上眼睛，向後靠在電話亭上，感覺淚水再度盈滿眼眶。她有著與生俱來的蒙氏傲骨，卻從沒有任何成就足以令她引以爲傲。她上頭有三個姊姊，個個都是成功的典範：麗莎從事化學研究，凱瑟琳是位物理教授，安妮則是一名刑事律師；而格蕾身爲低階的小學教員，再加上總是遇人不淑的慘痛歷史，使得格蕾成爲家族中的小丑人物，無止境地提供親人們笑料來源。

靠著電話亭，透過朦朧的淚眼，她看見穿著盔甲的那名男子走出教堂，很快地掃視了一下墓園裡老舊的墓碑。它們顯然並未引起他的興趣，因爲他接著走出了前院大門。

狹窄的小徑上，一輛小型英國巴士一如往常地以大約五十英里（約八十公里）的時速向前疾駛。

格蕾倏地站直身軀。巴士疾駛而來，那名男子行走的速度也很快，不曉得是何原因，但她直覺地知道他將會走到巴士前方。格蕾沒有多想便拔足狂奔，正好從教堂後方走出來的牧師，一看見那名男子和那輛高速行駛的巴士，也隨即跑了起來。

格蕾先趕到那名男子身旁，拿出和住在科羅拉多的表親們玩美式足球學會的招式，朝他飛撲過去，把他撞倒在地。他身上的盔甲彷彿一條小船般，載著他們滑行過碎石路面，巴士從他們身畔飛馳而過。如果格蕾晚到了一秒，他將會被巴士撞個正著。

「妳沒事吧？」牧師問道，伸手扶起格蕾。

「我……我想沒事。」她站起來，拍掉身上的塵土，然後望向仍在地上的男子。「你還好吧？」

「那是何種馬車？」他問道，坐起身子，但並未嘗試站起來，而且看似一臉茫然。「我沒聽見它駛過來的聲音，」他壓低了嗓音，「也沒看見拉車的馬匹。」

「我去替他倒杯水。」牧師說道，給了格蕾一抹微笑，彷彿在說：是妳救了他，所以他就交給妳了。

「等等！」男子叫道，「這是哪一年？」

「西元一九八八年。」牧師答道。當男子彷彿氣力用盡地躺回地上時，牧師看向格蕾，「我去倒水。」然後很快地離去，留下他們兩個獨處。

格蕾朝男子伸出手，但他拒絕，自己站了起來。

「我想你該坐下來。」格蕾溫和地說道，指著低矮石牆邊的鐵製長椅。他不肯先行，而是跟在她後面穿過大門，之後也不肯比她先坐下，但格蕾把他推坐在長椅上。他看起來太蒼白、太迷惘，現在不是講究禮儀的時候。

「你眞是個危險人物，你知道嗎？聽著，你坐在這裡別動，我去找醫生，你的情況看來不太妙。」

她轉身準備離開，但他的話讓她停下腳步。

「我想我可能已經死了。」他柔聲說道。

格蕾回頭仔細打量他。如果他有自殺的傾向，那她就不能丟下他一個人。「不如你跟我來吧，」她輕聲道，「我們一起去找人幫你。」

他並未起身。「剛才差點撞到我的是何種交通工具？」

格蕾坐回到他身邊。如果他眞打算自殺，也許他最需要的是有人跟他談一談。「你是從哪兒來的？你聽起來像是英國人，但有種我從未聽過的口音。」

「我是英國人。剛才那是什麼馬車？」

「好吧，」她嘆口氣，決定順著他玩下去。「英國人稱它爲迷你巴士，在美國俗稱麵包車。那個司機開得太快了，但在我看來，英國人唯一眞正接受的二十世紀產物，就是汽、機車的行駛速度。」她做個鬼臉。「你還想知道些什麼？飛機？火車？」

她並不介意伸出援手，但她自己還有很多要事等著她處理。「聽我說，我真的得走了，我們去找牧師，請他替你聯絡醫生。」她頓了一下。「或是我們可以打電話通知你母親。」這個村裡的人肯定認識這名穿著盔甲四處亂逛，假裝自己從未見過手錶或巴士的瘋狂男子。

「我母親？」他露出一絲微笑。「我想此刻她已不在人世了。」

也許是痛失親人的哀傷令他失憶，這個念頭讓格蕾感到心軟。「我很遺憾。她是最近過世的嗎？」

他回答之前，仰望了天空好一會兒。「大約四百年前。」

格蕾準備起身。「我去找人來幫忙。」

但他抓著她的手，不讓她離開。「我剛才正坐在……某個房間裡寫信給我母親，然後我聽見一名女子哭泣的聲音，房間開始變暗，我只覺得頭暈目眩，接下來我就站在一個女人面前——妳。」他用懇求的眼神望著她。

如果他的長相不是如此俊美，丟下他離去應該會容易許多。「也許你突然感到昏眩，忘記了自己換上這身打扮跑來教堂。告訴我你住在哪裡，我陪你走回去，好嗎？」

「當我還在那個房間裡時，是我主一五六四年。」

妄想症，格蕾暗忖，俊帥但瘋狂。我的運氣還真好。

「跟我來，」她柔聲道，彷彿在對一個正要跳下懸崖的孩子說話。「我們會找到人來幫助你的。」

男子迅速起身，一雙藍眸裡閃動著憤慨。他龐大的體型和怒氣，更別提那一身盔甲和那柄利劍，讓格蕾忍不住倒退幾步。

「我尚不打算進瘋人院，女人。我不知道我因何緣故來到此處，或是怎麼來的，但我確知自己是誰、來自何方。」

突然間格蕾忍俊不住地笑開了。「你來自十六世紀，伊莉莎白女王的時代，對嗎？當然，是伊莉莎白女王一世。天啊！這將會是史上最精采的一樁『格蕾糗事』。我早上才被男人拋棄，一小時後又被個鬼魂用劍抵住喉嚨。」她站起身。「多謝你了，先生，你讓我的心情開朗不少。現在我要去打電話給我姊姊，請她匯十英鎊給我——不多，不少，就十英鎊——然後我要搭火車到洛柏跟我下榻的旅館，拿機票、回家。我很確定過了今天之後，我將無波無浪地過完餘生。」

她轉頭要走，但男子擋在她身前，從燈籠褲裡掏出一只小皮袋，朝裡面望了望，然後拿出幾枚錢幣塞進格蕾手裡，屈起她的手指包住它們。

「拿了這十鎊就走吧，女人，若能不再聽見妳惡毒的話語，我還寧願付出更多。我會祈求上帝破除妳邪惡的咒語。」

格蕾有股衝動想將錢幣朝他扔過去，但另一個選擇是再次打電話向大姊求援。「沒錯，我正是邪惡的巫婆格蕾，天曉得我明明有掃把可騎，何必還想要搭火車。我會把錢寄給牧師，請他轉交給你。我們就此告別吧，希望永遠不會再見面。」

格蕾轉身離開，牧師正好端著一杯水回來。讓別人去應付他那些幻想吧，她暗忖。那傢伙搞不好有一整箱的戲服，今天他是伊莉莎白時代的騎士，明天改扮亞伯拉罕．林肯——或是何瑞修．納爾遜❷，既然他是英國人。

她很容易就找到了村裡的火車站，來到窗口準備買票。

「三鎊六便士。」窗口後面的售票員道。

格蕾從來無法搞懂英國的貨幣，有太多不同的錢幣有著相同面值，所以她把那名男子給她的銅板全塞進窗下的開口。「這樣夠嗎？」

售票員仔細地一一翻看那三枚錢幣，過了一會兒之後，他請格蕾稍候，接著轉身離開。

我說不定會因爲使用僞幣而被捕，格蕾邊想邊等著那人回來。被捕入獄將會是這完美的一日裡最適合的結局。

數分鐘後，一名戴著看似官帽的男士來到窗口。「我們不收這些錢幣，小姐，我建議妳把它們拿去給奧利佛．山穆森看看。出門往右走，他的店就在轉角。」

「他會用火車票錢跟我換這些銅板嗎？」

「我想他會的。」男子說道，似乎因爲某種私人笑話而自得其樂。

「謝謝。」格蕾咕噥道，拿回銅板。也許她該打電話給她姊姊，別管什麼錢幣了。她看看手中的銅板，嘆了口氣，右轉來到一間小店。窗戶上寫著「奧利佛．山穆森錢幣交易商」。

店內的櫃檯後方坐著一名身材矮小的禿頭男子，光亮的額前套著頭戴式放大鏡。「有什麼事嗎？」格蕾進入時，他開口問道。

「火車站的人要我來找你，他說你也許會願意給我車票錢，來換這些錢幣。」

那人接過錢幣，用放大鏡逐一檢視。一會兒過後，他輕聲笑了。「車票錢？」

他抬起頭。「好吧，小姐，這兩枚錢幣我各出五百鎊，至於這一枚，價值大約是五千鎊。不過我店裡沒那麼多現金，得先跟倫敦那邊聯絡一下，妳能不能多等幾天？」

格蕾驚訝得半晌無法開口。「五千英鎊？」

「好吧，六千磅，一先令都不能再多了。」

「我……我……」

「妳到底要不要賣？它們不是偷來的吧？」

「不是，至少我想不是的。」格蕾喃喃道，「但我得先和某人談談，才能賣掉它們。你確定這些錢幣是眞的？」

「中古世紀的錢幣通常價值並不高，但這幾枚十分罕見，而且狀況良好。妳該不會還有更多吧？」

「事實上，我相信還有一些。」也許還有一整袋呢。

男子臉上的微笑彷彿她照亮了他的生命。「如果妳有面值十五先令，上面以船上的女王爲圖案的錢幣，請讓我看看。我雖然買不起，但肯定能替妳找到買主。」他說道，「還有弗洛林幣❸，我很想買下一枚愛德華六世的弗洛林幣。」

格蕾朝他點點頭，離開了錢幣店。她茫然地回到教堂，但那名男子已不在前院，她只希望他尚未離去。她走進教堂裡面，看見他正跪在伯爵的白色石墓前，十指緊握地低頭禱告。

❷十八世紀英國海軍名將。
❸英國古代的二先令銀幣。

牧師悄悄走到她身邊。「從妳離開之後，他就一直待在那裡。我怎麼勸他，他都不肯起身，顯然有某些事嚴重地困擾著他。他是妳的朋友？」

「不，事實上，我今天早上才遇見他。我以爲他是這裡的居民。」

牧師微微一笑。「我教區裡的會衆很少會穿著盔甲。」他看了看手錶，「我得走了，妳會留下來陪著他嗎？不知爲什麼，我不願看見他如此孤單。」

格蕾答應會留下，之後牧師就離開了，留下她和那名祈禱中的男子獨處。她靜靜地走到他身後，輕聲問道：「你是誰？」

他並未睜開眼睛、放開雙手，甚至連頭都沒抬。「我是索維克伯爵，尼可拉斯·史岱佛。」

格蕾花了一會兒工夫才想起曾在哪裡聽過它，然後望向那座大理石墓。上面以哥德字體深深刻劃的正是這個名字：索維克伯爵尼可拉斯·史岱佛。石墓上眞人大小的雕像，身上的裝束和眼前的男子完全相同；而那張大理石雕成的臉龐，也和他的臉一模一樣。

想到這個男人眞的來自過去，眞的是個活生生、會呼吸的鬼魂，這種事徹底超乎格蕾所能理解。她深吸了一口氣。「你大概沒有任何身分證件吧？」

他抬起頭，張開眼睛怒視她。「妳懷疑我的話？」他極爲憤慨地問道，「妳這個對我施咒的女巫，竟敢懷疑我？若非我擔憂自己也將被指控施行巫術，否則我定會告發妳，並留下看著妳受火焚而死。」

格蕾無言地站在那裡，思緒一片混亂，看著男子轉頭繼續開始祈禱。

2

尼可拉斯．史岱佛終於起身，凝神注視面前這名年輕女子。她陌生而怪異的服裝和言行舉止，令他無法專心思考。她看上去就像是個女巫：懾人的美貌，未受拘束、披散在肩膀上的長髮，如翡翠般碧綠的雙眸，以及白皙、毫無瑕疵的肌膚。她穿著一件短得不成體統的裙子，彷彿有意藉此挑釁天上神祇與世間男子。

儘管他感到暈眩、虛脫，卻強迫自己直挺挺地站著，毫不示弱地回應她的瞪視，他仍然不敢相信發生在他身上的一切。在他生命中最低潮的一刻，當所有求生的希望似乎都已消逝無蹤時，他接到母親來信告知，說她終於找到一線生機，也令他重新燃起希望。他當時正在寫信給她以詢問詳情，並透露自己所發現的一些線索，接著卻聽見一名女子的哭泣聲。在他所身處的禁閉之所，聽到哭聲並無任何不尋常之處；但那名女子的嗚咽，卻令他不由自主地放下手中的筆。

她的啜泣聲越來越響，直到佈滿整間小室，在石牆與屋櫺間迴盪。尼可曾以手掩耳，試圖擋住那些聲音，但他仍能聽見她。她越來越大的哭聲令他無法思考，只能頹然俯首於桌面，把自己完全交託出去。

接下來的一切猶如一場幻夢。他知道自己仍坐在椅上，頭也依然垂放在桌面，但同時他正試著要站起身子。當他終於站直後，卻感覺地面似乎離他極爲遙遠，他彷彿飄浮於空中。他伸出手掌，卻駭然發現他的手開始變得透明。他蹣跚地朝房門走去，試著開口叫喚，但卻無法發出聲音。在他的注視之下，房門漸漸遠離，接著整個房間也慢慢消失。有那麼一剎那，尼可似乎站立在一方虛無之上，四周一片空洞，透過已成幻影的自己，他可以看見無盡的黑暗。

他不知道自己在那片空洞中飄浮了多久，他感受不到冷、熱，除了那名女子深切的飲泣聲外，也聽不見任何聲響。

前一刻他還是虛無飄渺間的一抹陰影，下一刻他已站在陽光下的教堂裡，身上的衣物也起了變化。他穿著那套只有在喜慶場合才會換上的半身盔甲，下身是翠綠色的絲質燈籠褲。

在他面前，一個被凌亂長髮遮掩住臉龐，讓他無法分辨出年齡的女子，正趴伏在一座石墓前哀哀哭泣。她哭得那麼傷心，甚至沒有注意到他。

尼可望向她緊緊抓住的那座石墓，震驚地倒退了幾步。石墓頂上是尊白色大理石雕像……他的雕像。刻在下方的是他的名字和今天的日期。他們在我身亡之前就將我埋葬了？他駭然心驚。

看到自己的墓讓他有欲嘔之感，於是他移開目光，環顧著教堂。四周牆面上鑲著幾塊下葬後的紀念牌匾，日期分別寫著：一七三四年，一八一二年，一九〇二年。

不，他想著，不可能。但教堂裡的一切看起來是那麼不同，少了華麗的裝飾，光禿屋梁下的梁托也沒有彩繪，祭壇鋪布上的刺繡簡直就像是幼童的拙劣之作。

他望向仍伏首哀泣的女子。一個女巫！他心忖，是她召喚他穿越時空而來。當她終於停止哭泣，意識到他的存在時，他立刻命令她將他送回去——他一定得回去，他的榮譽及他家族的未來都維繫於他的歸來。但他的話只令她癱回地上，再度陷入無助的啜泣。

他沒花多久時間就發現她不但脾氣暴躁，言詞惡毒，還膽敢否認是她將他召喚至此，推說不知他爲何會來到此處。

當她終於離開教堂，尼可只覺得鬆了口氣。虛弱暈眩的感受漸漸退去，他開始相信這一切都只是一場夢境；儘管無比眞實，但仍是夢境。

等到他走出教堂時，已經感覺強壯許多，並且很高興見到院子四周跟他所熟悉的景象並無二致——但他並未停下來查看那些墓碑上的日期。其中一座碑文上刻著一九八二年——一個他無法想像的年代。

他穿過前院的大門，步上寧靜的小徑。人們都到哪裡去了？他納悶著，還有馬匹呢？爲何不見載運貨物的馬車？

接下來的一切發生得太快，讓他根本記不清楚事情的經過。在他左側出現一種他從未聽過、移動極爲快速的轟然聲響；而在他右邊，那名女巫正以女子不該擁有的速度朝他狂奔而來。當她飛身撲向他時，尼可絲毫沒有心理準備；顯然他比自己所以爲的還要虛弱，因爲那女子纖柔的身軀已足夠將他撞倒在地。

他們一起倒下不過數秒，就有一輛速度驚人的無馬馬車從他倆身旁呼嘯而過。過後尼可曾詢問女子和牧師許多問題，但他們似乎認爲他神智不清。他任由那名女巫帶他回到教堂的院子裡，猜想著這是否就是他的命運？他注定要孤獨地死在一個陌生的地方……一個陌生的時代？

他試圖向女巫解釋，爲何她必須將他送回他的時代，但她仍假裝對他爲何在此的原因毫不知情。他聽不太懂她使用的語句，加上她那身平凡的衣物——沒有珠寶或金、銀飾品——顯示她屬於農民階層。因爲她怪異的言詞，讓他費了一番工夫才弄懂她是在向他乞討錢財，而且她要求的數目還是令人咋舌的十鎊！但他不敢拒絕，深恐她會施行更多的巫術。

她一拿到錢便離去了，尼可回到教堂內，緩緩走向那座石墓——他的石墓——用手指撫過刻於其上的死亡日期。當他穿越那片虛無空洞時，是否已經死了？當那名女巫召喚他來到這個年代時——牧師說過現在是一九八八年，與他的時代相距四百二十四年——是否代表他在一五六四年已被她害死？

他該如何讓她明白，他必須回去。如果他死於一五六四年的九月六日，那表示他沒能證明自己的清白。他還有太多事情未能完成，他身後留下的家人們會遭逢什麼樣的厄運？

尼可跪在冰冷的石地上開始祈禱。若他虔誠祝禱的力量能與那名女巫的巫術抗衡，也許就能反制她的魔力，讓自己回到過去。

但他一面禱告，思緒一面不斷在奔騰，腦子裡不斷出現某些字句：那名女子是關鍵所在。你必須弄清楚。這些話在他耳邊一遍又一遍地響起。

這種情形持續了好一會兒，最後他停止背誦禱詞，開始專注於他的思緒。她是女巫也好，不是女巫也罷，但的確是她將他召喚來此，因此只有她有能力將他送回他的時代。

只是儘管把他召來了這裡，她卻似乎沒打算要利用他做任何事。也許她並非有意召喚他；也許她擁有偉大的力量，卻不知道如何使用它。

但話說回來，也有可能是因爲某種他們兩人都不明白的原因，讓他被牽引著穿越了時空。

那麼他爲何會來到這個時代？是爲了讓他學習到某些事物？是這名女巫要教導他什麼嗎？有沒有可能，她就如同她自己所宣稱的那樣無辜？也許當她因爲情人間無謂的爭吵而哭泣時，由於某種不可知的理由，讓她召喚了他來到這個馬車疾速橫行的危險年代？如果他弄清楚了他來到此處所必須學習到的事物，是否就能回到他該歸屬的時代？

那名女巫是關鍵所在。他腦海裡不斷浮現這個句子。無論她召喚他是出於惡意或純屬意外，他都確信她手中握有送他回去的力量。若果眞如此，那麼他將必須經由她來弄明白，他被送來此處的目的。

他一定得把她留在身邊，無論任何代價。即使他必須撒謊、咒罵、口出惡言，都不能讓那個女人離開他，直到他能從她身上找出他所需要的答案。

他依然跪在那裡，祈求上帝的指引，求神保守他，幫助他完成他必須要做的事。

那個女人回到教堂時，尼可仍在祈禱。當她嘴裡抱怨著尼可給她的那些錢幣時，他默默對上帝表示感恩。

3

「你是誰？」格蕾問著眼前穿了一身荒謬戲服的男子。「怎麼會有這些錢幣？」

他站起身來，從他穿戴著沉重盔甲仍行動自若的樣子看來，顯然是經過長時間的練習。

「是你偷來的嗎？」

他的眼中怒火狂飆，讓格蕾後退了幾步，她可不希望再被他用劍抵著喉嚨。不過他很快就平靜了下來。

「不，女士，那些錢幣屬於我。」

「我不能接受這些，」她堅定地說道，把手中的錢幣遞出去。「它們很值錢。」

「它們不夠支付妳的所需？」他柔聲問道，甚至擠出一抹微笑。

格蕾狐疑地看了他一眼。幾分鐘前他還用劍攻擊她，現在卻對著她微笑，彷彿有意要……要誘惑她。她還是越快離開這個瘋子越好。

既然他似乎無意收回那些錢幣，她決定把它們放在石墓的邊緣上。「謝謝你的好意，但是不用了，我會另外想辦法。」她轉身準備離開教堂。

「停步，女士！」他大聲說道。

格蕾握緊拳頭，實在受夠了這個男人文謅謅又虛假的伊莉莎白時代說話方式。她轉身面向他，「聽著，我知道你遇到一些麻煩，也許你撞傷了頭，所以不記得自己是誰，但這與我無關，我自己的問題就已經夠多了。我身無分文，餓著肚子，在這個國家舉目無親，連今晚該在哪裡過夜都沒有著落。」

「我也一樣。」他輕柔地說道，用哀傷、滿是希冀的眼神望著她。

格蕾嘆口氣。她就是無法拒絕有所需求的男人，但這一次她不會再上當了。這一次，她不打算幫助一個會在生氣時拔劍相向的瘋狂男子。「從教堂出去之後右轉——當心過往的車輛——走過兩個街區之後左轉。離火車站三個街區那兒有家錢幣交易店，他會給你許多錢收購你的古幣，你拿那些錢去買幾件合適的衣物，再找間好一點的旅館住進去吧。瑪波小姐說，只要在舒適的旅館裡住上一個星期，人生中就沒有不能解決的問題。好好泡個長長的熱水澡，我敢打賭你的記憶很快就會恢復了。」

尼可只能無言地瞪著她。這個女人說的是英語嗎？什麼是「街區」？誰又是「瑪波小姐」？他茫然的表情讓她再度嘆了一口氣。這樣丟下他，就有如丟下一條在高速公路上被撞傷的小狗一樣，她實在忍不下心。「好吧，你跟我到電話亭，我再告訴你該怎麼走。但我只能幫你這麼多，之後你就得靠你自己了。」

尼可安靜地跟隨她走出教堂，但才剛走出前院大門，他便因眼前令人不可置信的景象震懾地停下腳步。

格蕾跨出幾步後才發現男子沒跟上來。回過頭，她看見他正瞠目結舌地望著對街一個年輕女孩。她一身裝束全是今年英國最時髦的打扮：全身漆黑。黑色高跟鞋，黑色絲襪，超短的黑皮裙，和一件長及大腿的寬版黑毛衣，挑染成紫色及紅色的短髮則像刺蝟般根根豎起。

格蕾微微一笑。這種搖滾龐克式的服飾裝扮足以嚇壞任何人，何況是個幻想自己來自十六世紀的瘋狂男子。「走吧。」她語調溫和地說，「她這樣打扮還算平常，你該看看那些參加搖滾演唱會的人。」

他們來到電話亭，格蕾再度向他指明路徑，但他站在亭子外面不肯離開，令她十分氣惱。「請你走吧。」格蕾道，但他動也不動。她決定漠視他，於是拿起話筒，但隨即又掛回去，轉身看著他。「我們好好把話說清楚吧，如果這是你們英國人把妹的花招，那麼我不感興趣。我已經有男朋友了，事實上，我現在就要打電話給他，請他來接我。」

男子並沒有回答，只是站在那裡注視她。格蕾嘆口氣，拿起話筒請接線生撥通對方付費的電話到旅館給洛柏。旅館職員遲疑了一會兒，才告訴她洛柏和他女兒一小時前就已經退房了。

格蕾掛上電話，全身虛軟地靠在電話亭上。現在她該怎麼辦？

「這是什麼？」男子問道，興致盎然地盯著電話看。「妳對它說話？」

「你饒了我行不行？」格蕾幾近吼叫道，把怒氣發洩到他身上。她回頭抓起話筒，從接線生那兒問到她跟洛柏下一站預定要投宿飯店的電話號碼。這間飯店的職員同樣告訴她，洛柏．惠尼先生數分鐘前才剛取消訂房。

格蕾癱在小小的電話亭裡，忍不住盈眶的淚水。「我的銀甲騎士在哪裡？」她輕喃道，看向站在面前的男子。午後漸弱的陽光映照在他的盔甲上，劍柄上的一顆寶石閃閃發亮。上一次她哭著乞求一位銀甲騎士時，這個男人出現在她眼前。

「妳收到壞消息？」那男子問道。

她站直身子。「看來我被遺棄了。」她望著他柔聲道。不，不可能的，她連想都不會去想。這個入戲太深的演員，會正好在她要求一位銀甲騎士時現身的機會有多大？百萬分之一嗎？事實是格蕾就像一塊磁鐵，總是引來怪男人；而麻煩纏身的男人也彷彿都裝了雷達，向來都有辦法找到她。

「我似乎也失去了一切。」他的嗓音如此輕柔，格蕾幾乎沒聽清楚他說的話。

噢，不！她絕不會再受到這種話的迷惑。「這附近肯定有人認得你，也許你可以去郵局問問，那裡應該有人能告訴你如何回家。」

「郵局？」

他看起來是如此迷失，她感覺得出自己已漸漸心軟。不，格蕾，她自我訓斥，但下一刻她聽見自己說道：「走吧，我帶你去錢幣商那裡換錢。」

他們並肩走在路上，他挺直的身軀、優雅的儀態，令格蕾不由得也抬頭挺胸起來。經過他們身旁的英國路人沒人多看他們一眼——格蕾私心認爲，英國人只會盯著戴墨鏡的人看——但之後他們遇上了兩個帶著兩名青少年子女，脖子上掛著相機的美國觀光客。

「莫妲，妳快看哪。」男人說道，兩個大人無禮地盯著身穿盔甲的尼可猛瞧，孩子們則大笑著對他指指點點。

「毫無禮儀的蠢人。」尼可低聲道，「該有人教教他們，在高於自己階級的人面前應有何等行止。」

之後的一切發生得極爲快速。一輛巴士在他們前方數呎處停下，從車裡走出五十位日本觀光客，並立即開始拍起照來，絲毫不放過這個寧靜英國小村莊的每一寸土地。當他們看見尼可時，紛紛舉起相機朝他圍過來。

尼可眼見觀光客蜂擁而來，抽出長劍跨前了一步。在一旁觀看的美國女觀光客發出驚恐的尖叫，但日本遊客仍繼續靠近，按下快門的聲響有如仲夏的蟬叫聲般不絕於耳。

爲了化解即將發生的衝突，格蕾只有唯一的選擇：撲向全身盔甲的男人，並大叫「不！」不幸的是，當她撞上他時，劍刃劃破了她襯衫上臂處的衣袖，割傷了她的手臂。突來的疼痛令她一陣踉蹌，差點跌倒在地，但那位銀甲騎士攬住了她，將她抱回人行道上。在他們身後，日本觀光客的相機仍喀嚓作響，幾位美國人則熱烈鼓掌。

「哇，爹地，這比渥瓦克城堡[4]還棒。」

「旅遊指南裡沒介紹這一段，喬治。」女子道，「我覺得他們該把這類事情寫在指南裡，否則可能有人會認爲這是眞的。」

尼可放下懷中的女人，雖然不明白原因，但他知道自己鬧了笑話。這個世紀難道容許貴族任人肆意侮慢？那些人舉在眼前的小型黑色器械又是何種武器？還有，那些拿著它的矮小人們是哪種人？

尼可沒有問出心裡的疑問，因爲他的問題似乎總會惹惱那名女巫。「女士，妳受傷了。」格蕾可以從他僵直身軀的反應中，看出他對弄傷了她這一點感到萬分驚駭。

她的手臂在流血，傷口也疼痛不已，但她決定放他一馬。「只是點皮肉傷罷了。」她說道，拙劣地模仿西部影集裡的角色。但他並沒有笑，只是持續用羞愧的神色看著她。「這算不了什麼的。」格蕾瞄著臂上滲血的傷口，從裙子口袋裡拿出面紙按在上面。「錢幣店就在前面，走吧。」

格蕾走進那間小店時，店主對她露出歡迎的微笑。「我正希望能再見到妳，我——」看見尼可讓他頓時噤口，緩緩走上前，繞著尼可轉了一圈，仔細檢視他的衣著，然後拉下額前的放大鏡觀看那件盔甲，口中不斷喃喃發出「嗯，嗯」的聲音。尼可僵直地站在那裡，以厭惡的表情看著那個男人，但顯然不想再做出任何可能有損顏面的舉動。店主檢視尼可握劍的手上所佩戴的珠寶，以及鑲嵌在他劍柄上，和繫在他腰帶上那把匕首——格蕾之前並未注意到那項武器——上面的寶石。店主將放大鏡推回頭頂，蹲跪下來仔細觀察尼可膝上吊襪帶的刺繡、長襪的織工，以及他腳底的軟鞋，然後又站起身來，細瞧著尼可的頭髮和臉上的鬍髭。

整個過程中，尼可都帶著明顯的厭惡，忍受商家鉅細靡遺的檢視。最後店主終於向後退開。「眞了不起，我這輩子從未見過這樣的好東西，我一定要請隔壁珠寶店的人過來看看。」

「你不准這麼做！」尼可怒聲道，「你以爲我會整天守在這裡，像市集上的公豬一般任人評頭論足？你要與我交易，還是我該另做打算？」

「好的，先生。」店家咕噥道，匆匆回到櫃檯後方。

尼可將一袋錢幣扔到櫃檯上。「這些能交換什麼？記住，我不會輕饒膽敢欺騙我的人。」

❹由征服者威廉所建造之中世紀古堡，現開放參觀，遊客可親身參與騎士比武或放鷹等活動。

他的語氣讓格蕾退縮到一旁。這名身穿盔甲的男子似乎有種天生的威儀，讓他一旦發號施令，聞者無不膽顫心驚地立刻遵從。扔下錢袋後，尼可走到窗邊，店主則用微抖的雙手打開了袋子。

格蕾走近櫃檯。「怎麼樣？」她低聲問道，「你檢視他的時候，看出些什麼沒有？」

店主緊張地瞄了尼可的背影一眼，然後靠向格蕾悄聲道：「他的盔甲是由白銀打造——而且純度驚人——上面的蝕刻花紋用的是真金。他劍上鑲嵌的翡翠，還有手指上那些紅寶石和鑽石都價值連城。」他望向格蕾，「替他製作那身戲服的人可真砸下了大筆花費。噢，天哪，」他驚呼道，舉起一枚硬幣。「就是這個。」

「船上的女王？」

「是啊，」他愛不釋手地輕撫著那枚錢幣。「我可以找到買主，不過得花上幾天時間。」他的嗓音就如同一個爲愛癡迷的男人一般。

格蕾從他手中拿回錢幣，把它們全部放回袋子裡，只留下其中一枚。賣掉這些錢幣之前，她要先做些研究，比較一下價格再說。「你說過願意用五百英鎊買下這一枚。」

「其他那些呢？」店住近乎懇求地問道。

「我要……我是說，我們要多考慮一下。」

店主嘆了口氣，走進內室一會兒，然後出來數了總值五百英鎊的美麗英國紙鈔交給格蕾。

「如果你們改變主意，隨時可以來找我。」店主在她與尼可走出店門時高聲叫道。

回到街上後，格蕾將那袋錢幣和一疊現代鈔票遞給尼可。「我賣掉一枚錢幣，拿到了五百英鎊，但其他那些古幣更值錢。事實上，你身上的每件衣物、飾品似乎都足夠支付一位國王的贖金。」

「我是個伯爵，不是國王。」尼可說道，疑惑且深感興趣地看著手中的紙鈔。

格蕾靠過去細看他的盔甲。「這眞的是純銀，那些黃色金屬也眞的是金子嗎？」

「我並非窮困貧民。」

「你看起來也不像。」格蕾後退了兩步。「我該走了。」她突然領悟到自己幾乎浪費了一整天時間陪著這個男人，此刻卻依然一文不名，也無處可去。她在英國孤立無援，洛柏和他女兒又已退房，且取消了下一間旅館的預訂。格蕾做了個鬼臉，毫不懷疑肯定是小葛洛莉拒絕再投宿另一間歷史悠久的旅店，花上整日參觀古堡及其他富有教育意義的觀光景點。

「妳會幫我挑選？」男子顯然在她出神時，已說了一長段話。

「抱歉，我沒聽見你說什麼。」

他不安地吞嚥了一下，彷彿即將出口的話令他感到十分困窘。「妳會幫我挑選衣物，並且找到今夜下榻之所？我會付妳報酬。」

格蕾花了一會兒工夫才聽懂他的意思。「你要提供我一份工作？」

「是的，我要僱用妳。」

「我不需要工作，我只需要……」她的話聲消逝，別過頭去眨掉湧出的淚水。

「錢？」他接話道。

她吸吸鼻子。「不。是的。我猜我的確需要錢，但我也需要找到洛柏，並向他解釋。」他以爲我打了他的女兒，難怪會火冒三丈，格蕾暗忖。但她又該如何婉轉地告知他，「你的女兒是個撒謊成性的騙子」？

「若妳願意幫我，我會付妳報酬。」男子道。

格蕾轉頭望向他。他眼中的迷失和孤寂，讓她忍不住心軟。不！她告訴自己，妳不能招惹上一個腦筋絕對不正常的男人。他顯然很富有，但卻是個瘋子。他八成是個古怪的富翁，請來精通中古世紀歷史的專家，替他打造了身上那副盔甲，然後穿著它沿著各個村莊調戲落單的女子。

但他那雙眼睛……如果他是眞的失去記憶了呢？

再說，她又有什麼其他選擇？眞的打電話回去要錢嗎？她幾乎可以聽見她姊姊麗莎嘲弄的笑聲。麗莎絕對不會考慮接受一個穿著盔甲的男人提供的工作，她會知道在這種情形下該怎麼做，因爲她是完美的麗莎。她另外兩個姊姊——凱瑟琳和安妮也同樣完美。事實上，整個蒙哥馬利家族都完美無缺——除了格蕾。她常常懷疑自己當初是在醫院被抱錯了。

「好吧，」她決然道，「反正我已經浪費掉今天大半的時間了。我會陪你去買些衣物，找到投宿的地方，但僅此而已，而你必須付給我……五十美元。」這些錢應該夠她找間供早餐的民宿過上一夜，到了明天，她應該就有足夠的勇氣打電話給麗莎了。

尼可呑回高漲的怒火，朝她簡潔地點點頭。他不太明白她的詞彙，但聽懂了她的意思。至少他已讓她同意在他身邊多待幾個小時，稍後他會再設法用其他理由留下她，直到他能找出回到自身時代的方法。等他查明一切之後，將會很樂意遠離這名女子。

「衣服，」她說道，「我們先去替你買衣服，然後就到喝茶的時間了。」

「茶?什麼是茶?」

格蕾停下腳步。一個假裝自己不知道什麼是茶的英國人?這傢伙實在讓人無法忍受。她會幫忙他,直到他住進旅館爲止,之後她將會非常高興能夠擺脫他。

4

他們安靜地並肩走在人行道上，男子望著商店櫥窗、人們及街道上的車輛，俊臉上震撼的表情，讓格蕾幾乎要相信他從未見識過任何現代事物。他並沒有問她任何問題，但經常停步瞪視著某輛車子，或是一群穿著短裙的女孩。

一家小型的男裝店就在一條街外。「我們可以在這裡替你買些比較不那麼招搖的衣服。」

「很好，我要找個裁縫。」他抬頭望著店門上方，然後皺起眉頭，似乎在尋找些什麼。

「這裡沒有裁縫，店裡只賣成衣。」

他們走進佔地不大的店鋪，尼可僵直地站在那裡，瞪大了眼睛望著掛在衣架上成排的襯衫和長褲。「這些衣服已經完成了。」

格蕾沒有答話，轉頭看向上前招呼他們，身材瘦小的男店員。他看起來起碼已經高齡九十歲了。「他需要一些衣物，從裡到外都要，還得麻煩你替他量一下身。」即使他記得自己的衣物尺寸，八成也會假裝忘了。

「當然，」店員道，然後望向尼可。「請到這邊來，先生，我來爲您量身。」

格蕾看著他們走向店鋪後方一塊圍著布簾的半隱密區域，決定留在原處，但尼可堅持要她一起過去。

她坐到旁邊的椅子上，在店員開始替尼可脫下衣物時，拿起一本雜誌假裝在閱讀。他抬起手臂讓店員為他卸下盔甲的姿勢，看起來像是很習於由其他人來替他更衣。瘦小的男子近乎恭敬地將尼可的盔甲放到一張有著軟墊的長椅上，格蕾看到他轉身前，先用手愛戀般地輕撫了它一會兒。

在盔甲之下，尼可穿著一件袖子寬鬆的亞麻襯衫，此刻它正因汗水而黏貼著他的身軀。而那是一具多麼美麗的身體啊！格蕾讚嘆著，手裡的雜誌差點掉到地上。她在博物館裡看過盔甲，並曾嘲笑過它們是如何依照穿著者的身形打造而成的說法，她一直以為那只是用來遮掩男人的大肚腩。但眼前這名自稱是尼可拉斯．史岱佛的男子，他寬闊厚實的肩膀和強壯的肌肉，的確就跟盔甲的形狀一模一樣。

格蕾努力想專注於手中雜誌裡，討論垂釣鮭魚之樂的文章，但目光卻忍不住時時瞥向光裸著胸膛的尼可。店員拿來好幾件襯衫讓他試穿，但伯爵大人一件也不喜歡。在第十五件之後，店員用懇求的目光望向格蕾。

她放下雜誌，走到他身前，眼睛只敢牢牢盯著他的臉。「有什麼問題嗎？」她問尼可。

他移到一旁，遠離正忙著摺衣的店員。「這件衣裳毫無美感，」他皺眉道，「沒有色彩，也沒有珠寶及刺繡。或許可以找名女子在這件衣衫上繡些……」

格蕾笑了。「現代的女性已經不碰針線了，至少繡不出這些。」她輕撫著他那件被扔在衣架上的亞麻襯衫袖口，上面有著用黑色絲線繡出的花鳥圖案，袖緣還有美麗的黑色鏤空花邊。

她頓了一下。當然還有女性——某些地方的女性——仍然擁有如此高超的繡工，因為是這個時代的某個女子繡出了這件襯衫，不是嗎？

格蕾從被棄置的衣堆中拿起一件漂亮的棉質襯衫。英國人不像美國人，不斷在追求新鮮事物，所以英國店裡的服飾通常都質料甚佳，可以穿上很多年。如果能負擔得起那貴得令人咋舌的價格的話，倒也算得上物有所值。

「來，再試試這一件。」她哄誘道。世上哪個女人沒有過跟男人逛街時，試著說服他喜歡某樣物品的經驗？「看看它的質料，感覺一下它有多柔軟。」

格蕾替他拿著襯衫，他一臉不情願地把雙臂伸進袖子裡，她則盡量避開不去看他一身強健肌肉波動的樣子。

那件襯衫好看極了。「你去照個鏡子看看。」

她之前沒看到布簾裡那三面全身鏡，也沒想過尼可是否曾注意到它們，因此對他看見鏡子時的反應毫無心理準備。起先他只是瞪視著它們，然後小心翼翼地伸手觸摸其中一面鏡子。

「這是玻璃所製？」他悄聲問道。

「當然，不然還會是什麼材料？」

他從燈籠短褲的口袋裡，拿出一樣小小的圓形木製品遞給她。在木頭的另一面是一片由金屬打磨而成的鏡子，當格蕾看著鏡面時，她的臉孔顯得扭曲變形。

格蕾抬頭瞥向他，看見他正研究著自己在鏡中的倒影。這眞的是他頭一次看清自己全身的模樣嗎？之前他是否只在像她手中這樣的金屬鏡面裡，看見過自己扭曲變形的影像？

當然不是，她告訴自己，他只是忘了上次照鏡子是在什麼時候。也許他其實記得，只是假裝忘記罷了。

她抬頭望見自己在鏡中的倒影。她眞是一團糟！長時間哭泣讓她的眼影花成一片，上衣落在腰帶外面，袖子上有道長長的裂口，還沾染了不少血跡。她海軍藍的緊身襪在腳踝處鼓成一團，糾結的亂髮更是讓人慘不忍睹。

格蕾轉頭避開那駭人的影像，咕噥道：「長褲。」這次她在店員替尼可量身時離開了布簾區。店門開啓，走進了幾名顧客；店員領著尼可走到試衣間，然後遞給他幾條長褲。店內安靜了幾分鐘，直到格蕾看見試衣間的門開了一條縫，他探出頭來求助地看著她。她走了過去。

「我不知道怎麼做，」他低聲道，然後打開門讓她進去。「這是何種束衣方式？」

格蕾試著不去思考眼前的景況，她正和一名不曉得怎麼拉上長褲拉鍊的陌生男子擠在試衣間裡。「來，像這樣……」她及時收手，沒用他身上的褲子來示範，而是取下掛在鉤子上的一條長褲，解釋了拉鍊及暗釦的用法，接著退後一步，看著他像個孩子似地上上下下扯動拉鍊，把釦子按合又扯開。確定他知道該怎麼做之後，她轉身準備開門出去。

「等一等，這樣神奇的東西爲何物？」他舉起一條四角內褲，不斷拉扯著彈性褲腰。

「這叫鬆緊帶。」他臉上興奮發亮的神情，讓格蕾的心情也好轉起來。

「這還不算什麼，」她微笑道，「等你看到魔鬼氈再說吧。」她退出試衣間。「還需要幫忙的話再叫我。」

她滿臉笑意地帶上門，轉身靠在試衣間的門板上，望向四周的衣服。對一個習慣穿著銀製盔甲的男人來說，它們看起來肯定平凡又不起眼吧。

他們待在試衣間裡的時候，店員已經將盔甲、長劍和那把匕首收進兩個雙層的大型購物袋裡，擺在門外左側的地上。格蕾走過去想提起袋子，但它們重得讓她幾乎拿不動。

一會兒之後，尼可從試衣間走出來，穿著一件柔軟的白色棉質襯衫，和一條窄管的灰色棉質長褲。襯衫是當前流行的寬鬆樣式，但長褲極爲貼身，他看起來簡直帥得毫無天理。

在格蕾的注視下，他走到鏡子前面怒目以對。「這玩意兒……」他扯著腿部後方褲管較寬鬆的部分。

「長褲，或是褲子。」她眨眨眼睛，花了點時間來適應他俊帥的模樣。

「它一點也不合身，沒有展現出我好看的雙腿。」

她大笑出聲。「現代的男人已經不流行穿長襪了，不過你這樣眞的很好看。」

「我不這麼想，」他皺眉道，「也許可以加條鏈子。」

「鏈子免談。」她堅決地說道，「相信我，不要鏈子。」

她替他選了皮帶和襪子。「鞋子得去另外一家店買。」

格蕾自覺已做足了堪稱一整年份的善行，完全沒預料到尼可在收銀檯前的反應。瘦小的店員計算了所有衣物的總價，把金額告訴他們。接下來尼可的舉動把格蕾嚇得說不出話來，只聽得尼可咆哮道：「賊子，我要你的項上人頭！」然後探手腰間欲拔出長劍——邀天之幸，它正穩當地收妥在格蕾腳邊的購物袋裡。

「他打算搶劫我！」尼可大吼，「這幾件簡陋衣物的價錢，足夠我僱用十二名工人尙且有餘。」

格蕾匆忙上前擋在尼可和那名嚇得緊靠牆邊的可憐店員之間。「把錢給我。」她咬著牙，堅決地說道，「現代所有的東西都比以前貴多了，你很快就會記起物價上漲了多少。現在，把錢給我。」

他餘怒未消地把裝滿錢幣的皮袋交給格蕾。「不，現代的紙鈔。」尼可只是站在那裡，似乎不懂她在說些什麼。格蕾翻找著購物袋，找出那些英鎊紙幣。

「他願意用衣物來換取這些紙？」伯爵大人在格蕾數錢時低聲問道，露出微笑。「他要多少紙我都可以給他。他是個傻瓜。」

「這是紙幣，」離開服飾店後，格蕾告訴他。「你可以用這些紙換到黃金。」

「有人願意給我黃金來換這些紙？」他不敢置信地問道。

「是的，有專門買賣金子的交易商，有些銀行也販售黃金。」

「那你們爲何不使用黃金來購買貨物？」

「我猜是因爲太重了吧。」她嘆口氣。「人們把不用的錢存入銀行，然後使用這些紙幣來代替黃金。你都把錢放在哪裡？」

「我的屋子裡。」他答道，蹙眉思索她所說的話。

「噢，我明白了，」她微笑道，「我猜你是挖個洞把它們藏起來吧。現代人都把錢存在銀行裡，還可以生利息。」

「什麼是利息？」

格蕾呻吟一聲。眞是夠了！「茶館到了，你餓了嗎？」

「是的。」他答道，並替她開門。

格蕾很喜歡英國人喝下午茶這個習俗。午後四點能坐下來喝杯濃郁的熱茶，配上一塊司康餅（一種英國鬆餅），能讓人感覺有如身在天堂。或是有人想學葛洛莉那樣，吃掉五塊司康餅也行，格蕾心忖，暗自做了個鬼臉。

一想到葛洛莉，她就不由得握緊了拳頭。洛柏知道他女兒拿走了她的皮包嗎？他曉不曉得被拋下的她身無分文，此刻全得倚靠一名瘋狂男子的接濟？還有，葛洛莉從何得知格蕾預期會收到訂婚戒指？格蕾不相信洛柏會告訴葛洛莉這種事。是不是她哪裡漏了口風，讓葛洛莉猜到了她的心意？

她不信洛柏會如同葛洛莉所言，在背後嘲笑她。洛柏不是個壞人，否則也不會那麼疼愛他的女兒。他不是會拋下孩子、毫不回顧的那種男人，反倒是因離婚而對女兒產生愧疚，所以才會不遺餘力地想彌補葛洛莉，帶著她一起度假。而葛洛莉想爭奪父親的愛，並因此嫉妒父親所愛的女人，這也是很自然的事，不是嗎？

格蕾知道若洛柏在此刻走進這間茶館，她會跪在地上懇求他的原諒。

「請問要點什麼？」櫃檯後的女店員問道。

「兩人份的熱茶，再加兩塊司康餅。」

「我們也有濃縮奶油和草莓。」店員說道。

格蕾心不在焉地點點頭，店員很快地將擺了一壺濃茶、兩個茶杯及數碟食物的托盤放到櫃檯上。她付了錢，端起托盤，然後轉向尼可問道：「我們到外面用餐好嗎？」

他跟著她來到室外一處小花園，老舊的磚牆上爬滿了葡萄藤，鮮紅怒放的玫瑰傳來陣陣香氣。格蕾靜靜地放下托盤，把茶分別倒入杯中。之前跟隨家人同遊英國時，她母親認爲她年齡太小，不適合喝茶；而在這次行程的頭一天，格蕾就嘗試了英國人將牛奶加入茶中的喝法，並認爲它美味極了。奶水使得茶溫恰到好處，也緩和了單寧酸過於強烈的味道。

尼可在小花園中四處走動、研究著牆面和各類植物。格蕾把他叫回野餐桌旁坐下，遞給他一杯茶和一塊司康餅。

他遲疑地看著杯中的茶水，小心翼翼地啜飲。喝了兩口之後，他睜大眼睛望向格蕾，臉上毫不掩飾的歡愉讓她笑了出來。他很快喝完那杯茶，格蕾又替他倒了一杯，尼可則拿起司康餅審視。它跟美國的比司吉其實大同小異，差別在於麵團裡加了糖，而這家店裡的司康餅還放了葡萄乾。

她拿走尼可手裡的司康餅，撕成兩半後塗上香濃的濃縮奶油。他咬了一口，慢慢咀嚼的神情彷彿正沉醉在愛河之中。

不到幾分鐘他已將整壺茶和司康餅一掃而空。格蕾對他的貪食叨唸了幾句，回到店內把每樣東西又點了一份。回座後，她開始進食，尼可則向後靠著椅背，一邊啜飲著熱茶，一邊盯著她看。

「何事令妳在教堂裡哭泣？」他開口問道。

「我……我想我沒有必要告訴你。」

「如果我要回去——而我必定得回去——就需要知道令我被召喚來此的原因。」

格蕾放下吃了一半的司康餅。「你不會又要開始了吧？你知道我怎麼想嗎？我想你是個專攻伊莉莎白女王時期歷史的研究生，也許是博士班層級；但你研究過了頭，變得走火入魔。我父親說他以前也有過這種經驗，因爲長期研讀太多中古世紀的手稿，結果反而認不得現代的手寫文字。」

尼可一臉厭惡的表情。「妳的時代裡或許有著神奇的無馬馬車，了不起的玻璃製品，還有樣式繁多的貨物任人選購，然而妳卻不肯相信這世上存在著某種神秘的魔法。」他平靜地說道。「但我毫不懷疑在我身上發生了何事，也很清楚自己來自何處。至於妳，女巫——」

格蕾起身離開，拒絕再聽下去，但還沒走到通往店內的門前就被他攔下，他的手緊抓住她的胳臂。

「我初次見到妳時，妳爲何在教堂裡哭泣？何事竟能令一名女子如此傷心？」尼可追問道。

她甩掉他的手。「因爲我被人扔在那裡。」她怒聲說道，羞愧地發現淚水再度湧出眼眶。

他輕柔地挽住她的手臂，把她帶回桌前。這次他坐到她身邊，替她倒了另一杯茶，加好牛奶，然後把漂亮的小瓷杯遞給她。

「現在，女士，請告訴我是何事如此困擾妳，令妳的淚水如瀑布般落個不停？」

格蕾並不情願將自己的遭遇說給任何人聽，然而她的自尊比不過想與人分享的需要，還不到數分鐘，她就把一切都告訴了面前的男子。

「這個男人丟下妳單獨一人，無人護衛？」尼可驚駭地問道，「他棄妳而去，無視於妳可能落入盜匪和暴徒之手？」

格蕾點點頭，用餐巾紙擤了一下鼻子。「還有那些相信自己來自十六世紀的人們。噢，抱歉。」她加上一句。

但尼可似乎沒聽見她的話，起身開始在花園裡踱步。園裡共擺了五張桌子，但此刻並沒有其他客人。「於是妳跪在墓前——我的墓前——並祈求一位……」他望向格蕾。

「銀甲騎士。這是美國人常用的說法，每個女人都想要個俊帥的……我是說……一個能夠拯救她的男人。」

他藏在鬍髭後的雙唇微微一笑。「妳召喚我來此時，我並未身著盔甲。」

「我沒有召喚你，」她語氣激烈地說道，「對一個被丟棄在教堂裡的女人來說，哭泣是很正常的反應，尤其是她的皮包還被一個被寵壞的胖女孩給偷走。我甚至連護照都沒有，就算我的家人匯錢給我買機票回家，我都無法立即上路，得先去申請一本新護照。」

「我也一樣無法回家，」他又開始踱步。「這一點我們的遭遇相同。但既然妳能把我召來此地，就有辦法送我回去。」

「我不是女巫，」她近乎咆哮道，「我不會施行魔法，更不知道如何召喚人們穿越時空，這一切都是出自於你的幻想。」

他朝她挑挑眉。「妳的情人離妳而去，顯然情有可原。以妳如此暴躁的脾氣，他當然不願與妳共處。」

「我跟洛柏在一起的時候，從來沒有『脾氣暴躁』過，也許會使點小性子，但也只是偶爾為之，因為我愛他。也許我不該太常抱怨葛洛莉的事，但她的說謊成性實在讓我無法忍受。」

「妳愛這個棄妳於不顧，還容許他女兒竊取妳財物的男人？」

「我不認爲洛柏知道葛洛莉偷了我的皮包，再說，她還只是個孩子，也許她根本不明白自己做了什麼。我只希望能找到他們，拿回我的護照，好盡快回家。」

「看來我們的目標相同。」他緊盯著她。

格蕾突然醒悟，了解到他的打算。這個男人要她留下來幫忙他，但她可不想被一個患了失憶症的傢伙纏上。

她放下空杯。「我們的目標並沒有相同到我該陪著你好幾個月，直到你記起自己住在紐澤西州，已經有了老婆和三個孩子，每年暑假都會跑來英國，穿上絢麗的盔甲，跟某個毫無戒心的觀光客玩一場偷情遊戲。謝謝你，不過還是免了吧。我們之前已經有過協議，我替你找到旅館過夜，然後我就可以離開。」

男人的怒火顯而易見。「這個時代的女性都像妳這樣嗎？」

「不，只有那些一再受到傷害的女性。」格蕾怒吼回去。「若你眞的失去了記憶，就該去看醫生，而不是在教堂裡勾搭女人；如果你只是在演戲，那你更應該去看醫生。無論如何，你都不需要我。」她把餐具收進托盤，端起它要走回店裡，但他擋在門口。

「如果我說的是眞話呢？妳不相信妳的眼淚，能將我從另一個時空召喚而來？」

「我當然不信。有上千種理由可以解釋你爲何認爲自己來自十六世紀，但可不包括我身爲女巫這一種。現在請你讓開行嗎？我得把這些東西放下，好去替你找間旅館。」

他讓到一邊，然後跟著她走進茶館。格蕾向店員打聽了最靠近的旅店後，兩人回到街上；過程中尼可始終不發一語地低著頭，似乎在思索什麼重要問題。他的靜默令她感到有些困擾，而且他也不像之前那樣興致盎然地東張西望。

「喜歡你的新衣服嗎？」格蕾試著挑起話題。他的盔甲跟舊衣物都裝在他提著的購物袋裡。

他沒有回答，只是皺著眉頭繼續向前走。

附早餐的旅店裡只剩下一間空房，格蕾填寫著住客登記簿。「你仍然堅持你是尼可拉斯．史代佛？」

櫃檯後的女子笑了。「噢，就像教堂裡那一位。」她從架上拿了一張風景明信片，上面的照片正是教堂中的石墓。「你看起來的確跟他很像，只是更栩栩如生。」她自顧自地笑了起來。「右手邊第一間，浴室在走道盡頭。」說完後，她笑著離開了門廳。

格蕾轉身看著眼前的男人，突然感覺自己像個就要遺棄孩子的母親。「你很快就會恢復記憶了，」她安撫地說道，「這位女士會告訴你到哪裡吃晚飯。我敢打賭只要好好睡上一覺，你就會想起一切。」

「我沒有忘記任何事，女士。」他僵硬地說道，「而且妳不能走，只有妳知道如何將我送回我的年代。」

「拜託你饒了我行嗎？」她不悅地回嘴。難道他不懂，她自己的麻煩也不少嗎？她總不能不顧自己的需要，就這麼放下一切來幫忙一個陌生人吧？「請把之前說好的五十元付給我，我好走人。換算成英鎊是……」格蕾驚駭地了解到，那大約只值三十英鎊，光是這間旅店的房間就要價四十鎊了。但這是他們之前講好的數目。「請付我三十鎊，然後我就要走了。」

他站在那裡一動也不動，於是格蕾從購物袋裡翻找出那些紙鈔，拿走了三十英鎊，再將剩下的錢還給他。「明天你可以拿著錢幣去找先前那位交易商，他會給你更多現代的紙幣。」她再看了一眼那雙滿載憂傷的藍眸，然後轉身離去。「祝你好運。」

然而離開旅店後，她不但未曾感受到終於擺脫掉那個男人的欣喜，反而覺得像是失去了什麼。但格蕾強迫自己挺起胸膛、昂首前行。天色不早了，她得盡快找到地方過夜——一個廉價的地方——並且決定下一步該怎麼走。

5

尼可上樓找到了自己將度過一晚的房間，對它深感驚愕且厭惡不已。那間房非常狹小，擺放了兩張看來很硬的窄床，而且並未鋪上精美的床罩。牆壁的顏色顯得很單調，但經過仔細審視，他發現牆上畫著數千朵極爲細小的藍花。也許加上幾道飾邊，再多掛幾幅畫，尼可揣想著，這裡還算過得去。

一面牆上有扇鑲了那種神奇玻璃的窗戶，兩旁垂掛著畫有花紋的布料。其餘牆面上掛著裝框的圖片，當他伸手觸摸時，感覺到了掌下的玻璃——它是如此透明清澈，讓他幾乎無法看見它的存在。其中一張圖片的內容非常猥褻，畫著兩名裸體女子坐在一塊布巾上，旁邊還有兩個衣著整齊的男子。尼可並非不喜歡這幅畫，但他無法忍受看見如此令人羞赧之物就這樣公開陳列。他把畫轉過去面對牆面。

他打開一扇門，門後是間小室，但裡面並沒有任何櫥櫃，只有一根圓棍抵著兩側牆面，上面吊著幾個他在服飾店裡看過的細鐵架。房間裡有個櫃子，但他從未見過那種樣式，它竟然全部是由抽屜組成！他試了一下，但櫃子的頂蓋無法掀起；接著他一一拉開所有抽屜，每一個都滑動得十分順暢。

不久後，尼可開始搜尋便盆，但房裡一個也沒有，他只好下樓走到後花園尋找廁所，卻仍然找不到。

「四百年裡，一切眞起了如此大的變化？」他咕噥道，在玫瑰花叢裡解決了需要。拉鏈和暗釦讓他費了一番手腳，但最後還是順利完成。

「沒有那個女巫，我也能應付得很好。」他告訴自己，然後回到屋子裡。也許明天他醒來後，會發現這全都只是一場夢，一場既長、又古怪的噩夢。

樓下一個人都沒有，所以尼可探頭望進一間門扉敞開的房間。房裡擺放著幾件傢俱，有些全包裹在質料甚佳的織布裡，還有一張完全沒有顯露任何一吋木料的椅子。他坐到椅子上，感覺被柔軟給完全包圍住。他閉上眼睛，想到母親那身年邁、脆弱的骨頭；她肯定會喜歡一把如此柔軟的椅子。

靠著一邊牆面有張頗高的木桌，下方有把凳子。總算有樣看來有些面熟的東西了。他觀察了一下，找到鉸鏈，然後掀起了頂蓋。這不是張桌子，而是某種樣式的大鍵琴；當他輕觸琴鍵時，它們發出的琴聲並不相同。在他前面擺著他熟悉的樂譜。

尼可坐到凳子上，手指撫過琴鍵，聆聽它們的音調，然後開始照著樂譜彈奏。

「你彈得眞美。」

他轉過身，看見女店主站在他身後。

「〈月河〉一直是我最喜歡的曲子之一。你會彈散拍樂❺嗎？」她翻找著一張上面擺了盆怪異植物的小桌子，從抽屜裡拿出另一份樂譜。「這些都是美國樂曲，我死去的丈夫是美國人。」

放在尼可眼前的是一首最奇特不凡的樂曲，名叫〈刺激〉。他花了不少時間才彈出令女店主滿意的曲調，不過一旦抓住了音樂的節拍後，他也開始享受起彈奏它的喜悅。

「天哪，你琴藝眞是精湛。」她說道，「你到任何酒館一定都能找到工作。」

「酒館？我會考慮去試試看。」尼可微笑道，站起身來。「也許不久的將來，我會需要一份工作。」話聲剛落，他突地感到一陣暈眩，連忙伸手撐著一旁的椅背。

「你還好嗎？」

「只是累了。」尼可喃喃道。

「旅行也總是會讓我感到疲累。你今天去了很遠的地方嗎？」

「有數百年之遠。」

女店主微笑道：「我出門旅行時，也都有這樣的感覺。你快上樓回房間去吧，趁晚飯前先休息一下。」

「也好。」尼可輕聲道。也許明天他就能更清晰地思考，該怎麼讓自己回到他的時代。也可能明天他醒來時，會發現他正躺在自己的床上，而這一切都已經結束；不只是二十世紀這一段，還有在家裡等著他的那場噩夢。

回房後，他緩緩脫下衣物，學著在服飾店看到的方式將它們掛起。那個女巫此刻人在何處？是否已經回到她情人的懷抱裡？既然她的能力強大到能從四百年前將他召喚來此，想必也有辦法把迷途的戀人從區區幾哩外給找回來。

他裸著身子爬上床，床單平滑得不可思議，而且聞起來乾淨又清新。蓋在他身上的不是好幾

❺十九世紀末到二十世紀初期，盛行於美國的早期爵士樂曲。

層厚重的被褥，而是一條輕薄柔軟的毛毯。

明天，他想著，一面疲累地閉上眼睛。明天他就能回家了。

他幾乎立刻便沉睡過去，熟睡之深，超乎他曾有過的任何一次經驗，甚至連屋外開始降下的大雨也沒能吵醒他。

數小時後，尼可不情願地被自己在睡夢中的翻來覆去給擾醒。他有些茫然地坐起身，黑暗的房間令他一時忘了自己身在何處。隨著雨滴打在屋頂上的聲音，他的記憶也漸漸回籠。他摸索著床邊的小桌子，想找尋打火石和蠟燭，但什麼也沒找到。

「這到底是什麼旅店？」他氣憤地說道，「沒有便盆，沒有廁所，連燭火也沒有。」

他正咕噥著，突然間迅速轉頭，似乎在聆聽什麼。有某個人正在呼喚他，只是使用的並非言語。他並沒有確切地聽到自己的名字，但能感覺得出那個聲音欲向他表達的迫切之意。

毫無疑問，必定是那名女巫，他不悅地想著。她是否正攪動著一大鍋的蛇眼睛，發出咯咯的笑聲，輕喚著他的名字？

尼可知道想抗拒她只是白費力氣，只要他還有呼吸，就一定得回應她的召喚。

他心有不甘地離開溫暖的床鋪，費力地穿上陌生怪異的現代衣物。直到要穿上長褲時，他才發現自己身體的某些脆弱部位，頗有被那些鐵製細小牙齒夾傷的危險。他一面詛咒，一面套上料子單薄的襯衫，摸索著走出黑暗的房間。

他很高興看到走道上點著燈火。牆上有著罩了圓形玻璃框的火炬，但裡面燃燒的並非火焰。

他很想多檢視這奇妙的景象，但窗外竄過一道閃電，接著是撼動整間屋子的雷聲——召喚著他的聲音也越來越強烈。

他下了樓，踩過厚軟的地毯，步入了傾盆大雨中。尼可用手遮臉，仰頭注意到有許多根高柱上設置著更多火炬，但風雨的吹拂並沒有讓火焰熄滅。不到片刻他便已全身濕透，尼可顫抖地縮起脖子。這些現代的衣物一點也不實用！這個時代的人們一定非常強壯，他心想。沒有斗篷或緊身皮衣，他們如何保護自己抵擋風雨的侵襲？

他冒著強勁的雨勢走在陌生的街道上，好幾次在聽見奇怪的聲響時想探手拔劍，卻因它不在身邊而只能沮喪地詛咒。他打算明天要賣出更多錢幣，然後僱用幾名護衛隨行；明天他還要強迫那個女人吐實，招出她是如何把他召來這個奇異的國度。

他頂著風雨走過好幾條街，其中還轉錯了幾個彎，只好停下來靜靜聆聽，等待再次傳來的召喚聲。在他腦海裡那道聲音的指引下，他離開高掛著火炬的街道，來到黯淡無光的郊外。他沿著一條小路走了幾分鐘，一面忙著抹去臉上的雨水；最後他朝右轉，穿越了一片空地，看見一道圍籬。他翻身而過，繼續往前走，直到來到了一間小屋。他知道，他終於找到她了。

就在他用力推開門的那一剎那，一道閃電照亮了她全身濕透、瑟縮在骯髒草堆上的顫抖身影。她又一次地在傷心哭泣。

「好了，女士，」他咬牙切齒地說道，「妳把我從溫暖的被窩裡叫來這裡，又想要我爲妳做什麼？」

「走開，」她啜泣道，「別管我。」

尼可低頭看著她，不得不佩服她的堅忍——還有她的傲氣。她顯然冷得半死，連透過雨聲都能清楚聽見她牙齒格格作響的顫聲。尼可嘆口氣，放下了胸中的怒火。若她眞是法力高強的女巫，爲何不施法讓自己有個暖和乾燥的地方過夜？他走進漏水的小屋，彎身將她抱入懷中。「我實在不確定是誰比較無助——妳還是我。」

「放開我。」格蕾說道，卻沒有要掙開他懷抱的舉動，而是把頭靠在他肩上，哭得更加傷心。「我找不到地方住，在英國每樣東西都好貴，我也不知道洛柏在哪裡。我不得不打電話給麗莎了，她一定會嘲笑我的。」她語無倫次地說道。

尼可調整了一下她的姿勢，好翻過那道圍籬，但他繼續向前走。格蕾用手環住他的脖子，仍在啜泣。「我到哪裡都沒有歸屬感。我的家人都很完美，只除了我。我們全家每個女人都嫁給了好老公，洛柏原本是我最好的對象，我卻無法抓住他。噢，尼克，我該怎麼辦？」

他們已經穿過郊外的空地，回到了街道上。「女士，不要叫我尼克。妳可以稱呼我尼可或是克霖，但別叫尼克。既然我們似乎注定要認識對方，那麼妳叫什麼名字？」

「杜格蕾思．蒙哥馬利。簡稱格蕾。」

「這是個好名字。」

格蕾吸吸鼻子，淚水有減緩的趨勢。「我父親教授中古世紀的歷史，所以我是依杜格蕾思．雪菲爾德來命名的。你知道，就是替列斯特伯爵生下私生子那個女人。」

尼可陡然停步。「妳說什麼？」

格蕾驚訝地望著他。滂沱的雨勢已經轉爲霏霏細雨，有足夠的月光讓她清楚看見他臉上的表情。「她替列斯特伯爵生下孩子。」

尼可立刻將格蕾放到地上，對她怒目而視。「那麼，請告訴我，誰是這位列斯特伯爵？」他的偽裝快要破局了，格蕾暗忖，朝他露出微笑。「你不是該假裝知道才對嗎？」尼可沒有回答，於是格蕾繼續說道：「列斯特伯爵名叫勞勃．達德雷，他深愛著伊莉莎白女王。」她的話引來尼可的滔天怒火，轉身大步走開。「達德雷全家都是叛徒，該被處死。伊莉莎白女王要嫁給西班牙國王，我可以向妳保證，她絕對不會嫁給達德雷家的人！」

「你說得對，她不會嫁給達德雷，但她也沒有嫁給西班牙國王。」格蕾叫道，一面想追上他，卻不小心扭傷腳踝，痛呼一聲倒在柏油路面上，刮傷了雙手和膝蓋。

尼可氣忿地回頭，再次彎身將她抱起。「女人，妳眞是個大麻煩。」

格蕾開口想說話，但尼可要她安靜點，她只好把頭靠回他的肩膀，閉上嘴巴。

他一路把她抱回旅店，推開大門時，他發現女店主坐在椅子上，正在等著他。

「你回來了，」她似乎鬆了一口氣。「我聽見你出門，心裡就知道一定發生了什麼事。噢，可憐的孩子，你們兩個渾身都濕透了。你帶她上樓去好好泡個熱水澡，我替你們準備些熱茶和三明治。」她看看尼可。「我稍早曾替你送晚餐上去，但敲門時沒人回應。你八成是睡熟了。」

尼可朝她點點頭，抱著格蕾跟隨她上樓。女店主領著他們來到尼可之前不曾見過的一個房間，裡面有些形狀奇特的大型瓷製容器；他認出其中之一是浴缸，但卻未看見裝水的桶子，房裡也沒有女僕。誰來取水塡滿這個大浴缸？

當女店主轉動浴缸上的一個把手，而清水隨之流出時，尼可差點扔下懷裡抱著的女子。在屋子裡竟然有噴泉！尼可不敢置信地張大眼睛。

「過一會兒就有熱水了。你幫她脫掉濕衣服，把她放進浴缸裡吧，我去拿乾淨的毛巾。你看起來也該好好泡個澡。」女店主說道，離開了房間。

尼可大概能了解她的意思，以感興趣的目光望著格蕾。

「你想都別想。」格蕾警告他，「我洗澡的時候，你給我出去。」

他笑著放她下地，環顧著四周。「這是什麼房間？」

「這叫浴室。」

「我認得出浴盆，但這個又是什麼？還有這個？」

格蕾穿著冰冷濕透的衣物站在那裡瞪著他。當他假裝不知道誰是勞勃．達德雷時，她曾以為他露出了破綻；然而一等他繼續說下去，格蕾就知道他是對的。她得再打電話給她父親問明詳細日期，不過她很確定在一五六四年——這個男人宣稱他來自的年代——勞勃．達德雷尚未受封為列斯特伯爵。

現在他正站在她面前，一身濕衣緊貼著他壯麗的身軀，詢問她馬桶和洗手檯是做什麼用的。她實在很想問他，如果不知道馬桶是什麼，那麼他都是用何種方式解決生理需要？他當然知道，格蕾告訴自己，只是研究得太過入迷，以致忘記了這些最基本的事物。她先示範洗臉盆的用法，然後紅著臉解釋了馬桶的功用，教他如何掀起及放下馬桶蓋。「永遠、永遠不要忘記把馬桶蓋放下。」格蕾說道，自覺為所有女性盡了一份心力而感到得意。

女店主帶回一疊毛巾和一件印花棉質睡袍。「我注意到你們沒帶多少東西。」她的語氣暗示著她想知道原因。「通常美國人旅行時都帶著成堆行李。」

「全被航空公司弄丟了。」格蕾迅速答道，納悶店主是否以為尼可是美國人。他的口音對英國人來說很怪異嗎？

「我想也是。」女店主道，「我會把茶端來，放在走道的小桌上。晚安。」

「好的，謝謝妳。」房門關上，只剩格蕾和尼可兩人獨處後，她開始趕人。「你也可以出去了，我一會兒就好。」

尼可露出微笑，彷彿對格蕾緊張的態度感到有趣，然後離開了浴室。格蕾跨進熱騰騰的浴缸，向後仰躺，閉上了眼睛。熱水刺痛了她擦傷的膝蓋和手肘，但她全身立刻溫暖了起來。

他是怎麼找到她的？離開旅店後，她幾乎走遍了全村，想找到可以用三十英鎊過夜的處所，但卻一無所獲，所有較便宜的地方都已經客滿。她花了六英鎊在酒館吃了一餐，然後開始往前走，希望能在天黑前走到鄰村，找到落腳處。但不久後就開始下雨，天色也越來越暗，最後格蕾只找到田裡一間漏水的小屋。她先縮在骯髒的稻草堆裡睡了一陣子，但在夜裡發現自己哭著醒來——過去二十四小時以來，哭泣似乎已經變成常態。

然後他就這麼出現了。坦白說，她並不意外會見到他。他會冒雨出來找她，並且知道她人在何處這一點，似乎再正常也不過；被他用強壯的雙臂抱入懷中，也感覺十分自然。

水開始變冷，格蕾爬出浴缸，擦乾身子，套上印花睡袍。她瞥了眼鏡子，看見自己沒有化妝的素顏，還有她的頭髮……還是別去想它比較好。她現在連把梳子也沒有，對自己的外表實在無計可施。

她羞赧地輕敲了敲半開的臥室房門，身上只穿著濕長褲的尼可把門打開。「浴室該你用了。」格蕾試著露出微笑，假裝目前的情況並沒有什麼不正常。

但他的表情很嚴肅。「上床去，好好待在那裡，我可不想再摸黑出去找人。」

格蕾點點頭，看著他走出房間，進入浴室。桌上的托盤裡擺著所剩不多的食物和半壺茶。她心存感激地吃掉他留下的雞肉三明治，和僅餘的一杯熱茶，知道自己其實並不值得他寬厚以待；對他而言，她就有如一隻討人厭的害蟲。用完餐後，她穿著薄薄的睡袍，滑入另一張床的被窩裡。等他回來，他們得好好談一談；她要問他怎麼會知道她在哪裡？又是如何在下著傾盆大雨的黑夜裡找到她的？

她一心打算要等到他回房，但才閉上眼不到一會兒，再醒來時已經是早上了。溫暖的陽光照在她臉上，她緩緩地、慵懶地睜開眼睛。

有個男人背對著她站在窗前，全身只在腰間圍了條白色浴巾。有如仍在夢境一般，格蕾注意到男人有著強壯堅實的背脊，向下逐漸內縮至瘦削的腰身，健壯的雙腿上佈滿肌肉。

她慢慢清醒過來，記起了男人的身分。她記得他們在教堂的初次會面，他對她拔劍相向；還有昨晚當他找到她時，在大雨中將她抱回旅店。

格蕾坐起身來，尼可聞聲轉頭看著她。

「妳醒了。」他語氣平淡地說道，「快起床吧，我們還有很多事要做。」

她掀被下床，發現他似乎打算當著她的面……著衣。她抓起自己皺成一團的衣物，走進浴室換上，然後望著鏡中的影像，差點再度大哭起來。她看起來糟透了！雙眼仍然紅腫，髮絲糾結成團——而她卻絲毫沒有辦法改善自己的尊容。她看著鏡子，心裡想著，若是所有女人都得用上帝賜給她們的那張臉來面對世界，世上女性的自殺率八成會提高不少。

她挺起肩膀，走出浴室，差點撞上等在走道上的尼可。

「先吃東西，女士，然後我們再談。」他以略帶挑釁的語氣說道。

格蕾只是靜靜頷首，帶頭走向樓下的小餐室。

她記得曾在旅遊指南中讀到，英國有兩種餐點最值得一試：早餐和午茶。她和尼可在小餐桌旁坐下，女店主開始端來一盤又一盤的食物：鬆軟的炒蛋、三種不同的麵包、和美國火腿相比毫不遜色的培根肉、烤番茄、炸馬鈴薯、燻鯡魚、奶油、牛油以及果醬。在桌子中央是裝滿熱茶的美麗大瓷壺，女店主在他們用餐期間還不時地前來添加熱水。

格蕾近乎狼吞虎嚥，直到她再也吃不下任何東西，但仍比不上尼可的胃口，他幾乎吃光了桌上的每樣食物。停止進食後，格蕾才注意到女店主正好奇地看著尼可。他吃每樣東西都是使用湯匙或他的手指；他會用刀來切培根肉，但卻是用手指來固定它，從頭到尾連一次也沒碰過叉子。

當他終於吃飽後，他向女店主道謝，然後抓著格蕾的手臂走到屋外。

「我們要去哪裡？」她問道，用舌頭感覺了一下牙齒上的污垢。她已經二十四小時沒刷牙了，嘴裡的感覺不太好受；還有，她的頭皮也開始發癢。

「去教堂，」他說，「到那裡之後我們再做計畫。」

他們很快步行到教堂，一路上尼可只停下來一次，瞠目結舌地瞪著一輛駛過的小貨車。格蕾原打算告訴他十八輪大貨車和運牛卡車的事，但因不想參與他的偽裝遊戲而作罷。

老教堂裡空無一人，尼可拉著她坐在石墓左前方的長椅上。她安靜地坐著，注視他先是望著那尊大理石雕像出神，然後伸手撫過墓上的名字和日期。

最後他終於起身，雙手交握在身後開始來回踱步。「在我看來，蒙哥馬利小姐，我們需要彼此。我相信上帝讓妳我相遇必有其原因。」

「我以爲是我施了咒語的關係。」格蕾說道，原意是想開個玩笑，但老實說，她很高興他似乎終於了解到她並非女巫。

「起初我的確是這麼相信的，但自從妳把我召喚至雨中之後，我就一直未曾入睡，讓我有時間可以仔細思考。」

「我召喚你？」她不敢置信地說，「我連想都沒想起過你，更別說召喚你了。我也可以向你保證，那處田地裡沒有任何電話，我的叫聲也絕不至於大到能讓你聽見。」

「儘管如此，的確是妳召喚了我，將我從沉睡中喚醒。」

「噢，我明白了，」她開始生氣。「你仍然認爲是我使用了某種魔法，把你從墳墓裡叫來這裡。我實在受夠了，我要走了。」她準備起身。

但他立刻來到她面前，一手按著長椅的扶手，另一手撐著椅背，用他龐大的身軀迫使她留在位子上。「妳相信與否，對我而言並不重要。」他的臉逼近她，雙眉緊蹙。「昨日早晨我醒來時，仍是我主一五六四年，而今晨卻已是……」

「一九八八年。」格蕾輕聲道。

「哎，過了四百多年。而妳，女巫，便是我之所以在此，以及讓我回去的關鍵。」

「相信我，如果我做得到的話，一定會想辦法送你回去。」她抿緊唇道，「我自己的麻煩就夠多了，可不想再多照顧一個——」

他靠得更近，兩人的鼻尖幾乎要碰在一起，她可以感覺到他噴出的怒火。「妳膽敢說是妳在照顧我？深夜裡把妳從荒郊野外帶回來的人是我。」

「也不過就那麼一次罷了。」她氣虛地說道，嘆息一聲。「好吧，你是怎麼聽見……我的召喚？」

他轉身回到石墓前。「妳我之間有著某種牽繫，」他輕聲道，「我在睡夢中聽見妳的呼喚，它們並非出自言語，但我就是能聽見。那種感覺將我喚醒，然後引領我找到妳。」

格蕾靜默了一會兒。她知道他說的是眞話，因爲沒有其他理由能解釋他是如何找到她的。

「你是說，你認爲我們之間有著某種心電感應？」

他轉過身，一臉困惑的表情。

「心電感應是一種思緒的傳遞，讓人們能讀出彼此的想法。」

「也許吧，」他回頭望向石墓。「與其說是思緒，我想它更像是一種……需要。我似乎能聽得見妳需要我。」

「我不需要任何人。」她頑固地說。

他轉身怒視她。「我不懂妳父親爲何不將妳留在家中，我尚未見過比妳更需要照拂的女子。」

格蕾再度想站起，不過尼可臉上的表情讓她乖乖坐下。「好吧，你聽到了我的『呼喚』，你認爲那代表什麼意思？」

尼可又開始來回踱步。「我來到這個陌生、奇異的年代必然有其原因，我相信必須由妳來幫助我找出答案。」

「不行，」格蕾迅速說道，「我得去找洛柏，拿到我的護照好回家去。我已經受夠了這段假期，再像這樣過上二十四小時，就輪到我去找人替我刻墓碑了。」

「我的生死對妳來說只是個笑話，對我而言卻不然。」尼可黯然道。

格蕾沮喪地兩手一攤。「你要我爲你感到難過，因爲你已經死了？但你並沒有死，你還活著。」

「不，女士，我就躺在那兒。」他指向石墓。

格蕾把頭靠在椅背上，閉起眼睛。她該立刻起身離開；事實上，她或許該向其他人尋求協助。但坦白說，她無法那麼做。無論這個男人眞正的身分爲何，他似乎非常確信自己來自另一個時空——雖然她並不相信。而在他昨晚救了她之後，她欠他一份人情。「你打算怎麼辦？」她柔聲問道。

「我會幫妳找到妳的情人，但妳也必須幫助我，找出我來到此地的原因。」

「你要怎麼幫我找到洛柏？」她問道。

「我可以供給妳衣、食和住所，直到妳找到他。」他立刻回答。

「啊，是的，這些必要之物。能不能再加上一盒眼影？好吧，我只是在說笑。假設我們找到了洛柏，你要我怎麼做好幫助你……呃，回去？」

「昨晚妳提到勞勃．達德雷和伊莉莎白女王，妳似乎知道我們年輕的女王將會嫁給何人。」

「伊莉莎白誰都沒嫁，史上稱她爲處女女王。」

「不！這不可能是事實，沒有女人能獨力治國。」

「她不只獨力治理國家，而且做得好極了。她讓英國成爲全歐洲的霸主。」

「此事當眞？」

「你可以不相信我，但這都是歷史。」

他沉吟半晌。「是的，歷史。所有發生在我身上之事，以及我家人的遭遇，現在都已成爲歷史了，所以它們應該會被記載下來，對嗎？」

「我明白了，你認爲你被送來這裡，是爲了要查明某件事情？眞有趣。」格蕾微笑道，然後皺起眉頭。「我是說，如果眞有穿越時空這種事的話，那當然很有趣。但這種事根本不可能發生。」

尼可又露出那種她已經漸漸熟悉的困惑表情，彷彿聽不懂她在說什麼。「也許妳手中握有某個我必須找出的關鍵。這個時代的人知道女王爲何對我做出那樣的判決嗎？是誰告訴她，我招募軍隊想推翻她？這些應該都有記載，對嗎？」

「嗅，是的。我父親每次聽到伊莉莎白一世有私生子的傳聞，就會非常生氣。他說伊莉莎白這一生所度過的每一天，都被非常詳細地記錄下來，所以絕不可能偷溜到某處去秘密生子。」尼可萬分專注的神情令她微笑。「我有個好主意，你何不留在這個時代，別回去了。我相信你一定能找到工作，你會是個很棒的老師，專門教授伊莉莎白時期的歷史；或者你也可以從事研究和寫作。只要賣掉你那些錢幣，再謹慎投資的話，維生應該不會有問題。我父親和我的杰提叔父都可以幫你處理投資事宜，他們對理財很有一套。」

「不！」尼可握緊拳頭，神情激動。「我一定得回去我的時代，這攸關我的名譽，以及史岱佛家族的未來。如果我不回去，所有產業將會被沒收。」

「沒收？」格蕾感到背脊一陣發冷。她對中古世紀的歷史還算熟悉，知道他這麼說代表的意義。「通常一名貴族的產業被國王——或是女王——沒收，都是因為被控……」她望著他，悄聲道，「叛國。在中古世紀時，叛國罪的懲罰是沒收產業，而叛國者將遭到……」她深吸了一口氣。「你……你是怎麼死的？」

「我想是被處死的。」

6

格蕾早已忘記質疑他是否眞的來自十六世紀。「告訴我發生了什麼事。」

他繼續踱了一會兒步，又望了石墓一眼，然後來到她身邊坐下。「我在威爾斯有幾塊領地，當我得知它們遭到攻擊時，便立刻組織了一支軍隊，卻在匆忙中忘了向女王請求許可。她……」

他凝注遠方，眼神冷硬而惱怒。「有人告訴她，我組織軍隊是爲了加入蘇格蘭女王的陣營。」

「蘇格蘭的瑪麗女王。」格蕾點頭道。

「我的審判過程十分倉促，很快即被判處斬刑。就在我將被處決的三天前，我聽到了……妳的召喚。」

「那麼你很幸運。」格蕾道，「斬首之刑！眞是令人作嘔。我們這時代已經不再那麼做了。」

「你們沒有叛國罪，所以無須砍人腦袋？」尼可問道，「還是你們有其他的刑罰來懲治貴族？」他抬手阻止格蕾回答。「算了，這些我們以後再討論。我母親是名極有權勢的女子，也有不少朋友。從我被捕開始，她就不曾懈怠地試圖證明我的清白——並且已有所斬獲。她相信再過不久，她就能找出是誰背叛了我。我一定得回去證明我並未叛國，否則她將會失去一切，成爲一無所有的貧民。」

「女王會拿走你所有財產？」

「是的，就如同我眞的犯下叛國罪一樣。」

格蕾思索著他所說的話。當然它們不可能是眞的，但如果是的話，也許他們可以從現代的歷史書籍裡找到線索。「你知不知道是誰告訴女王，你召集軍隊是爲了要奪取她的王位？」

「我不確定，但我被召喚來此之前，正在寫一封信給家母。當時我終於記起一個十年前與我有過嫌隙的男子，並聽聞他經常出入宮廷。也許是他……」尼可的話聲逝去，沮喪的將臉埋進掌心。

格蕾幾乎忍不住要伸手摸摸他的頭髮，或是揉揉他的後頸撫慰他；然而她提醒自己，這個男人的煩惱與她無關，她也沒有義務要花時間幫他找出爲何他——或是他的先人——會被人誣陷叛國。

但話說回來，一想到天下竟有如此不公不義之事，就令格蕾全身竄起雞皮疙瘩。也許這是蒙哥馬利家族的遺傳吧，她的祖父漢克．蒙哥馬利在回到緬因州繼承家業之前，曾經致力於組織工會；直到今天，她祖父仍痛恨看到任何形式的不公不義，並且甘願犧牲生命來阻止它。

「我曾告訴過你，我父親教授中世紀歷史，」格蕾柔聲道，「我曾幫他進行過一些研究工作，也許我能幫你找出你想知道的答案。再說，你以爲有多少人會願意考慮幫忙一個腰掛利劍，還穿著燈籠短褲的男人？」

尼可站起身。「妳指的是我的下著？妳在譏笑我的衣裝？這件……」

「長褲。」

「哎，長褲。它們緊緋住男人的雙腿，讓我無法屈身。還有這些，」他把雙手插進口袋。「它們小得放不進任何東西。昨晚我在雨中非常寒冷……」

「但你今天這樣看起來很酷。」她微笑道。

「還有這個，」他拉開遮布，露出拉鏈。「這會令男人受傷。」

格蕾開始大笑。「如果你先穿上內褲，而不是把它留在床上，或許就不會被拉鍊弄傷了。」

「內褲？那是什麼？」

「鬆緊帶，記得嗎？」

「噢，對。」他露出微笑。

就在這一刻，格蕾忽然間思緒泉湧。出發來到英國之前，她的六位女性友人請她吃了頓晚餐，預祝她一路順風，席間大夥兒還興致盎然地笑談她這段浪漫假期。但現在才不過五天，她就已經迫不及待想回家了。

抬頭看著眼前正在微笑的男子，格蕾不禁納悶，如果她對自己誠實的話，她會寧願和洛柏及葛洛莉一起度過四週半的旅程，還是幫助這個男人——無論他說的是眞是假——探究他的前生？

她回了尼可一笑，想起以前讀過的一則鬼故事，內容是關於一棟受到詛咒的避暑小屋。

「好，」她聽見自己說，「我願意幫助你。」

尼可坐到她身邊，握住她的手，熱切親吻她的手背。「在妳內心深處，妳是位淑女。」

她的笑容消失了。「內心深處？你的意思是，我其他部分都稱不上淑女囉？」

他微一聳肩。「誰知道上帝爲何把我和一位平民湊在一起。」

「你這個——」她忍不住想告訴他，她叔父的身分可是拉哥尼亞的國王，而她童年時代常跟她的堂親——王子和公主們——一起度過暑假。但某種原因讓她沒有說出口。算了，隨他怎麼想吧。「我該稱呼你『爵爺』嗎？」她促狹地說道。

尼可若有所思的蹙起眉頭。「我考慮過這個問題。現今無人知曉我的頭銜，所以我能安全無虞地隨意行動。還有這些衣裳，它們看來很普通，與一般人的穿著無異。我弄不懂這個時代的禁奢法令，但我有必要僱用一些侍從；只是在這兒光是一件襯衣，就得花去一個男人整年的薪酬。我試過了，卻總是無法理解你們生活的方式。我經常……」他移開視線。「我經常令自己出糗。」

「那又如何？我雖然生長於這個時代，也是一樣常常出糗啊。」格蕾不以爲意地道。

「但妳是個女子。」

「首先你得搞清楚一件事：這個世紀的女性已經不再是男人的奴隸。現代女性享有言論和行動的自由，我們知道自己存在的意義，不是只爲了提供男人娛樂。」

尼可張口驚愕地看著她。「這就是現代人對我們那個時代女性的認知？你們相信她們僅是男人的玩物？」

「順服，溫馴，被禁閉在城堡某處，不斷懷孕，而且從來不被允許接受教育。」

尼可臉上掠過一連串情緒：震驚，惱怒，不敢置信。最後他終於放鬆下來，眼裡閃動著愉悅的神采，嘴角因微笑而上揚。「等我回去之後會告訴家母，後世對她的看法。家母一共埋葬了三位丈夫，亨利國王曾說他們其實是一心求死，因爲與家母相比，她那三名丈夫連半個男人都算不上。溫馴？不，女士，沒這回事。不能接受教育？家母能說四種語言，還能與人爭辯哲學。」

「那麼你母親是個例外，我相信那個時代的大部分女性都受到貶抑與壓迫，被視爲男人的財產。」

他緊盯著她。「在妳的時代裡，男人都是高尚的？他們不會拋下女子，任她們自生自滅，無人保護，身無分文，甚至無法負擔過夜的旅費？」

格蕾臉紅地別開臉，也許她的確沒什麼立場爭論這一點。「好吧，算你說的有道理。別說這些了，我們還是來談談正事吧。首先我們得去找家藥房買些盥洗用具，」她嘆口氣。「我亟需眼影、粉底、腮紅還有唇膏。我們還需要牙刷、牙膏和牙線。」她停下來望著他。「讓我看看你的牙齒。」

「女士！」

「讓我看看你的牙齒。」她堅定地重複道。如果他是個過度沉迷於課業的研究生，多半曾經補過牙；但他若來自十六世紀，就絕不可能看過牙醫。

尼可猶豫了片刻，才順從地張開嘴，任由格蕾把他的頭扭過來、撇過去地仔細檢視。他少了三顆臼齒，還有一顆疑似蛀牙，而且完全沒有任何現代牙醫診治過的痕跡。「你需要去看牙醫，治療那顆蛀牙。」

尼可立刻抽身後退。「我的牙並未疼痛到需要被拔掉。」

「那就是你少了三顆臼齒的原因？它們是被拔掉的？」

他似乎認爲這是理所當然之事，於是格蕾張嘴讓他看看她補過的牙齒，並試著解釋什麼是牙醫。

「你們來了。」牧師從教堂後方走出來，眼裡閃動著愉悅的光芒。「看來你們變成了朋友。」

「我們不是……」牧師說到「朋友」兩字時暗示的語氣，讓格蕾很想反駁，但她忍住了。想把一切解釋清楚會花上太多時間。「我們得走了，還有很多事要做。尼可，我們走吧。」

尼可對他露出微笑，伸出手臂讓她挽住，兩人一起離開了教堂。格蕾在經過墓園時停下了腳步；洛柏把她扔在這兒，才只不過是昨天的事罷了。

「那樣閃閃發亮的東西是何物事？」尼可問道，望著其中一座墓碑。

是絆倒葛洛莉的那座墓碑，然後她還對洛柏撒謊，把受傷的事賴到格蕾頭上。格蕾好奇地走過去，發現隱藏在雜草和泥土之下的，正是葛洛莉那條價值五千元的鑽石翡翠手鍊。格蕾把它撿起來，舉高對著陽光。

「鑽石的品質很好，但並不出色，」尼可越過她的肩頭探看。「那些翡翠就不值什麼錢。」

格蕾笑著握緊手鍊。「這下他一定會回來了。」她迅速回到教堂內，請牧師在洛柏．惠尼來電詢問失落的手鍊時，轉告他東西在格蕾這裡，然後留下了她和尼可投宿那間旅店的名稱。

離開教堂時，格蕾感到心花怒放。從現在開始將會一切順遂，洛柏將會萬分感激她找到那條手鍊，而且……她腦海裡滿是洛柏對她宣誓永誌不渝的愛，以及表達無數歉意的景象。「我從不知道我會如此地思念一個人，」她腦中響起洛柏含淚的嗓音。「我該如何乞求妳的原諒？」還有「我原想給妳一個教訓，但其實是我從妳那裡學到了一課。噢，格蕾，妳願不願意——」

「什麼?」她美好的幻想被尼可打斷。

他皺著眉頭。「妳說要去找藥房,妳又打算施咒了?」

格蕾沒費事為自己辯白,她現在非常快樂,不想讓這種小事毀了她的好心情。「現代的藥房也兼賣日用雜貨,」她愉快地說道,「我們去瘋狂採購吧。」

她邊走邊計畫該買下哪些必需品,以便再見到洛柏時,可以呈現出自己最美麗的一面。她需要護膚產品及化妝品,頭髮也得顧到,還需要一件袖子上沒有裂口的新上衣。

他們先到錢幣商那兒賣出另一枚古幣,換回了一千五百英鎊;格蕾還向店主借了電話,打到旅店多訂了三天房間,好讓錢幣商有足夠時間替尼可那些稀有古幣找到買主。也給洛柏時間來找到她,格蕾暗忖。

接著他們來到英國最大的連鎖藥妝店,Boots。格蕾欣喜地發現店裡的各排櫥架上,擺放的不是包裝俗麗的成藥,而是各式各樣香味宜人的產品。不消多久,格蕾就已經陷入兩難的抉擇,她是該選芒果香味的洗髮精,還是茉莉?蘆薈面膜還是小黃瓜?她一邊慎重考慮著,一邊拿起一瓶薰衣草香味的潤絲精,扔進腳邊帆布材質的購物籃裡。

「這是什麼?」尼可悄聲問道,望著一排排包裝精美的貨品。

「洗髮精、體香劑、牙膏,都是些日用品。」格蕾心不在焉地回答,一手拿著檸檬馬鞭草身體乳液,另一手拿的則是月見草。該選哪一種呢?

「我不懂那些詞彙的意思。」

格蕾一邊忙著選購,一邊試著以一個伊莉莎白時代男人的眼光來看待這些物品——如果尼可眞是來自過去。而他當然不是，格蕾提醒自己。她父親曾說過，直到近代之前，人們都是在家中自製沐浴盥洗用品。

「這是洗髮精，你用它來洗頭髮。」她打開一瓶透著木瓜香味的洗髮精。「聞聞看。」

輕輕一嗅，讓尼可朝她露出愉悅的笑容，然後對著其他瓶子點頭示意。格蕾一一打開它們，欣賞著尼可臉上不可思議的神情。「這實在太神奇了，令人感覺有如置身天堂。我眞想把此物呈獻給我的女王。」

她蓋回風信子潤髮乳的瓶蓋。「你指的是砍了你腦袋的那位女王？」

「她是受到奸人蒙蔽。」尼可僵硬地說道，讓格蕾無奈地搖搖頭。身爲美國人，她很難理解這種對於王室的忠誠。

「我曾聽說她特別喜愛帶有香味的物事。」尼可說道，拿起一瓶男用鬍後水。「也許這裡有賣清洗過的手套。」他四下環顧。

「清洗？你的意思是乾淨的手套？」

「有香味的。」

「有香味的手套我沒見過，要讓肌膚散發香味我倒是有辦法。」格蕾微笑道。

「是嗎？」他懶洋洋的說道，然後用一種令她臉紅心跳的方式望著她。「那我也只好將就有香味的肌膚了。」

格蕾別開臉，匆匆走向擺放刮鬍產品的架子。「你願意刮掉鬍子嗎？」

尼可用手摸了摸鬍髭，似乎在考慮這個主意。「現代男人似乎都未留鬍子。」

「有些男人還是會留，但大致上來說，留鬍子並不合時尚。」

「那麼我會去找個理髮師將它剃掉。」他說道，然後頓了一下。「你們現在仍有理髮師吧？」

「有。」

「他也會將銀粉放進我疼痛的牙齒裡？」

格蕾放聲大笑。「不會，現代的牙醫和理髮師已經是兩種不同的職業。你自己選一瓶鬍後水吧，我會幫你拿刮鬍膏跟刀片。」她拾起購物籃，清點了一下已經選購好的物品：洗髮精、潤髮乳、梳子、牙刷、牙膏、牙線和一組旅行用的電髮捲。幾分鐘後，當她正開心地挑選化妝品時，聽見從貨架另一側傳來的聲響。是尼可想引起她的注意。

格蕾繞至隔壁走道，看到他握著一管打開的牙膏，白色的內容物濺滿了前方的貨架。

「我只是想聞聞它的味道。」他僵硬地說道，格蕾可以感覺得出他的窘迫。

她抓起一盒面紙拆開，抽了一大把開始善後。

尼可不可思議地看著面紙，立時忘記了困窘。「這是紙。」它柔軟的觸感讓他驚嘆不已。

「快住手！不可如此浪費紙，它們太珍貴了，而且這些尚未被使用過。」

格蕾不懂他在說什麼。「面紙只會被使用一次，用完即丟。」

「你們的時代眞的如此富有？」他用手抹抹臉，彷彿想清醒一下。「我實在不懂。紙是如此有價值，甚至可以用來代替黃金；但它同時又不值一物，用於清理之後隨即扔掉。」

格蕾微笑地想起，紙張在十六世紀時，仍全數由手工製作。「我想在物質方面，我們的確很富有，或許還超出我們有資格享有的程度。」她把剩下的半盒面紙放進購物籃，繼續選購需要的物品。她買了刮鬍膏、刮鬍刀、體香劑、毛巾和全套的化妝品。

在收銀檯前，格蕾再次拿出尼可的現代鈔票付帳，而帳單總額也仍舊令他作嘔。

「這瓶東西的價錢，足夠讓我買下一匹馬。」格蕾把價格告訴他時，尼可咕噥道。付完帳後，格蕾一個人提著兩大袋物品走出店外；尼可並未提議要幫忙，大概是因爲只有提著裝了盔甲的袋子，才不會有損他的男子氣概吧。

「我們把這些拿回旅店，然後去——」格蕾閉上嘴，看著尼可停在一家店鋪的櫥窗前面。昨天他只顧著看路上的行人、對各種車輛瞠目結舌、感覺腳下人行道的材質；但今天他似乎對街道兩旁的景致比較感興趣，不斷注意到各種商家，對著玻璃櫥窗驚嘆，並經常伸手觸摸店招上面的字樣。

他停步在一家書店前面，櫥窗裡正展示著一本討論中世紀盔甲的大型精裝書，旁邊還擺著幾本關於亨利八世及伊莉莎白一世的書冊。尼可雙眼圓睜地指著那些書，張口想說些什麼，但卻發不出聲音。

「來吧。」格蕾笑著把他拉進店裡。看著尼可滿臉詫異、喜悅，虔誠輕觸那些書本的模樣，無論她自己有多少煩惱，也都暫時拋諸腦後了。她把購物袋寄放在櫃檯，陪著尼可在書店裡閒逛。進門處的桌子上擺著數本翻開的昂貴大型精裝書，尼可用手指緩緩撫過書裡那些光滑亮澤的圖片。

「這眞是太了不起了。」他輕聲道，「我從來無法想像會有這樣的物事存在。」

「你的伊莉莎白女王在這兒。」她拿起一本大型的彩色精裝書。彷彿害怕碰觸它似的，尼可小心翼翼從格蕾手裡接過那本書。

觀察著他的神情，格蕾幾乎要相信他這輩子從未見過彩色相片。她知道在伊莉莎白時代，書籍非常稀有且珍貴，只有極端富裕的人家才有可能擁有。而即使書上有圖片，也全是由木刻翻印或手工繪製而成。

她看著尼可虔敬地翻開手裡的書冊，用手撫過裡面的照片。「這些是誰畫的？你們的時代有這麼多畫者嗎？」

「所有書籍都是由機器印刷而成。」

尼可注視著一張伊莉莎白一世的畫像。「她穿著的是何種服裝？這種樣式的衣袖是最新款式嗎？家母對時尚頗有研究。」

格蕾看了看書上註明的日期：一五八二年。她把書從尼可手中拿回來。「我不認爲該讓你看到未來的事物。」聽聽她在說些什麼？！一五八二年是未來？「你還是看看這本書好了。」她說道，遞給他一本「世界鳥類大全」。坦白說，她的反應著實有些荒謬，畢竟這個男人隨時都有可能恢復記憶。但爲了安全起見，她可不希望歷史因爲某個中世紀男子預見了未來而產生任何變化——當然啦，爲拯救他的性命而改變的那段歷史除外。

突然響起的音樂讓尼可差點把手裡的書砸到地上，也拉回了格蕾的注意力。尼可轉頭四下張望。「我沒看見任何樂師。還有，這是何種音樂？散拍樂嗎？」

格蕾笑了。「你是從哪兒聽說散拍樂的？不對，」她糾正自己，「我的意思是，如果你能記起散拍樂，你的記憶力一定開始恢復了。」

「畢絲利太太，」他說的是經營旅店的那名婦人。「我彈奏過她拿出的樂譜，但它跟這種音樂並不相同。」

「用什麼彈奏？」

「它看起來像一架大型的大鍵琴，但音調完全不同。」

「也許是台鋼琴。」

「妳尚未告訴我這音樂是從哪兒來的。」

「這是古典樂，我想是貝多芬的曲子吧，它來自一種放錄音帶的機器。」

「機器。」他低聲道，「又是機器。」

格蕾看著他，想到一個主意。也許她可以用音樂來幫助他恢復記憶。

書店裡有一片牆面擺滿了各式的音樂卡帶，她選了貝多芬、「茶花女精選集」和一些愛爾蘭民謠。她考慮買下「滾石合唱團」的專輯，但又猶豫是否該選擇更現代一點的樂團。這個念頭令她嘲笑起自己。「莫札特對他來說或許都夠新了。」她咕噥道，伸手拿下「滾石合唱團」的卡帶。架子下層有些正在特價出售的錄放音機，她選了一台，還附送耳機。

她在文具用品那一區找到尼可，他正小心翼翼地觸摸著種類繁多的各式紙張。格蕾拿起一本線圈筆記本，開始向他一一展示簽字筆、原子筆和自動鉛筆。尼可在紙上潦草地試寫了幾筆，但格蕾注意到他並未寫下任何字詞。據他所言，他母親是位極有成就的學者，但格蕾不禁懷疑他是否有讀、寫的能力，不過她並沒有開口詢問他。

他們離開書店時，購物袋裡裝滿了線圈筆記本、各色簽字筆、卡帶和錄放音機，以及六本旅遊書籍。其中三本是關於英國，一本介紹美國，還有兩本世界旅遊指南。另外格蕾還一時興起，替尼可買了一盒溫莎牛頓水彩及一疊畫紙；她有種感覺，尼可應該會喜歡畫畫。結帳前她又順手拿了本阿嘉莎．克莉絲蒂的推理小說。

「我們可以把這些東西先拿回旅店嗎？」格蕾問道，提著購物袋的手臂早已痠痛不堪。

但尼可又再度停下了腳步，這次是一間女裝店。「替妳自己買些新衣。」他命令道。

格蕾不喜歡他的語氣。「我有衣服，等拿回它們，我會——」

「我不與無鹽女同行。」他僵硬地說。

格蕾不太明白那個詞的意思，但她猜得出來。她瞧著自己在櫥窗裡的倒影，如果她昨天看起來就已經夠糟了，那麼今天更是慘不忍睹。自尊也許重要，但識時務者才是俊傑。她不再爭辯，把購物袋遞給他。「到那邊等我。」她以同樣的命令語調指著樹下的一張木質長椅。

她總共花了一個多鐘頭的時間，但是再度出現時，就有如換了一個人似的。她蓬亂了數日未整理的紅褐色秀髮，此刻正服貼地梳向腦後，用一條絲巾繫於頸背處，臉上的淡妝凸顯出她秀麗的五官。格蕾並非那種嬌生慣養型的柔弱美女，她看起來健康且生氣勃勃，彷佛生長於肯塔基州的馬場，或是緬因州的帆船上——而她的確是的。

她選擇的衣物樣式簡單，但質料與作工皆屬上乘：一件藍綠色的澳洲製外套，一條藍綠、紫紅及深藍色渦紋圖案的毛呢裙，一件紫紅色的絲質上衣，以及一雙深藍色的軟皮靴。另外她還買了深藍色的手套和同色的皮包，加上整套的內衣和一件睡衣。

她手裡拎著戰利品，穿過街道走向尼可，後者臉上詫異的表情讓她十分得意。「怎麼樣？」

「美麗不受時空的侷限。」他柔聲道，起身親吻了她的手。

伊莉莎白時代的男人還是有些優點的，格蕾暗忖。

「喝茶的時間到了嗎？」

格蕾呻吟了一聲。無論什麼時代，男人永遠不會改變。永遠是：妳看起來眞美，晚餐吃什麼？

「現在我們將要體驗英國文化中，最令人詬病的一環：午餐。早餐棒極了，午茶也一樣，如果你喜歡奶油的話，晚餐也算可以接受，但是英國的午餐……實在讓人無法形容。」

他很專注地聽她說話，彷彿在聆聽某種陌生的語言。「『午餐』是什麼？」

「你很快就會知道了。」格蕾說道，領他來到附近一間小酒館。她一直很喜歡英國的酒館，因爲它們通常帶有家庭的氣氛，然而你卻可以在裡面喝到酒。找了個包廂坐下後，格蕾點了兩份起士沙拉三明治，替尼可點了一品脫啤酒，自己要了杯檸檬汁，然後開始向尼可講解美國酒吧和英國酒館的不同之處。

「尙有更多無人隨護的女子？」尼可驚訝地問道。

「你是說除了我之外？」格蕾笑道，「現代有很多獨立自主的女性，我們有自己的工作，名下擁有信用卡，不必靠男人也能活得很好。」

「但叔舅和堂表兄弟呢？這些女人沒有兒子來照顧她們嗎？」

「時代已經不同了，現在的——」女侍端來了他們的三明治，讓她暫時閉上嘴。英國的三明治和美國的大不相同，所謂的起士三明治，只是兩片塗了牛油的白麵包夾上一片起士——再加上一葉萵苣就成了起士沙拉三明治。它們既小又乾，毫無味道可言。

尼可仿效她的動作，用手拿起那樣形狀怪異的食物吃了起來。

「還喜歡嗎？」格蕾問道。

「它食之無味，」尼可說道，舉起杯子喝了一口。「啤酒也是一樣。」

格蕾看了看四周，詢問尼可十六世紀的酒館是否與這裡相似。當然，這並不代表她眞的相信他來自……算了，管他的。

「不一樣，」他答道，「這裡既陰暗又安靜，毫無危險氣息。」

「這樣才好啊，和平與安全是好事。」

尼可聳聳肩，兩口就呑掉了剩下的三明治。「我喜歡有味道的食物，和喧嘩熱鬧的酒館。」

她笑著起身。「可以走了嗎？我們還有很多事要做。」

「走？但我們尙未用餐。」

「你剛才已經吃過了。」

他朝她挑挑眉。「店主人在何處？」

「吧檯後面那傢伙看來像是老闆，我還看到櫃檯後面有個女人，也許是廚娘。等一等，尼可，別鬧事，英國人不喜歡有人惹是生非。你在這裡等著，我去——」

但尼可已經朝櫃檯走去。「不論任何年代，食物就是食物。不，女士，請妳留步，我會替我倆張羅一頓合宜的餐點。」

格蕾望著尼可與酒保熱切交談了數分鐘，接著那名女子被召喚過去，同樣聚精會神地聽著尼可說話。稍後當那兩人各自匆忙地照著尼可的吩咐行事時，她突然領悟到，若等尼可熟悉了二十世紀的一切，他可能會引來不少麻煩。

他回到座位不久後，一盤盤食物開始送到他們桌上，有雞肉、牛肉、一大塊豬肉派、用碗盛裝的各式蔬菜、沙拉，尼可面前還放了一杯色澤深得嚇人的啤酒。

「好了，蒙哥馬利小姐，」在桌上擺滿食物後尼可說道，「妳打算如何替我找出回家的方法？」

他眼底閃動著促狹的光芒，因爲這次總算輪到她露出滿臉不敢置信的神色。終於有他知道怎麼做，而她不內行的事了。

「算你得了一分。」她笑著切下一隻雞腿。「你何不問問廚娘，她是否曉得某些善良女巫的咒語。」

「也許我們可以把妳買來的那些瓶瓶罐罐混合一下……」尼可道，大口嚼著美味的英國牛肉。「哎！」他突然發出痛叫，舌頭差點被他正學著使用的叉子給戳了個洞。

「別管什麼巫術了，」格蕾從購物袋裡拿出線圈筆記本和一枝筆。「我得先了解你的背景資料，才能開始進行研究。」也許質問他時間和地點，能夠誘使他露出馬腳。

尼可一面不斷掃光一盤接一盤的食物，一面游刃有餘地回答她的問題。他出生於一五三七年六月六日。

「你的全名是什麼？或者我該問你有何頭銜？」她左手舀著防風草根泥，右手忙著振筆疾書。

「尼可拉斯．克霖．史岱佛，索維克、巴克夏、南伊頓伯爵，法朗恩區領主。」

格蕾眨了眨眼。「還有嗎？」

「還有數項從男爵❻頭銜，但並無重要性。」

「原來男爵頭銜算不上什麼。」她要他再重複一次，好提筆寫下。接著她開始列出他所擁有的產業，它們分布在東約克夏和南威爾斯之間，另外在法國及愛爾蘭還有更多土地。

記下一大堆令她頭昏眼花的名稱後，格蕾闔上了筆記本。「根據這些資料，我們應該可以找出一些關於你——他的史料。」

用完餐後，他們來到一間理髮店。當刮完鬍子的尼可從椅上坐直身子時，格蕾有好半晌幾乎忘了呼吸。隱藏在那些鬍髭下的竟是那樣一副飽滿、性感的雙唇。

「您還滿意嗎，女士？」她的表情令他笑問道。

「還過得去。」她試著表現出不以爲意的樣子，舉步朝店門走去，但身後仍不斷傳來他的笑聲。膚淺！她暗自想道，他眞是太膚淺了！

回到旅店後，女店主通知他們已空出了一間附有衛浴設備的房間。理智告訴格蕾她該要求自己單獨住一間房，但是當女店主詢問地看著她時，她並沒有開口。她說服自己，當洛柏來接她的時候，看到她身邊有個俊帥如天神一般的男人陪著，未嘗不是一件好事。

❻從男爵的地位在男爵之下，騎士之上，是一項世襲榮譽。

把僅有的一些家當搬進新房間後，他們去了一趟教堂，從牧師口中得知洛柏未曾聯絡，也沒有任何人來問及手鍊之事。隨後他們去雜貨店採買了乳酪和水果，到肉販那兒買了肉派，在糕餅店買了麵包、司康餅和甜點，最後還到酒商那裡選購了兩瓶葡萄酒。

到了該喝下午茶時，格蕾已經精疲力盡。

「我的錢袋總管似乎有些虛脫。」尼可笑著說道。

格蕾的確感到體力有些透支。他們一起走回旅店，拿著裝有新買書籍的袋子來到花園。店主畢絲利太太替他們送來了熱茶和司康餅，還帶來一條毯子讓他們鋪在草地上。在英格蘭涼爽的氣候及溫和的日照下，格蕾和尼可悠閒地喝茶、吃餅、看書。花園中綠草如茵，玫瑰散放著幽香；格蕾坐在毯子上，尼可趴在她身邊，一手拿著司康餅，另一手小心地翻著書。

他身上的棉質襯衫凸顯出他厚實的背部肌肉，長褲緊貼住他強健的大腿，黑色的鬈髮輕撫過他的衣領。格蕾發現自己看著他的時間，比注意手中的旅遊指南要多得多了。

「在這裡！」尼可突然翻身坐起，害得格蕾手裡的熱茶潑濺出來。她把杯子放下，接過他塞到她面前的書。「我最新的一座莊園就在此處。」

「索維克堡，」她唸出圖片旁的註記。「一五六三年由索維克伯爵尼可拉斯·史岱佛所建造……」她斜睨了仰躺在毯子上的尼可一眼，他雙手枕在腦後，臉上露出天使般的微笑，彷彿終於找到了某樣能證明他存在的事物。「……一五六四年遭伊莉莎白女王一世沒收充公，肇因於……」她的話聲消逝。

「繼續。」尼可輕聲道，但笑意不再。

「……肇因於伯爵獲判叛國罪並被處以斬首之刑。史岱佛伯爵的罪嫌原本仍有爭議，但所有調查行動終止於……」格蕾放低了聲音，「行刑前三天，伯爵遭人發現死於囚室中，他當時正在寫信給他母親，但顯然因心臟病突發而暴斃，死時面部朝下趴在桌上，寫給其母的信函——」她抬起頭，聲音幾不可聞地說道，「猶未完成。」

尼可望著頭頂上的白雲，好一會兒沒有開口。「書上是否提及我母親之後的遭遇？」

「沒有，剩下的文章都在描述那座古堡，說它一直沒有完工，並在內戰後——英國的內戰，不是美國——淪爲廢墟，於一八二四年由詹姆士家族重新整修——」她頓了一下，「現在成了一座擁有兩星級餐廳的高級飯店！」

「我的家成了公共旅店？」尼可惱怒道，「那原該是一座學習與知識的中心，它是——」

「尼可，那都是……幾百年前的事了。你還不明白嗎？也許我們能訂到這座飯店的房間，可以住進你的家。」

「要我付錢住進我自己的家？」他一臉不屑的神色。

她沮喪地攤攤手。「好，那就別去了，接下來二十年我們就待在這裡，天天去血拼好了。你可以每天纏著酒館老闆們，爲你獻上中古世紀的盛宴。」

「妳有條鋒利的舌頭。」

「我只是懂得認清事實罷了。」

「除了那個棄妳而去的男人。」

她想起身，但被他拉住。

「我願意付錢，」他抬頭看著她，開始輕輕撫弄她的手指。「妳會陪我一起去？」

她抽回手。「我會遵守協議，幫你找出你需要的答案，也許這樣能夠洗清你祖先的污名。」

尼可笑了。「原來我成了我自己的祖先？」

格蕾瞪了他一眼，表達對他嘲諷語氣的不滿，然後回到屋內打電話到索維克堡。起先訂房部的人員以紆尊降貴的語調告訴她，房間必須在一年之前預訂；但線路那端隨即傳來一陣小騷動，接著那名職員重新回到線上，通知格蕾他們最好的一間套房出乎意料地空了出來，可以在數天後供人入住。格蕾連房價都沒問一聲就當場訂下。

她掛上電話，發現自己對突然出現空房這項巧合並不感到驚訝。似乎冥冥中有著某股力量在幫助她實現願望，每一次她許下的心願都能成真。她盼望能有位銀甲騎士，而他隨即現身；雖然那只是種比喻，她並非真的希望召來一名相信自己來自十六世紀、而且身著銀製盔甲的男子，但她的願望的確實現了。她也乞求能得到金援，然後一整袋價值上萬英鎊的錢幣就出現在她眼前。現在她需要在高級飯店預訂到房間，當然，那座飯店便「突如其來」地多出了空房。

格蕾從口袋裡把葛洛莉的手鍊拿出來端詳，它看起來就像某個腦滿腸肥的年老富商，會買來送給二十歲情婦的東西。她對洛柏有何期盼？期盼他會領悟到他的女兒是個撒謊成性的小偷嗎？格蕾並不想要任何父母憎厭自己的孩子，所以她該怎麼做呢？她想要洛柏，但要他就得一併接受他的女兒，以及他對那個女孩的溺愛。她該如何應付這些？是不是無論她怎麼做，都注定得要飾演惡名昭彰的後母角色？

回到花園之前，格蕾又撥了通電話到教堂，並得知仍然沒有任何人來探問關於手鍊的事。她請牧師推薦一位牙醫，當她再次因爲有人取消預約，而得以替尼可訂下第二天早上的約診時，幾乎忍不住要大笑出來。朝花園走去時，她看到一張桌子上擺著幾本美國雜誌：《時尙》、《哈潑時尙》及《紳士季刊》，便順手將它們帶到外面，遞給尼可。

當她解釋那些美麗的「書」，其實是看過即可丟棄的產物時，尼可臉上果然又出現驚異的神情。克服了所受到的震撼後，尼可開始翻閱那些雜誌，他研究那些廣告和模特兒身上衣物的專注模樣，不亞於一位將軍鑽研他的戰略計畫。起先他很厭惡那些衣服，但等他看完第一本雜誌時，已經開始頻頻點頭，似乎有所領悟。

格蕾拿出她的阿嘉莎．克莉絲蒂推理小說開始閱讀。

「妳願意唸給我聽嗎？」尼可問道。

從他只注意書本和雜誌上的圖片看來，或許他的確不識字，於是她大聲唸出書中的內容，而尼可瀏覽著《紳士季刊》上的照片。

晚上七點，他們開了一瓶葡萄酒，搭配著乳酪、麵包和水果。尼可堅持她邊吃邊繼續唸那本推理故事。

夜幕降臨後，他們回到樓上的房間裡，格蕾這才體認到與尼可共居一室所隱含的親密意義。但隨著時間過去，她發現自己跟這名溫和男子共處的感覺似乎越來越自然。看著他用滿是神奇、不可思議的目光看待這個世界，對她來說已經成了一種喜悅；而隨著每一分、每一秒的流逝，她對洛柏的記憶也越來越淡漠。

儘管兩人獨處在房裡，尼可並未讓她有時間感到不自在。檢視過套房專屬的浴室後，他質問格蕾浴缸在哪裡；而身爲美國人，格蕾很高興看到浴室裡裝設了淋浴間。但在她能解釋蓮蓬頭的用法之前，尼可已經打開了水龍頭，被冷水噴濕了全身。他笑著彎下身子，讓同樣開懷大笑的格蕾用毛巾替他擦乾頭髮。

她講解了洗髮精、潤髮乳及牙膏、牙刷的用法，在他刷出滿嘴泡沫時微笑道：「明天我再教你怎麼刮鬍子。」

洗完頭、沖了澡之後，她換上新買來的白色素面睡衣，鑽進其中一張單人床。先前她和尼可爲了每天都得洗澡一事——這個念頭似乎令他嗤之以鼻——有過一場激烈「討論」。他爭辯那將會引來風寒，還提到皮膚上的油脂可以保護人體；格蕾則拿出一罐冷霜作爲反駁。尼可說洗掉油脂，再花錢買來油脂替代原本免費之物，聽起來十分荒謬；格蕾則回嗆他若不每天洗澡，路人及餐館裡的食客將會開始討論他身上發出的惡臭。想到這可怕的後果，尼可轉身進了浴室，關上門，很快就傳來水流的聲音。

他在浴室裡想必很自得其樂，因爲他待在裡面的時間如此之久，蒸氣都開始從門縫下源源不絕地飄散出來。當他終於出來時，只在腰間圍了一條浴巾，手裡拿著另一條擦著濕髮。

他抬頭看見她坐在床上，一張素顏乾淨而清新，仍微帶潮濕的秀髮柔順地梳向腦後，讓他似乎有那麼一會兒感到尷尬與不自在，而格蕾的心則差點跳出胸口。

但尼可隨即瞄見她身旁的桌燈，讓她花了接下來的十五分鐘回答關於電燈的問題。他不斷開關房裡每一盞電燈，幾乎快把她逼瘋，直到她爲了哄他上床，答應再繼續唸書給他聽爲止。她轉開臉，不去看他扔下浴巾，裸身爬上另一張床。

「睡衣，」她喃喃道，「明天我們會去買睡衣。」

她只唸了不到三十分鐘，就發現尼可已經睡著，於是她關了燈，躺進被窩裡。

然而就在她即將沉入夢鄉時，尼可床上傳來的騷動讓她警覺地坐起身子。房裡黯淡的光線足夠讓她看見他正拉扯著被毯，不安地翻來覆去，口中發出呻吟，顯然深陷於噩夢之中。

她傾過身去，把手放到他的肩頭。「尼可。」她輕喚道，但他並沒有回應，只是更激烈地在窄床上翻騰著。格蕾推推他的肩膀，但他仍未醒來。

她掀開被子，坐到床邊，彎身靠向他。「尼可，醒醒，你在做噩夢。」

他如閃電般伸出強健的雙臂，把她拉向自己。

「放開我！」格蕾想掙脫，但他不肯鬆手，不過他隨即慢慢平靜下來，似乎很滿足於將她擁在身邊，彷彿她是個真人大小的填充娃娃。

格蕾使出全力扳開他圈抱住她的手臂，然後躺回自己的床上，但還沒來得及蓋好被子，他又開始翻來覆去、發出呻吟。她再度站到他床邊，大聲說道：「尼可，你得趕快醒過來。」

她的聲音似乎對他起不了任何影響，他已經開始踢起被子，雙手胡亂揮動；從他臉上的神情看來，顯然正在重歷某種十分可怕的經驗。

格蕾無奈地嘆口氣，掀開被子躺到他身邊，尼可立刻像個嚇壞的孩子般緊抱住她，隨即安詳地入睡。格蕾自嘲她就像個殉教者，這麼做完全是爲了尼可；但在她內心深處，她知道自己也許就跟他一樣寂寞、恐懼。她的臉頰靠著他的肩窩，在他懷裡沉沉睡去。

天還沒亮，她已經微笑著醒來，尚未意識到她的滿足感是來自於身旁尼可溫暖、高大的身軀，並突然有股衝動想轉身親吻他散發熱力的肌膚。

但她慢慢恢復了清醒，睜開眼睛，輕輕溜出被褥，回到自己的床上。她躺在那裡，靜靜望著尼可熟睡的臉龐，他的黑色鬈髮和潔白的枕頭形成了強烈的對比。他眞會是她的銀甲騎士嗎？她納悶地想著。還是他終會恢復記憶，想起他在英國某處其實已有個家庭？

她腦裡閃過一個邪惡的念頭，躡手躡腳地下了床，動作輕巧地從窗台櫃裡拿出藏在裡面的錄放音機——她一直在等待適當時機好秀給他看——放進「滾石合唱團」的卡帶，然後把機器放到尼可耳邊，調高音量，按下「播放」鍵。

一曲〈我無法滿足〉霎時間唱得震天價響，尼可也立即從床上彈坐起來，臉上愕然的神情讓格蕾咯咯發笑，伸手關掉音樂免得吵醒其他住客。

尼可呆愣地坐在床上。「何事如此吵雜？」

「這叫音樂。」她笑道，但他仍是一臉震驚的神色。「我只是跟你開個玩笑，該起床了，所以我……」

他並未回她一笑，讓她只好也收起笑臉。顯然中古世紀的男人不怎麼欣賞惡作劇。更正：自以爲來自十六世紀的現代男人，不怎麼欣賞惡作劇。

二十分鐘後，輪到格蕾火冒三丈地衝出浴室。「你在我的牙刷上塗了洗髮精！」她邊說邊用毛巾擦拭舌頭。

「我嗎，女士？」尼可問道，一臉過於誇張的無辜神情。

「你這個——」她抓起枕頭扔向他。「我一定會討回這筆帳。」

「也許妳打算再多來幾次『黎明之音』？」他用手擋掉枕頭。

格蕾大笑。「好吧，這次算是我自找的。準備好下樓吃早餐了嗎？」

用餐期間，她告知尼可關於牙醫約診一事，但對他的愁眉苦臉並未多想；任誰聽到要去看牙醫，都不會有太好的心情。她邊吃邊詢問尼可除了索維克堡之外，其他產業的名稱，好趁他去看牙醫時，到圖書館搜尋一些資料。

他們步行到牙醫診所的一路上，尼可都很安靜；在候診室裡，他也沒有對塑膠椅產生任何興趣。當他連看都沒看一眼她刻意指出的塑膠盆景時，格蕾知道他的心情想必眞的十分憂慮。接待小姐叫到他的名字，格蕾捏了捏他的手。「你不會有事的，看完牙以後，我會……我會帶你去買冰淇淋吃，這應該很値得你期待。」但她明白他根本不知道冰淇淋是什麼東西——不記得冰淇淋是什麼東西，她糾正自己。

她替他預約了全套檢查和洗牙，還有至少一顆蛀牙需要塡補，這表示他起碼得在診所待上好一陣子，於是她請接待小姐在診療快結束時，打電話到圖書館通知她。

前往圖書館途中，她自覺像個棄子而去的母親。「只是看個牙醫罷了。」她告訴自己。

艾胥伯登的圖書館規模不大，館藏多半是童書和供成人借閱的小說。格蕾在英國旅遊區找了張椅子坐下，開始搜尋尼可自稱擁有的十一處產業的資料。除了索維克堡外，其中四處如今已成廢墟，兩處莊園於一九五〇年代遭到拆除（想想它們曾矗立了這麼多世紀，卻在離現在不到幾十年前被夷爲平地，實在令格蕾感到難過），一處莊園已不可考，另兩座宅邸成爲私人住所，還有一處開放給大衆參觀。她記下供人遊覽的那處莊園的資訊——開放的日期和時間等等——然後看看腕錶。尼可在牙醫診所已經待了一個半小時。

她翻找藏書目錄，但找不到任何史岱佛家族的史料。時間轉眼又過去四十五分鐘。借書櫃檯上的電話響起時，格蕾驚跳起來。館員轉告她是診所來電，尼可的療程即將結束；她幾乎是用跑的回到診所。

牙醫出來招呼她，將她請進了辦公室。

「史岱佛先生令我感到十分困惑。」他把尼可的X光片夾到牆邊的燈箱上。「我向來有個原則，不去批評其他牙醫，但是妳看看，」他指向X光片。「史岱佛先生之前牙醫的技術實在是……我只能用殘忍來形容，這三顆牙看起來就像是被人用蠻力直接拔除。妳看這裡、還有這裡的顎骨都曾經裂開過，而且在癒合時長歪了，當時他想必得承受劇烈疼痛。此外，我知道這聽起來不可思議，但我想史岱佛先生這輩子可能從未見過針筒。」

牙醫關掉燈箱。「當然，他過去拔牙時必定有過麻醉，否則在現今這個年代，我無法想像那會造成多麼可怕的痛苦。」

「現今這個年代。」格蕾輕聲道，「但在四百年前，我想所有人都是這樣拔牙的——沒有麻醉劑或止痛藥，我猜也有不少人的顎骨在癒合時長歪了。」

她深吸了一口氣。「除此之外，他的牙齒並無大礙吧？他是個怎樣的病人？」

「兩者都十分良好。他表現得很輕鬆，牙科衛生士幫他洗牙，詢問是否弄痛了他時，史岱佛先生還笑得很開心。」牙醫露出有些困惑的表情。「他的牙脊有輕微塌陷，我只在教科書上見過這樣的案例，通常都發生在曾挨餓超過一年的孩童身上。不知道他的牙脊塌陷是什麼原因造成的？他看起來不像出身於負擔不起食物的家庭。」

乾旱，格蕾幾乎脫口而出。或是大汛。某種天災人禍讓穀物歉收，而且是處於沒有冷凍、冷藏設備，或可以由世界各地將食物空運過來的年代。

「我無意耽誤妳的時間，」格蕾的沉默讓牙醫致歉道，「只是我有些憂慮之前替他治牙那名牙醫的技術。他……」醫生發出悶笑聲。「他可眞愛問問題，該不會打算去唸牙醫學校吧？」

格蕾微微一笑。「他只是好奇罷了，多謝你的關心。」

「我很高興有人取消約診，他有一口我見過最有意思的牙齒。」

格蕾再次向他致謝，來到候診室，發現尼可正靠著櫃檯，和那位漂亮的接待小姐調情。

「走吧。」她付清了診療費，不悅地說道。她並不想發脾氣，但似乎每件事都在迫使她不得不相信，這個男人的確來自於十六世紀。

「他跟我以前用過的理髮師很不一樣。」尼可微笑道，揉著仍然麻木的嘴唇。「我眞想把他和他的機器一起帶回我的時代。」

「那些機器都需要插電，」格蕾陰鬱地說道，「我很懷疑伊莉莎白時代的房舍接通了兩百二十伏特的電壓。」

尼可拉住她的手臂，要她轉過來面對他。「何事令妳不快？」

「你是誰？」她低叫道，仰頭注視他。「你的牙脊爲什麼會場陷？拔牙怎麼會造成你的顎骨碎裂？」

尼可朝她微笑，因爲他看得出來，她終於開始相信他了。「我是尼可拉斯．史岱佛，索維克、巴克夏及南伊頓伯爵。兩天前我在一間囚室裡等候處決，當時是一五六四年。」

「我不信。」格蕾別開臉。「我不會相信的，穿越時空這種事不可能發生。」

「我要如何才能令妳相信？」他柔聲問道。

7

前往冰淇淋店的路上，格蕾不斷思索著這個問題。有什麼可以令她相信？她自問，卻想不到任何答案。每件事似乎都有很合理的解釋，他也許是個極爲優秀的演員，只是在假裝每樣東西都看起來很新奇罷了，他的牙齒也可能是在學生時代打英式橄欖球撞掉的。既然他告訴她的一切都能得到考證，這表示他可以預先查出那些資訊，然後加以運用。

他能用什麼方法向她證明，他的確來自於過去？

在冰店裡，她心不在焉地只爲自己點了一球摩卡口味的冰淇淋，但爲尼可點了兩球法式香草和巧克力冰淇淋，上面還淋了巧克力糖漿。她太專注於思考問題，甚至沒注意到他舔完第一口冰淇淋時臉上的表情，因此當他突然傾身過來，迅速但確實地在她唇上吻了一記時，她嚇了一大跳。

她眨眨眼，抬頭看見他吃著冰時那種極度愉悅的神情，忍不住笑了出來。

「不爲人知的寶藏。」她脫口而出之後，自己也感到驚訝不已。

「嗯？」尼可問道，全副心力都放在冰淇淋上。

「想向我證明你的確來自於過去，你必須曉得一些沒有任何人知道的事，一些從書上無法找到的資訊。」

「譬如艾蓓拉·席尼夫人最後一個孩子的生父是何許人？」他已經解決完第一球，現在正朝第二球巧克力冰淇淋進軍，臉上滿足的表情不言而喻。

她輕扯他的手肘，引他來到一張桌位旁坐下，然後坐到他的對面。看著他湛藍的雙眸和濃密的眼睫，她不禁想知道，當他和某個女人做愛時，是否也會露出同樣極度愉悅的神情。

「妳一直盯著我看。」他微瞇著眼，透過濃睫注視她。

格蕾別開臉，清了清喉嚨。「我不想知道是誰讓艾蓓拉夫人懷孕。」

尼可大聲笑出來，但她拒絕望向他。

「不為人知的寶藏。」他咬著錐形的蛋捲筒。「某種極有價值，歷經四百二十四年，卻仍然存在的小玩意？」

至少他懂得加減算術。「算了，我只是突發奇想罷了。我在圖書館找到了一些資料。」她打開筆記本，唸出關於那些產業目前的狀況。

尼可皺起眉頭，用紙巾把手擦乾淨。「一個男人建房築屋，是為了讓他的一部分長久傳承下去。聽到屬於我的產業不再，實在令人心情沮喪。」

「我以為傳承指的是一個人的後代子孫。」

「我身後並無子女。」他說道，「我曾有過一個兒子，但他在我兄長溺斃一週後夭折。先是他母親，然後是那個孩子。」

格蕾望著他臉上閃過的痛楚，頓時慶幸起二十世紀輕鬆、安全的生活環境。當然，美國有強暴犯、殺人狂和醉酒駕駛，但伊莉莎白時代有的可是痲瘋病和天花。

「我為你和他們倆感到遺憾，」她停頓了片刻，然後柔聲問道：「你得過天花嗎？」

「天花和另一種花病都沒得過。」他似乎為此深感驕傲。

「另一種花病？」

他看了看四周，然後輕聲道：「花柳病。」

「噢。」性病。為了某種原因，她很高興聽到他從未得過「另一種花病」——雖然這不關她的事，但畢竟他們得共用一間浴室。

「什麼叫做『開放參觀』？」尼可問道。

「通常屋主無力負擔維修費用時，會將房舍捐贈給『國民信託組織』之類的機構，民眾花錢就可以進入，並有導覽人員帶領他們參觀。這些導覽行程都相當精采，像是這座莊園裡還附設了茶館、禮品店和……」

尼可突然坐直身子。「這座開放參觀的莊園，是否叫做貝爾伍德？」

她查看了一下筆記本。「對，是貝爾伍德沒錯，就在巴斯南邊。」

尼可似乎在盤算什麼。「如果騎乘快馬，我們約可在七小時後到達巴斯。」

「搭乘火車的話，兩個小時就夠了。你想再去看看你的家嗎？」

「去看它被某家公司買去，讓一群臉色蒼白、穿著圍裙的男人在裡面亂闖？」

格蕾笑了。「如果你要這麼形容的話……」

「我們可以搭乘妳說的這種……」

「火車。」

「我們可以現在就搭乘火車去貝爾伍德？」

格蕾看了眼腕錶。「當然，如果馬上出發，還趕得及到那裡喝杯下午茶，再去參觀貝爾伍德堡。但若你並不想看到那些臉色蒼白……」

「穿著圍裙的男人。」他微笑道。

「……在裡面亂闖的話，爲何還要去呢？」

「機會並不大，但或許我能找到妳所要求的『不爲人知的寶藏』。當我的產業被妳口中的『處女女王』——」他嘲弄地看著格蕾，顯然覺得這根本是無稽之談。「——沒收時，不知道我的家人是否得到允許可以清理財物，也許我有機會……」

花上一個下午來尋寶這個主意，讓格蕾感到興奮。「那我們還等什麼？」她邊說邊拿起新買的提袋，這次她在裡面放了不少旅行用的盥洗用具，而且決定到哪兒都要帶著它。

英國的鐵路系統是另一個令格蕾極爲欣賞的優點。幾乎每個鄉鎮都有車站，而且不像美國的火車，這裡的車廂維護得很好，非常乾淨，也沒有人隨意塗鴉。買票時，站務人員告訴她，開往巴斯的列車即將離站；格蕾並不覺得這有任何不尋常，英國的火車本來就班次衆多。

他們在位子上坐定後不久，列車便開動了，車子行駛的速度讓尼可瞪大了眼睛；但經過片刻的緊張之後，他很快就適應了火車的高速，像個英國紳士般開始四處走動。他研究著車廂牆壁上的招貼，對著其中一張高露潔牙膏的廣告露出微笑，認出那是她所購買的品牌。如果他能認字，或許教會他閱讀將不是難事，格蕾暗忖。

他們在布里斯托更換火車，尼可對車站裡熙來攘往的衆多人群感到咋舌，也對四周維多利亞風格的華麗裝飾深感興趣。她在書報攤買了一本厚厚的英國南部知名莊園指南，並在前往巴斯的車程上，把他那些如今已成廢墟的產業現況唸給尼可聽。但她發現他的心情因此而低落時，便停住不再唸下去。

他望著窗外，偶爾看到遼闊鄉間的某幢壯麗房舍時，他會開口說道：「那是威廉家的房子」或是「羅賓住在那裡」。

美麗的巴斯對尼可來說簡直像是個奇蹟。在格蕾看來，這是個古老的城鎮，畢竟市內的建築都源自於十八世紀；但在尼可眼中，它卻是十分先進。格蕾想到紐約或達拉斯的鋼骨和玻璃大廈，它們對他而言，肯定就像到了外太空一樣吧。他會表現得像是從未看過那麼怪異的建築，她糾正自己，卻也注意到跟他相處越久，她糾正自己的次數也逐漸減少。

他們到一間美國式的三明治店享用午餐，格蕾點了幾份總匯三明治、馬鈴薯沙拉和兩杯冰紅茶。他認爲餐點還算美味，但分量太少。格蕾費了一番唇舌，好不容易才把他拉出餐廳，免得他開口要求店家把野豬頭之類的食物給端上桌。

尼可對巴斯城區內座落成新月形的一排排房舍十分入迷，讓格蕾委實不願招來計程車，硬把他帶離這裡；但坐進汽車的新奇感受，讓他忘記了車外那些建築。英國的計程車司機跟美國有相當大的差異，他們不會因爲乘客「花太多時間」才坐進車裡而大吼大叫，因此尼可可以好整以暇地把車子從頭到尾看個清楚。他審視了車門和門鎖，開開關關了三次才甘願上車；仔細查看完座之後，他向前傾身，觀察司機如何操控方向盤及換檔。

到達貝爾伍德時，他們發現下一個導覽行程半小時後才開始，於是決定先到花園裡散步。格蕾認爲這裡的花園美麗極了，但尼可不高興地撇著嘴，對滿園的花團錦簇和看來年代久遠的古老樹蔭看都不看一眼。他們繞著大宅周圍走了一圈，尼可沿途向她指出有哪些部分是後來增建的，還有哪些地方經過改變，並且毫不留情地批評它們爲建築上的敗筆。

「寶藏埋在花園裡嗎？」格蕾問道，但話一出口就後悔了。她聽起來像個急著想尋寶的孩子。

「把金子埋在花床下，讓它們毀了我的花園？」他故作震驚地嘲弄道。

「這倒提醒了我，你到底都把錢放在哪裡？我的意思是，那個時代的人都把錢放在哪裡？」

尼可顯然沒聽懂她的問題——或是不想懂——所以她沒再繼續追問。既然花園似乎讓他頗爲生氣，於是她把他帶到販賣紀念品的小店，讓他在裡面開心地逛了好一陣子。他玩著各式各樣的筆和塑膠製的小零錢包，並在發現一種上面印著「貝爾伍德」字樣的迷你手電筒時開懷大笑；但他顯然不喜歡店裡販賣的那些紀念明信片，格蕾想不出它們有什麼地方惹得他如此不悅。

他從架子上取下一個正面絹印著貝爾伍德堡照片的大提袋。「妳會需要這個，」他微笑地說，然後傾身到她耳邊輕聲道：「好拿來裝寶藏。」

格蕾努力壓抑自己不要露出驚喜的神色，故作鎮定地把袋子和手電筒拿到櫃檯結帳，順便買了下一場導覽行程的門票。她再度試著要瀏覽那些明信片，卻被尼可阻止；每次她想靠近擺放明信片的架子時，尼可有力的大手就會抓住她的手臂把她拉走。

導覽行程不久後便開始，他們跟著其他十幾名觀光客一起進入大宅。在格蕾眼中，屋內的裝潢看來活脫脫像是伊莉莎白女王時代的戲劇佈景，牆上鑲著深色的橡木壁板，四處擺放著黑櫟木製的座椅和雕花櫥櫃，壁上還懸掛著盔甲。

「這裡比較接近你所習慣的環境嗎？」格蕾悄聲詢問尼可。

他的俊臉上一副不屑的神情，撇了撇嘴。「這不是我的家，」他厭惡地說道，「眼見此處變成如此模樣，著實令人不悅。」

格蕾倒認爲這房子美極了，但她沒多說什麼，因爲導覽員已經開始解說。在她的經驗裡，英國導遊通常十分優秀，並且對講解的主題都有深入的了解。他們的女導覽員正在講述這棟大宅的歷史，提到它是由第一位史岱佛伯爵於一三〇二年所建，原本是當作堡壘之用。

尼可一直保持沉默，直到她說起亨利八世時代人們的生活方式。

「中世紀的女性毫無地位，僅是丈夫的財產，」導覽員道，「她們必須完全遵從丈夫的指使，無法擁有任何權力。」

尼可發出嗤之以鼻的哼聲。「我父親曾告訴家母，她是他的財產——就只說過那麼一次。」

「噓。」格蕾悄聲制止他，不想因他而丟臉。

導覽團來到一個陰暗、充滿壓迫感的狹小房間。「在那個年代，蠟燭十分昂貴，因此中世紀的人們多半生活在黑暗中。」

尼可又想開口，但格蕾朝他蹙起眉頭，示意他保持安靜。「別再抱怨了，還有，你說的那些寶藏在哪裡？」

「我此刻無暇去尋寶，我必須聽聽當代之人對我的時代有何看法。」他說道，「請告訴我，爲何你們認爲我們的生活中毫無歡樂？」

「有瘟疫、天花和花柳病充斥，加上還得常跑去理髮師那兒拔牙，你們想必沒有太多時間享樂。」

「我等深諳利用時間之道。」尼可道。

他們跟隨眾人來到下一個房間，尼可伸手打開一扇藏在壁板之後的暗門，震耳欲聾的警鈴聲頓時響起。格蕾立刻把門關上，然後朝導覽員擠出一抹帶著歉意的微弱笑容，後者斥責的目光讓她自覺像個偷拿罐子裡的餅乾，卻被人當場活逮的孩子。

「安分點！」格蕾對他噓聲道，「如果你想離開的話，我們可以現在就走。」他的行爲令她萬分尷尬，她實在很怕他會告訴導覽員，建造這座莊園的人是他，而且他本人還曾經住過這裡。

但尼可並不想離開，他跟著導覽員穿過每一個房間，還不時發出嘲諷的哼聲，不過倒是沒再開口說話。

「現在我們來到了堡裡最受歡迎的房間。」導覽員說道，臉上意有所指的微笑，讓眾人心知肚明接下來將聽到的故事想必十分有趣。

比格蕾高大的尼可先看到了房間內部。「我們現在走吧。」他僵硬地說道，但他的語氣反而讓格蕾更想看看房裡到底有些什麼。

導遊開口解說道：「這是尼可拉斯．史岱佛伯爵的私室，說得文雅一點，他是世人眼中所謂的浪子。正如各位所見，他是個非常英俊的男人。」

聽到這句話的格蕾奮力擠過人群，來到最前端。掛在壁爐上方的是一幅尼可拉斯．史岱佛伯爵的肖像——她的尼可。畫中的他，衣著打扮就跟她初次見到他時完全相同，一樣蓄著鬍髭，也跟現在同樣俊美。

導遊面帶微笑地開始講述尼可拉斯伯爵數不清的風流韻事。「據說一旦他決心要得到妳，沒有任何女性能抗拒他的魅力，所以他的敵人十分憂慮，萬一他決定要涉足宮廷，很有可能會去引誘年輕美麗的伊莉莎白女王。」

格蕾感到尼可的手指掐緊了她的肩膀。他在她耳邊低語道：「我現在就帶妳去尋找寶藏。」

她把手指放在唇上，示意他噤聲。

「在一五六〇年發生了一樁相當轟動的醜聞，涉及到艾蓓拉．席尼夫人。」導覽員停頓了一下。

「我想現在就離開。」尼可在她耳邊強烈要求。

格蕾只是不當回事地揮揮手，要他別吵。

導覽員繼續說道：「根據當時的傳言，艾蓓拉夫人第四個孩子的生父，其實是比她年輕好幾歲的尼可拉斯伯爵。據說——」她放低聲音，以一種陰謀論的口氣說道：「那個孩子就是在那張桌子上受孕的。」

幾乎所有人都同時倒抽了口氣，望向靠著牆邊擺放的那張橡木擱板桌。

「不僅如此，」導覽員道，「尼可拉斯伯爵——」

房間後側突然響起一陣陣刺耳的警鈴聲，驟滅驟起的噪音讓她無法繼續解說下去。

「請你停止！」導覽員說道，但警鈴仍斷續作響。

格蕾不用看也知道是誰在不斷開關那扇裝有警報系統的暗門——以及他為何那麼做。她迅速擠過人群朝尼可走去。

「我必須請你們離開。」導覽員隔著眾人望向隊伍後端，以嚴厲的語氣說道，「你們可以從剛才的入口處出去。」

格蕾扯著尼可的手臂，把他拉離那扇暗門，往回走穿過兩個房間。

「歷經數百年光陰，世人竟只記得此種毫無意義的瑣事。」尼可惱怒道。

格蕾好奇地望著他。「是真的嗎？關於艾蓓拉夫人的事？還有那張桌子？」

他朝她蹙起眉頭。「不，女士，在那張桌上未曾發生過如許情事。」話聲一落，他隨即轉身離開。

格蕾露出微笑，很高興這個故事並非事實——當然，這不關她的事，不過……

「我早已將眞正的桌子贈與了艾蓓拉。」他回頭丟下一句。

格蕾倒抽了口氣，匆忙地跟上他。「你讓她懷了——」她開口說道，但話聲在他停下腳步，以睥睨的眼光注視她時驟然消逝。他就是有辦法在看著你的時候，讓你相信他的確是名貴族。

「我們去看看那些蠢才是否毀壞了我的櫥櫃。」他再度轉身離開。

格蕾得用跑的才能跟上他那雙長腿跨出的大步。「你不能進去那裡。」他把手放到一扇標明「請勿進入」的門扉上時，格蕾阻止他道。尼可沒理會她，拉開了門閂；格蕾緊閉雙眼，屏息等著警鈴響起。當四下仍維持一片靜默時，她小心翼翼地睜開眼睛，看見尼可消失在門後。她迅速打量了一下周遭，以確定是否有人注意到他們，然後跟著走進房內，預期會見到滿屋子的工作人員。

但房裡什麼人都沒有，只有一堆高高疊起直到天花板的盒子；從印在盒子外側的標籤看來，裡面裝滿了供附設的茶館使用的餐巾紙和其他雜物。盒子後的牆面上鑲著讓格蕾覺得遮住它們頗爲可惜的美麗壁板。

她瞥見尼可打開另一扇門，於是連忙追上去，跟著他又穿過三間房間，並有機會見識到整修過與未經整修的部分有何差別。這些並未開放給大衆參觀的房間裡有著傾圮的壁爐、殘缺的壁板，還有幾處天花板因漏水而破損不堪。其中一間房裡雕工精細的橡木壁板，被某個維多利亞時期的屋主貼上了壁紙，格蕾可以看出工人們曾煞費苦心地試著清除它們的痕跡。

最後尼可領她來到一個大房間旁邊的小室，漏水的天花板讓石灰牆面變成髒污的黃褐色，木質地板看起來也嚴重腐朽。格蕾站在房門口，看著尼可以哀傷的眼神環顧四周。

「這原是我兄長的寢室，我兩週前還站在這裡。」他輕聲道，然後聳聳肩，彷彿是想阻隔開心中的懊悔之情。他跨過腐朽的地板，走到一處壁板前面，伸手想推開它，但什麼也沒發生。

「鎖可能生鏽了，」尼可說，「或是有人將它封死。」

他忽然變得非常憤怒，開始用拳頭使勁捶打那片壁板。

格蕾顧不得隨時會分崩離析的地板，迅速跑到他身邊；她不知道還能怎麼做，只能伸手環住尼可，讓他把頭靠在她的肩膀上，輕撫著他的頭髮。「噓……」她有如哄誘孩童般低語道，「冷靜點。」

他緊抱著她，力道之強，讓她幾乎喘不過氣來。「我原希望人們能記得我的向學之心，」他貼著她的頸窩說道，嗓音中帶著淚意。「我曾委任僧侶們謄寫數百本書冊，並著手興建索維克堡……現在這一切都已成過往雲煙。」

「噓……」格蕾安撫道，擁著他寬闊厚實的肩膀。

他推開格蕾，轉身背對她，但她仍能看見他抬手拭淚。

「他們只記住我和艾蓓拉在桌上那一刻。」尼可道，轉頭回望她時，臉上的神情十分憤怒。「若是我能活下來，就有辦法改變這一切。我一定要查出我母親發現了什麼，她相信她所掌握的訊息足以洗清我的不白之冤，使我免遭處決。一旦我找到答案，就必定得回到我的時代，我必須改變現世對我及我家族的論斷。」

就在那一剎那，格蕾了解到他說的全是眞話，因爲她對自己的家人也有著相同的感受。她不希望人們想起她時，只記得她所做過的那些蠢事；她要世人記住她的善行。去年夏天她曾擔任志工，幫助不識字的孩童學習認字；而連續四個暑假以來，她每週都會抽出三天時間到收容所陪伴那些命運坎坷、極度缺乏關愛的孩子們。

「我們會找出答案的，」她柔聲道，「只要那些資訊仍留存至今，我們就一定能找到它，到時候你就可以回去了。」

「妳知道該怎麼做？」

「我不知道，但也許當你找到你被送來這裡所要查出的線索之後，就會自然而然被送回去了。」

他緊皺的眉頭漸漸轉成微笑。「妳改變了對我的看法，不再認爲我在扯謊？」

「是的，」她緩緩說道，「沒有人能演戲演得這麼好。」她不願去想自己在說些什麼；一個十六世紀的男子不可能穿越時空來到現代……但它的確發生了。

「你看這裡，」她伸手觸摸他之前猛力捶打的那處壁板，發現它露出一道大約吋許寬的門縫。

尼可把門拉開。「家父只將此事告知我兄長一人，但在克利斯身亡前一週，他帶我來看了這個暗櫃。我從未告訴任何人，這個秘密隨我一同死去。」

在她的注視下，尼可把手伸進那道縫隙，取出一個泛黃、脆弱的紙捲。

尼可注視著它，一臉不敢置信的神情。「我數日前才將它放進裡面，當時它仍是全新的。」

格蕾從他手裡拿過紙捲，攤開一小部分，上面密密麻麻寫滿了她看不懂的文字。

「啊哈，這就是妳要的寶藏。」他拿出一個黃白色的小盒子，四周有著精美的人、獸圖案雕刻。

「這是象牙？」她驚豔地問道，把紙捲遞給他，接過盒子。她在博物館看過像這樣的精緻物品，但從未親手碰觸過。「它真美，也是樣極珍貴的寶藏。」

尼可笑了。「寶藏不是這盒子，是放在它裡面的東西。不過妳得先等一等，」他阻止格蕾掀開盒蓋。「我突然發現，我此刻非常需要食物。」

他把紙捲塞回暗櫃裡，彷彿再也不想看到它，然後從她手裡拿走盒子，放進剛才購買的手提袋裡。

格蕾給了他嘲弄的一眼。「少在我面前賣弄聰明，別忘了，你的回程火車票還在我這裡。」

她以為自己佔了上風，但他的表情在她眼前柔和下來，垂著濃睫凝望她的方式，頓時令她心跳加速。他跨步向前，她跟著後退。

「妳方才也聽見了，」他以低沉的嗓音說道，「沒有女人能夠抗拒我。」

格蕾被逼退到牆邊，心跳聲在耳中響若雷鳴。他溫柔地用指尖托起她的下巴，讓她抬臉迎視他。他要吻她了嗎？她揣想著，半是憤怒，半是期待。期待勝出，她閉上了雙眼。

「我會一路誘惑女人，好助我返回旅店。」他截然不同的語氣讓格蕾明瞭到，他根本從頭到尾都在逗弄她——他很清楚自己的魅力會對她產生什麼影響。

當她倏地睜開眼睛、站直身軀時，尼可像個慈愛的父親般——或是像老電影裡的帥哥偵探逗弄柔弱易感的秘書小姐那樣——輕搔了搔她的下巴。

「但或許我引誘不了現代女子，妳曾告訴我，這個時代的女性和我的年代大不相同了。」他說道，關上了暗門。「這是個女性解……」

「解放，」她答道，「女性解放的時代。」格蕾想到在桌子上縱慾的艾蓓拉夫人。

他回視著格蕾。「我確信我無法引誘像妳這樣的女子，妳提過妳愛的人是……？」

「洛柏。是的，我愛他。」格蕾堅定地說道，「也許等我回到美國之後，可以化解我們之間的歧見。也有可能當他收到我的留言，知道手鍊在我這裡時，就會來接我回去。」

她要記住洛柏。跟眼前的男子比起來，洛柏似乎安全多了。

「嗯。」尼可回應道，朝門口走去，格蕾緊跟在他身後。

「你這是什麼意思？」

「沒什麼意思。」

她擋住他前進的腳步。「如果你想說什麼，就儘管說啊。」

「這個洛柏會爲珠寶，但不會爲了他所愛的女子而回？」

「他當然會爲了我回來！」格蕾怒聲道，「那條手鍊是……都是因爲葛洛莉被寵壞了，又愛撒謊，但她是洛柏的女兒，所以他當然會相信她。別那樣看著我！洛柏是個很好的男人，至少人們會記得他在手術台上的成就，而不是在一張——」尼可臉上的表情讓她閉上嘴。

他轉身大步離去。

「尼可，我很抱歉，」格蕾追了上去。「我不是有意要那麼說的，只是一時控制不住脾氣。世人只記得你和艾蓓拉的事，並不是你的錯，錯的是我們。我們看了太多電視，讀了太多八卦報導，生活中處處充滿了腥、羶、色。尼可，請你原諒我，好嗎？」

她停下腳步，呆站在那裡。他是否也將棄她而去？

格蕾低著頭，所以並未看見他回頭朝她走來，溫和地伸臂摟住她的肩膀。「這地方有賣冰淇淋嗎？」

他的話逗笑了她。尼可輕輕托起她的下巴，拭去她頰邊的一滴淚水，柔聲問道：「妳被洋蔥熏到眼睛了？」

她搖搖頭，暫時不敢信任自己的聲音。

「那就跟我來吧，」他道，「若是我沒記錯，那個盒子裡有顆與我拇指一般大的珍珠。」

「眞的？」她問道，根本忘了盒子的事。「還有其他東西嗎？」

「先喝茶。」尼可道，「茶、司康餅和冰淇淋，然後再看盒子。」

他們並肩走出那塊未經整修的區域，與下一批的參觀群眾擦身而過，從導覽團的入口處離開主屋，引得工作人員很不高興。

進入茶館後，這次由尼可全權接手，格蕾坐在位子上，看著他和櫃檯後的女子交談。對方搖著頭，似乎否決了尼可的某項要求，但格蕾有種預感，他絕對能得到他想要的東西。

幾分鐘後，他示意要她跟上來，然後領著她出了茶館，走下石階，穿過寬廣的花園，最後停在一棵綠蔭蓊鬱，長滿鮮紅莓果的紫杉樹下。格蕾轉身看到一對男女端著兩個大托盤，上面擺滿茶具、糕點、去邊的小三明治以及尼可最愛的司康餅。

尼可沒理會忙著在地上鋪好桌巾、擺放餐點的茶館店員，只是指著某處，以憂傷的嗓音對格蕾道：「那裡曾是我的結紋園❼，原本還有座小山丘。」

待那對店員離去後，尼可伸手扶著她坐到桌巾上；格蕾替他倒好茶，加進牛奶，再裝滿了一整盤食物，然後問道：「現在嗎？」

他笑了。「現在。」

格蕾從提袋裡拿出那個古老、脆弱的象牙盒子，屏著呼吸緩緩打開它。

裡面擺著兩枚美麗的戒指，精雕成龍形和蛇形的金質底座上，分別鑲著翡翠及紅寶石。尼可朝她露出微笑，取出戒指戴到手上，格蕾一點也不驚訝它們完全吻合他的指圍。

盒底有塊老舊、略顯破損的絲絨布，裡面似乎包裹著什麼東西。她小心翼翼地揭開絨布。

躺在她手裡的是只橢圓形的胸針，上面有著小小的金雕人像……她抬眼望向尼可。「他們在做什麼？」

「這是聖芭芭拉殉教圖。」他答道，語氣彷彿是在說：妳怎麼什麼都不知道？

格蕾仔細觀察胸針，看出上面那個小金男擺出的動作，果真像是正要砍掉那名迷你金色女子的人頭。在人物四周是設計抽象的琺瑯圖案，邊緣鑲嵌著細小的珍珠和碎鑽。在胸針下方垂吊著一顆的確有如男人拇指一般大，形狀不規則的巴洛克珍珠，表面雖然有些凹凸不平，但溫潤的光澤卻歷經數百年而不衰。

「它眞美。」格蕾輕聲道。

「它是妳的了。」

一股貪婪的慾望霎時間流竄過全身。「我不能收。」格蕾說道，卻不由自主地縮起五指，緊握住那枚珍寶。

尼可笑了。「不過是個女人家的小玩意，妳就留著吧。」

「不可以，它太貴重了。這枚胸針極有價値，而且是古董，應該收藏在博物館裡才對，它——」

他從格蕾手中取過胸針，替她別在襯衫的襟口。

格蕾從皮包裡拿出化妝鏡，打量起胸前的珍寶，然後注意到自己的臉。「我得去趟化妝室。」她在尼可的大笑聲中匆忙離去。

❼以矮樹與花叢等植物交錯種植，形成各式紋路或圖案的精緻花園。

利用獨自一人在洗手間裡的機會，她仔細審視著胸針，直到有其他人進入才連忙離開。走回花園的途中，她忍不住溜進紀念品店，想看一眼那些明信片。她花了點時間才發現尼可不想讓她看到的東西；陳列在貨架底層那排明信片的其中一張，上面的主角正是聲名狼藉的艾蓓拉夫人。格蕾拿了一張。

結帳時，她向店員打聽店內販賣的書籍中，是否有哪一本曾提及尼可拉斯．史岱佛。

女店員一副了然的神情，微笑道：「每位年輕小姐都會問起他，通常店裡會陳售一些以他的肖像爲主題的明信片，但目前剛巧賣完了。」

「沒有任何關於他的記載嗎？詳述他的成就，而不只是……跟女人間的風流韻事？」

女店員仍是一臉嘲弄。「我不認爲尼可拉斯伯爵有過任何成就，他唯一做過的大事，就是招募軍隊對抗女王，並因此被判斬首之刑。若不是他在行刑前身亡，他將會被人砍下腦袋。這個年輕人是個不折不扣的浪蕩子。」

格蕾拿著明信片準備離去，但又回頭問道：「尼可拉斯伯爵死後，他母親發生了什麼事？」

女店員神色一亮。「瑪格莉特夫人？她可是位了不起的女士。我記得她之後好像再嫁了，她丈夫叫什麼名字來著？噢，我想起來了，是海伍德，她嫁給了理查．海伍德爵爺。」

「妳知道她是否曾留下任何文件？」

「這我就不清楚了。」

「所有史岱佛家的文獻都收藏在葛許霍克大宅。」一道熟悉的嗓音從門邊響起，是帶領她和尼可參觀，卻被無禮地打斷了解說的那位導覽員。

「葛許霍克大宅位在何處？」格蕾有些尷尬地問道。

「靠近索維克堡。」

「索維克堡。」格蕾幾乎發出喜悅的呼聲，但她克制住自己，向兩名女子道謝，然後從店裡一路跑回花園。

尼可正悠閒地坐躺在桌巾上啜飲熱茶，掃光盤中的司康餅。

「你母親嫁給了理查……呃，海伍德，」她氣喘吁吁地說道，「所有的文件都放在……」她想不起那個名字。

「葛許霍克大宅？」

「沒錯，就是那裡！它靠近索維克堡。」

尼可轉身背對她。「我母親嫁給了海伍德？」

格蕾望著他的背影。是否因爲他死前被控叛國，使他母親迫於貧困，不得不下嫁給某個暴虐無道的男子？他年長、柔弱的母親是否被迫得忍受一個，只將她視爲財產的男人？

尼可的肩膀開始顫動，格蕾伸手輕觸他的手臂。「尼可，這不是你的錯，當時你已經死了，你幫不了她。」我到底在說什麼？她自問道。

可是當尼可轉過身時，她看見他……竟然一臉狂笑。「我早該想到她一定有辦法脫離困境。海伍德！她嫁給了理查．海伍德。」他笑得太厲害，幾乎無法說話。

「快把一切都告訴我。」格蕾催促道，雙眼發亮。

「理查．海伍德是隻遲鈍的無毛孔雀。」

格蕾皺起眉頭，不懂他的意思。

「他是個蠢蛋，」尼可笑著解釋，「不過是個非常富有的蠢蛋。很高興得知她沒淪落到一貧如洗的田地。」

他臉上仍帶著微笑，替格蕾倒了杯茶，在她舉杯啜飲時，拾起她身旁的小紙袋並打開。

「別看。」她想阻止尼可，但他已經取出了艾蓓拉夫人的明信片。

他臉上那副彷彿了然於心的表情，讓格蕾真想拿茶從他頭上澆下去。「店裡沒賣那張桌子的照片嗎？」他以嘲弄的口氣問道。

「我不懂你在說什麼。」格蕾裝模作樣地說道，看也不看他一眼，一把搶回他手裡的明信片，放回紙袋裡。「這是為了蒐集資料而買的，它也許能幫助我們……」可惜就算她想破了頭，也想不出一張尼可私生子之母的照片，對他們尋找線索能有什麼幫助。「你把所有司康餅都吃光了？你有時真像頭貪吃的豬。」

尼可發出如豬叫般的鼾笑聲作為回應。

片刻後，尼可提議道：「妳覺得我們今晚在鎮上過夜如何？明天我要去買亞曼和羅夫。」

格蕾起先不懂他在說什麼，接著才想起他看過的那幾本美國雜誌。「喬治亞曼尼和羅夫勞倫？」

「哎，你們這個時代的服裝。」他答道，「我拒絕一身寒微地回到我在索維克堡的宅邸。」

格蕾咬了口三明治。除非她能很快找到洛柏並拿回她的行李，否則她也需要再添購些衣物。

她看向躺在地上，雙手枕在腦後的尼可，決定明天先去購物，後天啓程到索維克堡，好試著查明是誰背叛了他，向女王告密。

只不過今晚，她暗忖，今晚他們倆又得在旅館房間裡獨處一夜了。

8

格蕾坐在黑色大型計程車的後座，四周擺滿了行李。這跟我當初來的時候一模一樣，她暗自想著，憶起坐在洛柏租來的車子後座，試著在葛洛莉成堆的行李箱中找到安身之處的窘境；差別在於此刻在她身旁的人是尼可，他正舒適地伸展著長腿，埋首於今早才買來的掌上型電動遊樂器。

她向後靠著椅背，回想著過去幾小時來發生的一切。昨日在貝爾伍德堡用完下午茶後，格蕾叫來一輛計程車送他們回到巴斯，並商請司機介紹一間好一點的旅館，最後他們被載到一幢漂亮的十八世紀建築改裝成的飯店。在櫃檯辦理入住手續時，她和尼可都沒有提起兩人其實可以各住一房。

他們的房間十分美麗，以黃色的印花棉布，及繪著花朵圖案的壁紙作爲裝潢，兩張床上鋪著黃色滾邊的床罩。尼可用手撫過壁紙，立誓等他回家後，一定要叫人把家中的牆面全都畫上百合跟玫瑰。

把行李安頓好後，他們到巴斯街頭散步，瀏覽著可愛的商店櫥窗。接近傍晚時，格蕾發現了一間電影院，名字就叫做「美國影院」。

「我們可以去看場電影，吃熱狗和爆米花當晚餐。」她開玩笑地說道。

但她的話引來尼可的興趣，開始追問起一大堆問題，於是格蕾買了票進場。她對「美國影院」放映的竟是一部英國電影——《窗外有藍天》——這一點，感到有些諷刺，不過在小吃部的確能買到美式熱狗、爆米花、可樂以及賀喜花生醬巧克力。她很清楚尼可的食量有多大，所以每樣都買了好幾份，好不容易才捧著滿手食物，險象環生地找到位子坐下。

尼可愛極了爆米花，但喝可樂時被氣泡給嗆到；他認爲熱狗尚能入口，而花生醬巧克力幾乎讓他因爲極度的歡愉而激動落淚。影片開始播放前，格蕾試著向他解釋什麼是電影，還有人物看起來將會顯得多麼龐大，但尼可一心只顧著口裡的美食，並沒有太專心聽她在說些什麼。

燈光暗下來時，他感到十分神奇，還差點在音樂響起時從椅子上彈跳起來。當他頭一次看到銀幕上巨大的人形時，臉上驚恐的神色讓格蕾笑得幾乎撒光手中的爆米花。

整場下來，格蕾發現觀察尼可遠比看電影要有趣多了——反正這部片子她之前已經看過兩次。

散場後走回旅館的一路上，尼可像連珠炮般不斷提出問題。他太過眩惑於神奇的電影科技，根本無暇兼顧劇情。他也弄不懂劇中人穿著的那些衣服樣式，格蕾費了一番唇舌才讓他明白，愛德華時期以現在來說，算是「古代」。

回到房間後，他們共用格蕾放在提袋裡、以及旅館所供應的盥洗用具。格蕾決定穿著內衣睡覺，於是在洗過澡後，套上了旅館提供的浴袍。她原打算直接就寢，但尼可要她唸書給他聽，所以她從袋子裡翻出阿嘉莎・克莉絲蒂的偵探小說，坐在他身旁的椅子上輕聲唸著，直到他睡去。

熄燈前，她在他床邊站了好一會兒，望著他散落在潔白枕巾上的柔軟黑髮。一時衝動下，她俯身在他額上輕輕印下一吻。「晚安，我的王子。」她低語道。

尼可握緊她的手，不過並未睜開眼睛。「我只是個伯爵，」他柔聲道，「但謝謝妳的抬舉。」

格蕾有些羞赧，但忍不住露出微笑，轉身回到自己的床躺下。但無論她如何嘗試，卻遲遲無法入睡，不時側耳傾聽他是否發出任何聲音，猜測他會不會像前晚一樣陷入夢魘之中。但他一直睡得很平靜，最後她也終於沉入睡鄉。

第二天早上當她醒來時，尼可已經起床進了浴室。她頭一個反應是因無法睡在尼可懷裡而感到失望，但她隨即斥責自己。她愛的人是洛柏，不是嗎？她不可能輕佻若此，只因爲一場爭執，便在幾天之內就移情別戀吧？

她也無法想像自己會愛上一個，永遠不可能屬於她的男人。她怎麼能去愛一個隨時會像一陣煙霧般就此消失的男子？

尼可走出浴室，赤著腳，裸著胸膛，只套上了長褲，正用毛巾擦著濕髮。一早醒來就能欣賞到帥哥厚實的裸胸，這種感覺還眞不錯，格蕾暗忖道，躺回枕頭上，滿足地嘆了口氣。

尼可朝她蹙起眉頭。「別賴床了，我們得去找個理髮師替我修面。」他摸摸臉上冒出的鬍碴。

「現在流行留鬍碴，有很多電影明星出席正式場合時，都沒刮鬍子。」

但尼可不喜歡這樣，他堅持要就留鬍子，不然就全剃光。最後還是她向他示範如何用旅館提供的刮鬍刀和迷你罐裝的刮鬍膏來刮鬍子。不幸的是，在她能阻止之前，他已經用手撫過刀鋒，割傷了手指，還因格蕾爲了這點小傷就驚惶失色而大笑不已。

著好裝，飽啖了一頓分量豐富的英式早餐後，他們便出門上街購物。格蕾早已習慣幫尼可處理看來極爲平常的小事了，但這次挑選衣物時，他似乎非常清楚自己想要的是什麼。格蕾驚訝地發現他只看了一個晚上的流行雜誌，就能吸收到這麼多資訊。

在高級的時裝店裡，尼可的伯爵氣勢發揮無遺，格蕾只能待在一旁靜靜觀看。那些英國店員們彷彿能辨識出自己正在爲一名貴族服務，因爲他們開口閉口「是的，閣下」、「不，閣下」。

此刻坐在計程車裡，格蕾腳邊堆滿了購物袋，裡面裝著襯衫、長褲、襪子、皮帶、一件質料能防水的大衣、帽子、兩套義大利製的絲質西裝、一件性感的皮夾克、領帶，甚至還有一整套男士的晚宴服。離開第五間店鋪時，格蕾已經忍不住發出疲累的呻吟，尤其是還得提著好幾袋沉重的衣物。尼可給了她一抹鄙夷的眼光，彷彿在嘲笑她很沒用，隨即撮唇吹出尖銳的口哨聲，招來一輛計程車。他學得還眞快，格蕾暗忖。不需要她插手幫忙，尼可就已安排妥當，讓司機整個上午跟著他們繼續四處購物，格蕾只管付帳，由司機負責將袋子搬上車。

下午一點時，她已經委靡不振，準備建議尼可先暫停一下，去吃點午餐。但他停在一間櫥窗裡展示著美麗衣物的女裝店前，望了望那些衣服，又看了看格蕾，然後幾乎是半強迫性地把她推進店裡。她的精力在那一刻神奇地恢復過來。尼可的慷慨不下於他挑選衣物的眼光，一開口就要求店員拿出店裡最高級的貨色，三名年輕的女店員匆匆忙忙地聽命行事。格蕾花了一個半小時待在更衣室裡，不斷地試穿一件又一件的衣服，等到他們跨出店門時，滿滿三大袋屬於她的戰利品，加入了尼可之前爲他自己購買的如山衣堆中。

最後，他唯一還需要採購的只剩下鞋子。尼可很快就學會享受現代衣物的舒適，卻痛恨鞋子過於堅硬的皮革，他最喜愛的是在臥室裡穿著的軟皮拖鞋。逛過三家鞋店後，格蕾說服他買下兩雙貴得驚人的義大利皮鞋。他堅持格蕾也得購買新鞋，但當他從架上取下四雙女鞋時——包括靴子、高跟鞋、休閒鞋和平底鞋——她宣稱他已經爲她花了太多錢。尼可威脅要穿著旅館提供的毛巾布拖鞋出門，除非格蕾答應把四雙鞋全部買下。她大笑著同意了。

最終一站是購買行李箱，好打包所有衣物。尼可想買眞皮皮箱，但他們手邊的現款不多了，所以格蕾勸他改買有眞皮鑲邊的藍色帆布旅行袋。

買齊所有東西之後，時間已經來到下午三點，所有供應午餐的店鋪都休息了。他們買了麵包、起士、肉派和一瓶葡萄酒，要司機將他們載回艾胥伯登的那間小旅館，然後就在計程車的後座上用餐。身爲貴族，在車上吃東西不符合尼可的禮儀教養，格蕾還花了好一番功夫才說動他；但關於火車的事，他就無論如何也不肯改變心意。格蕾認爲他們該坐火車回去，因爲那比搭計程車要便宜多了，不過尼可對由他自己搬運行李的建議嗤之以鼻，所以最後他們還是坐上了計程車，一路開回畢絲利太太的旅店。

回程途中，尼可第一次見識到六線道的英國公路；她不清楚他對四周圍車輛的速度有何感想，但她自己可是被嚇壞了。光是慢車道的時速就已經高達七十英里（約一一三公里），她實在不敢想像快車道會是何種光景。

過了好一會兒，尼可才停止盯著窗外的卡車和向她提出一大堆的問題，靠回椅背上，開始玩起她替他買來的掌上型電動遊樂器。看著他，讓格蕾想起世上還有那麼多他可以去看、去做的事。錄放影機、電視、摩天輪、飛機、太空火箭，還有地大物博的美國：緬因州的船、南方各類稀奇古怪的風俗、東南各州的牛仔和印第安文化、加州的……想到好萊塢和威尼斯海灘讓她露出微笑。她可以帶他到太平洋沿岸的西北各州吃鮭魚，到科羅拉多滑雪，去德州趕牛。她還可以——

還沒列完所有她想帶他去經歷的事物——或是提醒自己，這個男人只會在她身旁短暫停留——車子已經回到了旅店。但若他眞是屬於她的銀甲騎士，也許他會留下來。

尼可指揮計程車司機把行李搬下車，放到旅店門口，格蕾則取出賣掉錢幣所剩下的最後一些現金支付車資。她還在計算該給司機多少小費時，女店主匆匆跑下門前的台階。

「他已經在這裡待了一整天，小姐。」畢絲利太太有些激動地說道，「他今天早上就來了，一直等到現在。他看起來心情很差，還說了不少難聽的話。我以爲妳和史岱佛先生是夫妻。」她語氣裡帶著一絲譴責。

格蕾當然知道畢絲利太太口中的「他」是誰，除了尼可之外，全英國只有一個男人知道她在哪裡——或者該說是她被丟棄在何處。這是解決她跟洛柏之間問題的好機會，也是她最想要的結果……那麼爲何她的胃卻開始疼痛起來？

她突然思念起醫生替她開的胃藥。過去幾天裡，她從來不需要用到它們。

「誰在這裡？」她低聲問道，想拖延時間。

「洛柏．惠尼。」畢絲利太太答道。

「他單獨一人？」

「不，他身邊還跟著一位年輕小姐。」

格蕾點點頭，走向門前的階梯，但每跨一步，她的胃痛就更劇烈一分。尼可原本正忙著指揮計程車司機，但格蕾臉上的神情讓他停了下來。她一言不發地付清車資，然後走進洛柏和葛洛莉所在的小客廳。

葛洛莉一臉惱怒地坐在椅子上，但格蕾沒理會她，雙眼直視著站在窗前的洛柏。她在他臉上看不出任何懊悔的跡象。

「妳也該回來了，」他對著格蕾道，「我們在這裡等了一整天。它在哪裡？」

格蕾很清楚他指的是什麼，但卻不想讓他知道。難道他一點都沒有想過她嗎？「什麼東西在哪裡？」

「被妳偷走的那條手鍊！」葛洛莉說道，「所以妳才會把我推倒在墓園裡，這樣妳才能拿走我的手鍊。」

「我沒有推妳，是妳自己跌倒——」

洛柏站到她身旁，伸手環住她的肩膀，對她露出微笑。「我們不是來跟妳吵架的，葛洛莉跟我都很想念妳。」他輕笑一聲，「妳真該瞧瞧我們的窘境，每隔幾分鐘就必定會迷路，我們父女倆都不太會看地圖，旅館就更別提了。妳向來對掌握行程很有一套，而且清楚有哪些飯店提供客房服務。」

格蕾不確定她該感到欣喜還是沮喪。他想要她，但只是爲了要替他們父女找路和訂客房服務。

洛柏很快地吻了一下她的臉頰。「我知道妳沒偷那條手鍊，大家只不過都在說氣話罷了，不過幸好妳找到它了。」

葛洛莉開口想說什麼，但洛柏使了個眼色要她閉嘴，這讓格蕾的心情好過多了。也許從此他會要求女兒對她多表示一點敬意，也許——

「拜託，格蕾，」洛柏用鼻尖摩挲她的耳朵，「請跟我們一起回去吧。妳和葛洛莉可以輪流坐到前座，這樣很公平，不是嗎？」

她不確定該怎麼做。洛柏在向她示好，聽見他道歉也讓她非常高興，更重要的是，他需要她。

「我說，女士，」尼可大步跨入房中，「妳意欲反悔我們之間的約定？」

洛柏倏地跳離格蕾身邊，全身頃刻間流洩出強烈的恨意——而且全是針對尼可而來。洛柏是在嫉妒嗎？格蕾納悶著，在此之前，她從未見過洛柏表現出任何妒意。至於尼可，他瞪大眼睛盯著洛柏，彷彿眼前出現的是幽靈或幻影。兩名男士都花了幾分鐘才恢復正常。

「他是誰？」洛柏問道。

「女士，妳怎麼說？」接著開口的是尼可。

格蕾看著面前的兩個男人，實在很想轉身就跑，再也不要見到其中任何一個。

「他到底是誰？」洛柏再次詰問，「難道妳才離開我們幾天，就已經找到了……新歡？」

「離開你們？是你們棄我而去，還帶走了我的皮包！是你讓我身無分文，連張信用卡或是——」

洛柏不當回事地揮揮手。「那都是一場誤會。葛洛莉替妳拾起皮包，以爲那樣是在幫妳。我們都沒想過妳會決定要留在這裡，拒絕繼續跟我們同行，我說得對嗎，甜心？」

「幫我？」格蕾抽了口氣，不敢相信他竟然這樣扭曲事實，讓她氣得幾乎說不出話來。「我決定要留在這裡？」

「格蕾，我們一定得在這個陌生人面前，討論我們的私人問題嗎？妳的行李都在車上，我建議我們現在就離開。」他牢牢抓住格蕾的手臂，打算把她拉走。

但尼可站在門前擋住出路。「妳要離開我？」他看著格蕾，嗓音裡隱含怒氣。「妳要跟這個只想要妳服侍他的男人走？」

「我……我……」格蕾感到茫然迷惑。洛柏是個渾蛋，但至少他是真的；而無論跟這位尼可拉斯．史岱佛在一起有多浪漫，一旦找到他需要的答案後，他將在一眨眼間消失無蹤。再說，這兩個男人之所以想要她，同樣都是著眼於她能為他們做些什麼。洛柏需要她認地圖，尼可需要她幫忙找線索。

格蕾不知道她該怎麼做。

尼可替她做了決定。「這位女士受僱於我，直到我不再需要她的服務之前，她都得待在我身邊。」話聲一落，他伸手抓住洛柏的肩膀，把他推向門外。

「放開我！」洛柏吼叫道，「你不能這樣對待我，我會叫警察逮捕你。葛洛莉，快報警！格蕾，要是妳現在不跟我走，就永遠別奢想我會向妳求婚。妳這輩子都——」

尼可用力甩上門，擋住了洛柏惡毒的言詞。

格蕾垂著頭，坐到最靠近她的那張椅子上。

尼可轉過身，只看了葛洛莉一眼。「出去！」

葛洛莉奔出房門，蹬蹬蹬地衝下前門的階梯。

尼可走到窗前看出去。「他們走了，不過把妳的衣箱都留在地上。我們終於擺脫了他們。」

格蕾並沒有抬頭。她怎麼會讓自己的人生變成這樣一團混亂？就連出國度個假，她都會碰上倒楣事。爲什麼她就是無法跟男人維持一段正常、平凡的關係？她想在任教的小學裡認識某個男人，答應與他交往，去看場電影，打打迷你高爾夫球什麼的。約會數次後，他會在美酒壯膽下向她求婚，他們會有一場溫馨美麗的婚禮，住進一幢漂亮的洋房，生下兩個可愛的孩子，就這麼簡單而平凡地度過一生。

然而她遇見的男人不是曾經坐過牢，就是正要被關進去；再不然就是有個頤指氣使、令人厭惡的女兒，或是來自十六世紀。說實在的，她還不曾聽過有哪個女人的男人運會像她這麼差。

「我到底是哪裡做錯了？」她悄聲道，把臉埋進掌心裡。

尼可在她面前蹲下，拉開她的手。「我累了，也許妳可以上樓唸書給我聽。」

像隻失神的小動物般，她任由尼可牽著她走上樓梯。但進房後，他並沒有要她唸書，而是讓她躺到床上，然後坐到床緣，低聲對她唱起歌來。那是首輕柔、甜美得不可思議的搖籃曲，格蕾就這般在歌聲中緩緩睡去。

9

格蕾睡著後，尼可向後靠著床頭板，輕撫著她的髮絲。天啊，他是多麼想碰觸她！他想將雙手埋進那彤雲般的濃密秀髮，想撫摸她柔嫩的雪膚，感覺她修長的雙腿緊緊圈住他。他想吻去她的淚水，再盡情品嚐她的芳唇；他要吻遍她的全身，直到她露出歡愉的笑容。

她熟睡的模樣就像個天眞無邪的孩子，但偶爾會抽噎幾次，彷彿在睡夢中仍無法停止啜泣。他從未見過這麼愛哭的女子，不，應該說他從未見過像她這樣的女人。她是如此想要被愛。

他曾問過她關於這個時代的婚姻狀況，但她的回答令他深感不悅。在他看來，婚姻代表的是一樁合約，藉以締造盟友，孕育合適的子嗣。但似乎在這個新世紀裡，一對男女是因爲愛而選擇對方。

愛！它根本只是種浪費時間與精力的玩意兒，尼可不屑地想。他見過太多男人因爲「愛」上某個女人而失去一切的例子。

他輕觸格蕾的額角，手指撫過她柔軟的髮絲，用視線愛撫她高聳的酥胸和纖細的長腿。看看這個女孩因愛之名，受到了多大的創傷。他微笑著想到他母親對「爲愛成婚」這個念頭會有什麼說法。瑪格莉特．史岱佛夫人有過四任丈夫，但從未考慮過要愛其中任何一個。

然而看著眼前這位新時代的女性，尼可內心有種從未曾出現過的柔軟感受。她是如此善良，隨時願意爲任何一個對她和善以待的人付出一切。他看得出來，她所給予別人的溫暖和幫助，背後不帶任何隱含的動機；她不求金錢報酬，也不曾因爲他不熟悉這個世界而趁機佔他便宜。她幫助任何人，都只是因爲對方需要幫助。

他的手輕輕撫上她的臉頰，她依然熟睡著，但柔嫩的臉蛋彷彿有自主意識般窩進他的掌心。是什麼讓他們相遇，又是怎樣的牽絆將他們緊緊聯繫在一起？他未曾告訴過她，他能感覺到她的痛苦，因爲她顯然並沒有相同的感應；但從第一天開始，他就對她的痛苦感同身受。那日在教堂外，她用那台機器聯絡了她的姊姊——現在他曉得那叫電話——當時他並不懂她在做什麼，卻能體會到她內心受到了傷害。

今天他在指使司機搬運行李時，突然間感受到某種深深的絕望，他立刻知道那是來自於她。第一眼看到那個棄她於不顧的男人時，他震驚得幾乎無法理解他們在說些什麼。

起先他只想到格蕾將要離開他了，如果她就此離去，他該如何找到回家的方法？但更重要的是，他怎能忍受失去她？再也見不到她的笑顏，聽不見她純眞的笑聲？

理解現代語句對他來說仍有些困難，但他聽得出她的前任情人要她跟他一起走，也看得出格蕾遲疑地無法做出決定。把那個傢伙扔出門外是出自尼可原始本能的反應，她怎能考慮跟一個把自己女兒放在她之前的男人走？無論如何，格蕾比那個女孩年長，也更加値得應有的尊敬。這是個什麼樣的國家，竟如此寵溺孩子，甚至對待他們有若皇族？

凝望著躺在他身邊的格蕾，尼可輕撫她的肩膀和手臂。三天，他想著。三天前他還從未見過她，但如今他發現自己願意做任何事來換取她的微笑。她是如此容易取悅，只要一句和善的話語，一份禮物，甚至一抹微笑就夠了。

他低頭溫柔地親吻她的秀髮。這個女人需要人來照拂、看顧，她就像個脆弱的玫瑰花苞，需要陽光來讓花朵綻放。她需要……

他驀然抽身後退，下床走到窗前。她的需要與他無關，他告訴自己。就算他能找到方法帶她一起回去，最多也只能將她納爲情婦。他扯扯唇角，不認爲軟心腸的格蕾有能耐當個好情婦。她不會向金主要求什麼，反而會把所有財物送給任何一個沒鞋穿的孩子。

尼可用手抹抹臉，彷彿想藉此釐清思緒。這個世界裡有太多他無法理解的事物，不只是那些功能千奇百怪的機器，最讓他困惑的是現代人的思考方式。昨天他見識到了什麼叫做電影，一開始他十分震驚，因爲他不懂那些出現在扁平布幕上的巨大人物，爲何看起來能有圓形的身軀。格蕾向他解釋，那些人物跟平常人的尺寸相同，但就像畫畫一樣，他們可以被畫得很小，但經由照片就能加以放大。然而即使在克服了驚慌感之後，他卻仍無法苟同電影裡的劇情。一名年輕女子與一名具有身分地位的富家子弟訂有婚約，卻爲了一個身無分文，只有雙健美長腿的男子而拋棄一切。

影片結束後，格蕾宣稱她認爲這個故事既「美好」又「浪漫」。他實在不懂這種人生哲學。如果他母親有個女兒，而這個女兒拒絕履行一樁雙方都能互蒙其利的婚姻合約，瑪格莉特夫人會把那個女孩狠狠打一頓，直打到手臂痠疼，然後她會叫來最壯碩的長工繼續打。但在現代社會裡，孩子們不服從長上的行爲，似乎反而受到鼓勵。

他回頭看著床上女子如孩童般無邪的睡顏。

如果他留在這個時代，也許就可以跟她在一起。和這樣一個溫柔、以他的需求爲先、會在他做噩夢時將他摟入懷中的女子共度人生，應該會非常快樂。她也不會和其他女人一樣，看上的只是他伯爵的身分或他的財富。沒錯，跟她在一起的人生肯定相當愉快。

不！他轉身再度望向窗外，想起貝爾伍德堡裡那個醜老太婆說過的話。她竟敢嘲笑尼可拉斯．史岱佛的生平事蹟。如果他留下來與格蕾在一起，就永遠沒有機會改變歷史對他的評價。據貝爾伍德堡裡那個母夜叉所言，尼可拉斯伯爵身亡後，伊莉莎白女王沒收了史岱佛家族所有家產，之後它們大部分都在英國的內戰中遭到摧毀。他眾多的產業中，只有四處還留存至今——而且沒有一處歸於史岱佛家族所有。

這關係到家族榮譽，尼可心中想著。這個時代的人們似乎不怎麼看重榮譽這回事，甚至連格蕾也不能體會他的心情。她認為艾蓓拉的故事非常有趣，對一個男人因被控叛國而處死，還連帶拖累了家人，她似乎也不以為意。

「那都是很久以前的事了，」她說，「有誰會記得那麼多年前發生過什麼？」

但對尼可而言，它並不久遠。三天前他還被關在白塔裡，正試圖挽救他家族的名譽，以及他自己的腦袋。

在他身上發生這場時空轉換，必定有其原因，他相信這是上天賜給他的第二次機會。他一定能在這個時代找到線索，查出究竟是誰如此痛恨他，意欲置他於死地。他的死亡對誰有利？又是誰這麼有辦法，能夠得到女王完全的信任？

那場審判對尼可十分不公。他被指控未經女王許可便私自招募軍隊，儘管尼可的手下從威爾斯趕來作證，發誓他們的確曾請求援兵，但法庭卻不予採信。法官們宣稱他們手中握有「秘密證據」，可以證明尼可拉斯．史岱佛計畫推翻伊莉莎白女王，讓英格蘭回歸天主教。

被判處死刑後，尼可原本已經認命；但他母親捎來訊息，說她已經掌握新證據，不久後便會眞相大白，尼可也將恢復自由之身。

但在他得知新證據爲何之前，就已經「死亡」。至少歷史是這樣記載的，而且死法並不怎麼光彩，他自嘲道。據說他是被人發現暴斃在桌前，身下壓著一封未完成的信函。

他母親爲何沒在他死後提出新事證，洗清他的污名，反而交出史岱佛家族的控制權，再嫁給一個像理查．海伍德那樣的蠢才？爲什麼？爲了錢嗎？她失去的是否還包括從她自己母親那裡繼承來的產業？

有太多疑問需要得到解答，有太多不公之事需要平反，更有太多人的榮譽需要衛護。

到目前爲止，他只能確定自己被召喚來這個時代，是爲了找出他需要知道的線索；而幸運的是，上天還賜給他這位美麗的女子來協助他。尼可回身微笑地注視她。如果換成是她來到他面前，宣稱自己來自於未來，他也會如此慷慨地善意以對嗎？他可不這麼認爲。他八成會下令點起火架，把她當成女巫給燒死。

然而她卻盡心盡力地幫助他——儘管起初的確有些不情願。他很快就發現到，她生性就是如此善良大方。

而現在，他嘆口氣，她更逐漸愛上他。他可以從她眼裡看得出來。在他的時代裡，每當一個女人開始愛上他時，他就會離開她。滿口愛情的女人令人厭煩，他寧願跟艾蓓拉那樣只喜歡珠寶或絲料的女人在一起。他跟艾蓓拉彼此了解，存在他們之間的只有性關係。

但格蕾就不同了，她一旦愛了，就會全心付出。那個叫洛柏的傢伙曾擁有過她的愛，但顯然太過愚蠢而不懂得珍惜。尼可看得出那個男人只是在利用她，玩弄她的感情，享受自己對她的控制權。

他朝她跨前一步。如果他，尼可拉斯．史岱佛，能夠得到她的愛，他會知道該如何珍惜它。他會——

不！他強迫自己別過臉。他不能讓她愛上他，當他離開她的世界時，她將會因哀傷而心碎。尼可不願意丟下她回到自己的時代，讓她獨自孤單寂寞，癡戀著一個早已作古四百年的男人。

所以他必須想辦法，讓她停止對他的愛。他不能假裝發脾氣把她逼走，因爲他需要她的幫助來了解這個陌生的世界，更無法在她孤立無援時撇下她不顧。他得想個法子，一個她能理解，合乎現代人思考模式的法子，來讓她停止愛他。

這個荒謬的主意讓他自嘲地一笑。也許他可以告訴她，他愛上了另一個女人，無論任何時代的女性，肯定都無法忍受這種事。但說誰好呢？艾蓓拉？想起格蕾買的那張明信片，他差點大笑出聲。或許該找個她尚未聽說過的女人會比較好。愛麗絲？伊莉莎白？珍妮？

他斂起笑容。說是蕾蒂如何？

愛上自己的妻子？

尼可已有數週不曾想起那個擁有一雙冰眸的婊子。當他因叛國罪被捕入獄時，蕾蒂已經開始在物色下一任丈夫的人選了。

他能令格蕾相信，他深愛他的妻子嗎？在那部電影裡，劇中人物是因爲愛而結合；也許他可以告訴格蕾，他想回到過去，是因爲他太愛他的妻子……雖然他實在無法相信格蕾竟會把愛情看得比榮譽更爲重要，但這個時代的一切都與他的認知大相逕庭。

現在他需要做的，就是找個時間和地點告訴她這件事。

他已經做了決定，儘管這並無法讓他心裡感到好過一點。他轉身朝門口走去，打算到錢幣商那裡賣掉更多古幣。明天他們會啓程前往索維克堡，開始找出所有問題的答案。

回頭看了格蕾最後一眼，他安靜地離開了房間。

格蕾從沉睡中驚醒，發現房裡只有她一個人時，驀地感到一陣驚慌，但她強迫自己冷靜下來。接著她回想起和洛柏對峙的那一幕。她這樣做對嗎？也許她該選擇跟洛柏一起走，畢竟他的確道歉了——算是道歉吧——也解釋了爲何會丟下她。他以爲她拒絕繼續與他們同行；而葛洛莉拿走她的皮包也可能是無心之舉。

她用手抱住頭。這一切實在令人感到混亂。她對洛柏來說到底算什麼？對尼可呢？而這些男人對她而言又有何意義？尼可爲何會來到她身邊？爲什麼是她，而不是某個不會像她這樣，對自己的人生一片茫然的人？

房門開啓，尼可微笑地走進來。「我賣掉了大部分錢幣，我們發財了！」

格蕾回他一笑，記起他把洛柏推出門外的舉動。這個男人眞會是她的銀甲騎士嗎？他之所以被送來她身邊，是否就只是因爲她非常需要他？

不知爲什麼，她的表情似乎讓尼可感到不悅，因爲他皺著眉頭，轉開臉道：「我們該去用晚餐了。」

畢絲利太太推薦了一間印度料理店，前往餐館的一路上，他們兩人都很安靜，沉浸在各自的心事中。美味的餐點令尼可胃口大開，他非常喜愛小茴香、胡荽、印度什香粉和肉桂混合在一起的味道。用餐期間，格蕾不止一次接收到從附近桌位投射過來，女性們嫉妒的目光。出於好奇，也爲了防止他去看其他女人，格蕾開始詢問尼可，生活在一五六四年的人們都吃些什麼，跟二十世紀的食物有何不同？

他侃侃而談，但格蕾並未專心聆聽。她忙著注視他的眼睛，他的頭髮，他雙手的動作。他不會離開這個時代的，她心想，她許願要他前來，而他就這麼來到她身邊。她已經對他有足夠的了解，知道他就是她一直想要的那種男人：仁慈、體貼、風趣、強壯，而且對自己充滿自信。

晚餐近尾聲時，尼可逐漸變得沉默，似乎有什麼事令他感到憂慮。回旅店的路上就跟去程時同樣安靜，就算進到房間後，他仍然不想開口交談，甚至不要格蕾唸書給他聽。當他上床就寢時，不但翻身背對她，而且連句晚安都沒對她說。

格蕾清醒地在床上躺了好久，想要釐清過去幾天所發生的一切。她哭著乞求一名銀甲騎士，而尼可出現在她眼前；光是這一點就足以證明他是屬於她的，她有權把他留在她身邊。

接近午夜時分，當她好不容易才剛剛睡著時，卻突然被尼可發出的聲音驚醒。她露出微笑，知道他又做了噩夢。仍然帶著笑臉，她爬到尼可床上，躺到他身邊，他立刻將她緊緊擁入懷中，隨即沉入平靜安詳的睡鄉。格蕾舒服地窩在他的臂彎裡，臉頰抵著他毛茸茸的胸膛，滿足地閉上眼睛。無論未來會是如何，就讓一切順其自然吧。

尼可醒來時，天已經亮了。當他感覺到躺在懷中的格蕾時，他知道他的美夢已然成眞。他們的兩具身軀如此契合，彷彿從亙古之初即爲一體。她曾提過一個名詞，叫什麼來著？心電感應。在他們之間有種深刻的繫絆，他從未對任何女人有過像對她這樣的感覺。

他把臉埋進她的秀髮，深深嗅著她的香氣，兩手也開始愛撫她的嬌軀。他從來不曾像渴望她這般渴望任何女人，他甚至不知道世上竟有如此強烈的慾望存在。

「賜我力量，」他祈禱著，「讓我能做我必須做的事。」並請原諒我。他默默加上一句。

他眞心希望他能做到，但在此之前，他想先品嚐她的滋味。就這麼一次，唯一的一次就好；然後他將再也不允許自己碰觸她。

他親吻她的髮，她的頸子，舌頭舔舐著她滑嫩的肌膚，一手撫著她的手臂，往上罩住她豐盈的胸房。他的心跳聲在耳中隆隆作響。

緩緩甦醒的格蕾在他懷裡轉過身，迎上他的吻——一個她從未經歷過的熱情深吻。他是另一半的我，格蕾想著，這個男人就是我生命中始終殘缺的那一部分。他就是我的另一半。

「蕾。」尼可在她耳邊低喃。

他們腿兒交纏，手臂緊擁著對方。格蕾微笑地仰頭，任由尼可在她頸項間烙下火熱的吻痕。

「我有過很多小名，但是……」她喘息道，「從來沒人單獨叫我一個蕾字。」

「蕾……」尼可的唇繼續往下游移。「是我妻子蕾蒂的暱稱。」

「嗯。」格蕾呢喃道，感覺他的手愛撫著她的胸，熱唇也越吻越低。

他剛才的話突然閃進腦海。她把他推開好看著他的臉。「妻子？」

尼可再度拉她入懷。「現在無須提到她。」

她也再度推開他。「是你先在吻我的時候提到她的名字。」

「只是一時口誤。」他說道，又想擁住她。

格蕾用力一推，然後翻身下床，整理好身上的睡衣。「你何不跟我解釋一下，關於你這位妻子的事？」她火冒三丈地質問道，「為什麼我之前從未聽說過她？我知道你有過一個孩子，但你說他母親已經死了。」

尼可從床上坐起，被單滑落到他腰間。「我沒有必要提及我的妻子。她的美麗，她的才華，以及我對她的愛，對我而言都是極為私密之事。」他拿起格蕾放在床頭桌上的腕錶，「也許今天我也該買一只這玩意兒。」

「把它放下！」格蕾怒聲道，「我不是在說笑，我認為你欠我一個解釋。」

「對妳解釋？」尼可掀被下床，身上只穿著一條窄小內褲。他拿起長褲套上，一面拉拉鏈，一面轉身看著她。「女士，請告訴我，妳是何等身分？妳是公爵之女嗎？還是伯爵家中的明珠？即便妳父親只是男爵都好。我身為索維克伯爵，妳不過是我的僕人，為我工作，而我以供妳衣食作為報酬；若妳能證明自己確有價值，或許我尚會支付妳一筆小額津貼。我並無義務將我的生平告知於妳。」

格蕾跌坐到床上。「但你從未提過已經娶妻。」她輕聲道，「你連一次都不曾提起她。」

「我並非無德夫婿，不會對僕人褻瀆我愛妻之名。」

「僕人。」格蕾喃喃道，「你深愛她嗎？」

尼可哼聲道：「她是我必須回去的眞正原因。我必須找出眞相，好回到我愛妻懷中。」

格蕾不太能理解自己聽到了什麼。昨天是洛柏，今天又發現尼可已有家室——一個他深深愛戀的妻子——這實在超出她所能承受。「我不懂，」她把臉埋進掌中，「是我許願、祈求你的出現，如果你已另有所愛，爲何還來到我面前？」

「妳在我墓前祈願，或許無論是誰那麼做——男人或女人——我都會依願前來。也許上帝明瞭我將需要一名僕人，而妳需要工作；我也不明所以，但我確知我必須回去。」

「回到你妻子身邊？」

「哎，我的愛妻。」

「那這又算什麼？」她轉身瞪視他，抬手指向床鋪。

「女士，是妳自行爬上我的床。我只是個男人，並非聖人，難免有弱點。」

情況逐漸明朗，格蕾只覺得羞愧難當。世上還有比她更愚蠢的女人嗎？她有哪次不是昏頭昏腦地愛上不該愛的男人？隨便跟個男人相處三天，她就會開始想像與他攜手共度一生。就算穿越時空而來的是匈奴王阿提拉或成吉思汗，她無疑也會愛上他們。以她的運氣來看，用不著兩天她就會愛上開膛手傑克了。

她站起身子。「聽著，我很抱歉引起這場誤會。你當然有妻子。一位美麗的妻子和三個可愛的孩子。我不知道我在想什麼，你是個死刑犯，而且已婚，通常我碰上的男人都只有這兩種缺憾的其中之一，看來我的運氣是越來越好了。我會收拾好東西離開，你回到史岱佛太太身邊，幸福快樂地過活吧。」

他擋在浴室門前。「妳想反悔我們之間的約定？」

「反悔？」她提高聲量，「沒錯，我反悔了。你不需要我，反正你有美麗的蕾蒂和陪你滾桌子的艾蓓拉。」

尼可傾近她，以低沉、誘惑的嗓音道：「若妳是對我倆之前的情事被打斷感到不悅，我們可以再回床上去。」

「你這輩子都別想，老兄。」格蕾兩眼冒火地怒聲道，「敢再碰我一下，就小心你的手掌見血。」

尼可用手摀住下巴以藏住微笑。「我不懂妳的怒氣所爲何來，我向來對妳並無任何隱瞞。我需要幫助以查出是何人背叛我，並找到能讓我回家的方法。我從未欺騙過妳。」

格蕾別開臉。他說得對，他一直都是直言無隱；是她放任自己無稽的幻想，以爲能與他從此幸福快樂到永遠。白痴、愚蠢、笨蛋，格蕾斥責自己。

她轉身面對他。「我對這一切感到很抱歉，也許你該另找他人來協助你。我已經拿回了我的護照和機票，我想我該回家了。」

「啊，我明白了，」他道，「妳是個懦夫。」

「我才不是，只不過……」

「妳愛上我了。」他無奈地嘆口氣，「所有女人都會愛上我，這應該算是我的詛咒吧。沒有一個女人能跟我共度三天，而不會爬上我的床。妳無須多慮，我並不怪妳。」

「你不怪我？」怒火開始取代她的自憐，「聽著，老兄！你太看得起自己的魅力了。你一點也不了解現代的女性，任何擁護婦女解放的女子都能與你共居一室，而不會愛上你，我們不會喜歡像你這種驕矜自滿的孔雀。」

「噢？」他挑眉道，「那麼只有妳跟她們不同了？才三天時間，妳已經在我床上了。」

「你給我聽好，你做了噩夢，我只是想要安撫你，就像一個母親安撫她的孩子一樣。」

尼可笑了。「安撫？隨妳任何早晨想安撫我都行。」

「去找你老婆安撫你吧。現在請你讓開，我要換衣服好離開這裡。」

他握住她的手臂。「妳因我吻妳而生氣？」

「我生氣是因為……」她別開臉。她為何生氣？他醒來時發現她躺在自己床上，遂開始親吻她。在今天之前，他從未引誘或挑逗過她，一直表現出完美的紳士風度。從不曾暗示過彼此之間可能有超出僱主與員工的關係。

一切都是她自己的想像。因他風趣的逗弄、他們共享的笑聲，尤其是再加上洛柏帶給她的傷害，使她幻想出他們之間並不存在的一切。

「我不是對你感到生氣，」她道，「而是氣我自己。我猜我是把你當成了失戀後的替代品。」

「替代品？」

「有時像我這樣被男人甩掉、遺棄的女人，會想盡快再跳回愛情的列車上。」他看起來仍一臉困惑。「我認為你也許可以代替洛柏，也或許我只是希望手上能戴著戒指回家。如果我能以某人未婚妻的身分回去，也許就不會有太多人問起，跟我一道離開美國的那個男人出了什麼事。」

她抬頭注視他。「我爲這些愚蠢的念頭道歉，也許你該另找別人來幫助你。」

「我了解，妳無法抗拒我。就如同那名導覽員所言，沒有女人能抵擋我的魅力。」

格蕾發出呻吟。「我當然可以抵擋你的魅力。現在我已經明白你能自大到何種程度，我就能忍受你，而不會愛上你。」

「妳做不到的。」

「我可以，我也會證明它。我會替你找出那個秘密，不論得花上多少年，我都不會受到你的誘惑。」她眯起眼睛，「你再做噩夢把我吵醒的話，我會扔枕頭過去砸醒你。現在你可以讓我進浴室了嗎？」

尼可讓到一邊，她忿忿地走進去並帶上門，而他忍不住對著那扇門咧嘴一笑。啊，格蕾，他想著，我甜蜜、甜美的格蕾。妳或許能抗拒我，但我該如何抗拒妳呢？與妳共度一年？一整年都無法碰觸妳？我會發瘋的。

他轉身離開浴室，繼續著裝。

10

黑色的長型轎車駛過英格蘭南部的美麗鄉村，尼可坐在後座，凝望著格蕾。她的坐姿直挺而僵硬，豐厚美麗的紅褐色秀髮全梳向腦後，緊緊綰成一個她稱爲「髮髻」的玩意兒。從今天一早開始，她就不曾露出過笑臉，除了「是，先生。」或「不，先生。」之外，也沒有再多開口。

「格蕾，我——」

她打斷他。「史岱佛爵爺，我相信我們已經討論過這一點了。我是蒙哥馬利小姐——你的秘書，如此而已。請你牢牢記住，爵爺，這可以避免讓人誤以爲我對你具有任何重要性。」

他轉過頭，嘆了口氣，想不出該對她說些什麼。儘管他知道保持像這樣的態度比較合適，但他已經開始想念她了。

不久後他的注意力就被索維克堡的塔樓吸引過去，心跳也漸漸加速。這裡是由他親手設計的，他參考了所有他熟知且喜愛的建築，加以融合並改進，創造出這座美麗的城堡。光是切割石材，將大理石從義大利運來就足足花了四年的時間。他的衆多巧思還包括在內城區建起數座有著弧形玻璃的塔樓。

他遭到逮捕時，索維克堡的建築工事還只進行到一半，但已完成的那一半，比起國內任何一處美麗宅院都毫不遜色。

隨著司機將車駛進車道，尼可的眉頭也越蹙越緊。他的家此刻看起來是如此老舊。一個月前他還來過這裡，當時它顯得嶄新而完美；現在所有煙囪都已傾圮，屋頂到處是破洞，他自豪的那些玻璃也被磚頭砸壞了好幾扇。

「它眞美。」格蕾低語道，然後挺直身子。「爵爺。」

「它一塌糊塗，」尼可憤怒地說道，「西面的塔樓一直都沒有完成嗎？我畫了設計圖，難道沒人看過它們？」

車子停妥後，尼可下了車四處查看，在他眼中，這裡實在令人感到悲哀。未完成的半邊城堡已成廢墟，另一半看起來像老了幾百歲——而它也的確是如此，尼可沮喪地想著。

他回來時，格蕾已經進入飯店大廳，身後跟著兩名提著行李的小廝。「史代佛爵爺上午八點整要喝早茶，中餐請在正午時分上桌，但菜單必須先經我過目。」她對著櫃檯職員吩咐道，然後轉向尼可。「您要簽住客登記簿，還是由我來，爵爺？」

尼可警告地瞪了她一眼，要她停止這種裝模作樣的舉止；以他對這個時代的了解，足以看出她的行爲有多麼怪異。但格蕾別開臉，假裝沒看到他丟給她的眼色。尼可用潦草難辨的字跡很快地簽好了登記簿，然後跟隨領路的職員來到他們預訂的套房。

房間很美，牆上貼著深玫瑰色的壁紙，中央有張四柱大床，頂篷懸吊著玫瑰圖案的黃色印花棉布，床腳擺了張黃色與淡綠相間的小沙發，地上鋪著玫瑰紅色的地毯，在拱形門後是間用玫瑰和淺綠色裝潢的小客廳。

「請在這裡放張小床。」她指著小客廳道。

「小床？」飯店職員問道。

「對，是我要睡的。你總不會以爲我睡在爵爺房裡吧？」

尼可翻了翻白眼。即使是在他的年代，這種行爲也夠怪異了。

「是，小姐，我會要人把床送過來。」職員回答道，隨即告退。

「格蕾。」尼可開口道。

「蒙哥馬利小姐。」格蕾冷冷地糾正他。

「蒙哥馬利小姐，」尼可以同樣冷淡的語氣說道，「行李就交給妳負責，我要去巡視我的產業。」

「需要我陪您一起去嗎？」

「不用了，我不想與性格乖僻之人同行。」他惱怒地說道，離開了房間。

格蕾盯著服務生把行李箱送進房裡。向櫃檯人員問明地點後，她帶了紙筆，準備到圖書館查閱資料。但越接近目的地，她的腳步也越趨緩慢。

別去想妳的人生，她告訴自己。被一個男人拋棄之後，想立刻再找到一個好男人，簡直就是不可能達成的夢想。我得繼續保持冷漠，她暗忖，想想南極洲吧。或是西伯利亞。做好妳的工作，和他保持距離。他屬於另一個女人，另一個時空。

要找到史岱佛家族的資料十分容易。

「許多來到鎮上的訪客都會問到史岱佛家族，尤其是下榻在索維克堡的旅客。」圖書館員告訴她。

「我對最後一任伯爵——尼可拉斯．史岱佛特別感興趣。」

「噢，是的，那個可憐的男人。他被處以斬首之刑，卻在行刑前暴斃身亡。據說他是被人毒死的。」

「是誰下的毒？」格蕾急切地問道，跟隨女館員走進成排的書架間。

「當然是指控他叛國之人。」女館員望向格蕾，彷彿很驚訝這麼簡單的事她竟然會想不到。「一般都認爲索維克堡是由尼可拉斯伯爵著手興建的，有位本地的歷史學者甚至相信它是由伯爵親自設計，但這一點一直無法得到證實，沒有人能找到任何上面有尼可拉斯伯爵署名的設計圖。到了，這座書架上的每一本書裡，或多或少都有些與史岱佛家族相關的內容。」

女館員離開後，格蕾搬下架上每一本書，翻閱內頁的目錄，找尋任何與尼可或他母親有關的記載。

她先把注意力放在搜尋尼可提及，曾與他發生齟齬的那名男子，他聽見格蕾的哭聲之時，正打算把那人的名字寫在給他母親的信函上。

「土地糾紛。」尼可用一句話簡單帶過他們之間的過節。

不到十分鐘，格蕾就找到了關於那人的資料。他在尼可遭到逮捕的六個月前就已經死亡，所以不可能是他把尼可召集軍隊之事通報給女王。

至於尼可，在她能搜尋到的少數幾項記載裡，對他的評價都不怎麼好聽。

他的兄長克利斯多夫在二十二歲那年成爲伯爵，書中極力讚揚他如何重振了日漸式微的史岱佛家族；而比克利斯多夫年輕一歲的尼可拉斯則被描繪成輕佻無行的敗家子，在馬匹與女人身上浪擲千金，並且在繼任為伯爵僅四年後即被控叛國。

「他一點也沒變。」格蕾大聲說道，翻開另一冊書。這本書中的記載更為不堪，詳細描述了艾蓓拉夫人，以及在那張桌子上發生的韻事。顯然在尼可與艾蓓拉進入房間時，兩名先前就已在房裡的僕人聽見聲音，遂匆忙地躲進了衣櫃裡，之後還把看到的一切經過傳揚出去。後來有個名叫約翰·魏佛瑞的書記員把整件事寫在他的日記裡——而該本日記一直流傳至今。

第三本書的內容較為嚴肅。講述了克利斯多夫的多項成就，最後也不忘提及他的浪蕩弟弟企圖幫助蘇格蘭的瑪麗女王推翻伊莉莎白的皇位，並因此喪失了所有產業的愚行。

格蕾闔上書本，看了看腕錶。午茶的時間到了。她離開圖書館，來到一間漂亮的小茶館。熱茶和司康餅上桌後，她打開筆記本開始研讀。

「我一直四處在找妳。」

她抬頭看見尼可站在桌前。「我該起身等候您入座嗎，爵爺？」

「不用了，蒙哥馬利小姐，只須親吻我的腳趾便已足夠。」

格蕾幾乎笑了出來，但她忍住了。他替自己點了一壺茶，不過付帳的是格蕾，因為他身上還是沒帶錢。

「妳在讀什麼？」

她冷淡地說出方才查到的資料，毫不隱瞞歷史對他的記載和評價。除了頸子有些發紅之外，他似乎並沒有任何反應。

「妳那些歷史書籍裡，全未提及我替我兄長擔任司庫一職？」

「沒有，上面只提到你酷愛馬匹，以及和女人尋歡作樂。」想想看，她竟然還以爲自己會愛上這樣的男人，但顯然有不少女人都這麼想過。

尼可吃著司康餅，啜飲著熱茶。「等我回去後，會改變你們的歷史書籍。」

「你不能改變歷史。歷史是既定的事實，它已經發生了；你當然也不可能改變歷史書籍上的文字，它們已經印刷出版了。」

他並未回答她。「那些書上是否記載了我死之後，我的家人有何遭遇？」

「我沒查到那麼遠，只讀了你跟你哥哥的事。」

他冷冷地瞥了她一眼。「妳只讀了關於我的劣跡？」

「書上就只寫了那些。」

「我設計出索維克堡之事呢？當女王見到設計圖時，曾盛讚那是偉大的成就。」

「沒有任何紀錄指出這一點，圖書館員說有些人相信設計者是你，但並無證據。」

尼可放下吃到一半的司康餅，憤慨地說道：「走吧，我會向妳證實我所言不虛，讓妳見識我留下的偉大建築功績。」

他大步走出茶館。桌面上剩下的半塊司康餅，足以證明他有多麼生氣。回到飯店的一路上，他走得又急又怒，格蕾幾乎跟不上他的步伐。

在格蕾眼裡，這間飯店相當美麗，但對尼可而言，它卻有一大部分恍如廢墟。入口左側有幾道半人高的石造圍籬，上面爬滿了藤蔓，但尼可告訴她，多年前堅固的城牆起碼包圍了堡壘一半以上的面積。他訴說著自己規劃的那些美麗房間：壁板，彩繪玻璃，雕刻精美的大理石壁爐。

他指著牆面高處一個受風吹雨淋、時光摧殘而顯得老舊的石刻頭像。「那是我兄長，我請工匠以他的樣貌雕出那尊頭像。」

他們走過每一條長廊，兩側全都是沒有屋頂的房間。尼可不停地說著，格蕾幾乎能看見他精巧絕美的設計，聽見會客廳裡魯特琴演奏的聲音。

「如今只剩下這些，」最後他忿忿地說道，「一處供牛羊漫遊，鄉民賃居之所。」

「還有我這種平民之女。」格蕾道，把自己也包括在他貶抑的形容詞句裡。

他轉身惱怒地望著她。「妳相信那些愚人所寫之事，相信我一生只在意駿馬與女人。」

「那不是我說的，是書上的記載。」她用同樣惱怒的語氣回應他。

「明日我們將開始尋找書中未曾提及的事物。」

11

第二天一早，圖書館尚未開門，他們已經站在外面等待。向尼可解釋過免費圖書館的運作方式後，格蕾從架上拿了五本關於史岱佛家族的書籍，坐下來開始閱讀。尼可坐在她對面，瞪著書本上的文字，驚愕地蹙緊眉頭。三十分鐘後，她終於不忍心看著他繼續掙扎下去。

「也許今晚，我可以教你認字。」她柔聲道。

「教我認字？」

「我在美國是位教師，對於教導兒童習字有豐富的經驗，我相信你一定能學會。」她溫和地說道。

「是嗎？」他揚眉問道，接著起身走到圖書館員跟前，低聲詢問了幾個問題。女館員笑著點點頭，離開了位子一會兒，再回來時，遞給了他幾本書。

尼可把書放在格蕾面前的桌上，翻開最上面那本。「請吧，蒙哥馬利小姐，唸給我聽。」

書頁上印著奇怪的字體，拼音也相當怪異。她抬頭望向他。

「這是我印的書，」他拿起書，讀著首頁的標題。「是一位名叫威廉．莎士比亞的男子撰寫的戲劇。」

「你沒聽說過他？我以為莎士比亞是伊莉莎白時代的著名作家。」

「我不曾聽過此人。」他在格蕾對面坐下，開始閱讀，很快就沉浸在書中的世界裡；格蕾也繼續研讀手中的歷史書籍。

關於尼可死後的記載實在不多，女王接收了他的產業，因爲他和克利斯均無子嗣，使得史岱佛伯爵的頭銜及血脈就此告終。她一而再、再而三讀到尼可是個多麼風流的浪子，以及他如何拖累了所有家人。

中午他們來到酒館用餐。這次尼可並沒有要求店主端出盛宴，他似乎已經漸漸習慣較爲清淡的午餐，但嘴裡仍抱怨不已。

「愚蠢的孩子。」他說道，擺弄著餐盤裡的食物。「若他們聽從了父母，就不會喪命。妳的世界裡養出如此不順服的孩子。」

「什麼孩子？」

「在那部劇裡，茱麗葉和……」他頓住，試著記起另外那個名字。

「《羅密歐與茱麗葉》？你在讀《羅密歐與茱麗葉》？」

「哎，我從未見過那麼不聽話的孩子。那部劇可以給天下所有孩子一個好教訓。我希望今日的孩童都會讀它，並從中學習。」

格蕾幾乎朝他尖叫。「《羅密歐與茱麗葉》描寫的是羅曼史，再說，要不是他們的父母胸襟如此狹隘、古板，他們——」

「胸襟狹隘？他們是很好的父母，了解這樣私通的行爲只會導致悲劇——而結果也的確如此。」他激動地說道。

格蕾簡直火冒三丈。「悲劇會發生是因爲他們的父母——」

死因。

整個用餐期間，他們兩人爭論不休。稍後在回圖書館的途中，格蕾問起尼可他兄長克利斯的死因。

尼可停下腳步，別開臉。「那日我原本要與他一同出門狩獵，但我在練劍時弄傷了手臂。」他揉了揉上臂。「那道傷疤如今仍在。」

過了一會兒之後，尼可轉身面對她，格蕾可以看出他眼裡的傷痛。無論她對尼可拉斯．史岱佛此人有何評價，至少她毫不懷疑他對兄長的愛。「他溺水而亡。我們兄弟之中，並非只有我偏好女人；克利斯看見一名漂亮女子在湖中泅泳，於是命令手下讓他與那名女子獨處。數小時後他的手下回到原地，發現我兄長已陳屍湖中。」

「沒人看見發生了什麼事？」

「是的。也許那名女子知悉緣由，但我們一直未尋到她。」

格蕾思考了片刻。「沒人知道你兄長如何溺斃，這一點實在有些怪異；接著你又在數年後被控叛國，這似乎是有人計畫要奪取史岱佛家的產業。」

尼可的表情起了變化，彷彿很驚訝她竟指出了某件他從未想到之事——男人總是認爲女人不可能具有這種智慧。

「誰有資格繼承家產？你那位親愛的蕾蒂嗎？」格蕾抿緊唇，十分懊悔自己的嗓音裡充滿妒意。

尼可似乎並未留意她的反應。「蕾蒂擁有她的嫁妝，但在我死後，她將會失去一切。克利斯的產業由我繼承，但我可以向妳保證，我並未希望他死去。」

「是因爲不想擔起太多責任嗎？」格蕾問道，「當個領主，負擔可是很重的。」

他怒瞪她一眼。「妳過於相信那些歷史書了。」他道，「走吧，妳得再多讀一些，一定要找出是誰陷害我。」

格蕾研讀了整個下午，尼可則被《威尼斯商人》逗得頻頻發笑，但她還是沒有找到任何線索。

尼可邀請她共進晚餐，但她拒絕了，因爲她知道必須減少與他共度的時間。她不久前才嚐到心碎的滋味，不能再愛上一個不該愛的男人。像個憂傷的小男孩般，尼可把手插進口袋，獨自一人下樓用餐。格蕾請人把一碗湯和麵包送到房裡，邊吃邊檢視她的筆記，但仍然找不出頭緒。似乎並沒有人能從克利斯與尼可的死亡得到好處。

當過了十點，尼可仍未回房時，格蕾好奇地下樓探視。他坐在有著美麗石牆的小客廳裡，正與數名住客把酒言歡。她站在門邊的陰影裡，感到一股無以名之的怒火流竄過全身。是她把他召喚來此，然而此刻卻是另外兩個女人在對著他流口水。

書上對他的評語一點都沒錯。難怪有人如此輕易就背叛他，當他應該處理正事的時候，搞不好正跟某個女人在床上廝混。

她轉身上樓，回房換好睡衣，躺上飯店替她送來的小床。但她並沒有睡著，而是張著眼睛，對自己的愚蠢感到憤怒。也許她該跟洛柏一起離開才對，他在金錢方面或許有些不夠大方，對女兒也過度寵溺，但至少對她一直很忠實。

大約十一點時，她聽到尼可開啓套房門的聲音，看見從相連的門縫下透出的光線。當他打開她的房門時，格蕾立刻緊閉雙眼。

「格蕾。」他輕喚道，但她並未回應。「我知道妳還未入眠，回答我。」

她張開眼睛。「要我去拿紙筆嗎？很抱歉我不會速記。」

尼可嘆口氣，朝她跨了一步。「我能感受到妳的情緒。妳在生氣？格蕾，我不希望我倆成為敵人。」

「我們不是敵人，」她斷然道，「而是僱主與員工。你是伯爵，我只是個平民。」

「格蕾，」他懇求的嗓音帶著十足的誘惑力。「妳一點也不平凡，我的意思是……」

「什麼？」

他向後退。「原諒我，我喝多了，舌頭不聽使喚，我沒有其他意思。明天妳必須查出更多關於我家族之事。晚安，蒙哥馬利小姐。」

「是，船長。」她嘲弄道。

翌日早晨，格蕾再度拒絕與他一同用餐。這樣比較好，她告訴自己。一刻也不能放鬆警戒，眼前的他就跟數百年前一樣是個惡棍。她獨自步行到圖書館，望向窗外時，她看見尼可正與某個年輕美麗的女子一起開懷大笑。她轉頭埋首書中。

尼可進入館內，坐到她對面時，臉上仍帶著笑意。

「新朋友？」她一開口就後悔了。

「她是名美國人，在向我解說棒球，以及美式足球。」

「你告訴她你從未聽過這些運動，因為上個禮拜你還活在伊莉莎白時代嗎？」格蕾驚喘道。

尼可笑了。「她相信我專注於學習，並無閒暇留心那類瑣事。」

「學習？哈！」格蕾咕噥道。

尼可笑意不減。「妳在嫉妒。」

「嫉妒？當然不是。我是你的員工，沒有資格嫉妒。你跟她提過你的妻子嗎？」

「妳今早火氣不小。」他說道，但顯然並不以爲意，甚至還露出微笑，然後拿起圖書館員幫他預留的莎士比亞劇作開始閱讀。

時間緩緩過去，午後三點時，格蕾突然激動地差點從椅子上跳起來。「你看！在這裡，」她興奮地繞過桌子，坐到尼可旁邊。「這一段文章，看到了嗎？」

他看到了，但只看得懂其中少數句子。她手裡握著的是一本兩個月前的英國歷史期刊。

「這篇文章談的是我們在貝爾伍德堡聽過的葛許霍克大宅，上面提到最近有人在那裡發現一些關於史岱佛家族的文件——上面的日期註明爲十六世紀。這些文件現在正交由一位相當年輕，但資歷豐富的漢彌頓．諾曼博士加以研究。文章裡還說到諾曼博士『希望能證明伊莉莎白一世在位初期，遭人指控叛國的尼可拉斯．史岱佛伯爵之清白』。」

尼可眼裡的喜悅毋庸置疑。「這便是我被送來此地的原因，」他輕聲道，「那些文件或許能證明一切。我們必須去一趟葛許霍克。」

「我們不能就這麼跑去，必須先向屋主請求許可才能檢視文件。」她闔上雜誌。「那幢宅邸得有多大，一大箱文件才會歷經四百年都沒有被人發現？」

「我有四處產業比葛許霍克大宅更爲寬廣。」尼可彷彿遭到冒犯地說道。

格蕾靠到椅背上，很欣慰事情終於有些進展了。她毫不懷疑那些文件屬於尼可母親所有，裡面必定隱含尼可用以證明自己清白所需的資料。

「哈囉。」

他們抬頭看見之前曾向尼可解說棒球的那名漂亮女子。「我就說遠看好像是你。」她上下打量了格蕾一番。「這位是你朋友？」

「我只是他的秘書。」格蕾答道，站起身來。「還有其他吩咐嗎，爵爺？」

「爵爺？」女子驚呼道，「你是位爵爺？」

尼可本打算跟格蕾一起走，但那位因有幸認識一位爵爺而過於興奮的美國人卻不肯放他離開。

走回飯店的路上，格蕾試著把心思專注在要寫給葛許霍克大宅主人的信函上，但她卻無可避免地一再想著尼可跟那名漂亮美國女孩調情的樣子。當然，他想做什麼都不關她的事，這只是一份工作罷了。很快她就會回到家，繼續在學校教她那群小五的學生，偶爾約個會，拜訪她的家人，告訴他們關於英國的一切——並解釋她如何被一個男人拋棄，接著又差點愛上一個四百五十一歲的有婦之夫。

這會是有史以來最勁爆的「格蕾糗事」，她暗忖。

等格蕾終於回到飯店時，已經心情惡劣到開始摔起東西。男人全都該死，她忿忿地想著，無論他是好是壞。他們只會一再讓女人心碎。

「看來妳的脾氣毫無改進。」身後傳來尼可的嗓音。

「我的脾氣如何不干你的事。」她回嗆道，「我受僱來做一件工作，就會把它做好。我會寫信到葛許霍克大宅，詢問何時可以讓我們看那批文件。」

尼可的火氣也漸漸被挑起。「妳對我怒顏相向毫無道理。」

「我沒有，」格蕾生氣地說道，「我在盡力幫助你，好讓你能回到你的時代，和你心愛的妻子團聚。」

她像忽然想通了什麼似地揚起頭。「我剛才領悟到一件事，你沒有必要留在這裡，我可以自己去進行調查，反正你也看不懂現代的書籍。你何不去……去法國的里維耶拉或哪裡度個假？這裡交給我一個人就夠了。」

「妳希望我離開？」他輕聲問道。

「當然，為什麼不？你可以去倫敦盡情享樂，見見這個時代所有美麗的女人。我們現代的桌子可不少。」

尼可僵住。「妳不想待在我身邊？」

「對，一點也沒錯。」她道，「沒有你，我的調查進度會更快，你……只會妨礙我。你對我的世界絲毫不了解，所以幫不了我。你幾乎連穿衣服都需要人幫忙，到現在還會直接用手拿食物，而且不會讀、寫我們的文字，連最簡單的事物都需要我解釋給你聽。如果你別來煩我，絕對可以加快我完成工作的時間。」她的手緊緊捉住椅背，直到指節泛白。

當她瞥向尼可時，他臉上赤裸裸的痛楚神色讓她幾乎無法忍受。他一定得離開，她告訴自己，這樣才能喚回她的理智，修補好她早已破碎的心。在她再度落淚讓自己蒙羞前，格蕾轉身回到她就寢的小室，靠在門板上無聲地痛哭。

趕快做完她該做的事，送他上路，然後回家去，這輩子再也別看任何男人一眼。她傷心地想著，倒在床上，把臉埋在枕頭裡啜泣。她哭了很久，直到最糟的情況過去，開始感到好過一點，同時思緒也變得較爲清晰。

她的行爲眞是太愚蠢了！尼可做錯了什麼？她想像著前一刻他還滿腹冤屈地坐在牢裡，等候處決，下一分鐘卻飄浮在空中，接著來到二十世紀。

她坐起身擤了擤鼻子。想想他對這一切變故的反應，實在令人讚嘆。他很快就適應了汽車、紙鈔、不熟悉的言語、陌生的食物……還有一個被男人拋棄，成天哭泣的女人。然而儘管經歷了這一切，尼可仍舊慷慨地分享他的財富、他的笑聲，和他的知識。

可是格蕾卻做了什麼？她對他大發雷霆，只因爲他膽敢在四百年前娶了另一個女人。其實若換個角度，這情況幾乎可以算得上幽默。但想想她對他說的那些話！她抬頭望向房門，她的房間很暗，不過從門縫下透出了光線。

格蕾驀然衝到門前把它打開。「尼可，我——」房裡空無一人。她打開通往走道的房門向外張望，外面一樣沒人。轉過身子，她發現地上有張字條。一定是他塞進她的門縫下。格蕾讀著字條，卻看不懂上面寫了些什麼。

她必須找到他，向他道歉，並請他不要離開，因爲她的確需要他的幫助。她腦海裡不斷迴響著過去兩天來對他說過的醜惡話語。他其實識字，有良好的餐桌禮儀，他——該死、該死、該死，她邊罵邊衝下樓梯，跑出飯店大門。

外面已經開始下雨，她用雙手環住自己，低頭跑了起來。她一定得找到他，尼可也許不曉得什麼是雨傘或雨衣，他會染上肺炎而死的。再不然，他也可能因為要躲雨，而不小心撞上巴士——或是火車。他分得出人行道和鐵軌嗎？萬一他自己一個人坐上了火車呢？他不會知道該在哪一站下車——或是下車後，又該怎麼回到這裡。

她跑到火車站，但車站已經關閉。她撥開被雨淋濕，阻擋著她視線的髮絲，努力想看清腕錶上的時間。現在已經超過十一點了，她想必哭了好幾個小時。想到在這段時間裡，尼可可能發生的事，就讓她忍不住渾身顫抖。

也許他才剛離開飯店不久，光憑兩條腿，他又能走多遠？但她無法確定他是什麼時候離開的，也不知道他是朝哪個方向而去。

她再度開始沿街奔跑，激起冰冷的水花濺在她的小腿和裙子上。一路上到處都很陰暗，但在街角有家店鋪還亮著燈。是間酒館。她可以去裡面問問看，是否有人曾見過尼可。

一走進酒館，迎面而來的溫暖和燈光，讓她有片刻看不清楚裡面的情形。她冰冷、顫抖、渾身滴水地站在那裡，等著眼睛適應光線，然後她聽見了一串早已日漸熟悉的笑聲。尼可！她想道，衝進煙霧滿佈的室內。

在她眼前的這幕景象，活脫脫便是闡釋七宗原罪的最佳範本。坐在那裡的尼可襯衫釦子直敞到腰間，嘴裡咬著一根雪茄，面前的菜色豐富到幾乎要壓垮餐桌。他左右兩側各挨著一名美女，頰邊和襯衫上都留著刺眼的唇彩。

「格蕾，」他愉快地說道，「過來一起坐啊。」

她像隻渾身濕透的小貓般站在那裡，髮絲黏在額前，還在滴水的衣物緊貼在身上，鞋子裡滿是雨水，腳下的水灘大到可以在裡面行船了。

「起來，跟我回去。」她以平常用來制止學生調皮搗蛋的口氣說道。

「是，船長。」尼可嘲弄地說，露出微笑。

他喝醉了，格蕾心忖。

尼可在身邊兩個女子唇上各落下一吻，跳到椅子上，然後大步躍過桌面，伸手一把抱起格蕾。

「放我下來。」她斥道，但他充耳不聞地直把她抱出酒館。

「下雨了。」她抿緊雙唇，手臂環抱在胸前。

「不，女士，此刻天氣清朗。」他仍緊摟著格蕾，把頭埋進她頸間摩挲著。

「你別又開始了，」她道，「放我下來。」

他聽話照做，但卻是讓她抵著他的身軀慢慢滑到地上。

「你喝醉了。」格蕾把他推開。

「是啊，」他快樂地答道，「麥酒和那些女人取悅了我。」

他又想抱住格蕾，但她再度把他推開。「我爲你擔心得要死，你卻在跟兩名浪女喝酒狂歡——」

「妳說得太快，」他叫道，「太多生字了。妳看哪，美麗的格蕾，看看夜空的星辰。」

「也許你還沒注意到，我現在渾身濕透，而且冷得要命。」彷彿要證明她並未誇大其詞，接著她就打了個噴嚏。

尼可又是一把將她橫抱起來。「放我下去！」

「妳冷了，我很溫暖。」他一副理所當然的語氣。「妳在為我擔心？」

真有人能對這個男人生氣太久嗎？她甘願認輸，軟化下來窩進他懷裡。他的身體的確很溫暖。「我真的很抱歉，對你說了許多很難聽的話。我不是真的把你視為負擔。」

他對她微笑。「妳是因為此事而擔心？害怕我會生氣？」

「不，我發現你不見了，我怕你會被巴士或火車撞到，怕你會受傷。」

「我看起來真有那麼痴傻？」

「當然不是，你只是不夠了解現代世界罷了。」

「噢？此刻是誰全身濕透，誰又一身乾爽？」

「你抱著我，所以我們兩個都濕了。」她洋洋得意地說。

「妳懂的或許很多，但我已打聽到我們需要知道的消息，明日我們就騎馬前往葛許霍克。」

「你打聽到什麼，又是從哪裡打聽到的？酒館裡那些女人嗎？是你用吻誘惑她們說出來的？」

「妳在嫉妒嗎，蒙哥馬利？」

「不，史岱佛，我沒有。」她的話證明了小木偶的故事純屬虛構，因為她的鼻子並未變長（她偷偷檢查過了）。「你查出什麼？」

「葛許霍克大宅的主人是理查・海伍德。」

「但他不是你母親再嫁的夫婿嗎？難道他跟你一樣老？」

「說話當心點，否則我會讓妳見識一下我有多老。」他調整了一下抱她的姿勢。「我是否讓妳吃得太多了？」

「你八成是跟那些女人調情時花掉太多精力，拈花惹草是很傷元氣的。」

「我的元氣絲毫未受影響。我剛才說到哪兒？」

「理查．海伍德仍然擁有葛許霍克大宅。」

「是的，明日我要去見他。什麼是『週末』？」

「每個禮拜工作結束後，人們休息的那幾天。你不能就這樣騎馬到某位爵爺家去，希望你不是打算不請自來地去那裡度週末。」

「工作的人有休息的日子？但這個時代似乎無人工作，我未見到田中有農人犁田、耕作；只看到人們購物、開車。」

「我們有每週工作四十小時的規定，也有曳引機幫忙耕作。尼可，你還沒回答我，你打算怎麼做？你不可能告訴那個叫海伍德的男人，你來自十六世紀。你不能告訴任何人，包括酒吧裡那些女人。」

她扯扯他的領口。「你毀了這件襯衫，唇膏是洗不掉的。」

他咧嘴一笑。「妳沒搽唇膏。」

她頭向後仰，拉開和他的距離。「你別又開始了。快告訴我關於葛許霍克大宅的事。」

「它目前仍是海伍德家族的產業，他們每個週……」

「週末。」

「哎，每個週末都會到大宅度假，還有——」他斜睨格蕾一眼。「艾蓓拉在那裡。」

「艾蓓拉？二十世紀的艾蓓拉跟這件事有什麼關係？」

「我的艾蓓拉是理查．海伍德的女兒，而現在似乎又有一位理查．海伍德擁有葛許霍克大宅，他也同樣有個女兒名爲艾蓓拉，況且她的年紀正好是當年我和艾蓓拉在——」

「不用說了。」格蕾道，默默地看了他一會兒。那些文件最近被人發現，然後又出現另一位艾蓓拉，以及另一位理查，就彷彿歷史再度重演了。這實在很怪異，格蕾想著。

12

格蕾屏息看著尼可躍上那匹種馬。她聽過有人騎乘這種駿馬，但從未親眼見識過。馬廄裡所有員工和顧客都停下手邊的事，注視尼可如何以高超的技巧控制住那匹野性難馴、脾氣暴躁的龐然大物。

昨晚他們熬夜到凌晨一點多，格蕾逼著尼可解釋清楚他和海伍德家族之間的關係。他們兩家的產業相鄰，理查的年紀足夠當尼可的父親。他有個女兒名為艾蓓拉，嫁給了羅柏·席尼爵士。這對夫妻彼此憎恨，所以在艾蓓拉為他生下子嗣後，兩人便就此分居，雖然艾蓓拉之後又生了三個孩子。

「其中一個孩子是你的。」

尼可的表情柔和下來。「別把她想得太壞，她和那個孩子都死於難產。」

「我很抱歉。」格蕾畏縮了一下，知道她致死的原因，很可能僅是產婆在替她接生時，沒先洗淨雙手的關係。

格蕾試著想出能盡快讓他們受邀造訪海伍德家的方法，但她並不具有學者的資歷，而儘管尼可是位伯爵，他的頭銜卻早在被控叛國罪行時遭到剝奪。他甚至無法宣稱自己是他本人的貴族後裔。她拚命地思考，直到再也撐不下去，才向尼可道了晚安，回到自己的小床上。

「這樣才是對的。」格蕾昏昏欲睡地想著。她的情緒完全受到掌控，不但已經不在意洛柏，也不再認爲自己愛上了一個有婦之夫。她會幫助尼可回到他妻子身邊，洗清他的名譽，然後她就能毫無牽掛地回家。這次她絕不會再愛上一個不合適她的男人。

第二天一早，格蕾就被衝進小客廳的尼可吵醒。「妳會不會騎馬？現在還有人騎馬嗎？」

格蕾向他保證她會騎，這都得多謝她那些科羅拉多的表親。用完早餐後，她問到離此四哩外有間出租馬廄，尼可堅持他們步行過去。「你們那些機器讓人們變得懶惰。」他一掌拍向她背部，然後加快了腳步。到了馬廄之後，格蕾坐在一張長椅上替自己搧風，尼可則對著那些出租用的馬匹嗤之以鼻。不過當他看見外面畜欄裡一匹巨大的黑馬時，眼睛亮了起來。牠不斷地騰躍、甩頭，似乎在挑戰是否有人膽敢接近牠。尼可入神般地朝牠走過去，當馬向他急奔而來時，格蕾坐直了身子，驚恐地嚙咬著指節。

「這一匹。」尼可對馬廄工人道。

格蕾匆忙趕過去。「你不是眞想騎牠吧？這裡有這麼多馬，你還是從牠們之中選一匹就好。」

但沒人能改變尼可的心意。馬廄老闆來到場中，似乎認爲看著尼可摔斷脖子會很有趣。如果是在美國，他們會開始討論保險問題，但英國顯然不時興這一套。一名工人將繩子套在那匹種馬的脖子上，領著牠進入馬廄，交由另一名工人替牠上鞍。最後馬兒被帶到鋪著圓石的前院，工人興高采烈地將韁繩遞給尼可。

「我從沒看過如此高明的騎術。」看到尼可迅速控制住胯下的種馬後，其中一名工人說道。

「他經常騎馬嗎？」

「向來如此。」格蕾答道，「他寧願騎馬也不願坐車。事實上，他待在馬背上的時間遠超過坐在車子裡。」

「我想也是。」工人喃喃道，以崇敬的眼神望著尼可。

「妳準備好了嗎？」尼可詢問格蕾。

她騎上自己那匹溫馴的母馬，跟在他後面出發。她從未看過有任何人比此刻的他更快樂，這也讓格蕾重新體會到，現代世界和他所熟悉的一切想必有多大的差異。尼可看起來與那匹種馬宛如一體，彷佛成了神話中的半人馬座。

英國鄉間到處都是供人、馬通行的小徑，尼可策馬其間，就像早已奔馳過這條道路千百次——而他很可能真的這麼做過，格蕾暗忖。她高聲叫喚尼可，提議要找人詢問方向，但她不認爲葛許霍克大宅在這數百年間曾經搬遷過。

她的騎術當然趕不上尼可，好幾度失去他的蹤影。有一次他回頭來找她時，她正停在一處交叉路口，看著地面搜尋他留下的蹤跡，這引起他高度的興趣。格蕾一面試著控制因尼可的種馬靠近而躁動的母馬，一面答應替他買些關於追蹤術的書籍，並唸給他聽。他笑著替她指出方向，然後再度飛馳而去。

最後她終於來到一座敞開的大鐵門前，上面掛著刻了「葛許霍克大宅」幾個字的黃銅牌匾。她騎進車道，在一畝畝花團錦簇的大花園中間，矗立著一棟巨大的矩形建築。

格蕾對於未受邀請便擅自來訪，感到有些尷尬；但先行到達的尼可已經下馬，朝著一位跪坐在牽牛花床間，滿身塵土的高大男子走去。

她連忙爬下馬背，拉著韁繩追過去。「你不認為我們該先去敲門嗎？你可以求見海伍德先生，告訴他我們想看看那些文件。」

「妳現在來到我的世界了。」他回頭丟下一句話，然後走向那名園丁。

「尼可！」她噓聲叫道。

「海伍德？」尼可朝跪在花床上的男子開口問道。

男人轉頭望向尼可。他有著一雙藍眸和已逐漸染灰的金髮，臉龐有如嬰兒般紅潤、光滑，看起來似乎不怎麼精明的樣子。「我就是。我認識你嗎？」

「我是索維克堡的尼可拉斯．史岱佛。」

「嗯，」男人站起身來，並未費事拍去老舊長褲上的泥土。「不是出了個浪蕩子，還被控叛國的那個史岱佛家吧？」

他聽起來就像在談論某件去年才發生的事一樣。

「正是。」尼可答道，挺直了背脊。

海伍德看看他，又望了幾眼那匹種馬。尼可今天換了一件昂貴的騎裝，配上閃閃發亮的黑色高筒皮靴，讓格蕾驀然間自覺身上的棉衫、李維牛仔褲和耐吉球鞋顯得十分寒酸。

「你騎了那匹馬？」海伍德問道。

「是的。我聽說你擁有一些與我家族相關的文件。」

「是啊，我們在突然倒塌的一面牆裡發現的，」他微笑道，「看來是有人把它們藏在裡面。我們進屋去喝點茶吧，我看看能不能找到那些文件，我想它們在艾蓓拉那裡。」

格蕾正準備跟上去，但尼可看也沒看她一眼，把他那匹馬的轡繩扔到她手裡，然後從容自若地和海伍德爵士一同離開。

「等一等。」她想追過去，但尼可的種馬開始不安地躁動。牠看著格蕾的眼神裡帶著一抹狂野，彷彿正在打什麼壞主意。格蕾眞是受夠了男人——也包括任何一種雄性動物。

「你儘管試試看。」她警告道，馬兒跟著安靜下來。

現在怎麼辦？她納悶著。如果她的身分是尼可的秘書，並且要幫忙找出那些文件可能藏有的秘密，那麼爲何她此刻會站在這裡，手裡還握著兩條馬轡？

「我該替牠們刷背嗎，爵爺？」她咕噥道，朝屋後走去。也許那裡會有馬廄，讓她可以擺脫這兩匹馬。

屋後另有六棟建築物，格蕾走向看起來最像馬廄的那一棟。就在她快走到的時候，一名騎士策馬飛馳而過；那匹馬就跟尼可的種馬（牠八成也是匹種馬，但格蕾向來認爲察看這種事很不禮貌）同樣高大，看起來也同樣兇猛。駕馭牠的是位美得驚人的女子，所有女孩都希望長大後能像她那樣：高挑，細腰，纖長的雙腿，貴族般的容貌，豐滿的胸部，背脊直挺得足以讓鐵杜蒙羞。她穿著一條宛如畫上去那般貼身的英式馬褲，深色秀髮緊綰成一個髮髻，更加強調了她精緻的五官。

女子勒住胯下駿馬，扯動轡繩讓馬掉頭回來。「這是誰的馬？」她質問道，低沉有力、略帶沙啞的嗓音肯定深受男人喜愛。讓我猜猜，格蕾心忖，這位想必就是那位滾桌子的艾蓓拉的曾、曾……孫女了。我的運氣還眞好。

「尼可拉斯．史岱佛的。」格蕾答道。

女子的臉色變得蒼白——讓她的唇色更顯紅豔，眸色也越深邃。「這是什麼玩笑嗎？」她低頭怒視格蕾。

「他是那位尼可拉斯．史岱佛的後裔，如果妳所謂的玩笑是這個意思。」格蕾回答，試著想像一般美國家庭聽到有人提及某位伊莉莎白時代的祖先時，會有什麼反應。他們八成不會知道她說的是誰。然而這些英國人卻表現得像是尼可才離開不到兩三年的時間。

女子以漂亮的姿勢翻身下馬，把韁繩扔給格蕾。「替牠刷背。」她丟下一句，然後朝大屋走去。

「想得美。」格蕾咕噥道。現在她手裡牽了三匹馬，而且其中兩匹看起來彷彿很喜歡屠殺嬌小女性當早餐吃。她不敢多看牠們一眼，只是繼續邁步走向馬廄。

一個坐在陽光下喝茶、讀報的年長男人在她走近時，驚訝地看著她。

他緩緩地、警戒地起身。「靜靜站著別動，小姐，我來牽走那兩匹馬。」

格蕾不敢亂動，看著男人小心翼翼地靠近，慢慢伸手接過其中一匹種馬的韁繩，謹慎地將牠領入馬廄，然後又過來同樣牽走尼可的馬。

當他再度回來時，脫下了帽子，抹了抹眉間的汗水。「妳怎會把艾蓓拉小姐的馬跟糖糖擺在一起？」

「糖糖？」

「丹尼森馬廄裡那匹種馬。」

「糖糖。真幽默，牠該被命名為『全民公敵』才對。所以那位就是艾蓓拉小姐？」她望向大屋，假裝並未猜出女子的身分。「要進大屋該往哪裡走？我是……來幫忙的。」

對方上下打量了格蕾一番。她知道自己的一身美式裝扮和口音，想必無法為她贏得太多分數。

「那扇門後就是廚房入口。」

格蕾把她那匹母馬的韁繩交給他，道了聲謝，然後一路碎碎唸地朝他指的方向走去。「廚房入口。我該向廚子屈膝行禮，要求賞賜一份廚房女僕的工作嗎？等我見到尼可，一定要讓他立刻搞清楚，我可不是他的馬伕！」

她敲了敲後門，向來應門的男子說明要找尼可，隨即被領進廚房。那是個很大的房間，裡面配置了各種現代化電器用品，但房間中央有張巨大的桌子，看來像是從征服者威廉時代留存至今。廚房裡的五個人都停下工作盯著她看。

「我只是路過，我的……僱主，他，呃，需要我。」她說道，擠出一抹微弱的笑容。可惜我打算宰了他，她暗忖，想像著該如何訓誡他現代社會裡人人平等的觀念。

讓她進門的那個男人一句話也沒對她說，只是領著她穿過幾間食品儲藏室；所經之處，每個人都停下工作瞪著她。等我跟他算完帳，尼可將會衷心期待他的處決之日到來，格蕾忿忿地想著。

男人一路走到門廊才停下腳步，寬廣的圓形大廳兩側有蜿蜒而上的壯麗樓梯，牆上到處掛滿了肖像畫。海伍德爵士、尼可及嬌豔的艾蓓拉小姐有如多年老友般親近地站在一塊兒。艾蓓拉看起來比之前更美麗，漂亮的雙眸簡直像要生吞了他似地緊盯著尼可。

「妳來了。」尼可看到格蕾時開口說道，表現得彷彿她只是到外面透個氣。「我的秘書必須與我同住。」

「與你同住？」艾蓓拉睥睨的眼神，讓格蕾充分體會到葡萄變成葡萄乾前，必定曾有的感受。

「必須替她安排住所。」尼可微笑地澄清。

「我們應該能替她騰出個地方。」艾蓓拉道。

「哪裡？垃圾壓縮機裡嗎？」格蕾低聲嘀咕道。

尼可用力捏了一下她的肩膀。「美國人。」他道，彷彿這就足以解釋一切。「我們午茶時間再來拜訪。」話聲一落，他就在格蕾能開口前推著她走出前門。

他似乎對此處十分熟悉，不必詢問就直接朝馬廄的方向走去。格蕾必須小跑步才能跟上他那雙長腿邁出的步子。五呎三吋（約一六〇公分）的身高有時的確很吃虧。

「你又做了什麼？」格蕾問道，「我們要在這裡度週末嗎？你沒告訴他們，你來自十六世紀吧？還有，你憑什麼用那種口氣叫我『美國人』？」

他停下腳步。「妳有晚宴服裝嗎？他們用晚餐時會盛裝出席。」

「我身上這套有什麼不對嗎？」她一臉假笑地說。

他轉身繼續前進。

「你想艾蓓拉會穿什麼？八成是某件前襟直開到地板上的禮服。」

尼可回頭對她一笑。「什麼是垃圾壓……」

「壓縮機。」她替他說完，然後解釋它的功用，引來他一陣笑聲。

馬廄裡的兩名馬伕遠遠躲到一邊，看著尼可騎上糖糖。

「若我的馬伕如此怯懦，我定會鞭打他們。」尼可咕噥道。

騎回出租馬廄的一路上，無論格蕾如何探問，尼可仍然什麼都不肯透露。之後馬廄裡有人好心開車送他們回索維克堡，但整個車程裡，那人與尼可不斷談論著馬經，讓她根本沒機會開口。

回到飯店時，已是午餐時間，渾身汗水的尼可直接走進餐室，點了三份主餐，外加一瓶葡萄酒。

他先倒了杯酒喝下，然後才開口道：「妳想知道什麼？」他眼裡閃動著愉悅的光芒，顯然很清楚格蕾就快被好奇心給逼瘋了。

她第一個念頭就是什麼都別問，不想讓他得意；她應該爲他對待自己的態度狠狠教訓他一頓才對，不過最後還是好奇心獲勝。「誰？何時？怎麼會？什麼線索？」

尼可大笑出聲。「妳這女人眞是毫無矜持。」

餐點一一上桌，他也開始詳細述說一切。理查．海伍德仍像當年那位理查一樣不怎麼精明，只對打獵和園藝感興趣。「他的花園比起我的可差遠了。」

「別再自吹自擂了。」格蕾叉起盤中的烤牛肉。英國牛肉是世界上最美好的事物之一：柔嫩多汁，烹調得恰到好處。

尼可告訴她，兩個月前當一群工人在修理葛許霍克大宅的屋頂時，槌子的敲擊使得某處的牆面碎落。「現在的房舍不如我們那時堅固，」尼可道，「我的那些產業——」格蕾的表情讓他沒再說下去。

藏在牆裡的是一整箱文件，經過檢視後，證實爲瑪格莉特．史岱佛夫人的私人信件。

格蕾向後靠在椅背上。「這眞是太好了！現在我們已受到邀請，可以有機會看到那些信。噢，克霖，你眞是太棒了。」

她稱呼他的方式讓尼可揚起一邊眉毛，但他並未多說什麼。「還有一些問題。」

「什麼問題？讓我猜猜，艾蓓拉小姐提出的交換條件，是要你每天早上隨著柳橙汁一塊被端上桌任她享用。」

尼可差點被酒嗆到。「注意妳的言詞，女士。」他拘謹地說道。

「我說對了嗎？」

「錯了。艾蓓拉小姐僱了人編纂一本關於……」他別過頭時，格蕾好像看見他的臉色有些發紅。

「關於你的書？」

他垂眼望著食物，不肯迎向格蕾的視線。「那本書是關於她相信是我先人的那名男士，她聽說了一些故事……」

「例如你們倆滾桌子的事。」格蕾做了個鬼臉。「好極了，現在她打算要重演這段歷史。她到底讓不讓你看那些文件？」

「她無法那麼做。她與一名博士簽署了契約。」

「不會是雜誌上提到的那位博士吧？他叫什麼名字來著？漢彌頓博士？不，是漢彌頓．諾曼博士。是他嗎？」

尼可點頭。「他昨日剛到。他有意藉由替我洗刷清白而得到某種利益，但我不確定是什麼。艾蓓拉說須費時多年方能完成那本書，我不認為我能等那麼久，在妳的世界生存花費太大。」

有個身為教授的父親，格蕾明白出版研究成果的重要性。在圈外人眼中，解開一宗伊莉莎白時期的謎團算不了什麼，但對一名學者來說，尤其是正在起步的年輕人，出版一本其中包含了新事證的著作，或許足以決定他是否能得到終身職位；也可能是待在小型社區大學，或到較大、薪資優渥的學校任教的差別。

「所以那個什麼博士要你的艾蓓拉發誓守密，讓你無法得見那些信函；但我們卻仍然受邀入住。」

尼可露出微笑。「我說服了艾蓓拉，告訴我她所知道的關於我的事。我希望能更進一步，讓她說出一切。至於妳——」他瞥了格蕾一眼。「妳要去找那位博士談談。」

「等一下！我沒聽錯你的意思吧？無論在任何情況下，我絕不會逢迎討好某個歷史書呆，好幫你套話。我當初只說好擔任你的秘書，可沒答應要當……你在幹什麼？」

尼可用雙手捧起她一隻手掌，一一親吻每根指尖。

「不要這樣！大家都在看。」格蕾又慌又窘，連鞋子都踢掉了。尼可的唇慢慢往上游移，直到吻上她手肘內側某處敏感的部位。格蕾全身虛軟，幾乎要滑下椅子。

「夠了！」她終於說道，「你贏了！快停下來！」

他透過濃睫覷著她。「妳會幫我？」

「是的。」她答道，換來臂上另一記親吻。

「很好。」他道，放開她的手，讓它跌落在她的餐盤中。「我們該去收拾行囊。」

格蕾皺起眉頭，用餐巾把手拭淨，然後追過去。「你也打算這樣說服艾蓓拉嗎？」她在他身後叫道，但其他用餐者瞪視的眼光，讓她連忙擠出歉意的微笑，迅速跑出餐室。

在他們的套房裡，格蕾見識到尼可的另一面。他非常在意自己的服裝是否合宜，還舉起一件很漂亮的亞麻襯衫道：「它需要更多裝飾。」

格蕾看著自己寒酸的衣物，簡直欲哭無淚。她要到一名英國爵士家中度週末，還得盛裝出席晚餐，但她的行李箱裡除了幾件實用的日常服飾，其他什麼都沒有。她眞希望手邊有她母親那件鑲了珍珠的白色晚禮服，或是那件紅色的——

她驀然頓住，腦裡思緒迅速轉動著，接著露出微笑。下一秒她已拿起電話，打給人在緬因州的姊姊麗莎。

「妳要我把媽最好的兩件禮服寄去給妳？」麗莎道，「她會宰了我們兩個。」

「麗莎，」格蕾堅決地說道，「我會負起一切責任，現在就把它們連夜快遞過來。妳手邊有紙筆嗎？」她唸出葛許霍克大宅的地址。

「格蕾，到底怎麼回事？我先是接到一通妳打來的電話，妳的聲音聽起來驚慌失措，卻什麼也不肯告訴我；現在妳又要我去搜刮媽的衣櫥。」

「我沒事啊，一切都很好。論文進展順利嗎？」

「我快被它逼瘋了，更糟的是水管塞住了，工人今天會來修理。格蕾，妳眞的沒事嗎？」

「我很好，論文和水管的事祝妳好運了。再見。」

格蕾整理好自己的行李，接著幫尼可打包——尼可可不會紆尊降貴去做這些——然後叫了一輛計程車。他的盔甲太大，裝不進行李箱，只好放進最大的那個購物袋裡。

當他們抵達葛許霍克大宅時，艾蓓拉立刻張開雙臂歡迎尼可。「快跟我進來吧，達令。」她的嗓音低沉魅惑，雙手在他身上肆意輕撫。「我覺得我們彷彿早已相識，畢竟我們的先人彼此之間非常地友善，我們當然也無須見外。」她領著尼可進入門內，留下格蕾，以及她腳邊半打行李箱。

「我們當然也無須見外。」格蕾壓低了嗓音嘲弄地模仿道，掏錢付清了車資。

不到五分鐘，格蕾已經清楚認知到她並非以客人的身分待在這裡，而是幫傭，還是不太受到歡迎的那一種。一名男子帶她進屋——格蕾得自己提行李——來到一間離廚房不遠，窄小、冰冷且貧乏的房間，讓她自覺就像一位歌德小說裡的家庭女教師，既非僕役，也非家庭成員。她打開箱子，把衣服掛進狹小的衣櫃裡，然後轉身注視著醜陋的房間，感覺自己有如一個殉道者。她正在幫助一個男人拯救他的生命和他家族的名聲，但她卻永遠也無法把這件事告訴任何人。

她離開房間，來到寬闊的廚房，發現工作檯的一端已經擺好了兩人份的午茶，還有一位顯然正在等她現身的灰髮女子。安德森太太是這裡的廚娘，也是格蕾此生見過最好的八卦提供者。這女人似乎無所不知，而且非常樂於分享。她想知道格蕾來此的目的，以及尼可的身分，也願意回答格蕾所有的問題當作回報。格蕾編出了一整串頗爲複雜的謊言，並祈禱自己有辦法記住它們。

一小時後，其他的僕人逐漸開始回到廚房，格蕾看得出他們希望她趕快離開，好讓安德森太太告訴眾人最新的八卦。

走出廚房後，格蕾決定去尋找尼可，結果發現他和艾蓓拉正像一對愛情鳥般，親熱地依偎在爬滿葡萄藤的涼亭裡。

「爵爺，」她大聲喚道，「您之前說要口述一些信件？」

「爵爺現在正忙著，」艾蓓拉對她怒目而視。「週一再開始處理公事。我有些筆記放在書房裡，妳去替我把它們打出來。」

「爵爺才是——」格蕾想說，「——我的僱主，不是妳。」但尼可打斷了她。

「是的，蒙哥馬利小姐，也許妳可以協助一下艾蓓拉小姐。」

格蕾很想當場翻臉，但尼可懇求的眼光讓她忍了下來，轉身走回屋裡。無論他想跟其他女人做些什麼，都不干她的事，格蕾告訴自己。當然啦，她是可以向他指出，過去他跟艾蓓拉發生過的醜事，讓他在這麼多年後仍被當成笑柄的這個事實。還有，如果他眞的如此深愛妻子，爲什麼還跟身材豐滿的艾蓓拉那麼親熱？

格蕾花點時間才找到書房，裡面的擺設就跟她想像中一樣：皮面的成套書冊，數張皮椅，暗綠色的牆壁，厚重的橡木門。她太專心觀察房間，起先並未留意到那名站在書架前方，正低頭讀著一本書的男子。看見他的那一刻，格蕾就猜到那人的身分了。只有像她父親一樣，畢生投注於學習之人，才會眼中只有書本，對周遭一切渾然不覺。他很年輕，一頭金髮，寬肩，窄臀，看起來似乎經常運動健身。雖然他正埋首書中，格蕾仍看得出他的相貌十分英俊——不像尼可那樣彷佛天神般俊美，但足以使不少女性心跳加速。她也注意到他的身高大約只有五呎六吋（約一六八公分），不過根據格蕾的經驗，個子不高的俊男，通常就跟矮腳公雞一樣膚淺，而且喜歡像格蕾這樣身材嬌小的美女。

「你好。」格蕾開口道。

男子抬頭瞄了她一眼，低頭，然後再度抬起頭來，盯著她看的眼神裡明顯帶著興趣。他放下手中的書，走過來朝她伸出手。「嗨，我是漢彌頓．諾曼。」

格蕾與他握手。藍眸，完美的牙齒。眞是個有趣的男人，格蕾心想。「我叫格蕾．蒙哥馬利，你是美國人。」

「妳也是。」他道，兩人之間立刻產生一種同胞情誼。他往前靠近了一步。「妳能想像擁有這樣的書房嗎？」

「不能。這裡的人也同樣令人難以想像。艾蓓拉小姐吩咐我來替她打字，但我根本不替她工作。」

漢彌頓笑了。「她很快就會派妳去掃廁所了。她不容許身邊有任何美女存在，這裡所有女僕都其貌不揚。」

「我倒沒注意到。」她望著他。「你不就是正在研究史岱佛文件的那位博士嗎？就是從牆裡掉出來的那些信件。」

「是我沒錯。」

「你一定感到很興奮吧，」格蕾睜大眼睛，盡力表現出年輕、純眞，而且無知的模樣。「我聽說那些文件裡隱藏了一個秘密訊息，是眞的嗎，諾曼博士？」

他像個慈父般輕笑道：「請叫我漢彌頓吧。這的確很讓人興奮，但我才剛開始研究它們。」

「它們好像跟某個就要被砍頭的男人有關，對嗎？我……」她垂下眼睛，並壓低嗓音道：

「你大概不會告訴我文件的內容吧？」

她看著他驕傲地挺起胸膛，接下來他們就坐到椅子上，聽諾曼博士描述他如何得到這份工作，以及他抵達之後發生了哪些事。儘管覺得他有些過於自滿，但格蕾發現自己還挺喜歡這位博士。她父親應該會很高興能有一位對中世紀歷史深感興趣的女婿吧？

慢一點，格蕾告誡自己，妳發過誓要遠離男人的，記得嗎？她太專心聽漢彌頓說話，並未留意尼可何時走進了書房。

「蒙哥馬利小姐！」尼可大吼一聲，讓格蕾撐在下頷的手掌驀地滑開，人也差點跌下椅子。

「我的信打好了嗎？」

「信？」她茫然問道，「噢，尼……呃，爵爺，這位是漢彌頓．諾曼博士，他是——」

尼可傲慢地越過諾曼博士走向窗邊，毫不理會對方伸手向他致意。「你出去。」

漢彌頓朝格蕾擠了擠眉，帶著他的書離開了房間，出去時並順手把厚重的木門帶上。

「你以爲你是誰啊？」格蕾質問道，「你已經不再是什麼十六世紀的爵爺和領主，不能那樣隨便遣退別人，再說，你哪懂什麼叫打字？」

尼可轉過身時，她看得出他根本不知道她在說什麼。「妳與那名矮子靠得很近。」

「我……」格蕾頓住。他嗓音裡是否隱含著妒意？「他長得很好看，對嗎？想想看，他這麼年輕就成爲了學者。艾蓓拉還好嗎？她知道你已娶妻的事了？」

「妳與那男人談了些什麼？」

「都是些很平常的話題啊，」她用手指在桌上亂畫。「譬如他說我很漂亮之類的。」

她瞥向尼可，發現他臉上帶著一抹強忍的怒意，心頭不禁感到一陣欣喜。復仇的滋味的確萬分甜美。「不過我的確問出了一些事，漢彌頓——我是說諾曼博士——他尚未詳讀那些文件。你的艾蓓拉似乎花了不少時間，好在衆多提出申請的學者中選擇該把信函交給誰。據我所知，她要求所有申請者寄來相片，然後從中挑出長相最英俊的那一位，有點類似一場男性選美。聽說她把女性申請人的照片都給扔了，可見美麗的艾蓓拉絕對是位異性戀者。漢彌頓說當艾蓓拉發現他比她還矮時，感到非常失望。她只看了他一眼，說：『我以爲美國人都是高個子。』不過幸好漢彌頓並未因她的話而自覺尊嚴受損，只是一笑置之。他認爲艾蓓拉是個令人厭惡的蠢蛋。噢，抱歉，我忘了你有多愛慕她。」

尼可仍是一臉怒火，格蕾露出一抹大大的微笑，甜甜地問道：「艾蓓拉還好嗎？」

尼可瞪了她片刻，然後他的眼神開始改變。他一旋身，指向牆邊一張老舊的橡木桌。「那一張，蒙哥馬利小姐，才是眞正的桌子。」說完之後，他帶著一臉洋洋得意的笑容走出了書房。

格蕾握緊拳頭，走到桌子前面狠狠一踢，然後一邊跛著痛腳，一邊咒罵天底下所有的男人。

13

晚餐訂在八點，格蕾換上參觀博物館時會穿的衣物，並期望麗莎盡快寄來她所需要的禮服。但眼看時間離八點鐘越來越近，卻沒人來通知格蕾前往用餐，令她感到十分納悶。她知道僕役們稍早便已吃過晚飯，而並沒有人邀請她加入他們，所以她認定自己應該是與海伍德家人一塊用餐才對。她靜靜坐在房裡等待。

八點一刻時，一名男僕來到她房間，要格蕾跟隨他。她被帶著穿過如迷宮般的許多房間，最後來到一間狹窄的餐室，裡面有著大型壁爐，和一張長得可以在上面溜滑板的餐桌。艾蓓拉、她父親、尼可及漢彌頓都已經就座。如同格蕾所預期的，艾蓓拉的禮服前襟開口低到幾乎袒露出她整個上半身，她秀出的部分比格蕾所擁有的還要多。

一名僕人替格蕾拉開漢彌頓身旁的座椅，格蕾盡量不引人注意地入座。

「妳的老闆堅持要等妳來才肯開動。」第一道菜開始上桌，漢彌頓低聲問道。「你們倆之間是怎麼回事？他是差點被砍頭那位尼可拉斯．史岱佛的後裔？」

格蕾重複了一次編給廚娘聽的故事——她確信現在所有僕人間八成都已經傳遍了——尼可的確是伯爵的後代，並且非常想要洗刷先人的污名。

「我很高興艾蓓拉跟我已簽好合約，」漢彌頓說道，「如果先開口的是他，她一定會把文件全交給他處理。看看他們兩個，從她盯著史岱佛先生的樣子看來，他們很可能會學先人一樣，再去滾一次桌子。」

格蕾被她的鮭魚嗆到，喝了整整半杯水才止住咳嗽。

「妳老闆跟妳之間是不是……」

「不，當然不是。」格蕾答道，望著尼可傾近艾蓓拉，他的視線落在她的胸前。那女人露出的地方，遠比遮住的要多。

當尼可抬眼望向她時，格蕾朝漢彌頓靠近了一些。「漢彌頓，我在想，既然我的老闆似乎另外有事要忙，也許這個週末你會需要一位秘書。家父是中世紀史的教授，我有不少協助他進行研究的經驗。」

「蒙哥馬利，」漢彌頓若有所思地說道，「不會是亞當．蒙哥馬利吧？」

「正是家父。」

「我曾聽過令尊一場主題爲十三世紀經濟體的論文發表會，也許我的確能用得上妳的幫忙。」

格蕾看得出他心裡在打什麼主意。以亞當．蒙哥馬利的地位，能與他攀上關係，對一名正在起步的年輕學者而言，絕對是個很好的機會。不過格蕾並不在意這一點，有野心是好事，不是嗎？再說，只要能幫助尼可找出他母親所知道的秘密，那麼漢彌頓愛怎麼想都隨他高興。

「那個箱子在我房裡。」漢彌頓說道，在得知她父親的身分後，他的表情顯然比之前更熱絡許多。「也許吃完晚飯之後，妳可以……呃，過來坐坐。」

「好啊。」她一邊說，一邊想像自己花上一整晚繞著桌子跑，好避開他調情舉動的景象。想到桌子，讓她不由得抬眼望向尼可，卻發現他正對著她怒目而視。她笑著朝他舉杯，然後喝下一大口酒。尼可生氣地別開臉。

用餐過後，格蕾回房拿了紙、筆和她的皮包，知道自己大概整個晚上都得用來翻找一堆四百年前的文件。

她迷路了兩次才找到漢彌頓的房間。其中一次她在一扇敞開的門前停步，聽見裡面傳出艾蓓拉充滿誘惑的嗓音。

「可是，親愛的，我很害怕晚上一個人獨處。」

「是眞的嗎？」格蕾聽見尼可說道，「我以爲妳早已度過這種幼稚的恐懼了。」

格蕾翻了翻白眼。

「來，我再替你倒杯酒，然後我要讓你看樣東西。」她放低聲音道，「它在我房間裡。」

格蕾扮了個鬼臉。愚蠢的男人！據廚娘所言，每個來拜訪過葛許霍克大宅的男人，都曾被艾蓓拉帶進房裡「看東西」。她嘴角勾起一抹邪惡的微笑，開始翻找她的皮包，然後得意地走進小客廳。裡面光線十分黯淡，只留下一盞昏黃的小燈；艾蓓拉正在爲尼可倒一杯波本威士忌，他則是坐在沙發上，襯衫前襟半開。

「噢，爵爺，」格蕾輕快地喚道，接著繞了房內一圈，把所有電燈都打開。「這是你要的計算機，但我僅有的這一台使用的是太陽能，必須在明亮的光線下才能發揮作用。」

尼可很感興趣地盯著她遞過來的小型計算機，當格蕾開始示範它的功能時，他瞪大了眼睛。

「它能加數？」

「還能減、乘跟除呢。你看，答案出來了。假設你想用今年的年份——一九八八，減去一五六四，也就是你的先人被控叛國，並永遠失去所有產業的那一年，就會得出四百二十四。用四百二十四年來改正一項錯誤，好讓後代子孫不再嘲笑你——抱歉，是嘲笑他。」

「妳！」艾蓓拉氣得幾乎說不出話來。「立刻離開這裡。」

「噢，糟了，」格蕾天眞無邪地問道，「我打擾到你們了嗎？實在很抱歉，我不是有意的，只是想善盡我的職責。」她開始朝門口退去。「你們請繼續吧。」

格蕾離開房間，往前走了幾步，然後踮起腳尖走回門邊。房裡的燈光暗了下來。

「我需要光線。」尼可說道，「這台機器沒有光就無法作用。」

「尼可，看在老天的分上，那只不過是台計算機，別管它了。」

「這是台神奇的機器。這個記號是什麼？」

「那是百分比的標記，但我看不出它現在有何重要。」

「示範一下它的功能。」

格蕾隔著牆壁都能聽見艾蓓拉的嘆氣聲。她露出得意的微笑，繼續尋找漢彌頓的房間。他開門歡迎她時，身上穿著一件絲料的便服外套，格蕾費了一番力氣才忍住沒笑出來。只看了一眼他臉上的表情，和他手上握著的馬丁尼酒杯，她就知道諾曼博士除了想拐她上床之外，腦子裡毫無其他談話的念頭。她接下他遞來的馬丁尼淺淺啜飲，然後暗地裡做了個苦臉。她向來就討厭馬丁尼的味道。

漢彌頓開始讚美她的頭髮、她的穿著打扮、她的腳有多麼嬌小，訴說著他有多驚訝能在這幢生霉的老房子裡，發現像她這樣令人驚豔的美女。格蕾聽得實在很想打呵欠，趁著他去替她添酒的機會，偷偷拿出皮包裡的鎮靜劑，打開膠囊，把藥粉倒進漢彌頓的杯子。

「乾杯。」她愉快地說道。

等待藥效發作的時間裡，她拿出尼可前晚塞進她門縫裡的字條詢問漢彌頓。「上面寫了些什麼？」

漢彌頓看了看字條。「我把翻譯寫下來好了。」

他拿起紙、筆開始寫字：

我已煩勞妳太多，

不值得妳繼續協助。

其實尼可前晚留下字條離開時，她就已經大概猜出了那些字句的意思。

漢彌頓打了個呵欠，用手揉了揉眼睛。「我覺得有點——」他又打了個呵欠。

他不住地道歉，然後起身到床上躺平。「我瞇一下就好。」他才說完，隨即陷入熟睡。格蕾迅速來到放著小木箱的桌子前面。

箱內的紙張均已老舊、泛黃且脆弱，但上面的字跡還很清楚。古時候的墨水不像現代那樣，不到一兩年就會褪色。只不過一拿起那些文件，格蕾的心便向下一沉，上面的文字就跟尼可留給她的字條一樣，她一個字也看不懂。

她正彎著腰，試圖想辨認出任何字句時，房門突然被用力推開。

「啊哈！」尼可說道，手握利劍，大步闖進房裡。

她很快從驚嚇中恢復過來，朝他露出微笑。「艾蓓拉享用完你了？」

尼可看著在床上熟睡的漢彌頓，接著視線移向彎身審視文件的格蕾，臉上露出尷尬的神情。

「她就寢了。」

「獨自一人？」

尼可走到桌邊，拿起一封信函。「這是我母親的筆跡。」

他的語氣讓格蕾忘記了妒意。「我看不懂上面寫些什麼。」

「噢？」他挑挑眉。「也許每天晚上，我可以教妳認字。我相信妳一定能學會。」

格蕾笑了。「好吧，這算是我自找的。你趕快坐下來讀信吧。」

「他呢？」尼可用劍指著床上的漢彌頓。

「他今晚不會再醒過來。」

尼可把劍放到桌上，開始閱讀那些信函。格蕾幫不上忙，只好坐在一旁靜靜地觀察他。如果他眞的如此深愛妻子，爲何還會嫉妒別的男人對她有意思？格蕾對此感到納悶。還有，他跟艾蓓拉那麼親熱又是怎麼回事？

「尼可，」格蕾輕聲問道，「你有沒有想過，如果你不回去你的世界，將會發生什麼事？」

「沒有。」他答道，眼睛仍看著信。「我必須回去。」

「但萬一你回不去呢？萬一你得永遠留在這裡呢？」

「我被送來這個時代，是爲了尋找答案。在我及家人身上，發生了不公不義之事，我來此是爲了改正這項錯誤。」

格蕾把玩著劍柄，讓上面鑲嵌的珠寶在桌燈上閃爍著光芒。「但如果你被召喚來此，是爲了其他的緣故呢？一個與你被控叛國罪無關的原因。」

「什麼原因？」

「我不知道。」但她心裡卻想著：愛。

他望向格蕾。「是爲了妳口中的愛？」他問道，彷彿能讀出她的思緒。「或許上帝的思考方式有如女人，更看重愛情而非榮譽。」他在取笑她。

「我可以告訴你，有許多人相信上帝是位女性。」

從尼可臉上的表情，她看得出他認爲這念頭有多荒謬。

「說眞的，如果你不能回到過去呢？萬一在你找出你需要的答案之後，卻還是得留在這裡……或許一年，或是更久呢？」

「不會的。」他說道，但不由得望向格蕾。四百年的時間並未讓艾蓓拉的個性產生任何改變，她仍是一副鐵石心腸，床上也仍舊有著接連不斷的入幕之賓。但眼前這個總能逗笑他，盡心幫助他，用一雙毫不掩飾情感的大眼看著他的女孩，卻讓他幾乎想不顧一切地留下來。

「我必須回去。」他堅決地說道，轉頭繼續看信。

「我知道你家人的遭遇對你十分重要，但那畢竟已是很久以前的事了，再說，其實最後的結果也並非眞有那麼糟。你母親再嫁給了一名富有的男人，可以過著舒適的生活，而不是一無所有地在冰天雪地裡挨餓受凍。儘管史岱佛家族失去了所有產業，但說實在的，又有誰可以繼承它們？你說過你並無子嗣，你的兄長也沒有留下後代，所以你並未剝奪任何人的權益。那些產業都歸於伊莉莎白女王所有，而她帶領了英國成為一代霸主，或許你的財富幫助了你的國家，或許——」

「住口！」尼可惱怒道，「妳不了解何謂榮譽。我的名聲受人嘲笑，艾蓓拉說她讀過關於我的劣跡，妳的世界只記得一名書記所寫下之事。我知道那傢伙是誰，他長得極為醜陋，沒有女人願意委身於他。」

「所以他才記下你的韻事。尼可，我很抱歉，但這都已經是過去的事了，也許歷史並無法改變。我只是考慮到若你必須留下來，沒有被召回過去的話，你該怎麼辦？」

尼可不願去想這種可能性，否則他大概會直接把她帶上床，並告訴格蕾他想娶她為妻。他並不想讓格蕾知道，曾經十分吸引他的艾蓓拉，如今只令他感到無趣。

「蒙哥馬利小姐，莫非妳再度愛上我了？」他衝著她微笑。「來吧，我們將這些信帶回我房裡去，我會讓妳誘惑我，跟我做愛。」

「想都別想。」格蕾站起身道，「你待在這裡慢慢看信吧，我才不在乎你發生什麼事，管你是留在二十世紀，還是回到十六、或是西元八世紀。」她離開時甩上門的力道，大得令沉睡的漢彌頓都微受驚擾。

她會愛上他？格蕾一面走回自己貧瘠的小房間，一面忿忿不平地想著。愛上他還不如愛上一個鬼魂，因為他顯然就跟鬼魂一樣毫無內涵。如果他真的留在二十世紀，肯定會是個討人厭的麻煩精。她得成天不斷地為他解釋一切，更不敢想像試圖教會他開車時的可怕情景！再說，就算他留下來，又能做什麼？要以何維生？除了會使劍，懂得駕馭脾氣暴烈的種馬之外，他還會什麼……

還會跟女人做愛，她暗忖，而且技巧似乎十分高超。

她走下樓梯，回到房間，同時告訴自己，她將會很高興能夠擺脫他。就讓他可憐的妻子去容忍他吧。到目前為止，尼可的女人之中，格蕾只知道一個艾蓓拉，但他想必還有上百個那名長相醜陋的書記並不知悉的床伴，她們的名字自然也不曾流傳到後世。

沒錯，一等到適當時機，她就會擺脫他。可是在她換上睡衣，爬上床後，卻怎麼也睡不著。她無法想像不能每天看見尼可，望著他對每一件她視為理所當然的小事喜悅驚嘆的模樣；無法想像再也見不到他調侃逗弄她時，臉上迷人的微笑。

她花了很長時間才終於入眠，但是睡得並不安穩。

第二天早上起床時，格蕾感覺糟透了。她下樓來到廚房，卻發現安德森太太和另一名女子正神情怪異地盯著工作檯，那上面擺著至少二十到三十個已經打開的罐頭。

「這是怎麼回事？」格蕾問道。

「我也不確定，」廚娘答道，「我打開了一個鳳梨罐頭，接著離開了一會兒，再回來時，就看見這些罐頭全被打開了。」

格蕾皺著眉頭想了片刻，然後看著安德森太太。「有誰看到妳打開那罐鳳梨嗎？」

「妳不說我倒忘了，那時尼可拉斯爵爺正好經過這裡要去馬廄，他停下來和我說了幾句話。他為人眞好。」

格蕾努力藏起笑意。尼可八成看到了開罐器的神奇功能，決定要試用看看。就在這時，一名女僕跑進廚房裡，手裡拿著吸塵器的管子。

「我需要一枝掃帚柄。」女僕語帶哭音。「尼可拉斯爵爺要我示範如何使用吸塵器，然後他把艾蓓拉小姐的首飾全都吸進去了。如果被艾蓓拉小姐發現，我一定會被開除。」

格蕾離開廚房時，心情已經比剛起床時好多了。

她不知道該去哪裡吃早餐，但才閒晃了沒多久，就發現一間無人的餐室，一旁的餐具櫃上擺放著數個銀製保暖鍋。她二話不說地就盛了一滿盤食物，坐下來開始大快朵頤。

「早安。」漢彌頓進入餐室，拿了一些餐點後，坐進她對面的位子。「呃……昨天晚上眞抱歉，我八成是睡昏過去了。妳看了那些信嗎？」

「看了，可是我看不懂。」她老實地說，接著朝他傾過身。「你找出了是誰向女王告密，陷害尼可拉斯．史岱佛嗎？」

「噢，是的，我頭一次打開箱子的時候就知道了，之後我就把那封信藏了起來。」

「是誰？」格蕾屏著氣問道。

漢彌頓張口正要說話，但尼可偏挑了這個時候走進來，漢彌頓立刻閉上嘴。

「蒙哥馬利，」尼可表情嚴厲地說道，「到書房來見我。」說完他便轉身離開。

漢彌頓咕噥道：「他是哪根筋不對了？在艾蓓拉床上沒得到滿足不成？」

格蕾扔下餐巾，怒瞪了他一眼，然後朝書房走去，沒忘記要先關上房門。「你知道你剛才做了什麼嗎？漢彌頓正要告訴我是誰陷害你，你一走進來，他就不肯說了。」

尼可眼下有著黑影，不過非但未損及他的俊顏，反而讓他更顯得充滿陰鬱而浪漫，就像《咆哮山莊》裡的男主角希斯克里夫一樣。「我讀了那些信，」他坐在一張皮椅上，視線盯著窗外。「裡面並未提及是誰陷害我。」

似乎有某件事令他感到憂傷。格蕾走過去，把手輕放在他肩上。「你怎麼了？那些信讓你不開心？」

「那些信裡，」他的語調低柔。「談到家母在我死後的境遇。她提及……」尼可停口不語，緊握著她的手。「她提及史岱佛的名聲如何受人輕蔑。」

他嗓音中的痛苦讓格蕾萬分難受，她跪坐到他面前，把手放在他膝上。「我們會找出是誰惡意污衊你，」格蕾道，「如果漢彌頓知道，我一定會從他那裡問出來。到時候你就能回去改變一切。你被召喚來此，就代表上天給了你第二次機會。」

他凝視她好半晌，然後用那雙大手捧住她的臉。「妳總是給予人們希望？妳相信永遠不會有絕望的時候？」

她露出微笑。「我向來都很樂觀，所以才會老是愛上一些渾球，期望他們之中會有某人成爲我的銀甲騎士——噢，克霖。」

她想推開他，但尼可把她從地上拉進懷裡，開始吻她。他以前也親吻過她，但那只是出於慾望；現在他想從她身上得到更多。他想擁有她的甜美，她那顆仁慈良善的心；他想要她以充滿愛意的眼光注視他，那麼急切地想取悅他。

「格蕾。」他輕喚道，緊擁著她，吻著她的頸項。

只有在永遠不想離開的念頭掠過腦海時，他才慌忙地推開她。「妳走吧。」他費力地說道。

格蕾站直身子，眼底滿是怒火。「我實在不懂你。你會親吻來到你面前的任何一個女人，從來不會把她們推開，但對我卻避之唯恐不及，彷彿我身上帶有某種傳染病。這到底是爲什麼？是我有能熏死人的口臭？我對你來說太矮了？你不喜歡我頭髮的顏色？」

當尼可凝視她時，眼裡清楚燃燒著對她無盡的愛慕與渴望。

格蕾彷彿想避開烈焰般向後退開，手捂著喉嚨，與他對視了好久。

書房的門突然被推開，艾蓓拉大步衝進來，身上穿著一套顯然是名家設計的英式戶外裝扮。

「尼可，你到哪兒去了？」艾蓓拉的視線從尼可移向格蕾，然後又回到尼可身上，似乎並不喜歡眼前的情況。

格蕾別開臉，無法再承受尼可無以言喻的眼神。

「尼可，」艾蓓拉試圖喚回他的注意力。「我們都在等你。槍已經裝好子彈了。」

「槍？」格蕾開口問道，轉過身子，盡力想讓自己平靜下來。

艾蓓拉上下打量著格蕾，顯然認爲她遠遠比不上自己。高個子的女人通常在嬌小的女性面前都有種優越感，幸好男人在這方面的眼光不同。

「我們要去獵鴨。」尼可說道，但並未看向格蕾。「理查答應教我如何使用獵槍。」

「好極了，」格蕾道，「去射死那些美麗的小鴨子吧，用不著理會我。」她迅速越過艾蓓拉，跑出了書房。稍後她從樓上的一扇窗子望向前院，看見尼可坐進一輛由艾蓓拉駕駛的豪華休旅車，駛出了大門。

她轉過身子，發現自己無事可做。她既不好意思隨便探查別人的屋子，也不想在艾蓓拉家的花園裡散步。她攔住一名經過的僕人，詢問漢彌頓人在何處，卻得知他此刻正關在自己房裡研究那些信件，並留下指示不許有人打擾。

「不過他在書房留了一本書給妳。」僕人說道。

格蕾回到書房，在桌上找到一本略薄的書冊，上面附了一張字條。

我想妳對這本書應該會有興趣　漢彌頓

她把書拿起來，一眼就看出那是什麼：約翰．魏佛瑞的日記。就是那個貌醜的書記員寫下尼可和艾蓓拉滾桌子的醜事。內頁的前言提及這本日記是在一九五〇年代，尼可的某間宅邸遭到拆除時，在一面牆後的壁櫃裡被人發現。

格蕾坐到沙發上，開始專心閱讀起來。還看不到二十頁，她就已經知道執筆之人是個患了嚴重相思病的年輕男子——他深深愛戀著尼可的妻子，蕾蒂。在約翰．魏佛瑞眼中，他的女主人是世上最完美的女性，而男主人則渾身上下找不出任何優點。連續數頁的內容詳列著尼可所有缺失，隨後是數頁對蕾蒂的推崇讚頌。根據這名垂涎伯爵夫人的書記所言，蕾蒂的美麗猶勝珠玉；不僅聰慧睿智，品德高潔，兼且仁慈善良，滿腹才華……通篇長無止境的讚美之詞，讓格蕾看得忍不住作嘔。

這名書記對尼可沒有半句好話。據書中所述，尼可成天只會拈花惹草，行褻瀆之事，令身邊所有人的生活悲慘不已。除了和艾蓓拉滾桌子那段苛刻、惡毒的記載之外，整本日記裡找不出尼可到底做過什麼，竟引來所有人（如果約翰．魏佛瑞之言可信的話）對他的敵意。

讀完最末一頁後，格蕾用力闔上書冊。因爲被冤指叛國，使得尼可的產業幾遭摧毀殆盡，他一生眞正的功績也隨之湮滅。後人不會知道他如何替兄長管理龐大產業，或是他如何設計出那樣一座美麗的城堡。如今留下的只是一個懦夫惡意的詆毀，然而現代的人們卻相信了他的話。

她憤怒地站起身來，雙手緊握成拳。尼可說得對：他一定得回到他的時代，改正發生在他身上的錯誤。她會把這本日記的事告訴尼可，好讓他在回到十六世紀後，把約翰．魏佛瑞那個傢伙給踢出史岱佛家。或是，格蕾微笑著想道，把那個其貌不揚的書記員跟蕾蒂一起趕出去。

格蕾帶著那本日記離開書房，向僕人問出史岱佛爵爺的房間所在。她打算把書留在尼可房裡；他現在已能看懂一些現代文字，她相信這本書一定能引起他閱讀的興趣。

從女僕那兒得知尼可隔壁的房間即是艾蓓拉的寢室，讓格蕾不由得怒火攻心。但進入尼可房中後，她的怒氣漸漸消失。房裡的裝潢採用各種深淺的藍色調，四柱大床上垂掛著藍色的簾幕。浴室裡擺著格蕾替他挑選的盥洗用具，她伸出手，輕觸著刮鬍膏、牙膏，以及他的刮鬍刀。

突然間，格蕾領悟到自己有多想念他。從他現身那一刻起，他們就幾乎從未分開過。他們共用房間和浴室，一同用餐，彼此談笑。轉過身，她看見浴缸上方並沒有蓮蓬頭，不禁猜想著他如何應付無法淋浴的問題。在他房中是否還有其他尼可不了解的事物，卻沒有人能跟他談論它們？

她回到房間裡，微笑地記起他只在腰間圍著一條毛巾，一頭濕髮從浴室走出來的模樣。在他們來到葛許霍克大宅之前，兩人之間的互動十分親密；她會陪他一起用餐，親吻他的額頭向他道晚安，甚至在臉盆裡替他搓洗內褲。他們會一起歡笑、交談，享受彼此的陪伴。

床頭几上放著一本《時代》雜誌，她突然有股衝動，拉開了下方的抽屜。裡面有台小小的刨筆機和三枝鉛筆——其中兩枝只剩下一英寸長——一把釘書機和兩張上面釘了約莫五十根釘書針的白紙。一份亞士頓·馬丁汽車公司的彩色型錄上頭，擺了一輛小小的玩具車，最下方還有本當期的《花花公子》雜誌。格蕾笑著關上了抽屜。

她走到窗前，望著大片如茵的草地和遠處的樹林。她和洛柏同居已經一年多了，並且還曾一度以爲自己瘋狂地愛著他，但奇怪的是，當她回想起和洛柏共度的日子，卻從沒有像她和尼可在一起時感覺如此親密。她花了很多時間努力想取悅洛柏，但跟尼可相處卻很輕鬆。他從來不曾抱怨她從中間擠牙膏的方式，也不會叨唸格蕾無法將事情做得盡善盡美。

事實上，尼可似乎就喜歡她本來的模樣。不只是她，還包含所有的人、事、物，尼可總是完全接受他們的本質，並從中找到喜悅。格蕾想到所有跟她約會過的現代男人，他們總是在抱怨每一件事：酒不對味、上菜太慢、電影缺乏深度。但儘管面對著這麼多看似無法克服的問題，尼可卻依然能從開罐器這類小事上尋著樂趣。

她很想知道，如果是洛柏赫然發現自己身處於十六世紀，會有何種反應。他無疑會立刻開始要求這、質問那，並在所求未獲回應時不停抱怨。格蕾猜想著伊莉莎白時代的男人，是否會像以前的西部牛仔一樣，吊死那些特別惹人厭煩的傢伙。

她把頭靠在冰涼的窗玻璃上。尼可什麼時候會離開這個世紀？當他查出是誰陷害他的那一刻嗎？如果漢彌頓在晚餐中途說出那人的名字，尼可是否會像陣煙霧般突然消失無蹤？

她知道一切就快要結束了，並猝然感覺到一陣痛苦的渴望。她要怎麼面對將來那些沒有他的日子？才一天沒見到他，她就幾乎難以忍受，所以她又該如何度過失去他之後漫長的人生？

請快回來吧，她心裡默想著，我們能在一起的時光已經不多了。明天你就有可能離去，我不想錯過能與你共度的一分一秒。別把我們有限的時間花在艾蓓拉身上。

格蕾閉上眼，繃緊了全身，祈願著尼可的歸來。

「如果你肯回來，」她輕喃道，「我會替你煮頓道地的美國式午餐：炸雞、馬鈴薯沙拉、魔鬼蛋，還有巧克力蛋糕。我做飯的時候，你可以……」她思忖片刻。「你可以玩賞保潔膜、鋁箔紙和特百惠保鮮盒——如果英國也有那玩意兒的話。求求你，求你快回來吧，尼可。」

14

尼可驀然抬頭。艾蓓拉的手臂正掛在他頸間，她豐滿的玉峰緊貼著他光裸的胸膛。這裡是一處隱密的林間空地，他跟前世的艾蓓拉經常來此度過一段激情的午後，但尼可對眼前的女子並無太大的興趣。艾蓓拉說她有些關於尼可先人的新消息要告訴他，這對他當然極具吸引力。為了這些消息，他願意付出任何代價，於是跟著她來到這裡。

艾蓓拉把他的頭拉回身前。

「妳聽見了嗎？」尼可問道。

「我什麼都沒聽見，達令。」艾蓓拉細語道，「我只聽見你的聲音。」

尼可推開她。「我得走了。」

見她臉上湧出怒氣，尼可知道他目前還不能惹惱她。「有人來了，」他說道，「妳的美麗不該被任何人窺探，我也不願和別人分享妳。」

這似乎安撫了艾蓓拉，因為她開始動手整理衣服。「我從未見過比你更有紳士風度的男人。那麼，今晚見？」

「今晚。」尼可說道，轉身離去。

大部分參加狩獵活動的人，開來的都是豪華休旅車，不過停車處附近繫著六匹駿馬。尼可選了其中最好的一匹騎回大宅，兩步一階地衝上樓梯，然後猛力推開自己臥室的房門。

代。

格蕾並不驚訝看到他回來。

尼可站在那裡注視她。她的表情和身體全都吶喊著她要他，但他逼自己別開臉，儘管那是他所做過最困難的一件事。他不能碰她，如果他那麼做了……他很確定他將不會想再回到自己的時代。

「妳就這麼想要我？」尼可嗓音瘖啞地問道。

「我想要你？」格蕾火大地問道。她看到了他別開臉的動作。「看來想要你的不是我，是另有其人。」

尼可從衣櫃門上的鏡子裡，看到自己襯衫的鈕釦扣錯了。「那些槍很不錯。」他說道，重新扣好釦子。「有了它們，我們就能打敗西班牙人。」

「英國沒有現代槍枝的幫助，一樣成爲了世界霸主。接下來你會告訴我，你打算把炸彈也帶回去了。是那些槍解開了你的釦子？」

他從鏡子裡打量她。「嫉妒使妳的眼睛發亮。」

格蕾的怒火消退了。「惡棍！」她嗔道，「你有沒有想過，你是在讓自己鬧出同樣的笑話？史書上已經記載了你和艾蓓拉的醜事，現在你還想重演一遍。」

「她擁有我想要的東西。」

「是啊，我相信她有。」她咕噥道，「她有比你更多男歡女愛的經驗。」

尼可逗弄地搔搔她的下巴。「這還有待商榷。我聞到的是食物的味道嗎？我餓了。」

格蕾微笑。「我答應要讓你吃到一頓道地的美國式午餐。走吧，我們去找安德森太太。」

他們挽著手走進廚房。參加狩獵的人都自己帶了午餐籃，因此廚房裡此刻並無人使用。得到安德森太太的允許後，格蕾開始動手下廚。她先把馬鈴薯和蛋丟進水裡煮熟，然後開始做加了核桃果仁的巧克力布朗尼蛋糕。

尼可坐在桌邊玩著保潔膜和鋁箔紙，還不斷開開關關保鮮盒的盒蓋，直到格蕾受不了他製造出來的噪音，於是把煮好的蛋和馬鈴薯交給他去殼剝皮。不過他不肯替她切碎洋蔥。

「你也幫蕾蒂做過飯嗎？」她問道。

尼可只是回以一串笑聲。

餐點都準備好之後，格蕾清理了廚房——尼可拒絕幫忙——把食物放進一只大野餐籃，還裝了一壺檸檬汁。尼可幫她把餐籃提到花園裡，坐在一株榆樹下開始用餐。

格蕾告訴他自己今早讀了那本日記的事。在尼可吃掉第五塊炸雞後，她問起了他的妻子。「你從來不談她。你會提到你的母親、兄長，甚至還提起你最喜歡的一匹馬，卻從來不談關於你妻子的事。」

「妳想聽我談她？」他聲音裡帶著些許警告的意味。

「她跟艾蓓拉一樣漂亮嗎？」

尼可回想著蕾蒂。她感覺起來是那麼遙遠，彷彿距離不只有四百年。艾蓓拉挺愚蠢的——男人和她根本沒什麼話題可說——但是她很熱情。反觀蕾蒂毫無熱情，但是卻極有頭腦，她總是知道怎麼做對自己最爲有利。

「不，她不像艾蓓拉。」

「她像我嗎？」格蕾問道。

尼可看著她，在心裡想像蕾蒂下廚的景象。「她一點也不像妳。這是什麼？」

「切片蕃茄。」她心不在焉地回答，正想再多問些問題，但尼可打斷了她。

「那個拋棄妳的男人，妳曾說過妳愛他。爲什麼？」

格蕾立刻豎起防衛，張嘴想解釋洛柏是個多好的丈夫人選，但一個字都還未出口，她的肩膀先垮了下來。「是我太過自大了。」她說道，「洛柏說從來沒有人眞正愛過他，他的母親和妻子對待他都十分冷漠。我不知道是打哪兒來的信心，但我眞的相信我能夠給他，他所需要的愛。我一再嘗試，不斷地付出，卻總是不夠。我很努力想達到他的期望，但是……」

她抬頭看了看天空。「我猜我是以爲總有一天，他會像電影裡的男主角一樣，對著我說：『妳是世上最美好的女人，妳給予了我所需要的一切。』但他並沒有，只是一再說：『妳從來沒有給過我什麼。』算我蠢吧，即使如此，我還是更加努力地想要給他更多，只不過……」

「怎麼樣？」尼可柔聲問道。

格蕾試著微笑。「到頭來，他把鑽石手鍊送給了女兒，只留給我一半的帳單。」

她撇開臉不去看他，眼角卻瞥見他朝她伸出手，掌心托著一枚有鵝卵石大小的翡翠戒指。自從觀察到現代男人很少在手上戴著碩大的寶石戒指後，他就不再佩戴這類東西。

「這是爲什麼？」

「若我能取得屬於我的財產，必定會送妳成箱成櫃的珠寶。」

「你已經送了我一枚胸針。」她平日都將胸針別在衣服裡面，以免引人側目。「你已經給過我太多東西，替我買衣服，還有……」她朝他微笑。「你一直對我如此寬容大方。遇見你之後的這段時間，是我一生中最快樂的日子，我希望你永遠都不要回去。」

她忽然抬手捂住嘴。「我不是這個意思，你當然必須回去。你得回到你美麗的妻子身邊，你需要……需要生下一群子嗣繼承那些不會被女王沒收的產業。但是你有沒有想過，在諾曼博士說出陷害你的人是誰的時候，你可能會在那一刻回到過去？咻的一聲，就這樣消失無蹤。」

正在翻著餐籃尋找食物的尼可停下動作。「明天我便知道了。無論他是否願意告訴我，明天我必定會得到答案。」

「明天。」格蕾盯著他的臉，彷彿想牢牢記住他的樣貌，然後視線掠過他寬闊的肩膀，平坦的小腹，和他壯健的雙腿。她還記得他只圍著一條毛巾走出浴室的樣子。

「尼可……」她低語道，傾身朝他靠過去。

「這是什麼？」尼可銳聲問道，拿起一塊蛋糕擋在兩人之間。

「布朗尼蛋糕。」她答道，自覺像個傻瓜。她想騙誰？沒錯，他的確吻過她幾次，但都是在她自己撲過去的時候。然而今早他跟艾蓓拉從外面回來時，卻連襯衫鈕子都扣錯了。食物是她唯一能討他歡心的方式。食物和保鮮膜，她自嘲地想著。她是如此想碰觸他，想到連指尖都在發痛；但他似乎對她並沒有這方面的興趣。

「我們該回去了。」她平淡地說道，「艾蓓拉就快回來了，她一定會急著找你。」她準備起身，但尼可拉住她的手臂。

「我寧可和妳共度一小時，也不願與艾蓓拉共度一生。」

格蕾不敢看他，不過她坐回了原地。他是眞心這麼想，或者只是想讓她感到好過一點？

「在我吃東西的時候，唱首歌給我聽。」尼可說。

「我歌喉很差，也不知道太多歌曲。說個故事怎麼樣？」

「嗯。」他只哼了一聲，嘴巴裡塞滿了巧克力布朗尼。

她說了「變身怪醫」的故事。

「我有位表親就像那樣。」他吃完一整盤布朗尼蛋糕，然後出乎她意料地轉身枕在她大腿上。

「你再這樣吃下去，肯定會變胖。」

「妳認爲我胖？」他抬頭望著格蕾的方式，讓她心跳加速。他似乎很清楚自己對她的影響力，並因此取笑她，但他自己卻不受她絲毫影響。只有在她接近其他男人的時候，他才會顯現出對她的興趣。

「閉上你的眼睛，乖乖躺著。」格蕾說道，用手輕撫著他濃密、柔軟的鬈髮，講著一個又一個的故事，直到他沉沉睡去。

接近日落時分，他才再度睜開雙眼。他靜躺在那裡，凝望她許久。「我們該走了。」

「是啊。」她溫柔地說道，「今天晚上，我會試著從漢彌頓那裡打聽出是誰陷害你。」

他起身跪坐在她身旁，伸手摸著她的臉頰。格蕾屏住呼吸，以爲他將要再度親吻她。

「我回去之後，」他道，「將會想念妳。」

「我也是。」她把手覆在他的手上。

他從野餐籃的蓋子上拿起先前擺在那裡的翡翠戒指，放進她手裡，然後屈起她的手指握住它。

「尼可，我不能收下它，你已經給了我太多東西。」

他的視線緊緊鎖住她，眼裡帶著某種遙遠的哀愁。「我願意付出更多，只要……」

「只要什麼？」

「只要能帶妳一起回去。」

格蕾倒抽一口氣。

尼可在心中暗咒自己。他不該說出來的，不該給她任何希望。他並不想傷害她，但必須離開她的念頭已經令他越來越感到痛苦。他很快就會得知必要的消息，到時他就得離她而去。再一天。他最多只能再與她共度一天的時光。

也許今晚他會帶她上床，最後一次體驗愛與狂喜。

不！他告訴自己。他不能這樣對待她。他不能讓她再次像初見時那樣心碎地哭泣。他並不想離開她，回到冷漠的妻子身邊，回到像艾蓓拉那樣空洞、毫無內涵的女人堆裡。但爲了她好，他絕對不能碰她。

「哎，」他咧嘴一笑，「帶妳回去當我的廚娘。」

「廚娘？」格蕾問道，「你要我去幫你煮飯？你這個傲慢、膚淺、讓人難以忍受的——」

「Pillicock？」

「沒錯，你聽起來就像個Pillicock！如果你以為我會去一個沒有自來水，沒有醫生，拔牙時還得當心顎骨會斷裂的地方，就只爲了替你煮飯，那你就——」

他靠過來摩挲著她的秀髮，舌頭輕舔她的耳垂。「我可以讓妳爬上我的床。」

格蕾推開他，正想好好斥責他的驕矜自大，但突然間表情一變。不是只有他會玩這種遊戲。「好啊，我願意。我跟你回去，替你煮飯，然後每個週日下午我們就在床上度過。你想在桌子上也行。」

尼可一瞬間臉色蒼白，開始動手將吃剩的食物扔進籃子裡。想到格蕾生活在他那個時代的情景，就讓他萬分驚恐。如果她成爲他的愛人，蕾蒂會把她剁碎得不成人形。

「尼可，」格蕾喚道，「我只是在開玩笑。」他不肯看她。「好吧，如果能讓你高興的話，我願意收下這枚戒指。」

他停下手邊的動作，抬眼望著她。「妳不知道自己在說什麼。不要許下會讓妳後悔的願望。當我被召喚前來時，正要面對劊子手的刀刃。若是妳與我一同回去，妳將必須獨自一人生活。我的時代與妳的不同，獨身的女子不會有太好的下場。如果沒有我在身邊保護妳，妳將會——」

她伸手輕觸他的臂膀。「我只是在說笑，我不會回去的。我沒有必須解答的秘密，被召喚來此的人是你，記得嗎？」

「妳說得對。」他道，把她的手握到唇邊印下一吻。

他們站起身來，格蕾看得出他打算把餐籃就留在原地。他剛才會動手收拾，八成是因爲心情不佳。然而是什麼原因讓他不開心？格蕾暗自揣想。

她拿起餐籃，跟在他身後，兩人一路沉默地回到主屋。

15

他們回到大屋後，尼可近乎無視於她地逕自穿過廚房，上樓回到他的房間。困惑不已的格蕾只好也回到自己房裡。在她床上擺著一只大盒子，上面印著快遞公司的標誌。格蕾立刻興奮地打開它，盒裡是她母親最美麗的兩件名家設計的晚禮服。

「謝謝妳，麗莎，謝謝妳。」格蕾喃喃地說道，將禮服緊抱在胸前。也許今晚除了美麗的艾蓓拉之外，尼可眼中會另有其人。

當格蕾走進海伍德家招待賓客啜飲飯前酒的起居室時，她知道自己花上兩個半小時梳妝打扮是值得的。漢彌頓忘了手中舉到一半的酒杯，艾蓓拉終於肯稍稍移開凝住在尼可身上的目光，連海伍德爵士都停止談論獵槍、獵犬和他的玫瑰花。但尼可……他的反應讓這一切努力都沒有白費。當他第一眼看見格蕾時，眼眸驀然亮起，並在走向她時轉為熾熱。但他尚未走到她面前，就停下了腳步，站在那裡皺眉瞪著她。

她母親的一件式白色禮服的質料相當貼身，只有一邊有著長袖，裸露出她左側的香肩和手臂。服上綴滿極為細小的珠子，在她走動時凸顯出她身上每一道曲線。她還把葛洛莉鑽石手鍊戴在左手腕上。

「晚安。」格蕾說道。

「哇。」漢彌頓上下打量她。「哇。」

格蕾朝他露出皇族般的高貴笑容。「請幫我倒一杯琴湯尼好嗎？」

漢彌頓像個聽話的男學生般連忙照做。

一件衣服對女人造成的改變實在令人驚訝，格蕾暗忖。昨晚在艾蓓拉面前，她還自慚形穢地想躲到桌子下面去，但今晚艾蓓拉的低胸禮服卻只顯得低俗而缺乏品味。

「妳在做什麼？」尼可不悅地問道。

「我不懂你的意思。」她無辜地朝他眨眨眼。

「妳露出太多肌膚。」他聽起來似乎相當震驚。

「比起你的艾蓓拉要少多了。」她回嗆道，然後露出微笑。「你喜歡這件禮服嗎？我請我姊姊寄來的。」

尼可的背脊比平時挺得更僵直。「妳今天晚飯後，打算和那名博士會面？」

「當然了。」她甜甜地說，「是你要我從他那裡打聽消息的，記得嗎？」

「尼可。」艾蓓拉叫道，「吃飯了。」

「妳不可以穿這件衣服。」

「我想穿什麼就穿什麼。你還是快去吧，艾蓓拉在等你陪她滾桌子呢。」

「妳——」

「酒來了。」漢彌頓說道，把酒遞給格蕾。「晚安，爵爺。」

晚餐對格蕾來說是場愉快的經驗。尼可的視線一直離不開她——當然也把艾蓓拉氣得火冒三丈。漢彌頓一直緊靠在她身旁，有一度還不小心讓袖子掉進了格蕾的湯碗裡。

飯後他們移步到小客廳，接著彷彿出自珍．奧斯汀小說中的場景一般，尼可開始彈奏鋼琴並演唱。他有著一副她深愛的渾厚、低沉嗓音。當尼可邀請她加入他時，格蕾知道自己的歌聲難登大雅之堂，只能坐在硬邦邦的小椅子上，嫉妒地看著尼可與艾蓓拉兩顆腦袋靠得很近地合唱。

十點鐘時，格蕾先行告退，回到了房間。她一點也沒有到漢彌頓房裡和他獨處一晚的慾望，是誰陷害尼可的這個秘密只能等到明天再說了。

然而直到午夜時分，格蕾終於承認自己不可能入睡。她腦中總是不斷浮現尼可和艾蓓拉合唱的那一幕，想起他從野地裡回來時敞開的襯衫。她下了床，套上睡袍，用手稍微抓蓬了一下頭髮，然後朝尼可的房間走去。他的房門下並未透出光線，但隔壁艾蓓拉房間的門縫下有燈光，還傳出酒杯互碰的輕響，以及她性感誘惑的笑聲。

格蕾想也沒想地伸手在門上敲了一下，然後直接開門走進艾蓓拉的臥室。「嗨。我想來跟妳借支別針，我弄斷了一條肩帶。一條很重要的肩帶，妳懂我的意思吧？」

尼可躺在艾蓓拉的床上，襯衫衣襟大敞，垂在褲子外面。艾蓓拉則穿著一件什麼也遮不住的黑色透明紗質睡衣。

「妳……妳……」艾蓓拉氣得連說話都結巴。

「噢，哈囉，爵爺。我打擾到你們了嗎？」

尼可一臉興味地看著她。

「天哪，」格蕾說道，「這可是高級品牌的豪華電視，我以前從來沒見過。希望你們不會介意，但我真的想看一會兒夜間新聞。啊，遙控器在這兒。」她坐到床邊，打開大型的彩色電視機，然後開始變換頻道。她感到身後的尼可坐了起來。

「電影。」尼可輕聲說道。

「不，只是電視。」格蕾把遙控器遞給他。「你看，這是開關，這個按鍵可以調整音量大小，這些則是頻道鍵。你看！那是一部關於伊莉莎白女王的老電影。」她關掉電視，把遙控器放在離尼可不遠的床頭櫃上，然後打了個呵欠，站起身子。「我剛剛想起我自己就有別針了。不過還是謝謝妳，艾蓓拉小姐，希望我沒有太打擾到你們。」

格蕾得拔腿衝向門口，因爲艾蓓拉已經十指成爪地朝她飛撲過來。她才剛驚險地逃出門外，房門已被猛力關上。她站在門外傾聽房內的動靜，片刻後便聽見絕對不會認錯的西部影集配樂，接著傳來艾蓓拉的尖叫聲。「把它關掉！」但下一秒鐘響起了蓓蒂．戴維絲的嗓音，她飾演的正是伊莉莎白女王一世。聰明的男人，格蕾露出微笑，他找到那個頻道了。臉上依然帶著笑意，格蕾回到自己的房間；這一次，她毫無困難地倒頭就睡。

翌日早晨，漢彌頓與她共進早餐。「我以爲妳昨晚會到我房裡來。」他說道，「我本來打算要唸那些信給妳聽。」

「你打算告訴我，是誰陷害了尼可拉斯．史岱佛嗎？」

「嗯。」漢彌頓只是輕哼了一聲，所以吃完早餐後，格蕾跟著他上樓。如果他把那個名字告訴她，尼可是否會立刻回到十六世紀？

不過她很快就發現，想從漢彌頓那裡問出任何秘密，可不是什麼容易的事。

「我想起來了，妳父親不正是耶魯大學的董事嗎？也許他會對我發現的資料感興趣。」

「我會很樂意通知他那些信函的事。我尤其想告訴他是誰陷害了尼可拉斯伯爵。」

漢彌頓走向前，近得幾乎要靠在她身上。「如果妳肯打通電話，我就告訴妳。」

「我父親此刻正在緬因州的野外，無法聯絡到他。」

「喔。」他轉過身。「那麼恐怕我不能告訴妳。」

「你這是在勒索。」格蕾脫口而出。「你只想到你的事業，但那個背叛者的名字卻足以左右一個人的生死！」

他轉身驚訝地看著她。「十六世紀的一些文件，如何能左右某人的生死？」

她沒有辦法向他解釋。「我會跟我父親聯絡，事實上，我今天就會寫信給他。我甚至可以讓你看那封信，我也會確保他一到家就會見到它。」

漢彌頓蹙緊眉頭盯著她看。「妳爲何這麼想知道那人的名字？我覺得這整件事有點可疑。那位史代佛爵爺到底是什麼人？你們兩個的表現一點也不像老闆和秘書，反而有點像是——」

就在那一刻，房門被人猛力推開，尼可大步走了進來。他已經換上那套伊莉莎白時代的裝扮，銀色的盔甲在陽光下閃閃發亮。他舉起手中的利劍，指向漢彌頓的喉間。

「這是在幹什麼？」漢彌頓憤慨地問道，伸手把劍推開，卻被利刃劃傷了一道血口而發出驚喘。

尼可朝他逼近，劍尖已頂住漢彌頓的咽喉。

「格蕾，快去求救。」漢彌頓邊說邊向後退。「他瘋了。」

當漢彌頓的背部頂住牆壁，已經無路可退時，尼可開口了。「是誰在女王面前陷害我？」

「陷害你？你瘋了。格蕾，在這個瘋子做出讓我們大家都會後悔的事情之前，快去找人來幫忙啊。」

「說出他的名字。」尼可說道，抵在漢彌頓喉間的劍尖向前刺得更深。

「好，我說。」漢彌頓驚喘道，「那個男人的名字是——」

「等一下！」格蕾大叫，望向尼可。「如果他說出來，你也許就會離開。噢，尼可，我可能永遠無法再看到你。」

他一手仍用劍抵著漢彌頓的喉嚨，一手伸向格蕾。她飛奔入他懷中，帶著所有鬱積的思念與渴望，急切地吻住他。她一直以爲尼可對自己並無慾望，但在這一刻，她深深地感受到從他身上傳來源源不絕的熱情。

是他先中斷了這一吻。「妳走。」他命令道。

淚水模糊了她的視線，但她可以發誓尼可的眼中也閃著淚光。

「走啊。」他再說一次。「離我遠一點。」

格蕾渾身虛軟，早已失去反抗的力量。她走到數呎外，靜默地站在那裡注視著他。她再也見不到他了，再也無法擁抱他，聽見他的笑聲，再也不能——

「說出他的名字！」尼可問道，目光與格蕾緊緊交纏。當他離開這個世界時，他希望最後看見的影像是她。

漢彌頓顯然對眼前的情勢感到困惑。「那個男人的名字是——」

一切都在瞬間發生。無法忍受尼可就此消失的格蕾縱身朝他飛撲過去。如果他真的要離開，那麼她要跟他一起走。

「羅柏．席尼。」漢彌頓說道，睜大眼睛望著尼可和格蕾一起滾倒在他腳邊。他低頭看著他們。「你們兩個都瘋了。」他說道，跨過他們的身體，走出了房間。

格蕾仍把臉深埋在他穿著銀色盔甲的胸前，雙目緊閉。

尼可終於回過神來，低頭看著她，頗感興味地說道：「我們到了。」

「到了哪裡？外面是汽車，還是驢拉的板車？」

尼可咯咯一笑，雙手托起格蕾的臉。「我們還留在妳的時代。我說過要妳站到旁邊去。」

「我……呃，我……」她滾下他的身軀，坐了起來。「我只是想親眼看看伊莉莎白時代的英國，我想那將會是一段很棒的經歷。這樣我就可以出版著作，回答人們真正想知道的那些問題，譬如伊莉莎白究竟是不是禿頭？那個時代的男人到底如何對待女人？還有——」

尼可也坐起身來，給了她甜蜜的一吻。「妳不能跟我一起回去。」他的一隻手伸向背後。「妳可真懂得如何折磨我的盔甲，上次妳把我推倒時的刮痕都還在。」

「那次你差點被巴士撞到。」

尼可站直身子，伸手拉她起身，但她站起來之後，並沒有鬆開他的手。「你還在這裡。」她終於可以開始呼吸。「你已經知道陷害你的人是誰，卻依然留在這裡。羅柏．席尼。席尼？但艾蓓拉．席尼不就是跟你……你跟她……」

尼可摟著她的肩膀，走到窗前。「他是艾蓓拉的夫婿。」他輕聲道，「但我很難相信，竟然是他在女王面前說謊陷害我。」

「該死的你跟那張桌子！」格蕾激動地說道，「如果你不是那麼……那麼色慾薰心，和艾蓓拉在桌上胡搞，她夫婿也不會那麼痛恨你。還有你的妻子呢？她一定也很不高興吧。」

「那一次我佔有艾蓓拉時，仍未成婚。」

「那一次。」格蕾嘀咕道，「也許讓羅柏．席尼生氣的不止那一次而已。」她轉頭望著他。「如果我跟你一起回去，也許可以幫助你避開這些麻煩。」

「妳不能跟我回去。」

「或許你根本不會回去，說不定你得一輩子留在這裡。」

「我們得回到艾胥伯登，我的石墓那裡去。如今我已經找出我要的答案，我必須去那裡祈禱。」

格蕾知道沒有任何話可以改變尼可的心意。他的家人，他的名聲和榮譽，對他來說太過重要。「我們今天就走。」格蕾柔聲道，「我想你不需要再見艾蓓拉了。」

「除了計算機和電視，妳已經找不出東西來令我分心了？」他微笑地問道。

「我本來打算今晚由立體音響上場。」

尼可讓她轉身面對自己，雙手放在她的肩膀上。「我要自己一個人禱告。」他說道，「如果我能回去，也必須是我一個人走。妳懂嗎？」

格蕾點點頭。借來的時間，她在心裡默想，我們身處在一段借來的時間裡。

16

格蕾坐在旅店的單人床上，望著隔壁床位上的尼可。清晨的光線仍很微弱，但已足夠她看清他的樣子。從得知陷害他的人是誰，到現在已經過了三天，而這三天裡，格蕾每一分鐘都焦慮不安，深怕他會就這麼突然消失。他每天早上及下午都會去教堂，跪在自己的石墓前各祈禱兩個小時。

每次他進入教堂，格蕾就在外面屏息等待，確信那將會是自己最後一次看見他的身影。每天早上十點及下午四點，她會放輕腳步走進教堂裡，當看見他仍在這裡的時候，眼裡總會浮現喜悅與如釋重負的淚光。她會跑向他，心疼地看著他滿身滿臉的汗水。他祈禱得如此虔誠，每次完畢後，總會累得虛脫好半晌。格蕾會扶著他站起來，支撐他因久跪而僵直麻木的膝蓋和雙腿。牧師似乎也很同情他，曾經拿來墊子讓他使用，但尼可拒絕了。他說他需要感覺到肉體的疼痛，來提醒自己記住他所必須完成的事。

格蕾並沒有詢問他爲何需要提醒，因爲她不想召來壞運，毀了她每日逐漸茁壯的小小希望種子。每次禱告完畢，抬頭看見她時，他的眼裡總會閃爍著某種光芒。也許他不會回去了，格蕾開始容許自己去思考這種可能性。她知道她該幫著他一起祈禱，她知道榮譽和家族的名聲，更別提許多人的未來，要比她自私的渴望來得重要多了。然而每當看見陽光照耀著他跪地的身影，她會不由自主地在心裡低語：「謝謝祢，上帝。」

三天。天堂般的三天。當尼可不在教堂裡時，他們每分每秒都在一起度過。格蕾租了兩輛單車，教會尼可如何騎它的過程裡充滿歡笑。每次他要摔下車時，總會拖著她一起倒地，兩人在英國鄉間的美麗田野上開心地滾成一團——還沾上了不少牛糞，讓兩人只能迅速衝回旅店，洗去身上的臭味。格蕾租了一台錄放影機和一捲錄影帶，那天下午，他們便待在房間裡欣賞電影。

尼可的求知慾顯然永無止境，他們從當地的圖書館裡借來上百本書籍。他想知道從一五六四年起，世界上發生過的所有事情；他想聆聽每一首樂曲，想感覺、品嚐、觸摸每一樣東西。

「若我必須留在這裡，」某日下午他曾如此說道，「那麼我要蓋房子。」

格蕾花了點時間才弄清楚，他的意思是設計房屋。索維克堡的壯麗證明了他的確很有才華。在她能阻止自己之前，一大串話語已經脫口而出。「你可以去唸建築學校。你必須先學習現代建築所使用的材料，不過我可以幫你，我會教你看懂現代的印刷文字。我叔父是拉哥尼亞的國王，他可以替你弄到一本護照。我們可以說你來自於拉哥尼亞，這樣你就能跟我一起回美國去。我父親會幫助你進入大學的建築系就讀，夏天的時候，我們可以到緬因州海岸的沃爾布魯克去度假——那裡的風景美極了。我們可以揚帆出海——」

他轉開臉。「我必須回去。」

是的，回到他的妻子，他深愛的女人身邊。格蕾是如此愛他，他怎麼可能對她一點情意都沒有？所有跟她交往過的男人，都希望從她身上得到某些東西。洛柏要求她的順服，做任何事都得完全按照他的心意；另外有些男人追求她，是為了她身後的巨額財富；還有幾個傢伙看上她，是因為她很好哄騙。但尼可跟他們不一樣，他從不曾想從她身上得到些什麼。

有好幾次，格蕾幾乎忍不住慾望的驅使，想就地撲倒他，對他爲所欲爲，絲毫不在乎當時他們是在圖書館、酒館或甚至是大街上。

然而每當她靠得太近，他就會立刻退開，彷彿他對世上任何事物都有興趣品嚐、嗅聞、觸摸……除了她以外。

她試過要勾引他。老天，她眞的努力試過了！她刷卡買了一套兩百英鎊天價，保證能讓任何男性慾火焚身的紅色透明睡衣。當她穿著它從浴室走出來時，尼可毫無反應。她還買了一小瓶就要價七十五英鎊的香水，然後靠向尼可，拉低襯衫的前襟，詢問他是否喜歡它的味道，尼可只是敷衍地咕噥了幾句。

她把牛仔褲放進接滿滾燙熱水的浴缸裡，好讓布料縮水，等到褲子乾了之後，拉鍊的地方得用安全別針別住，還得躺在地上才有辦法把它穿上身。至於上衣，她選了一件薄如蟬翼的絲襯衫，而且沒穿胸罩。尼可連瞄都沒瞄她一眼。

要不是他會盯著經過身邊的每一位美女看，她都要相信他其實是個同性戀者了。

她穿著黑色絲襪，黑色高跟鞋，一條短得不能再短的黑色迷你裙，配上紅色的絲襯衫，感覺自己穿著這身裝扮騎單車實在荒謬到了極點，但她還是做了。她整整在尼可前方騎了四哩路，有兩名汽車駕駛因爲貪看她而撞進水溝裡，但尼可絲毫不爲所動。

還有，她租來的那部電影是《體熱》。

到了第四天，格蕾已經近乎絕望。在旅店老闆畢絲利太太的幫助下，她想出一個可以誘使尼可與她上床的計畫。女店主通知尼可，她需要他們目前使用的那間房間，於是格蕾在附近一間溫馨可愛的鄉村飯店訂了房，並告訴他唯一的空房裡只有一張四柱大床。尼可只是表情奇怪地看了她一眼，然後轉身走開。

此刻格蕾在飯店房間的浴室裡已經待了三十分鐘，感覺就像個即將度過新婚之夜的處女新娘。她用微顫的手拿起香水瓶，在身上灑了幾滴，然後鬆開絲薄睡衣前胸的繫帶，用手攏了攏梳理得蓬鬆的秀髮，然後步出浴室。

房間裡十分黑暗，但她可以看出床的輪廓——她將和尼可一起分享的大床。

她緩緩地走向床邊，看著被單下隆起的身影，伸手碰觸他。「尼可。」她輕聲喚道。

但在她手下的並非溫暖的人體，而是……枕頭！

她打開床頭燈，看見尼可竟在大床中央用枕頭築起一道藩籬。躺在另一邊的尼可正背對著她，寬闊的背影有如另一道無可跨越的阻隔。

她咬住下唇，不願讓淚水滑落，靜靜地爬上床，緊挨著床沿躺下，不想碰觸到那道可恨的枕頭牆。她沒有抬手關燈，因爲突然間她已失去所有力氣，熾熱的淚水再也無法遏止地滾落頰邊。

「爲什麼？」她低語道，「爲什麼？」

「格蕾。」尼可溫柔地喚道，轉身面向她，但並未跨越枕頭築起的界線。

「爲什麼我在你眼中如此不具吸引力？」她痛恨自己開口問出這種問題，但她已經毫無自尊可言了。「我見過你盯著其他身材比我差的女人，我也知道她們沒有……沒有我這麼漂亮，但你卻從來不看我。你偶爾會吻我，但僅此而已。你對艾蓓拉上下其手，也跟那麼多女人上過床，卻獨獨拒絕我。爲什麼？是我太矮？太胖？你不喜歡紅色頭髮？」

當尼可開口時，她聽得出他的那些話語來自於他的心底深處。「我從來不曾渴望一名女子，像我渴望妳這麼深切，」他說道，「我的身體因爲想要佔有妳而疼痛不已。但我必須回到過去，我不能留下妳離開，知道妳將因我的離去而心碎。當我第一次見到妳的時候，妳的哭聲傳到了遠遠的四百年前，我不能讓妳再經歷一次那樣的心痛。」

「你不肯碰我，因爲你不願讓我爲你傷心？」

「哎。」他低語道。

格蕾的笑聲取代了眼淚。她起身下床，站在床邊俯視他。「你這個蠢蛋。」她道，「難道你不明白，當你離開之後，我這輩子的每一天都會因你而悲傷？我會放聲痛哭，直到時間的盡頭。噢，尼可，你眞傻，你不知道我有多愛你嗎？無論你有沒有碰過我，都不可能阻止我的眼淚。」

她頓了一下，對他露出自信的微笑。「在我哀傷的同時，你何不留給我一段，足夠把艾蓓拉給擠下桌子的回憶？」

尼可只是躺在那裡，一動也不動地看著她。前一刻他還在床上，接著他已經將她壓倒在地毯上。格蕾沒看見他何時移動，只感覺到他的身軀緊貼著自己，他的唇吻上她的肌膚，他的手與她交纏。

「尼可。」她低喚道，「尼可。」

他覆在她身上，熱唇和雙手無所不在，格蕾也親吻著她能碰觸到他的任何部位。他撕扯著她的睡衣，格蕾聽見它裂開的聲音；當他濕熱的唇吻上她的玉峰，她不禁發出狂喜的呻吟。

這是她渴望了那麼久的尼可。他堅實的大手愛撫著她的嬌軀，拇指揉捻著她的肚臍，唇舌逗弄著她胸前的蓓蕾。

她雙手深埋進他的髮絲。「讓我來。」她低語道。在她以往的經驗裡，男人總是無法滿足，不斷要求她給予更多。

「尼可？」他的唇開始移往她的下腹。「尼可，我想這樣不——」他雙手撫弄著她的大腿內側，手指揉捏著她雪白的肌膚，緩緩向下游移……

格蕾弓起身子。從來沒有男人為她如此做過，他靈活的舌逗惹著她的熱情節節高漲……喔，天哪，他的舌。

「尼可。」格蕾呻吟道，雙手扯著他的頭髮，嬌軀在他身下扭動。他輕嚙著她大腿內側的柔嫩，揉撫她敏感的後膝，直到她幾乎無法再忍受他的撩撥。

他握住她的左腳讓它彎起，然後移到她身上，堅硬碩大的男性慾望長驅直入地衝進她體內，讓她幾乎承受不住地想推開他。但她的身體彷彿有自主意識般包圍住他，未受束縛的那條腿纏住他，挺身迎接他狂野的入侵。

他放開她的腿，雙手捧住她的臀托高，迎向他一次次兇猛的撞擊。她雙腿纏上他的腰間，隨著他最後一記狂猛的衝刺，兩人一起達到震顫的高潮。

過了好一會兒，她才恢復神智，記起自己是誰，此刻身在何處。

「尼可。」她喃喃道，撫著他汗濕的黑髮。「難怪艾蓓拉願意為你如此冒險。」

他用一肘撐起自己，低頭看著她。「妳睡著了？」他輕笑地問道。

「尼可，剛才眞是美好。」她悄聲道，「從來沒有別的男人——」

他沒讓格蕾說完，而是抱著她起身，溫柔、甜蜜地親吻她，然後握住她的手，帶著她走進浴室。他打開蓮蓬頭，把熱水調到適溫，拉著她一起進入淋浴間，把她頂在牆面上，一面吻著她，壯健的身體也緊緊貼住她的嬌軀。

「我一直夢想著這一刻。」他喃喃道，「這座噴泉是爲愛而造。」

他在她胸前逗弄的唇舌，讓格蕾根本無力應答。熱水潑灑在他們緊緊相偎的身軀，他低頭吻遍了她的全身。格蕾仰起頭，雙手攀住他寬闊的肩膀；當她再度睜開眼睛時，看見他正對著她微笑。「或許有些事物，即使到了現代仍不會改變。」他說道，「現在似乎是我成了妳的老師。」

「噢？」格蕾說道，開始親吻他的脖子，他的肩膀，一路吻到他壯碩的胸前，十指陷進他厚實的背脊。她曾說過他一定會變胖，但他身上全是肌肉，渾厚，堅韌，如石雕般的強健肌肉。

她緩緩低下身子，雙手握住他的臀，當她的嘴包圍住他的慾望根源時，輪到他倒抽了一口氣，兩手深埋進她的濕髮，發出極度愉悅的呻吟。

他一把拉起格蕾，壓抵著她的身軀緊靠牆面，分開她的雙腿環在自己腰間，接著近乎粗暴地衝進她體內。格蕾緊緊抱著他，張口迎接他的熱吻，感覺他的舌與身體同步律動。

當那極致的一刻到來時，她狂喜的尖叫聲全封進了尼可的嘴裡。

她虛軟乏力地靠在尼可身上顫抖，要不是有他的支撐，她肯定會癱倒在濕滑的地板上。尼可輕吻著她的頸間。「現在我要替妳清洗。」他柔聲說道，讓她自己站好，但在她癱軟下去時立刻接住她。

他強壯的雙手和身體給了她前所未有的安全感。格蕾任由他幫她清洗頭髮和嬌軀，感覺他沾滿泡沫的大手撫遍她全身。趁著她還有些許力氣，格蕾拿起肥皂開始替尼可塗抹。他有一副她此生僅見的壯麗身軀，恍若天神一般，她想著，就連他的腳丫子都美極了！

她關掉熱水，把肥皂泡沫塗在他身上。她喜歡看著他，撫摸他。尼可的左臀有個形狀類似阿拉伯數字8的胎記，右小腿上有一處疤痕。「跌下馬時摔傷的。」尼可閉著眼咕噥道。他的左上手臂有一道很長的傷疤。「練劍時弄傷的，就在……」他不必說完，格蕾也知道他想說的是「克利斯死去的那一天。」他的肩膀上有一處奇怪的橢圓形疤痕。尼可閉著眼露出微笑。「與克利斯打架留下的。我打贏了。」

「我很高興並沒有女人在你身上留下過記號。」

「只有妳，蒙哥馬利，曾在我身上留下印記。」他輕聲道。

格蕾很想問些關於他妻子的事。他對她的感情，就像愛他那位美麗的妻子一樣深嗎？但她並沒有問出口，因爲她太害怕會聽到什麼樣的答案。

尼可打開水龍頭把兩人沖洗乾淨，然後把她拉出淋浴間，溫柔地替她梳理頭髮。格蕾想穿上浴袍，但尼可不答應。

「我曾夢見過妳這副模樣。」他說道，看著她在鏡中的倒影。「妳差點就把我逼瘋了。妳的香味，」他放下梳子，雙手上下摩挲著她的手臂。「妳穿的那些衣服……」

格蕾微笑地向後靠在他身上。原來他注意到了。

他再次爲她梳理髮絲，然後用毛巾擦乾，幫她穿上旅館供應的白色浴袍。

「跟我來。」尼可也套上一件浴袍，領著她下樓，穿過熄去燈火的飯店大廳，來到了廚房。

「尼可。」她說道，「我們不可以進來這裡。」

他吻住她，沒讓她說下去。「我餓了。」他道，彷彿這個理由便已足夠。

偷溜進不該來的飯店廚房，替這個美好的夜晚更增添了一絲刺激。她看著尼可開啓冰箱的背影（儘管心中爲他從別人那裡學到冰箱這項新發明而有些微刺痛）。現在他終於眞正屬於她了，她心裡揣想著，她可以在任何時候隨意碰觸他。她握住尼可的手，貼靠在他身上，螓首枕在他的肩窩。

「尼可，」她輕喃道，「我好愛你，別離開我。」

他轉過身來，望進她的眼底，臉上的神情滿是渴望。他回望一眼冰箱。「冰淇淋在哪裡？」

格蕾笑了。「在冷凍櫃裡，試試看那邊那扇門。」

尼可不肯讓她離開他的視線，甚至連一秒鐘也不願放開她。他領著她來到冷凍櫃前，裡面果然放著好幾大盒冰淇淋。他們像連體嬰般在廚房裡四處移動，找出碗、湯匙和一支大鐵勺。尼可將分量嚇人的冰淇淋分別舀進兩個碗裡，然後把剩下的放回冰櫃。他將香草口味的冰淇淋滴在格蕾的胸前，接著用舌頭舔掉；冰淇淋滴落的部位越來越低，他的唇舌也隨之下移，直到舔掉她金紅色鬈曲毛髮處，最後一滴乳白色的甜美汁液。

「草莓。」他說道，令格蕾笑了出來。

他們面對面坐在八呎長，切肉用的工作檯上，四條腿緊緊交纏。「眞不衛生。」格蕾道，但一點也沒有想要下桌的意思。他們靜靜地吃了一會兒，但尼可隨即又在格蕾腳上滴了一些冰淇淋，然後伸舌舔掉；格蕾傾身吻他，同樣「意外地」把冰滴落在他大腿內側。

「我敢說這樣一定很冷吧？」她在他唇邊說道。

「冷得我受不了。」他輕聲答道。

她的酥胸緩緩貼著他光裸的身軀下滑，來到沾染了冰淇淋的部位，替他舔乾淨之後，她的嫩舌仍在繼續舔舐。冰淇淋已被遺忘，尼可向後仰躺，把格蕾拉下來壓在自己身上，強勁的手臂先舉起她的下身，接著放下來與他合而爲一。他抬手揉弄著她豐潤的乳房，格蕾開始慢慢地上下擺動。

這一次歷經了長久的時間，他們才雙雙達到狂喜的高潮。尼可將她拉下來，狂猛、熱情地親吻她。

「小姐，我相信，」他在她耳畔低語道，「妳把我的冰淇淋融化了。」

格蕾笑著窩進他懷裡。「我想這樣碰觸你已經想了好久。」她的手伸進他還穿著的浴袍裡，愛撫他的胸膛和肩膀。「我從未遇過像你這樣的男人。」

她撐起一隻手肘，向下俯視他。「你在十六世紀算是很不尋常的男人，還是那個時代的男人都跟你一樣？」

尼可朝她露齒一笑。「我是獨一無二的，所以那些女人才會——」

她吻掉他其餘的話。「不用說了，我不想聽你那些女人——或是你妻子的事。」她垂下螓首。「我希望自己對你來說是特別的，而不只是衆多女人中的一個。」

他托起她的下巴，雙眼凝住她。「妳召喚我穿越數個世紀，而我回應了妳。這樣還不夠『特別』？」

「那麼你的確在乎我？至少有那麼一點點？」

「超過言語所能形容。」他答道，溫柔地親吻她，感覺到她在自己懷裡逐漸放鬆，不到一會兒就已沉沉睡去。他拉攏她的浴袍，抱著她走出廚房，上樓回到他們的房間。進房後，他脫去彼此的睡袍，把格蕾放到床上，接著躺到她身邊，再度把熟睡的她擁入懷中，拉起被單蓋住她裸露的香肩。

然而他卻絲毫沒有睡意。她光裸的嬌臀正緊貼著他處於半興奮狀態的男性慾望。

格蕾問他是否在乎她。在乎？她幾乎已經成爲他的生命、他活下去的理由。他在乎她的想法，她的感覺，她的需要。他連一分鐘都無法忍受離開她。

每天早晨和下午，他都去教堂向上帝祈求能回到自己的時代，但他有一部分的心思不斷地想著從此無法再望著她，再聽到她的笑聲，再看見她哭泣的淚眼，或是再擁她入懷的感覺。

他從未遇見過像她這樣的女人。她毫無心機，不懂得維護自己的利益，更完全不曉得如何保護自己。當他們最初相遇時，她曾經說過不會幫助他，但尼可早就從她的眼裡看出，她絕不會忍心把他一個人獨自留在一個陌生的地方。他想到自己時代裡的女性，知道她們打死也不會幫助一個可憐的瘋狂男子。

但格蕾不但幫了他，教導他許多事物……甚至愛上他。她愛得那麼完全且不求回報。

想到今晚的一切，讓他忍不住露出微笑。沒有女人曾經如此徹底地放開自己來回應他。艾蓓拉習慣了下達命令。「這裡！就是現在！」她會這麼說。其他女人則將性愛當成一種恩惠。至於蕾蒂……他不願去想自己那位冷若冰霜的妻子。她在床上就像條死魚，四肢僵硬，雙眼大睜，彷佛在挑戰他是否敢行使丈夫的權利。成婚四年來，他一直無法令她受孕。

他愛撫著格蕾光裸的手臂，低頭輕吻她的額角。即使在睡夢中，她仍似有所感地更加偎進他懷裡。他怎麼能離開她？尼可自問。他如何能回到自己的生活，回到其他那些女人身邊，留下她孤單一人，沒有人保護？她的心如此柔軟，難怪會有像那天被他推出門外那樣的男人來佔她便宜。

換成是他母親，或是他的妻子，無論遇到任何困境，她們絕對有能力照顧自己。但格蕾不一樣，他眞怕自己離開不到一個禮拜，她就會回到她自以爲愛過的那個可鄙男人身邊。

他輕撫著她的髮絲。他怎能讓她毫無保護地一個人留在這裡？他實在弄不懂現代的世界，爲她選擇一位適合的夫婿，應該是她父親的責任，但那個男人卻任由女兒自己決定伴侶。她滿口幼稚的情愛，但在他的世界裡，產業的結合遠比任何事情都來得重要。

然而此刻望著她的睡顏，尼可逐漸懂得了她的意思。愛。格蕾曾說過，或許他被送來二十世紀，不是爲了榮譽，而是爲了愛。當時尼可對這個念頭嗤之以鼻。像這樣穿越時空的巨大變動，只是爲了愛？絕無可能！但在他們查出叛徒是誰之後，尼可並沒有離開她的世界。

格蕾認爲過去的一切其實結果並沒有那麼糟。對她而言或許如此，但被後人視爲蠢蛋的人是他。也許他眞的很蠢；儘管因爲有個像蕾蒂那樣的妻子，使他必須另謀出路，但除了艾蓓拉之外，世上還有那麼多女人可以供他發洩慾望，他爲何硬要給羅柏・席尼戴上綠帽，因而造成自己的死亡？如果他能回去的話，一定要設法改正這個錯誤。

如果他回去的話……

又怎麼樣呢？他的妻子仍然是蕾蒂，也同樣會有更多像艾蓓拉那樣的女人來引誘他。就算他不至於因此被人誣陷叛國，但他的人生並不會有任何改變，不是嗎？

他翻身側躺，手臂擁緊格蕾。如果他留在這個世紀呢？有沒有可能他誤解了上帝的眞意？也許他被送到這裡來，不是爲了改變歷史，而是要在這個時代有所建樹？

他想起之前和格蕾一起看的那些書，上面介紹了世界各地的屋舍，他對此十分感興趣。格蕾提過他可以到某種稱爲建築學校的地方，學習如何設計房子。學習成爲一名技藝人？他不可置信地想著。不過說實在的，在這個世紀，「有份職業」似乎並非什麼壞事，反而是像海伍德那樣的地主常被人看輕——至少在美國人眼中是如此，格蕾曾這樣解釋。

美國。那個格蕾成天掛在嘴邊的地方。她說他們可以到美國安頓下來，然後他可以去上學。上學？以他的年紀？他當時不屑地回應她，但並沒有讓她知道，這個主意其實相當吸引他。與格蕾一起生活在現代世界裡，以設計建築物爲生？這就是他被送來這裡的理由嗎？也許上帝看見了索維克堡，很喜歡它，於是決定再給他一次機會。上帝眞有可能如此輕佻嗎？這個念頭令他露出自嘲的微笑。

但坦白說，他又怎麼知道上帝到底有何目的？顯然他被送來二十世紀，並不是爲了找出是誰陷害他，因爲他好幾天前就已經知道答案，人卻還留在這裡。那麼他來到這裡，究竟是爲了什麼原因？

「尼可！」格蕾突然叫道，猛然坐起身。

他把她拉進懷裡，她緊緊攀住他。「我夢到你不見了，你不在這裡，你離開了我。」她說道，既回盈眶的淚水，抱住他的力道強得幾乎要壓斷他的肋骨。

尼可輕拂她的頭髮。「我不會離開妳。」他柔聲道，「我會永遠陪著妳。」

格蕾花了點時間才聽懂他的意思，抬起頭來看著他。「尼可？」她緩緩地、小心翼翼地探問。

「我……」他深吸了口氣。「我不想回去。我會留在這裡。」他注視著格蕾。「和妳在一起。」

格蕾把臉埋進他的肩窩，開始柔聲啜泣。

他輕輕愛撫著她的嬌軀，無法止住臉上的笑意。「妳傷心是因爲我不打算離開，使妳無法回到那個名叫洛柏，會送鑽石給小女孩的傢伙身邊？」

「我只是喜極而泣。」

他從床邊的盒子裡抽出一張面紙。「來，別再哭泣了，告訴我更多關於美國的事。」他斜睨她一眼。「還有妳那位貴爲國王的叔父。」

格蕾擤了擤鼻子，然後朝他露出微笑。「我以爲你沒聽見。」

「什麼是牛仔？什麼是護照？大蝦谷又是什麼？還有，別離我這麼遠。」

「是大峽谷。」她道，窩回他的臂彎裡，開始講述美國、她的家庭，和她那位娶了一位公主之後，成爲拉哥尼亞國王的叔父。

晨光照進房內時，他們已經開始爲未來擬定計畫。格蕾會打電話聯絡她的杰提叔父，盡力解釋她必須爲尼可弄本護照，好讓他能跟她一起到美國去。「我很了解杰提叔父，他一定會要你先跑一趟拉哥尼亞，好親自審核你。不過他一定會喜歡你的。」

「他的皇后呢？」

「愛芮雅嬸嬸？她有時候架勢是挺嚇人的，但我們童年時，她經常陪我們一起打棒球。他們有六個孩子。」格蕾微笑道，「她還有個叫做桃莉的古怪朋友，喜歡穿著牛仔褲，頭戴皇冠地在皇宮裡跑來跑去。」她望著尼可的黑髮及藍眼，想起他走路的樣子，以及他在看人時露出的那種令人敬畏的態勢。「你在拉哥尼亞肯定會如魚得水。」

他們把早餐叫進房裡來吃。隔著餐桌，尼可戲謔道：「我寧願吃草莓冰淇淋。」

下一刻兩人已經滾倒在地上，撕扯著對方的衣服，激烈地做起愛來。事後他們一起泡在浴缸裡，為彼此將共度的未來描繪更多計畫。

「我們去蘇格蘭吧。」格蕾說道，「在等你的護照辦好之前，我們到蘇格蘭住一陣子。聽說那裡風景很美。」

尼可用腳圈住她的身子，腳掌在她下腹輕輕地摩挲。「妳會穿那種有跟的鞋子騎腳踏車嗎？」

格蕾噗哧一聲。「別取笑我。那些鞋子讓我得到我想要的東西。」

「我也一樣。」他垂下眼睫望著她。

泡完澡後，兩人著好裝。格蕾準備立刻打電話給她叔父。

尼可轉過身。「我必須再去教堂最後一次。」他靜靜地說道。

格蕾渾身一僵。「不。」她低聲道，跑到他面前，雙手緊攫住他的手臂。

「我一定得去。」他低頭朝她微笑。「我去了這麼多日子，任何事都沒有發生。格蕾，看著我。」

她抬起頭，尼可仍是滿臉笑意。「妳又被洋蔥熏到眼睛了？」

「我只是很害怕。」

「我必須求神寬恕我無意回去拯救我的榮譽和名聲，妳明白嗎？」

她無言地點頭。「不過我要陪你一起去，而且我絕對不會放開你，懂嗎？這次我可不會在教堂外面等你。」

他親吻她。「我也永遠不會放開妳。我們現在就到教堂去祈禱，然後妳可以打電話給妳叔父。蘇格蘭有火車嗎？」

「當然有。」

「啊，那麼它的確改變了不少。在我的年代，那裡是片荒野。」他單手環住她的肩膀，跟她一起離開了旅館。

17

在教堂裡，格蕾不肯放開尼可；他跪下來祈禱，格蕾就跪在他身旁，雙臂緊緊鎖住他的肩膀。尼可並未如她憂懼地那樣推開她，讓她了解到，儘管他外表輕鬆以對，但實際上，尼可就跟她同樣地害怕。

他們跪在冰冷的地板上超過一個小時。堅硬的石地使格蕾的膝蓋瘀傷，她的雙手也因爲緊抱著尼可而疼痛不已，但她絲毫不曾考慮放鬆勁道。牧師進來過兩次，站在一旁注視著他們，然後靜靜地離開。

尼可虔誠祈禱上帝的寬恕，但格蕾比他更熱烈地祈求上蒼不要帶走他，讓他能永遠留在她身邊。

不知過了多久，尼可終於睜開眼睛，轉身面對她。「我還在這裡。」他笑著站起身來，格蕾拖著幾乎快廢掉的雙腿，也試著想站起來，雙臂仍牢牢地抱著他。

「我的手臂都麻木了。」他柔聲地埋怨道。

「在我們離開這裡之前，我都不會放開你。」

他笑了。「一切都結束了，妳看不出來嗎？我還在這裡，沒有變成大理石。」

「尼可，別逗我了，我們趕快出去吧，我永遠都不想再見到你的墓了。」

尼可仍舊滿臉笑意，舉步打算離開，但他的身體並沒有動靜。他有些迷惑地低頭望向自己的雙腿，發現從膝蓋以下什麼都沒有，只有他一雙腳剛才還踩著的地板。

他迅速將格蕾拉進懷中，緊得讓她幾乎無法呼吸。「我愛妳。」他輕聲道，「以我全副的靈魂愛著妳，我對妳的愛將超越時空。」

「尼可，」她的嗓音因恐懼而顫抖。「我們快離開這裡。」

他捧住她的臉頰。「今生今世我只愛妳一人，我的格蕾。沒有其他女人，只有妳。」

就在那一刻，格蕾感覺她懷中的身軀已不再是實體。「尼可！」她害怕地大叫。

他再次吻她，那樣地輕柔，卻又帶著所有的深情、需要與渴望。

「我要跟你走，」她說道，「帶我一起去。上帝！」她尖叫，「讓我跟他一起去！」

「格蕾，」尼可的聲音聽起來顯得遙遠。「格蕾，吾愛。」

他已經不在格蕾的懷抱裡，而是站在他的石墓前，穿著他那身銀色盔甲。他的形影模糊，就像在明亮的室內觀看電影的感覺。「來到我身邊，」他朝她伸出手。「來到我身邊。」

格蕾拔足狂奔過去，但是卻無法碰觸到他。

一道陽光穿透窗口射入，映照在他的盔甲上。

接著他就此消失無蹤。

格蕾驚駭地呆站在那裡，瞪著那座石墓，然後抬起雙手掩住耳朵，開始尖叫。那叫聲宛若不是出自於人類之口，古舊的石牆都因此震動，窗戶隆隆作響，而尼可的石墓……它就只是躺在那裡，靜默而冰冷。

下一刻，格蕾頹倒在地板上。

18

「把這個喝下去。」某人說道。

格蕾抓住端著杯子抵在她唇邊的那隻手。「尼可。」她喚道，嘴角露出微微的笑意，接著倏地睜開眼，坐起身子，發覺自己躺在教堂的長椅上，距離石墓只有數呎。她旋過身，讓雙腳踩在地上，但暈眩得無法舉步。

「妳感覺好點了嗎？」

她轉頭看見牧師和善的臉龐上滿是關切之意，手裡還端著水杯。

「尼可在哪裡？」她輕聲問道。

「我沒看見有其他人在。需要我替妳打電話通知什麼人嗎？我剛才聽見妳在……尖叫，」牧師說道，但心知那並非只是尖叫；光是回想那個叫聲，就足以令他毛骨悚然。「我趕過來的時候，妳已經倒在地上。我能替妳打電話通知什麼人嗎？」他又問了一次。

格蕾拖著虛弱的腳步，慢慢走向石墓。她的記憶漸漸回籠，但她仍不敢置信。她望向牧師。

「你並沒有看到他離開吧？」她嗓音沙啞地問道，喉嚨疼痛不已。

「我沒看見有人離開，只看到妳在祈禱。現今已沒有太多人祈禱時如此地……強烈而專注。」

她回頭望向石墓。她想碰觸它，但她知道掌下的大理石只會感覺冰冷，一點也不像尼可。

「你是說，你看見『我們』在祈禱。」她更正道。

「只有妳一個人。」牧師道。

格蕾慢慢轉身看著他。「尼可跟我一起在這裡祈禱，你進來看見過我們。你看著他來這裡祈禱好幾天了。」

牧師憐憫地看她一眼。「我帶妳去看醫生吧。」

格蕾避開牧師朝她伸出的手。「尼可！過去四天來，每天早上和下午都來這裡祈禱的那個男人。就是他穿著伊莉莎白時期的盔甲，記得嗎？他差點撞上一輛巴士。」

「一個多星期前，我看到妳差點撞上一輛公車，後來妳還問我那天的日期。」

「我……？」格蕾問道，「可是問你日期的人是尼可。前兩天你還告訴我，你對他如此的虔誠感到很驚訝。他在裡面祈禱時，我就在外頭等他，記得嗎？」她著急地追問，跨步朝他走去。「記得嗎？尼可！我們騎單車經過的時候，你還朝我們揮手。」

牧師後退了幾步。「我看過妳騎單車，但沒看見什麼男人。」

「不……」格蕾喃喃道，向後退開，瞪大的眼睛裡滿是恐懼。

她轉身衝出教堂，跑過三條街，左轉，接著右轉，然後奔進下榻的旅館。她無視櫃檯後畢絲利太太的招呼，直接衝上樓梯。

「尼可！」她大叫，環顧空蕩蕩的房間。浴室的門關著，她跑過去用力將門打開。空無一人。她轉身想走回房間，但在門邊停下了腳步，然後回頭望進浴室裡。她瞪著鏡子下方的擱板，她的盥洗用具擺在上面，但尼可的不見了。她觸摸著空無一物的那半邊擱板；沒有刮鬍刀，沒有刮鬍膏，沒有鬍後水。他放在淋浴間裡的洗髮精也不見了。

她回到房間，打開衣櫥門。尼可的衣服都消失了，裡面只掛著她的衣物，下方擺著她的行李箱和隨身旅行袋，櫃子抽屜裡也沒有他的襪子和手帕的蹤影。

「不！」她低聲道，坐到床邊。尼可的消失她還勉強能理解，但他的衣物，他送給她的東西為何也跟著消失？她把手放在心上，接著突然扯開上衣。那枚胸針，那枚有著珍珠墜飾、美麗的金質胸針不見了。

格蕾顧不得再思考，她瘋狂地翻找著房間，試著找出任何被遺留下來，屬於尼可的東西。他送給她的翡翠戒指不見了，還有他留在她門邊地上的那張字條也一樣。格蕾翻開她的筆記本，尼可曾在上面留下他怪異的字跡，但現在卻只剩下空白的頁面。

「用妳的腦筋，格蕾，快想啊！」她告訴自己。他一定會留下點什麼。衣櫥裡有他們一起購置的書籍，尼可曾在扉頁寫下他的名字，如今上面卻空白一片。

什麼都沒有。沒有任何他留下的印記。她甚至查看了她的衣服，想在上面找到黑色的頭髮，但仍一無所獲。

直到她看見曾被尼可撕裂，現在卻完好無缺的紅色絲質睡衣時，才引發她的怒火。「不！」她咬牙切齒道，「你不能如此徹底地把他從我身邊奪走。你不可以這麼做！」

人們，她想著。即使沒有實體證據證明他曾存在，但還有不少人會記得他。就算一位昏庸的老牧師不記得尼可，不代表其他人也一樣。

她抓起皮包，離開了旅館。

19

格蕾緩緩打開旅館的房門，害怕看見空蕩蕩的房間。她早已精疲力竭，但腦裡的思緒仍不肯停歇。

她坐到床鋪旁邊，疲累地曲身躺下。時間已經很晚了，她久未進食，也絲毫沒有胃口，只是睜大乾澀的雙眼，瞪著床鋪上方的頂篷。沒有人記得尼可。

錢幣店裡沒有中世紀古幣，店主也宣稱沒有見過尼可。他依稀記得格蕾曾來過店裡瀏覽，但不記得曾檢視尼可的衣物，還說從未在博物館以外的地方看過銀製鑲金的盔甲。服裝店裡的店員不記得尼可曾想對他拔劍相向；圖書館員說格蕾去借過書，但一直是獨自前往。牙醫說他從未見過牙脊塌陷、顎骨有裂痕的男人，檔案裡也沒有尼可拉斯．史岱佛的X光片。酒吧、餐館裡沒人記得見過他，都只看到她一人出現。單車店讓她看了收據，上面顯示她只租了一輛單車。他們下榻旅店的和善女店主不記得尼可，並說從她丈夫去世後，就沒人彈過那架鋼琴。

格蕾像著了魔似地跑到她和尼可去過的每個地方，詢問任何可能見過他的人。她在茶館裡詢問觀光客，在街上詢問當地居民，在各間店鋪裡詢問每位店員。

沒有。什麼都沒有。

她疲累、麻木地回到旅館，癱倒在床上，卻不敢入睡。昨晚當她從失去尼可的噩夢中驚醒時，他曾將她摟在懷裡，溫柔地取笑她，說她只是在做夢，他就在她身邊，永遠不會離開。

昨晚。昨晚他曾撫摸她、愛她；今天他卻不在了。不只是他的軀體、他的衣物，甚至連人們對他的記憶也隨之消失。

這都是她的錯。在他們做愛前，他一直在她身邊待得好好的；可是一旦碰了她，他就被送回到過去。她是對的，他之所以來到她身邊，不是爲了改正過去的錯誤，而是爲了愛。但縱使確定了這一點，也無法讓她的心情好過一些。尼可查出了是誰背叛他時，仍然留在現代，卻在承認愛她之後，從她懷裡消逝無蹤。

她用雙臂緊緊環抱住自己。他的消失就如同死亡一般無可逆轉，更糟的是，她還無法從其他人對他的愛與回憶中得到安慰。

床邊小几上的電話響起，但她直到第五聲鈴響才遲鈍地接起。「喂？」

「格蕾，妳恢復正常，不再歇斯底里了嗎？」洛柏的嗓音聽起來憤怒而嚴厲。

她太過痲木、空虛，沒有與人爭吵的力氣。「你想要什麼？」

「當然是那條手鍊，如果妳能暫時放開妳的情人，去把它找出來。」

「什麼？」格蕾起先還沒有反應過來。「你見過他？你見到了尼可？你當然見到他了，是他把你推出門外。」

「妳在說什麼瘋話？從來沒人敢把我推出門外。格蕾，我要那條手鍊。」

「好，沒問題，」她急促地說道，「但是你說『情人』是什麼意思？」

「我沒有時間重複每句——」

「洛柏，你最好告訴我，否則我就把手鍊扔進馬桶裡沖走。我想你還沒來得及替它保險吧？」

電話那頭半晌沒有聲音。「我甩了妳是正確的。妳是個瘋子，難怪妳的家人不肯讓妳在三十五歲前繼承那筆財產。我再也忍受不了妳。」

「我快走到廁所了。」

「好吧！要記住妳那晚說的話可不容易，妳當時很歇斯底里，妳好像提到什麼……要幫某個傢伙改寫歷史。我只記得這些。」

「改寫歷史。」格蕾喃喃自語道。是的，那正是尼可想在這個時代完成的事：改變歷史。

「格蕾！格蕾！」洛柏大吼，但格蕾已經掛斷了電話。

當尼可來到她身邊時，正面臨將被處決的命運，但他們找到的線索足以解救他。她從衣櫥裡抓出她的大提袋，塞了幾件衣服和盥洗用具進去。經過鏡子時，她瞧著自己的倒影，把手放到喉間。斬首之刑。現代人們常讀到某人走上平台，讓另一人用斧頭砍下他的腦袋，卻從不曾去考慮它眞正代表的意義。

「我們拯救了你免於斬首的命運。」她低聲道。

整理好行李後，她坐下來等待天亮。明天她要去造訪尼可的各處產業，聽聽他們是如何改變了歷史。也許聽到尼可得享天年，以及他的許多偉大成就，能讓她感到好過一點。她向後靠著椅背，盯著床鋪，整晚都不敢闔眼，害怕可能會來臨的夢境。

格蕾搭上從艾胥伯登出發的頭一班列車，還未到開門時間就已經抵達貝爾伍德堡。她買了第一梯次的參觀門票，然後坐在外頭的草地上等待。

尼可是那麼痛恨被人當成笑柄，想到她馬上就能聽見他是如何改變歷史，重建了他最重視的名聲，就讓格蕾感到欣慰，心情也平復不少。

導覽員是上次她和尼可來參觀時的同一位女士，那段他不斷開關房門而觸動警鈴的回憶，讓格蕾露出微笑。

她對前半部的導覽解說並不感興趣，只是瀏覽著牆面和傢俱，猜想哪些部分出自於尼可的設計。

「現在我們來到了堡裡最受歡迎的房間。」導覽員說道，音調中帶著和之前相同的嘲弄。她的話引來格蕾全副的注意力，但她的語氣令格蕾感到困惑。導覽員的態度爲何不帶任何尊敬之意？

「這是尼可拉斯．史岱佛爵爺的私室，說得文雅一點，他是世人眼中所謂的浪子。」

衆人紛紛上前，熱切地想要聆聽這位聲名狼藉伯爵的軼事，但格蕾留在原地沒動。事情應該要有變化才對，當尼可回到過去時，他打定了主意要改變歷史。格蕾有一次曾說過，歷史是無法改變的，難道她眞的一語成讖？

她嘴裡一面說著「對不起，借過」，一面堅決地推開人群，擠到最前方。導覽員的介紹詞和上次一模一樣，她提及女人是多麼無法抗拒尼可的魅力，接著再次講述艾蓓拉和那張桌子的可鄙故事。

格蕾只想用手掩住耳朵。先是艾胥伯登的人不記得尼可的存在，現在她又發現歷史並未改變，她幾乎要開始懷疑這一切是否眞的發生過。她眞如洛柏所說的發瘋了嗎？當她狂亂地在艾胥伯登四處詢問人們是否見過尼可時，他們看她的眼光就像是在看一個瘋子。

「可憐、迷人的尼可最後因叛國罪，在一五六四年九月九日遭到處死。」導覽員說道，「現在請繼續往前走，我們接下來要參觀南廂的小客廳。」

格蕾倏地抬頭。處死？不，尼可是在寫信給他母親時，被人發現暴斃於房中。

她擠到隊伍前面，導覽員以睥睨的眼神看著她。「又是妳，愛亂開門的那位小姐。」

「開門的不是我，是尼……」她頓住。如果這個女人只記得是她開門觸動警鈴，而非尼可，那麼她再怎麼解釋也是徒勞無功。「妳說尼可拉斯．史岱佛伯爵是被處死的，但我聽說在預定行刑的三天前，他被人發現在寫信給他母親時暴斃。」

「並非如此，」導覽員用力強調，「他被判死刑，並且在行刑日遭到處決。抱歉，我得繼續進行導覽了。」

格蕾在原地站了半晌，盯著掛在壁爐上方尼可的畫像。處決？斬首？事情顯然出了錯，而且錯得非常離譜。

她轉身打算離開，然後在一扇標明「請勿進入」的門前停下腳步。在這扇門後，穿過幾條走廊，就是壁櫃裡藏有象牙盒子的那個房間。她能找到那間房和櫃子的暗門嗎？

她伸出手握住門把。

「如果我是妳，就不會那麼做。」某人在她身後說道。

格蕾轉身看見其中一位導覽員，她的臉色不怎麼友善。

「幾天前有些遊客偷溜進去，之後我們就在門上裝了鎖和警鈴。」

「噢，」格蕾喃喃道，「我以爲這是洗手間。」

她再度從入口處離開大屋，引來工作人員對她皺眉。她來到紀念品店，想買下任何與尼可拉斯．史岱佛有關的東西。

「導覽手冊裡有少許篇幅提到他，除此之外就沒有了。他活得不長，沒機會有什麼了不起的成就。」結帳員告訴她。

格蕾詢問他們是否收到了以尼可的畫像製作的明信片，但答案是否定的。格蕾買下了那本手冊，走到外面的花園，找到她和尼可在那天堂般的一日坐下來喝茶之處——他就是在那天給了她那枚胸針——然後開始閱讀。

製作精美的手冊裡對尼可的描述只有寥寥數語，而且提到的全是他的風流韻事，以及他如何召募軍隊對抗女王，並因此遭到斬首。就算知道了陷害他那個人的名字，似乎仍於事無補，尼可還是無法說服女王相信他的清白，同時他也沒有辦法毀去那本讓自己永遠留下污名的日記。後世已沒有人懷疑尼可的罪行，儘管篇幅極短，但手冊裡把尼可描繪成一個爲權力慾望瘋狂的好色之徒。當導覽團裡的觀光客們聽見尼可被處決時，只發出咯咯的笑聲。

格蕾閉上眼，想像著她俊美、驕傲的尼可走上行刑台的樣子。台上是否會像電影裡那樣，有個全身穿著黑色皮衣的彪形大漢，手裡握著一把令人不寒而慄的斧頭？

不，她無法再想下去。她不要去想尼可美麗的頭顱滾落在木頭地板上的景象。

格蕾起身，撿起她厚重的提袋，走向兩哩外的火車站。她要去索維克堡，那兒的圖書館裡有最多關於史岱佛家族的史料，或許她能從其中找出某些答案。

索維克堡的圖書館員很歡迎她再度來訪，但對於格蕾的詢問，只是回答她從未見過格蕾身邊陪著一名男子。格蕾喪氣地取來相關書籍，坐下來開始閱讀。每本書裡都記載了尼可遭到處決，卻不再提及他於行刑前暴斃，或懷疑他是遭人下毒一事。所有書中都像之前一樣，以十分輕蔑的口吻形容尼可。聲名狼藉的伯爵。無行浪子。一個擁有一切，卻毫不知珍惜的男人。

圖書館員過來通知她休館時間已到，格蕾闔上書本，站起身時突然一陣暈眩，連忙扶住桌面好穩住身子。

「妳還好嗎？」

我深愛的男人剛被砍了頭。不，我一點都不好。「我很好。」格蕾喃喃道，「我只是累了，而且有點餓。」她擠出一抹虛弱的微笑，離開了圖書館。

她在街頭站了片刻，知道自己應該去找間旅館過夜，並且吃點東西，但此時這些事似乎一點也不重要。她腦袋裡一遍遍揣想著尼可走上平台，面對劊子手的那一幕。他的雙手會被縛在身後嗎？他身旁是否會有神父相陪？不，一五六四年是在亨利八世廢除天主教之後。那麼有誰會陪伴在他身旁？

她坐到路旁的長椅上，把臉埋進掌中。他來到她身邊，愛過她，然後又離開了她。這一切是為了什麼？最後他仍然得回到高台上，面對那把該死的斧頭。

「格蕾？是妳嗎？」

她抬起頭，看見站在前方的漢彌頓．諾曼。

「我就覺得是妳，沒有別的女人擁有像妳這樣的髮色。我以爲妳離開索維克堡了。」

格蕾起身時，不穩地搖晃了一下。

「妳沒事吧？妳看起來糟糕透了。」

「我只是累了。」

他看了看她眼下的黑圈及灰敗的臉色。「我猜妳八成也餓了。」他堅決地握住她的手臂，拿過她的提袋揹在肩上。「街角就有間酒館，我們去吃點東西。」

格蕾被動地跟著他走，彷彿對任何事都不再在意。

進入酒館坐下後，漢彌頓爲兩人點了啤酒和餐點。才輕啜了一口，酒意就直衝格蕾的腦門，她這才想到自己從昨天起就沒再進食。她最後一次吃東西是在昨日早晨，她與尼可共享早餐——然後在地板上做愛。

「妳上週離開索維克堡之後，都做了些什麼？」漢彌頓問道。

「尼可跟我去了艾胥伯登。」

「他是妳的朋友？」

「是的。」格蕾低語道，「你呢？」

他臉上那種彷彿探知某種大秘密的表情，就像愛麗絲夢遊仙境裡那隻露齒嘻笑的貓。「妳離開之後的隔天，海伍德爵士請人來修補瑪格莉特．史代佛夫人房裡那面牆，結果妳猜我們發現什麼？」

「老鼠？」格蕾道。她已經什麼都不在乎了。

漢彌頓一臉神秘地傾近她。「一個小鐵盒，裡面放著瑪格莉特夫人所寫下，記錄尼可拉斯伯爵為何遭到處決的眞相。我告訴妳，格蕾，盒子裡面的東西將會幫助我揚名立萬，這就如同解決了一樁懸宕了四百年之久的謀殺案。」

格蕾花了點時間才聽懂漢彌頓話中的含意。「說給我聽。」

漢彌頓靠回椅背。「不行，我不會再上當了。妳哄騙我說出了羅柏．席尼的名字，但這次我什麼都不會透露。如果妳想知道整個故事的眞相，就得等書出版之後自己看。」

格蕾開口想說話，但女侍正好端著餐點過來。格蕾不耐地等著女侍離去，然後傾過桌面，眼裡帶著漢彌頓從未在任何人眼中看過的強烈決心。「也許你並不清楚，但蒙哥馬利是世上最富有的家族之一。在我三十五歲生日那天，我將繼承數百萬美元；如果你肯告訴我瑪格莉特夫人寫下了什麼，我願意現在就簽字轉讓一百萬美元給你。」

漢彌頓驚訝地說不出話來。他並不知道她的家境竟如此富有，但是他相信她的話。任誰看到她臉上的神情，都不會懷疑她在說謊。他曉得她非常想要自己手中掌握的訊息——瞧她是如何纏著他想問出羅柏．席尼的名字——而他並不想知道原因。如果她願意用一百萬元來交換這則故事，而她的家人又的確如她所言那麼有錢有勢，這就等於是得到精靈答應你許下一個願望的機會。

「我要在一間長春藤盟校的歷史系得到一席教職。」他靜靜地說。

「成交。」格蕾應道，聽起來像個拍賣會的主持人。如有必要，她會捐贈給學校一棟建築好達到目的。

「好。」漢彌頓道，「妳邊吃邊聽吧。這是個很棒的故事，我也許可以賣出電影版權。一切得從可憐的尼克被處死的數年前開始說起，他——」

「尼可。」格蕾道，「他不喜歡人家叫他尼克。」

「好吧，尼可。有件事我從未在任何書上讀到過——我猜是因爲歷史學家認爲它並不重要——史岱佛家族雖然血緣較遠，但其實是有資格繼承王位的。他們的先人是亨利六世的直系後裔，而伊莉莎白女王在某些人眼中是個私生子，加上又是女人，所以被認爲不適合擔任君主。妳知道起初的許多年，她的王權一直不穩吧？」

格蕾點點頭。

「就算歷史學家忘記了史岱佛家族與王室的關係，但有個人可沒忘。一個名叫蕾蒂・寇賓斯的女人。」

「尼可的妻子？」

「妳的確精通歷史。」漢彌頓說道，「是的，美麗的蕾蒂。她的家族似乎也有繼承英國王位的資格，只是血緣更遠。瑪格莉特夫人相信蕾蒂是個野心勃勃的女人，她計畫嫁給一名史岱佛家的男人，生下子嗣，然後把那個孩子推上王位。」

格蕾思考了一下。「但爲何選擇尼可，而不是他大哥？她想嫁的應該是位伯爵才對。」

漢彌頓微笑。「妳腦筋動得眞快。哪天妳得告訴我，妳怎會對史岱佛家族如此知之甚詳。那位伯爵長子……呃……」

「克利斯多夫。」

「對，當時克利斯多夫已與一名非常富有，但年僅十二歲的法國女繼承人訂下婚約。我猜他寧願擁有女繼承人的財富而非蕾蒂，無論她有多漂亮。」

「但是克利斯死了，而尼可繼任為伯爵。」格蕾輕聲道。

「瑪格莉特夫人暗示她長子的死或許並非意外。他是溺水而亡，但瑪格莉特夫人說他是個游泳好手；只不過她並沒有證據，只能臆測。」

「所以蕾蒂嫁給了那位將會成為伯爵的男人。」

「是的。可惜事情並未如蕾蒂計畫的那般完美，尼可無意出仕宮廷，更毫無奪取王位的野心。他感興趣的只有女人。」

「還有學習。」格蕾不悅道，「他委任僧侶抄寫書籍，還設計出索維克堡。他——」她頓住。

漢彌頓睜大了眼睛。「的確如此。瑪格莉特夫人將這些事全都記錄下來，但妳怎麼會知道？」

「這不重要。在尼可娶了……她之後，發生了什麼事？」

「妳聽起來就像是在嫉妒。在他們成婚後，蕾蒂很快就發現尼可並不會對她言聽計從，因此她開始找尋方法想除掉他。」

「就像她除掉克利斯一樣。」

「這一點從未經過證實。它或許只是個幸運的意外——至少對蕾蒂來說很幸運。瑪格莉特夫人承認這些多半純屬臆測，但在迎娶蕾蒂之後，尼可曾經發生數次險些致命的意外。有一副馬鐙斷裂——」

「他在跌下馬時弄傷了小腿。」格蕾低聲道。

「我不知道他傷在哪裡，瑪格莉特夫人沒有明說。格蕾，妳確定妳還好嗎？」

她只是無言地瞪著他。

「總之，尼可的命要比克利斯硬多了，所以蕾蒂決定向外尋求協助。」

「而她找上了羅柏・席尼。」

漢彌頓笑。「我敢說妳看推理小說時，一定很快就猜到結局了。是的，蕾蒂找上了羅柏・席尼。他是艾蓓拉・海伍德的丈夫，因爲尼可和自己老婆滾桌子的醜事而成爲全英國的笑柄，使得他極端憤怒；更糟的是，九個月後，艾蓓拉生下了一名黑髮男嬰。」

「那個孩子和艾蓓拉都死了。」

「對，瑪格莉特夫人認爲羅柏・席尼與此事脫不了干係。」

格蕾吸了口氣。「所以是蕾蒂與羅柏・席尼合謀陷害尼可，讓他因叛國罪被處死。」

「是的。她一直在等待除去尼可的良機，因此當他招募軍隊要保護威爾斯的領地時，她立刻通知了羅柏，讓他快馬趕去密報女王。我並不意外伊莉莎白會相信羅柏，就在數月之前，瑪麗女王才公開宣稱自己是英格蘭與蘇格蘭兩地的君王，而索維克伯爵不久後便即招兵買馬。伊莉莎白很快下令逮捕尼可，召開一場荒謬可笑的審判，以所謂的『秘密證據』將他定罪，砍下了史岱佛的腦袋。」

格蕾瑟縮了一下。「而蕾蒂和羅柏・席尼則逍遙法外。」

漢彌頓笑了。「那倒不見得。事實上，在尼可被處決後所發生的事，可說是絕大的諷刺。蕾蒂如此細心地計畫了一切，卻忘記考慮到羅柏．席尼的野心。瑪格莉特夫人認爲蕾蒂打算嫁給伊莉莎白的某位公爵堂兄，然後從頭來過，但羅柏另有所圖。他威脅蕾蒂嫁給他，否則就要對女王說出一切。他想讓自己的孩子登上王位。」

「勒索。」

「沒錯，就是勒索。我說過這故事有如電影情節，或是暢銷小說。後來蕾蒂被迫嫁給了羅柏，」漢彌頓吃吃笑道，「但整件事眞正諷刺之處，在於蕾蒂根本無法生育。她一生從未受孕，所以她把第一任夫婿送上斷頭台，爲的只是一個她從來不可能擁有的孩子。眞令人難以置信，對吧？」

「是啊，難以置信。」格蕾喉頭緊縮。「瑪格莉特夫人後來遭遇如何？」

「蕾蒂和羅柏都不曉得她已知悉他們的惡行，否則絕對會殺了她。但那個老女人聰明地保持沉默，或許是因爲她並沒有眞憑實據。女王沒收了她所有產業，所以羅柏給了她兩個選擇：淪落到貧民窟，或是嫁給他的前任岳父，海伍德爵士。當然，羅柏這麼做是有原因的；因爲艾蓓拉所生的三個孩子還活著，與瑪格莉特夫人成爲姻親，也使得他跟王室成爲親族。以今日的標準看來，那實在算不上什麼關係，但在那個時代，已經足夠讓伊莉莎白女王將史岱佛家的兩處產業分封給羅柏．席尼。」

漢彌頓啜飲了一口啤酒。「瑪格莉特夫人嫁給海伍德之後，就把所有事情都寫下來，放進一只鐵盒裡，找了一名年老的忠僕打掉一部分牆面，將盒子藏進去。後來她又把自己的信件放進木箱，照樣藏進牆裡，然後把牆重新砌好。」

他頓了一下。「幸好她這麼做了。根據她一名閨中密友留傳下來的信件所述，兩週後瑪格莉特夫人即被人發現倒臥在樓梯下，跌斷了脖子。我猜在席尼夫婦得到那兩處房產後，她的利用價值也就此告終。」

格蕾向後靠著椅背，沉默了片刻。「他們後來下場如何？我是說……蕾蒂和羅柏．席尼。」她極度不願啓口說出這兩人的名字。

「我想是在地獄裡受火焚之刑吧。老實說，我也不知道。因爲他們沒有子嗣，所以財產全落到他姪子手裡，那小子是個敗家子，沒多久就敗光了席尼家所有產業。要查出蕾蒂和她丈夫之後發生了什麼事，得另外做一番深入研究，歷史學家對他們並沒有多大興趣。」他微笑道，「至少到目前爲止是如此，等我的著作完成後，歷史將會有所改變。」

「改變歷史。」格蕾低聲道。那正是尼可想做到的事，但他們的努力只使得他遭到處決。她突然站起身。「我得走了。」

「妳住在哪兒？我送妳回去。」

「我沒有預訂旅館。不過我打算住進索維克堡。」

「有誰不想？妳得提前一年預訂才行。等等，別這麼一臉哀傷的樣子，我打電話去問問好了。」數分鐘後，他笑著回來。「妳運氣眞好，有人取消訂房，所以妳現在就可以入住。我陪妳走過去吧。」

「不用了，我想一個人靜一靜。謝謝你的晚餐，也謝謝你告訴我這麼多內幕，我保證會讓你得到長春藤盟校裡的教職。」她和他握手道別，然後轉身離開酒館。

20

在索維克堡沒人記得尼可。格蕾查閱了飯店的住客登記簿，原本尼可簽名的地方，如今是陌生的筆跡寫著「杜格蕾思．蒙哥馬利小姐」。她無精打采地把手提袋放回房間，然後走到外面眺望城堡未完成的那一部分。

她看著沒有屋頂，上面爬滿藤蔓的牆壁，想起尼可說過的每一個字，他對這座城堡的遠大計畫。一個學習的中心，他曾說道。然而他的計畫全都無法實現，因爲他遭到了處決。

昨天當他離開她之後，是否再度回到了那間牢房裡？回到他寫信給母親，想找出是誰背叛他的那一刻？行刑前那三天裡，他都在做些什麼？當他說出羅柏．席尼的謊言時，是否沒有人願意相信他？

她疲憊地向後靠著牆壁。他把羅柏．席尼的事情告訴了誰？蕾蒂嗎？他心愛的妻子是否曾去牢裡探望過他？他有沒有告訴蕾蒂他所得知的一切，並請求她的幫助？

諷刺。漢彌頓曾說這整件事十分地諷刺。但眞正諷刺的是，尼可之所以會死，是因爲他的正直。他拒絕與妻子共謀叛國，卻也因此而送命。不是迅速、有尊嚴地死去，而是在大庭廣眾下，受盡人們譏諷嘲笑。他失去了生命、榮譽、名聲、產業，以及後人對他的尊敬，全因他拒絕參與一個酷愛權勢的女人想出的陰謀計畫。

「這樣不對！」格蕾大聲道，「事情不該是這樣。」

她慢慢走回飯店房間裡，渾渾噩噩地沖了澡，換上睡衣躺到床上。憤怒讓她久久無法成眠。諷刺、叛國、背叛、勒索，這幾個字眼不斷在她腦海裡翻騰。

直到黎明前，她終於陷入不安的睡鄉。但醒來之後，她的心情卻比入睡前更糟。尼可得到了一次改變命運的機會，並向她尋求幫助，但她卻讓他失望了。她只顧著嫉妒艾蓓拉，忘了他們去海伍德家的目的。當她應該搜尋線索的時候，卻分神去擔心尼可和艾蓓拉是否正在某處親熱。好了，現在再也沒人能碰觸尼可了——無論是在二十世紀或十六世紀都一樣。

她拖著疲累、自覺蒼老的身軀下樓吃早餐、退房，然後走到火車站搭上開往艾胥伯登的列車。在車程中，她決定停止懊悔自己的失敗，開始自問現在有什麼是她能做的。如果漢彌頓的書能夠出版，是否有助於洗刷尼可的名聲？也許她可以自願提供服務，擔任他的秘書，協助他搜尋資料，這樣多少能彌補她令尼可失望，無法幫助他的遺憾。

她把頭靠在車窗上。如果她能從頭來過就好了，這次她不會再心存嫉妒，也不會浪費他們在一起的寶貴時間。當她人在葛許霍克大宅時，爲何沒向漢彌頓問清楚牆後是否還藏了其他秘密？她爲什麼沒親自去找一找？爲何不用她的雙手把那面牆給拆下來？她爲什麼不——

艾胥伯登站到了，她下了火車，也領悟到自己什麼都沒法做。她能幫忙的時機已經過去，漢彌頓自己就能寫出那本書，而且她確信他會寫得很好。洛柏有他的女兒，所以他也不需要她。唯一需要她的人是尼可，她卻令他失望了。

除了回家之外，這裡已經沒有什麼她能做的事。

她走出車站，朝畢絲利太太的旅店走去，打算聯絡航空公司，看看能否搭上最近一班飛機回美國。當她回到熟悉的環境之後，也許就能開始原諒自己。

經過尼可石墓所在的教堂時，她的雙腳彷彿有自主意識般地走進大門。教堂裡面空無一人，陽光透過窗戶的彩繪玻璃，溫柔地照射在尼可的石墓上，蒼白的大理石看起來冰冷而死寂。

格蕾緩緩走向石墓。若她再次誠心祈禱，也許尼可就會回來。如果她乞求上帝，或許祂會讓尼可回到她身邊。只要能再見到他，即使只有五分鐘也好，她只需要這一點時間來告訴尼可關於他妻子的陰謀。

但當她撫摸著尼可石像冷硬的臉龐時，她知道那是不可能的。他們之間發生的一切，是一世紀僅有一次的奇蹟。上天給了她機會去拯救一個男人的生命，她卻失敗了。

「尼可。」她低喚道，從他消失以來頭一次開始哭泣，盈眶的熱淚模糊了她的視線。

「我又被洋蔥熏到了。」格蕾喃喃道，幾乎露出微笑。「很抱歉我讓你失望了，我親愛的尼可。我似乎沒有一件事能做得好，但至少之前從沒有人因爲我的無能而死。」

「噢，上帝，」她坐在石墓的邊緣低語。「我要如何背負著害死他的罪疚活下去？」

她拉開提袋，翻找出一小包面紙。在她擤著鼻子時，一張紙片飄落到地上。格蕾彎身拾起它。

是尼可寫給她的那張字條。

「尼可的字條。」格蕾倏然挺直身軀。那是尼可親手碰過，親筆寫下的字條。這是他曾經存在的證明。

「噢，尼可。」她哀傷地滑坐到地上，把字條緊貼在頰邊。「對不起，尼可。」她啜泣道，

「對不起，我讓你失望了。」

格蕾蜷縮著身體，前額靠在冰冷的大理石墓上。「神啊，」她低語道，「請幫助我原諒我自己。」

在哀傷中，格蕾並未注意到陽光照亮了彩繪玻璃上的圖案，透過跪地祈禱的天使頭上的光環，輕吻上她的髮絲，也照射在尼可石像的手上。

「求求祢。」格蕾輕聲哀求。

就在那一刻，她聽到一串只可能屬於尼可的笑聲。

「尼可？」她輕喚道，抬起頭來。但教堂裡空無一人。

她站直身子，提高音量。「尼可？」再度傳來的笑聲讓她迅速轉身，她伸出手，但前方什麼都沒有。

「好。」她閉著眼，抬高臉龐迎向陽光及窗上的天使。「來吧。」

突然間，像是被人狠揍了一拳似的，格蕾痛得彎下腰，跌倒在石地板上，感覺暈眩欲嘔。她必須到洗手間去，格蕾心想，她不能玷污了教堂。

但當她試圖移動時，身體卻不聽從腦子的指揮。「尼可。」她喚道，朝他的石墓伸出手。下一刻，一切陷入黑暗，她也昏倒在地上。

21

格蕾醒來時感到頭昏眼花，全身無力，也不知道自己身在何處。她睜開眼，看見了蔚藍的天空和不遠處一棵枝葉茂密的大樹。

「這是怎麼回事？」她喃喃自語道。她是不是在恍惚中離開了教堂？不過藍天和綠樹讓她的心情平靜了不少，數天來首次不再感覺慌亂。

她虛弱地再度閉上眼睛，想就地小憩一番。等睡醒後再來弄清楚她在什麼地方也不遲。朦朧中，格蕾聽見附近傳來女子嘻笑的聲音。正當她不以為意地即將睡去時，一陣男性回應的笑聲讓她倏地睜開眼。「尼可？」她仍然感到暈眩，緩緩坐起身，發現她身在英國鄉間一處美麗的田野。她轉頭四下張望，不確定自己何時離開了教堂。

她遠遠望見田地中有一名男子，但距離太遠，她無法看清他的樣貌。那人穿著一件棕色的短袍，正拉著牛在耕田。格蕾眨了眨眼，但眼前的景象並未改變。英國鄉下的確還很傳統。

從後方再度傳來女子咯咯的嬌笑聲。「尼可拉斯爵士。」女子以幻夢一般的嗓音喚道。

格蕾想也不想地跳起來，衝向身後的樹叢，用力撥開它們。

在地上翻來滾去的男子正是尼可。她的尼可。他的襯衫半褪，強健的雙臂環抱著一名身材豐潤的女孩，後者一大半酥胸都快掉出身上那件樣式怪異的洋裝。

「尼可，」格蕾大聲說道，「你怎麼可以？你怎麼可以這樣對我？」淚水再度湧入她的眼眶。「我爲你擔心得都快要瘋了，你卻在這裡和……和這個……噢，尼可，你怎麼可以這樣？」她從口袋裡掏出面紙擤鼻涕。

地上的兩個人停了下來，女孩驚慌地綁好胸前的繫帶，推開身上的尼可，起身從樹叢間穿了出去。

尼可的俊臉上帶著怒容，翻身撐起一邊手肘，抬頭望著格蕾。「妳這麼做是何用意？」他質問道。

格蕾的憤怒早已消失，有好一會兒只能呆站在那裡看著他。尼可在這裡。就在她身邊！她突然縱身撲向尼可，雙手緊圈住他的脖子，開始親吻他的臉。他環抱住她，兩個人一塊倒回地上。

「尼可，眞的是你。噢，親愛的，你離開以後我過得糟透了。沒有人記得你，也沒有人記得我們倆曾在一起。」她吻著尼可的頸間。「你又留回鬍子了，但是不要緊，我還挺喜歡你這副模樣。」

他也吻著她的脖子，一手移向她襯衫的前襟，兩三下就解開了釦子，熱唇跟著來到她的喉間。

「尼可，我有好多話要告訴你。你離開之後，我遇見了漢彌頓，他告訴我關於蕾蒂和羅柏．席尼的一切……還有……噢，這樣好舒服，感覺眞好。」

「不！」她突然清醒過來，把尼可推開一臂之遙。「我們不能這麼做。你還記得上一次發生了什麼事吧？我們必須談一談，我有好多事要說給你聽。你知不知道，最後你還是被處決了？」

尼可不再試圖把她拉回懷中。「我？被處決？小姐，請告訴我是何原因？」

「當然是因爲叛國罪，還有私自招募軍隊——尼可，你可別也失去記憶了，我已經受夠了人們什麼都不記得。聽我說，我不知道你還能停留多久就得回去。是蕾蒂計畫了這一切。我知道你愛她，但她嫁給你只是因爲你跟伊莉莎白女王——還是女王的父親？——有親族關係。然而你不肯聽她的話，讓她的孩子登上王位，所以她要除掉你。當然啦，她其實不會有孩子，只不過她並不知道。」

她頓了一下。「你爲什麼那樣看著我？你要去哪裡？」

「回家。我不想再繼續聽妳說那些荒謬言詞。」他站起身，把上衣塞進燈籠褲裡。

格蕾也站了起來。「荒謬言詞？尼可，等一等，你不能走。」

他轉身面對她。「若妳有意完成方才妳起頭之事——」他朝地上點點頭示意。「我就留下來，並且付妳豐厚賞金。但我不會忍受妳說話如此荒唐。」

格蕾眨了眨眼睛，試著想弄清楚他在說些什麼。「付我賞金？」她輕聲道，「尼可，你到底是怎麼了？你表現得好像從來沒見過我一樣。」

「是的，小姐，我沒見過妳。」他說道，然後轉身穿過樹叢離開。

格蕾驚訝地無法動彈。從來沒見過她？他到底在說什麼？她撥開樹叢，看見尼可身上穿著華麗，黑緞外套上似乎裝飾著……

「那些是鑽石嗎？」她抽氣道。

尼可瞇起眼注視她。「我對待盜賊向來絕不寬容。」

「我並不想打劫你，我只是從來沒見過有人在衣服上鑲鑽石。」她向後退開幾步，頭一次仔細打量他，發現他似乎變得有些不同；不只是衣服和鬍髭，還包括他臉上那種嚴肅的神情。他是尼可沒錯，但看起來較為年輕了許多。

還有，他的鬍髭怎麼可能這麼快就長回來？

「尼可？」她問道，「你這一次來到這裡時，在你家中是哪一年？」

他套上一件黑緞材質，裝點著貂皮的短披風，從樹叢後方牽出一匹看似與糖糖同樣狂野的駿馬，俐落地躍上馬鞍。「我今早離家時，仍是我主一五六〇年。現在妳這個女巫快滾出我的視線。」

格蕾得迅速向後退抵到樹叢上，才不至於被疾馳的馬匹給撞倒在地。「尼可，等一等！」她大聲叫喚，但他早已離去。

她不敢置信地瞪著他迅速消失的背影，頹然坐到一塊大石頭上，將臉埋進掌中。現在該怎麼辦？她得把二十世紀的種種再從頭對他解釋一遍？她最後一次見到尼可時，他是來自於一五六四年；但這一次他來的年份卻提前了四年，之後所有的悲劇如今仍尚未發生。

格蕾霍然抬頭。她明白了！一定是這樣沒錯。當尼可查出是羅柏．席尼陷害他時，人還被關在監獄裡，無法做任何事來拯救自己。但這次他早了四年前來，他們有足夠的時間預防那些造成他被處決的事情發生。

她的心情頓時感到輕鬆不少，拾起沉重的手提袋揹在肩上，起身朝尼可疾馳而去的方向前進。她得盡快找到他，以免他做出什麼蠢事——譬如又走到高速行駛的巴士前面。

這段路面眞是她此生僅見的破爛，不但雜草叢生，處處是坑洞和凹陷的車轍，還有許多大大小小的石塊。就算在最荒涼的美國鄉下地方，也不會有這麼糟糕的路面，她在英國也從未見過像這樣的景象。

聽見後方傳來車輪聲，她退避到路邊，只見一匹削瘦疲累的驢子拉著一輛兩輪板車緩緩前進。走在車旁的男子穿著一件看起來像是粗麻布做成的短袍，光裸的小腿上滿是醜陋的瘡疤。他們兩人目瞪口呆地看著對方，男子粗糙如皮革的臉上突然露出色瞇瞇的微笑，上下打量著格蕾，然後目光落在她穿著絲襪的雙腿上，咧開的嘴裡是一口令人作嘔的污黑爛牙。

格蕾立刻轉身快步前進。路面的狀況越來越糟，車轍凹陷得更深，而且到處是牲畜的排泄物。「難不成英國是用動物糞便來塡補路面？」她咕噥道。

她爬上坡頂往下望去，看見三間以茅草爲頂的簡陋房舍，屋外的空地上雞、鴨隨意漫遊，還有孩童穿梭其間嬉戲。一名婦女從屋裡走出來，將某種圓桶裡的內容物傾倒在門邊。

格蕾朝屋舍走去，打算向那名婦女問路，但越接近房子，她的腳步就越慢。動物和人類的體臭，夾雜著腐敗的食物及排泄物的異味撲鼻而來。格蕾用一手捂住鼻子，只敢用嘴巴呼吸。眞是的！她心裡想著，英國政府實在應該好好整頓一下這個地方，沒有人該生活在這樣惡劣的環境裡。

她來到第一間小屋前，一名年約三歲，穿著骯髒睡衣，看起來整整一年沒洗過澡的小男孩抬頭好奇地看著她。格蕾發誓，等她解決完尼可的事情之後，一定會向英國政府提出抱怨，這裡實在太不衛生了，嚴重危害健康。

「打擾一下。」她朝味道同樣刺鼻的陰暗屋內喚道。「哈囉？有人在嗎？」

無人回應，但格蕾有一種正被人窺視的感覺。她轉過身，發現面前站著三名女子和兩名孩童。女子的衣物同樣污穢不堪，沾滿了食物殘渣和天曉得什麼東西。

格蕾試著露出微笑。「抱歉打擾了，我想去艾胥伯登的教堂，但我似乎迷路了。」

對方並未開口回答，但其中一人朝格蕾前進一步，濃重的體臭味讓她實在很難維持住臉上的笑容。

「妳們知道去艾胥伯登的路該怎麼走嗎？」她重複道。

女子繞著格蕾轉圈，瞪著她的衣服、她的頭髮和她的臉。

「一群瘋婆子。」格蕾小聲咕噥道。會住在這麼髒亂的環境裡，想必她們的腦子也聰明不到哪裡去。她退開一步，遠離對方惱人的體臭，然後拉開提袋的拉鍊，那個聲音把女子嚇得向後跳開。格蕾拿出地圖，但卻派不上什麼用場，因爲她根本不知道自己此刻身在何處。

她放下地圖，發現另一名女子正往她的提袋裡探頭探腦，並在格蕾來不及反應前，伸手搶走她放在提袋裡的太陽眼鏡。女子跑回同伴身邊，三人開始研究起那副眼鏡。

「這實在太過分了。」格蕾大步走向她們，強迫自己別去在意鞋底踩到了些什麼東西。「請把它還給我。」

那些女人面無表情地看著她，其中一個脖子上有著瘢痕的女子把眼鏡藏到身後。

「妳快離開這裡。」另一名女子說道，嘴裡也是一口爛牙。

格蕾直到此時才逐漸領悟了一件事。她望了望四周的房舍，看見屋旁高高堆起柴薪，以及掛在門前的幾串洋蔥，加上破爛的道路，驢拉的板車，還有這群顯然沒聽過什麼是牙醫的居民。

「誰是妳們的女王？」

「伊莉莎白。」一名女子以怪異的口音答道。

「她母親是誰？」

「安．寶琳那個妖女。」

女人們越靠越近，但太過震驚的格蕾並沒有注意到。剛才尼可曾說今年是一五六〇年，而且他策馬離去時，似乎一點也不感到迷惘或不知所措，不像他頭一次來到二十世紀時的模樣。相反的，他表現得就像在自己家中一樣愜意。

「噢！」一名女子扯住她的頭髮，讓格蕾發出痛呼。

「妳是個女巫？」一名站得離格蕾很近的女子問道。

格蕾突然感到一陣恐懼。在二十世紀時，因一個男人稱呼她爲女巫而取笑他是一回事，但在十六世紀，人們可是會把女巫綁上火刑柱給活活燒死。

「我當然不是女巫。」格蕾說道，想向後退開，但被身後的女人給擋住。

她扯了扯格蕾的袖子。「女巫的衣服。」

「不，當然不是。我住在……呃，另一個村子，明年妳們也會開始穿上這種衣服。」她被女人給包圍在中間，進退不得。妳最好趕快動動腦筋，格蕾告訴自己，否則今晚可能就會變成烤肉被端上桌。她一面留意那些女人的舉動，一面伸手在大提袋裡掏摸，直到碰觸到一盒某家飯店附送的火柴。

格蕾抽出一根火柴棒點燃，眾女驚喘地向後避開。「進屋裡去。」她拿著點燃的火柴，伸直手臂。「去啊，快進去。」

所有人都跑進屋內的那一刻，格蕾手上的火光也完全熄滅。她扔下剩餘的半根火柴棒，轉身拔腿就跑，一路跑進樹林裡，直到喘不過氣來才終於停下，靠坐在一棵大樹的樹幹上休息。

顯然她在教堂裡昏過去之後，醒來時已經身在十六世紀，一個可能連肥皂都尚未發明出來的時代——就算有，看來也沒有人經常使用它。她在此地舉目無親——尼可並不記得她——而且極端有被人當成邪惡的女巫之虞。

「如果我連見都無法見到尼可，又該怎麼告訴他我所查出的消息？」她低語道。

天空落下冰冷的雨滴，格蕾從提袋裡拿出雨傘撐開。直到這一刻，她才開始仔細審視袋子裡的東西。這個提袋已經跟了她許多年，她到哪裡都帶著它，並在裡面陸陸續續塞進各種她認爲在旅行中可能會需要的物品：盥洗用具、化妝品、常用藥物、針線包、小型文具組、雜誌、一件睡衣、幾包飛機上的乾果零食、數枝簽字筆……天知道袋底還藏了些什麼東西。她把提袋緊緊抱在懷裡，彷彿它是她在此地唯一的朋友。

她得找到尼可，說出他必須知道的那些事，然後她要盡快回到她的時代。她很清楚自己絕對不想留在這個落後、無知的年代；才在這裡待上這麼短的時間，她已經開始懷念熱水澡和電毯了。

雨越下越大，她身下的地面開始變濕，格蕾考慮要拿本雜誌墊在臀部底下。但誰知道呢？也許哪天她必須賣掉它以便維持生計。

她把頭埋在膝上。「噢，尼可，你在哪裡？」

格蕾想起自己與尼可初次見面的那一天，她曾經躲在田裡的工寮中哭泣，當時他因為聽見她的「召喚」而前來尋她。如果真是如此，這個方法現在應該也會管用。

她低下頭，集中心念，要尼可來到她身邊。她想像著他策馬前來的英姿，回憶起他們曾一起共度的時光。他對美食的熱愛，對音樂的喜好，看見書本時的欣喜，以及對現代衣物的批評。

「快來啊，尼可，」她輕聲道，「來到我身邊。」

尼可騎著那匹高大的黑馬現身時，暮色已即將降臨，雨勢也變得又大又急。

格蕾抬頭對她露齒一笑。「我就知道你會來。」

他沒有回應她的笑容，而是朝她怒目以對。「瑪格莉特夫人要見妳。」

「你的母親？你母親想見我？」雨勢太大，所以她不確定自己有沒有看錯，不過她覺得尼可似乎對她的話有些驚訝。「好吧。」格蕾說道，起身把雨傘遞給他，然後伸出手要他協助自己上馬。

令格蕾不敢置信的是，他接過雨傘，頗感興趣地審視了片刻，然後用它遮住自己，就這麼騎著馬離開，把格蕾一個人留在傾盆大雨中。「你竟然敢——」她氣得幾乎說不出話來。難道她得一路就這樣走去不成？

她又回到樹下，雖然無法完全避開強勁的雨勢，但至少聊勝於無。一會兒之後，尼可撐著傘騎馬回轉。

「妳要跟我走。」他說。

「難道你打算自己騎馬，卻要我步行走在污泥和糞堆裡？」她朝他大吼道，「你還拿走了我的傘。」

他似乎有些困惑。「妳說的話十分怪異。」

「不會比你腦袋裡那些過時的觀念更怪。尼可，我又冷又餓，而且渾身濕透。幫我上馬，我們去見你母親。」

她傲慢無禮的態度讓他露出微笑，伸手拉她上馬——不是跟尼可一樣坐在馬鞍上，而是騎在又硬、又起伏不定的馬臀上。格蕾用手環住他的腰間，但尼可將它們撥開，要她抓住馬鞍後側的翹起之處，然後把雨傘遞給她。

「替我遮雨。」他說道，接著踢了踢馬腹，催促牠前進。

格蕾原想酸他幾句，但讓自己不跌下馬已經花去她所有心力。她得用兩手才能抓穩馬鞍，雨傘只能無用武之地地掛在她手臂上晃蕩。一路上她看到更多茅舍，還有更多人似乎渾不在意地冒著大雨在田中幹活。「也許淋點雨可以讓他們變得乾淨一點。」她喃喃自語道。

尼可載著她來到一幢有三層樓高的建築前方，一名穿著與尼可類似的男子——不是粗麻布衣，但也沒有鑽石裝飾——匆忙跑過來接過韁繩。尼可翻身下馬，不耐地用手套輕擊著掌心，等著格蕾一面困難地自己爬下馬背，一面還得顧著她的手提袋和雨傘。

一名僕人打開大門，尼可自顧自地走了進去，格蕾連忙跟上，經過一段石磚鋪成的小徑，走上幾級階梯，穿越一處磚造的露台，然後進入主屋。

一名表情嚴肅的僕人候在門邊，等著接下尼可的披風和濕透的帽子。格蕾收起雨傘，但尼可從她手裡把它拿過去詳細審視，顯然想搞清楚它該如何操作。不過在經過他那樣無禮的對待後，她一點也不想告訴他。她一把搶過雨傘，交給旁邊睜大眼睛的僕人。「這是我的。」她告訴對方。「記清楚了，不要讓任何人拿走它。」

尼可看著她，嗤了一聲；格蕾拽緊提袋，對他怒目而視。她已開始認爲眼前之人並非她所深愛的那名男子，她的尼可絕不會讓女人騎在馬屁股上。

他轉身走上樓梯，渾身滴水，冷得半死的格蕾跟在他身後。她並沒有太多心思欣賞屋內的裝潢陳設，但偶爾瞄到的幾眼，與她之前參加導覽時看見的伊莉莎白時代的屋子不太相同。至少橡木壁板並未歷經四百多年歲月的洗禮而顯得暗沉老舊，而且凝目所及，到處都充滿了各種色澤。壁板上方有著顏色鮮麗的壁畫，牆上掛著明亮美麗的織錦布幔，桌上擺滿閃亮的金、銀製器皿，還有不少看起來似乎才剛完成不久的精雕傢俱，而在她腳下鋪著沙沙作響的燈芯草。

格蕾還來不及問任何問題，尼可已經打開一扇房門走了進去。

「我把那名女巫帶來了。」她聽見尼可說道。

「你給我等一等。」格蕾急忙跟進去，但房中的美麗與豪奢讓她震撼地停下腳步。那是間非常寬廣的臥室，有著高聳的天花板，牆壁上同樣鑲著色澤溫潤的橡木壁板，上面畫著彩色的禽鳥、蝴蝶和動物，傢俱和巨大的床鋪上都垂掛著刺繡精美的絲料，每一樣器皿都是由金、銀打造而成，上面還鑲嵌著各色珠寶，讓整個房間閃閃發光。

「我的天啊！」她敬畏地輕聲道。

「帶她過來。」一個聽來嚴峻的嗓音說道。

格蕾望向雕著美麗花紋的四柱大床，在層層繡著金線的紅色絲幔中間，躺著一名面容嚴肅的女子。她穿著白色的睡衣，領子和袖口褶邊上面繡著黑色花紋，雙眼和尼可有些神似。

「過來。」她以命令的口氣說道，格蕾上前了幾步。

女子的聲音雖然充滿威嚴，但似乎有些疲累與鼻塞，聽起來像是感冒了。

直到走近床邊，格蕾才發現那名女子伸長了左手，放在一只枕頭上，身旁一名身穿黑絲絨寬袍的男子正彎著腰在……

「那些是水蛭嗎？」格蕾驚喘道。那些黏滑的黑色小蟲吸附在女子的手臂上。

她並沒有留意瑪格莉特夫人與她兒子交換的眼神。

「有人告訴我妳是名女巫，可以由指尖生出火焰。」

格蕾的視線無法離開那些水蛭。「妳這樣不會痛嗎？」

「很痛。」女子不以爲意地答道，「我要看看妳的神奇火焰。」

看到水蛭放在某人手臂上的厭惡感，遠超過她被人稱爲女巫的恐懼。格蕾走到床邊，推開一個上面鑲著翡翠的銀盒子，把提袋放在桌上。「妳不應該允許那個人對妳這麼做，聽起來妳似乎只是感冒了。頭痛？打噴嚏？疲累？」

女子睜大眼睛望著她，然後點點頭。

「我想也是。」格蕾打開提袋翻找著。「妳可以要那個人把那些噁心的蟲子拿走了，我會治好妳的感冒。啊哈，找到了。感冒藥錠。」她舉起手裡的小紙盒。

「母親，」尼可欲上前阻止。「妳不可以——」

「別說了，尼可。」瑪格莉特夫人說道，然後命令那名大夫：「把這些從我手臂上拿走。」男人一一抓起瑪格莉特夫人手臂上的水蛭，把牠們扔進一只皮製的盒子，退開了床邊。

「妳需要一杯水。」

「拿酒來！」瑪格莉特夫人吩咐道，尼可送上一只外側鑲了珠寶的銀質酒杯。

格蕾察覺出房內異常地安靜，這才領悟到瑪格莉特夫人有多麼勇敢——或是愚蠢——竟然接受一個陌生人所給予的藥物。格蕾遞了一顆藥給她。「吞下去，大約二十分鐘以後就會看到成效。」

「母親。」尼可再度開口，但瑪格莉特夫人揮手要他退下，然後吞下了那顆藥錠。

「她若有任何不測，妳將付出代價。」尼可在她耳邊低聲說道。格蕾緊張地吞嚥了一下，萬一伊莉莎白時代的人，體質尚無法接受現代的感冒藥呢？如果瑪格莉特夫人會對藥物過敏呢？

格蕾站在那裡，渾身仍然滴著水，而且開始感到陣陣寒意。她的濕髮亂七八糟地黏在臉上，但沒人想到要給她一條毛巾。所有人似乎都屏住呼吸，視線全集中在瑪格莉特夫人身上。格蕾緊張地換了個姿勢，並留意到床邊的布幔後面還站著一名女子。她只看得出那人上身穿著馬甲，下面是一條長裙。

當格蕾咳嗽的時候，站在床腳的尼可瞪了她一眼。

這是格蕾一生中最漫長的二十分鐘，她只能站在那裡，寒冷又緊張地等待藥物發揮效力。藥效作用得很快，瑪格莉特夫人的鼻子開始暢通，不再有感冒時惱人的鼻塞感覺。

她在床上坐直身子，睜大了雙眼。「我痊癒了。」

「不盡然，」格蕾答道，「藥物只是改善了妳的症狀，妳得待在床上多休息，喝大量的柳橙汁……或是其他飲料。」

站在布幔陰影中那名女子快步上前，替瑪格莉特夫人蓋好被子。

「我說過，我已經好了。」瑪格莉特夫人道，「你！出去！」她斥退大夫。「尼可，帶她下去，給她食物、毛巾和衣衫，明天一早帶她來見我。」

「我？」尼可傲然問道，「我？」

「是你找到她，就該由你負責。下去吧。」

尼可看了格蕾一眼，撇了撇唇。「跟我來。」他的嗓音裡透著憤慨與厭惡。

她跟著尼可來到走廊上。「尼可，我們需要談一談。」

他轉身面對她，臉上仍是一副厭惡的神情。「不，小姐，我們無事可談。」他挑挑眉道，「還有，我是女王麾下的尼可拉斯爵士。」話聲一落，他轉頭便走。

「尼可拉斯爵士？」她問道，「不是尼可拉斯伯爵？」

「我只是一名騎士，我兄長才是伯爵。」

格蕾停下腳步。「兄長？你是說克利斯？克利斯還活著？」

尼可轉過身來看著她，臉孔幾乎因憤怒而扭曲。「我不知道妳是誰，或從何得知我家人之事，但我警告妳，女巫，妳若傷害任何人——若我母親任何一根髮絲變了顏色，我會要妳付出生命作爲代價。妳更別妄想在我兄長身上施行妳的巫術。」

他再度轉身大步前進，格蕾只是靜靜地跟在他身後。好極了，眞是好極了。她穿越了四百年來此想要保住尼可的腦袋，他卻威脅要宰了她。她該怎麼做，他才肯聽她說話？

他們一直爬到頂樓，尼可推開一扇門。「妳睡這裡。」

她跨進房內。這裡沒有華麗的裝飾，而是只有一扇窄小窗戶的小儲藏室，角落擺了張凹凸不平的床墊，上面是條骯髒的毛毯。「我不能待在這種地方。」格蕾驚慌地說道。但是當她轉過身時，尼可已經離開房間，關上門並落了鎖。

她尖叫著猛力拍打厚重的門板。「你這個渾蛋！」她貼著門滑坐到地上，在黑暗中獨自低語。「你這個該死的渾蛋！」

22

整晚沒有人來看過格蕾一眼，直到天亮後也是一樣。她沒有食物、飲水，連根燭火也沒有。房間角落有個老舊的木桶，她假設那是讓她解決生理需要的方式。她試過躺到床墊上，但不到幾分鐘就覺得有東西爬過她身上。她一面抓癢，一面蜷縮著身子，靠在冰冷的石壁上。

從窄小骯髒的窗戶，格蕾可以看出天色已亮。一整個晚上她都不停抓著搔癢的皮膚，直到有好幾處地方破皮流血。她焦急地等待有人來放她出去，瑪格莉特夫人曾說過一早就要見她。但她等了又等，直到中午時分還是沒有任何人前來。

爲了不讓自己陷於絕望，她開始默默複習漢彌頓告訴她的那些事情。她必須找出方法警告尼可，以便防止蕾蒂和羅柏．席尼聯手陷害他。

然而此刻被關在這個狹窄陰暗、跳蚤肆虐的小房間裡，再加上尼可不但不肯聽她說話，似乎還很厭惡她，所以她又能怎麼辦？她不斷回想昨天遇見他時，她是否說了或做了什麼冒犯到他的事。是因爲她提到了他深愛的蕾蒂嗎？

房裡冷得讓她不住發抖，頭皮也癢得令人受不了。在二十世紀時，不管遇到什麼樣的困境，她總是有蒙哥馬利家的名聲與財富作爲後盾。儘管還要等上數年她才能繼承到大筆財產，但她一直知道那筆錢終歸會屬於她，讓她可以眼也不眨地就花掉一百萬買下必要的資訊。

但是此刻身處於十六世紀，她什麼也沒有，誰也不是。全部的財產都在裝了些雜七雜八現代物品的提袋裡，頂多再加上她對未來的那些知識。無論如何，她必須說服宅邸裡的人別把她扔進牢裡，或趕出去讓她自生自滅。尼可第一次前來尋求她的幫助時，她讓他失望了；但是這一次，她絕不容許自己失敗。

她父親經常對女兒們講述蒙哥馬利家族的先人們——不管是在蘇格蘭或是美國——的傳奇事蹟，其中不少人有過死裡逃生的驚險經歷。

「如果他們做得到，我當然也可以。」格蕾大聲地自言自語。「尼可，快來把我從這個鬼地方放出去。」她堅定地說道，閉上眼睛，集中精神想召喚尼可前來。

不消多久，房門就被大力推開，尼可帶著滿臉怒容大步走進來。

「尼可，我要跟你談一談。」她說道。

他轉開臉。「我母親要見妳。」

格蕾邁著虛軟的雙腿，跌跌撞撞地跟上去。「你來找我，是因爲我在呼喚你。」她說道，「你我之間有著某種牽絆，如果你肯聽我解釋——」

他停下腳步，對她怒目相視。「我不想聽妳說的任何話語。」

「請告訴我，你爲何對我如此氣憤？我到底做了什麼？」

他以鄙視的眼光上下打量她。「妳指控我叛國，驚嚇了村民，侮辱我未婚妻子的名譽，蠱惑我的母親。妳……」他突然放低聲量。「妳進入我的腦子裡。」

格蕾伸手輕觸他的手臂。「尼可，我知道對你而言，我看起來必定極爲怪異，但只要你肯聽我解釋——」

「不。」他退開一步，遠離她的碰觸。「我已請求我的兄長將妳趕出去，村民們自會對付妳。」

「對付我？」想起茅草屋裡那三名骯髒的女子，格蕾就一陣顫抖。只要逮到機會，那些滿口爛牙的村民無疑會扔石頭砸死她。「你會這樣對我？當初你來找我的時候，我曾經那樣盡心盡力地幫助過你。」格蕾越說越大聲。「我為你做了那麼多，你竟然要把我趕出去？我穿越了四百年時光來拯救你，你卻要把我扔出門外。」

他怒視著她。「一切由我兄長決定。」他轉身步下樓梯。

格蕾緊跟在他身後，知道她必須想辦法不讓自己被趕出去。看來，瑪格莉特夫人將會是她唯一的救星。

瑪格莉特夫人仍然臥病在床，格蕾看得出十二小時的藥效已過。

「再給我一顆那種神奇的藥錠。」她靠在枕頭上說道。

儘管飢餓、疲倦、骯髒且驚魂未定，格蕾知道此刻她必須運用她的智慧。「瑪格莉特夫人，我不是女巫，只是一名不幸遇見盜匪的公主。請求您收留我，直到我的國王叔父派人來接我回去。」

「公主？」瑪格莉特夫人問道。

「國王？」尼可近乎咆哮道，「母親，我——」

瑪格莉特夫人舉起一隻手要他噤聲。「妳的叔父是誰？」

格蕾深吸了一口氣。「他是拉哥尼亞的國王。」

「我聽說過那個地方。」瑪格莉特夫人若有所思道。

「她並非什麼公主，」尼可說，「看看她的樣子。」

「這正好是我們國家的服裝樣式。」格蕾回嗆道，「難道你不顧有可能觸怒一位國王的危險，仍然打算把我趕出去？」她回頭望向瑪格莉特夫人。「我叔父會慷慨酬謝任何保護我的人。」

格蕾看得出瑪格莉特夫人正在考慮她所說的話。「我留下，對您將會有許多好處。」她急促地說道，「我有很多治感冒的藥錠，提袋裡還有更多各種有趣的東西。我還可以……」她還能做什麼？「我會說故事。我知道很多很多故事。」

「母親，您不能考慮把她留下。」尼可道，「她比一名浪蕩女子好不了多少。」

格蕾對他怒目而視。「你還敢說別人。你和艾蓓拉．席尼不也成天在一起胡搞瞎混？」

尼可的臉漲成紫色，朝格蕾跨近一步。

瑪格莉特夫人用咳嗽來掩飾住笑聲。「尼可，替我把安娜麗找來。現在就去！」

尼可又忿忿地瞪了格蕾一眼，然後順從地離開房間。

瑪格莉特夫人望著格蕾。「妳取悅了我。妳可以留在此地，我將派人至拉哥尼亞聯絡妳的叔父。」

格蕾吞了口口水。「那會花上多久時間？」

「一個月左右。」瑪格莉特夫人精明地注視著她。「妳想收回之前的話？」

「不，當然不是。我叔父的確是拉哥尼亞的國王。」或者該說將來會是，格蕾暗自修正道。

「把藥給我。」瑪格莉特夫人道，靠回枕頭上。「然後妳便退下吧。」

格蕾從袋子裡拿出感冒藥，但遲疑了一下。「我該睡在哪裡？」

「我兒子會照料妳。」

「您的兒子把我鎖在一間可怕的小房間裡，床上還有跳蚤！」

從瑪格莉特夫人的表情看來，她似乎不認爲自己的兒子做錯了什麼。

「我要一間合宜的寢房，以及讓人不會瞪著我看的衣物。還有，我要求得到合乎我……身分地位的待遇與尊敬。另外，我需要沐浴。」

瑪格莉特夫人用冷漠的深色眼眸凝視她，格蕾看得出尼可是從何處學來那種專橫傲慢的架勢。「當心不要得寸進尺了。」

格蕾強忍著不讓雙腿顫抖。童年時，她曾在蠟像館裡看過一座中世紀的刑求室，此刻那些可怕的刑具又浮現眼前。肢刑架。鐵處女。「我無意冒犯您，夫人。」她柔聲道，「我會賺取我的生活所需，盡我的能力取悅您。」這就跟《天方夜譚》一樣，格蕾暗忖。如果無法取悅眼前的女子，明天我就會被拖出去砍頭。

在瑪格莉特夫人打量她的同時，格蕾知道她的命運，她的生死，隨時會在下一刻被決定。

「妳將擔任我的侍女。安娜麗會——」

「這表示我能留下？噢，瑪格莉特夫人，我保證您一定不會後悔的。我會教您如何玩撲克牌，說故事給您聽。我會告訴您所有莎士比亞的劇作，不，我最好還是別那麼做。我可以告訴您……呃，《綠野仙蹤》和《窈窕淑女》的故事，也許我還記得裡面的一些台詞和曲子。」向來拒絕公開演唱的格蕾張口唱起了〈我可以整夜跳舞〉。被活活燒死的威脅，的確能讓一個人做出無法想像之事。

「安娜麗！」瑪格莉特夫人厲聲道，「帶她下去，替她更衣。」

「還有食物和沐浴。」格蕾補充道。

「藥。」

「噢，當然。」格蕾把感冒藥遞給瑪格莉特夫人。

「我要休息了，安娜麗會為妳安排一切。讓她跟妳睡吧，安娜麗。」

格蕾並未聽見那個女孩進房的聲音，但她看來似乎就是昨晚在房間裡的那一位，只不過她一直把臉別開，讓格蕾無法看清她的樣貌。

她跟在安娜麗身後離開房間，很慶幸至少還要再過一段時間，瑪格莉特夫人才會發現她並非什麼公主。欺瞞貴族的刑罰是處死或僅是折磨？還是先折磨，然後再處死？但如果格蕾能討得瑪格莉特夫人歡心，或許她就不會在乎格蕾是否眞是公主。無論如何，格蕾還有一個月的時間可以完成她必須做的事。

將她的旅行提袋緊抱在胸前，格蕾跟著女孩來到與瑪格莉特夫人的寢室相鄰的房間，同時也是安娜麗的臥房。它大約只有剛才那間房的一半大小，但仍然十分寬敞、美麗。一面牆邊是白色大理石造的壁爐，房中有張四柱大床，幾張木凳，兩把雕工精製的椅子，床尾還擺了一個木頭衣箱，陽光透過菱形圖案的玻璃窗格照進屋內。

環顧著這個漂亮的房間，格蕾感到心情放鬆不少。至少她沒當場被趕出去。

「這兒有洗手間嗎？」她詢問背對她的安娜麗。

女孩轉身茫然地看著她。

「廁所？」安娜麗理解地點點頭，指向牆邊的一扇小門。格蕾打開門，看見一個中間挖了個洞的石椅，整間小室的味道熏人欲嘔。在石椅旁邊擺著一疊又厚又硬的紙張，上面寫滿了文字。她拿起一張看了看。「原來中世紀的文件最後都是這樣的下場。」

回到房裡，她看著安娜麗打開一個箱子，從裡面拿出衣物放在床上，然後離開了房間。格蕾把握住獨自一人的機會，開始四下探索這間寢室。與瑪格莉特夫人的房間不同的是，這裡並沒有任何金、銀裝飾品，但到處都掛著繡了花紋的布料。格蕾曾在博物館看過伊莉莎白時代的繡品，但它們都已老舊褪色，眼前的坐墊則依然花色燦爛，尚未經過多年使用而失去光澤。

她一面搔抓著背上蟲咬的腫包，一面在房內四處走動，觸摸每一樣東西，爲它們的光彩奪目感到驚奇。

過了一會兒之後，房門再度開啓，兩名男子扛進一個又大又深的木頭澡盆。他們穿著紅色的緊身羊毛上衣，下身是尼可曾穿過的燈籠短褲，以及黑色的毛織長襪。兩個男人的腿部都健壯有力，佈滿肌肉。

伊莉莎白時代的服裝並非沒有其優點，格蕾想著，暗暗欣賞起他們強健的雙腿。

跟在男人之後進來的是四名女僕，手裡提著好幾桶滾燙的熱水。她們身上只有簡單的羊毛長裙和緊身馬甲，頭上戴著小帽。其中兩名女子的臉上有著感染天花留下的瘢痕。

澡盆半滿後，格蕾開始脫去衣物。安娜麗原本伸手想幫忙，但旋即睜大眼睛，後退了兩步，顯然十分驚訝格蕾更衣時竟不需要任何協助。平常格蕾不會如此豪放，但她實在無法再忍受身上的髒污。當她脫到只剩胸罩和內褲時，安娜麗瞠目結舌地看著她。

格蕾朝她伸出手。「嗨，我叫格蕾．蒙哥馬利。」

安娜麗似乎不知道該如何反應，於是格蕾直接握住她的手，上下搖了幾下。「看來我們是室友了。」

安娜麗困惑地看了她一眼。「瑪格莉特夫人要妳與我共用寢室。」她的嗓音輕柔，看起來不會超過二十一、二歲。

格蕾脫光了剩下的衣物，跨進澡盆裡。安娜麗撿起地上那些現代衣物，好奇而謹慎地檢視著。

僕人放在澡盆旁邊的肥皂很難打出泡沫，而且聞起來就像是火山熔岩。「麻煩妳把我的提袋拿過來好嗎？」她對安娜麗說道。

盯著尼龍材質的袋子看了好一會兒，安娜麗才把它擺到澡盆旁邊的地上，然後看著格蕾拉開拉鍊。格蕾拿出一塊香皂──飯店提供的那種漂亮、又有香味的小肥皂──開始洗澡。

一旁的安娜麗臉上帶著毫不掩飾的好奇心。

「跟我說說這裡的事吧。」格蕾問道，「這兒都住了些什麼人？告訴我關於克利斯和尼可的一切，他是不是跟蕾蒂訂了婚？還有，約翰．魏佛瑞在不在這裡？艾蓓拉．席尼呢？」

安娜麗坐在椅子上，試著回答格蕾連珠炮般的問題，同時敬畏地看著她用洗髮精洗頭。

根據安娜麗的說法來推斷，她被送回來的日期還算早，尼可雖然已跟蕾蒂訂有婚約，但和艾蓓拉在桌子上胡搞之事尚未發生；而約翰．魏佛瑞的身分太低，安娜麗根本不知道他是何許人。這個年輕女孩願意回答格蕾所有的問題，但不肯表示任何意見，也拒絕亂嚼舌根。

格蕾清洗完畢後，安娜麗遞給她一條粗糙的亞麻布巾讓她擦拭身體。等她把頭髮也梳理好，安娜麗便開始協助她穿衣。

首先是一件類似睡衣，素面但質料細緻的亞麻長內衣。「內褲呢？」格蕾問道。安娜麗不懂她在說什麼。

格蕾拿起自己剛才換下的粉紅蕾絲內褲給她看，但安娜麗仍是一臉茫然。

「下面不穿其他衣物。」女孩答道。

「我的老天。」格蕾瞪大眼睛。有誰會想到內褲竟然算是新發明？「入境就得隨俗……」她喃喃道，把內褲扔到一邊。

安娜麗接下來舉起的是一件緊身褡。格蕾對這玩意兒唯一的認識來自於《亂世佳人》那部電影中，奶媽替郝思嘉勒緊繫繩的那一幕。然而這件緊身褡……

「鐵做的？」格蕾輕聲道，把它拿起來仔細察看。

它是用細窄、有韌性的鐵條組成，外面包裹上細緻的絲料，其中一面有著一排鐵鉤，鐵鏽都已透出到外層的絲料上。才剛穿上身，格蕾就有種快要昏厥的感覺。她的胸腔幾乎無法擴張，腰圍也比平常小了三吋，連胸前都被壓得一片平坦。

她用手扶著床柱。「我以前還抱怨褲襪穿起來不舒服。」她喃喃自語道。

在緊身褡之上是件寬大的長袖亞麻上衣，領子和袖口上繡著美麗的黑色花紋。腰部以下是某種鐘形的撐架，當格蕾詢問它的名字時，安娜麗回答說是「鯨骨環」，並奇怪地看她一眼，彷彿很驚訝這麼簡單的事，格蕾竟然不知道。

「已經越來越重了，還有嗎？」格蕾問道。

下一件衣物是穿在鯨骨環外面的輕柔羊毛襯裙，在它之上是另一件綠色的塔夫綢襯裙。看見它讓格蕾心情愉快多了，塔夫綢在她走動時會沙沙作響，而且看起來十分美麗。

最後安娜麗拿起一件鏽紅色的織錦長袍，上面有著黑色的抽象花朵圖案。肩膀部位是互相交錯的絲帶，每個交接點都綴有珍珠。上身的馬甲由鉤子固定，隱藏在繡著花紋的飾邊裡。

衣服的袖子是另外接上去的，在靠近肩膀的地方高高蓬起，然後逐漸向下收窄，上面綴滿了金質的裝飾與珍珠。

光是穿上全部衣物，已經花去了一個半鐘頭，然而事情還沒結束。

接下來輪到珠寶。一條金子打造，上面鑲著粗刻翡翠的腰帶繫上了格蕾此刻窄小的腰肢。一枚四周鑲著珍珠的琺瑯胸針別在馬甲正中央，下面還有兩條金鍊勾住她的手臂下方。安娜麗拿起一條亞麻材質的柔軟襞襟圍在格蕾頸間，然後從後方綁緊。（之後格蕾才發現尼可在一五六四年時穿戴的襞襟上了黃色的漿，不過現在，僅僅四年之前，還沒人聽說過什麼叫上漿。）為了掩蓋住襞襟和長袍交接之處，安娜麗又在格蕾的脖子上戴了一條金鍊。

「妳可以坐下了。」安娜麗輕聲道。

格蕾試著舉步，但她身上起碼穿戴了十幾二十公斤重的衣物，緊身褡也讓她無法正常地呼吸。她好不容易才走到一張凳子前面坐下，但卻仍然無法放鬆，穿著緊身褡讓她不得不正襟危坐。

安娜麗替她梳理那頭紅褐色的濃密秀髮，編成幾條辮子，接著用骨針將它們固定在腦後，戴上綴有珍珠，類似髮網的小帽。

她扶著格蕾站起身。「好了。」她說道，露出微笑。「妳這樣很美。」

「跟蕾蒂一樣美嗎？」格蕾脫口而出。

「蕾蒂小姐也非常美麗。」安娜麗說道，垂下眼睫。

格蕾在心裡稱讚女孩的圓滑。

安娜麗要格蕾坐到床沿，然後替她穿上手工織成的細緻羊毛長襪，在膝蓋處用繡著大黃蜂圖案的漂亮絲帶束緊。幫格蕾套上以軟木為底的軟皮鞋後，安娜麗再次扶她站起身。

格蕾慢慢地走到窗邊，再走回來。這些衣物實在荒謬，既笨重又不方便，對肺部更是一大折磨，但是……格蕾把手放到腰間，她幾乎可以用兩隻手掌合攏自己的腰肢。她身上穿戴著珍珠、金飾、翡翠、絲綢和織錦，儘管她幾乎無法呼吸，肩膀也因為負擔過重而開始痠痛，但她覺得自己這輩子從來不曾如此美麗過。

當她轉圈時，長裙會在她四周旋開，漂亮極了。「這是誰的衣服？」她抬頭詢問安娜麗。

「我的。」安娜麗輕聲答道，「我們的身材差不多。」

格蕾走過去，把手輕放在她的肩頭。「謝謝妳如此慷慨，願意把衣服借給我。」她輕吻了一下安娜麗的臉頰。

女孩羞澀且微帶困惑地轉開臉。「瑪格莉特夫人要妳今晚為她演奏。」

「演奏？」格蕾正在欣賞袖子上的金飾。是眞金，不是鍍的。她眞希望現在能有一面全身鏡！「演奏什麼？」她抬起頭。「妳是說演奏樂器嗎？我什麼都不會。」

安娜麗顯然十分震驚。「妳的國家裡不教授音樂嗎？」

「教啊，但我沒學。」

「不學女紅與音樂，那麼妳國家裡的女子都學些什麼？」

「代數、文學、歷史之類的。妳會彈奏樂器嗎？或是唱歌？」

「當然。」

「那麼不如我教妳一些曲子，由妳來彈奏和演唱。」

「可是瑪格莉特夫人——」

「她不會介意的，我來擔任樂團領隊。」

從安娜麗的微笑看來，她很高興能有在宅邸衆人面前彈奏新曲的機會。「我們到果園去。」她說道。

趁著安娜麗暫時離開房間，格蕾淡淡地上了一層妝——她不想被視爲濃妝豔抹的浪女，但讓自己多增加一點吸引力，對她的任務並無妨害。

片刻後，安娜麗抱著一架魯特琴回到房中，一名男僕交給格蕾一個裝有麵包、乳酪和葡萄酒的籃子，接著她們一起離開了寢室。

這還是格蕾第一次有機會，能夠輕鬆地觀察四周的環境。宅邸裡到處都是人，孩子們跑上跑下地遞送物品，男女僕役急匆匆地忙裡忙外。有些人穿著粗糙的亞麻布和羊毛織品，有些人則穿著絲料：有些人戴著珠寶，有些人身上毫無裝飾；有的男人穿著像尼可那樣的短褲，其他男人則穿著長袍。幾乎所有人都很年輕，而令格蕾感到驚訝的是，這個年代的人們跟二十世紀的人幾乎一樣高。她曾聽說伊莉莎白時代的人比現代人要矮上許多，但她發現自己五呎三吋的身高，無論在二十世紀，或是伊莉莎白時代都算是十分嬌小。不過這裡的人都比較削瘦，整天這樣忙進忙出，再加上衣物的重量，八成想胖也很難。

「尼可的房間在哪裡？」格蕾問道，安娜麗隨後指向一扇關閉的門扉。

格蕾下樓時必須十分小心地提起長裙，但握在手中的織錦布讓她自覺十分美麗。

大屋後方是一片美麗的花園。右邊有座被矮牆圍起的蔬菜和香草園，園中有棟漂亮的八角形建築；左邊是一大片果樹林，中央有一處突起的小丘。

她們步下磚造的台階，沿著植滿玫瑰的牆邊往前走。安娜麗打開一扇橡木門，領著她進入果園。儘管緊身褡讓她上半身受到箝制，但下半身卻很自由，鯨骨環讓層層的布料不致黏在她腿上，不過沒穿內褲，讓她有種怪異的裸體感。

果園很美，很乾淨，每棵果樹的排列井然有序，也都受到良好的照顧。格蕾就看到起碼有四名工人和兩個孩子用草耙在清理地面。現在她終於了解貝爾伍德堡的花園為何會讓尼可那麼生氣了。不過要維持這樣規模的花園，得花上不少的人力。

安娜麗帶著她來到果園一側的涼亭，上面爬滿了葡萄藤蔓，尚未成熟的果實一串串地垂掛其間。

「這裡眞美。」格蕾輕聲道，「事實上，我沒見過比這裡更漂亮的花園。」

安娜麗微笑地坐到長椅上，把魯特琴放到腿上。「現在妳可以教我那些歌曲了嗎？」

格蕾坐到她旁邊，翻開食籃上的蓋布。籃子裡有一大塊白麵包，但和現代的白麵包不同，它比較厚實，而且非常新鮮，不過外皮上面有許多奇怪的小洞。麵包嚐起來美味極了，乳酪也同樣新鮮有嚼勁。除此之外，籃子裡還有一個硬皮做成的酒瓶及一只銀製酒杯，瓶裡的酒嚐起來帶著酸味。

「這裡沒有人喝水嗎？」

「水不乾淨。」安娜麗答道，忙著替胖胖的魯特琴調音。

「不乾淨？妳的意思是不能喝？」眞奇怪，格蕾暗忖，她一直以爲水污染是二十世紀才有的問題。

格蕾和安娜麗愉快地度過接下來的兩個小時。她們吃著乳酪和麵包，輪流用酒杯啜飲葡萄酒，欣賞兩人衣服上的珠寶在陽光下閃爍的光芒，看著園丁們辛勤的工作。格蕾並不曉得太多歌曲，但她向來很喜歡百老匯音樂劇，也很熟悉裡面的曲子，像是《窈窕淑女》裡的〈我可以整夜跳舞〉和〈準時送我上教堂〉。她用《毛髮》的主題曲逗笑了安娜麗，還唱了《長征萬寶山》裡的〈他們把風叫做瑪麗亞〉。她也知道電視影集《吉利根島》的主題曲，但是並沒有唱出來。

第五首歌結束後，安娜麗抬起手阻止她。「我得把它們記下來。」安娜麗說道，然後回到屋裡去拿紙筆。

格蕾像隻在陽光下打盹的貓一樣，愜意地坐在那裡。此刻和她平常的生活截然不同，她沒有任何地方趕著要去，也沒有任何急事需要處理。

果園另一側的小門突然打開，格蕾看見尼可走了進來。她立刻開始緊張，心臟也急速跳動。他會喜歡她這身衣服嗎？現在她看起來跟這個時代的女性相同，他會不會變得比較喜歡她？

她正準備起身，卻看到一個她不曾見過的漂亮女子跟在他身後進來。尼可牽著她的手，兩人一起跑向另一頭的葡萄藤涼亭，儼然是一對溜進來尋找隱密處所親熱的戀人。

格蕾站直身子，兩手緊握成拳。該死的尼可，她心忖，就是像這樣的事件讓他留下污名，難怪那些歷史書籍上對他沒有一句好話。

她頭一個反應是想衝過去，扯光那個女人的頭髮。尼可或許不記得她，但那並無法改變他愛的女人是格蕾的事實。不過這並非最主要的原因，格蕾自我辯解道，爲了尼可後世的名聲，她有責任要阻止他這種淫亂的行爲。

她自覺像個聖人，告訴自己她這麼做都是爲了尼可好，然後迅速走向那座涼亭。她知道所有園丁都已停下工作，正在盯著她看。

在涼亭裡的陰暗處，尼可已經把那個女人的長裙撩到大腿上，手也消失在她的裙底。他外套和襯衫的前襟敞開，女子的手伸進裡面，兩人正在熱情地親吻。

「眞是的！」格蕾大聲說道，極力控制想跳過去痛揍他們兩人的衝動。「我相信這並非一名紳士該有的行爲。」

女子首先退開身子，驚訝地望著格蕾。她想推開尼可，但他似乎無法停止親吻她。

「尼可！」格蕾拿出當老師的語氣尖聲叫喚道。

當尼可轉過頭時，眼裡慵懶魅惑的神色讓格蕾抽了一口氣。她只有在和他做愛時，曾看過他出現那樣的表情。

然而一看見她，他的神情立刻轉為憤怒，放下了懷中女子的長裙。

「我想妳最好離開。」格蕾氣得全身發抖，對那個女人說道。

女子看了看彼此怒目而視的兩人，匆匆地離開了涼亭。

尼可上下打量格蕾，臉上的怒火幾乎讓她想退縮，但她挺直了身軀。

「尼可，我們必須談一談。我得向你解釋我是誰，以及我來到此地的原因。」

當他朝她前進時，格蕾忍不住向後退了幾步。「妳迷惑了我母親，」他壓低了嗓音道，「但妳迷惑不了我。如果妳再干預我任何行動，我會用拍打棒對付妳。」

他用力把格蕾推開，讓她幾乎撞到涼亭壁上。格蕾心緒沉重地看著他憤怒地大步離去。如果他一直不肯聽她說話，那麼她如何能完成來此的目的？她該怎麼做，用套索套住他嗎？是啊，她暗忖，把他綁起來，然後告訴他她是來自於未來，穿越時空來到這裡是為了救他一命。「他會相信我才有鬼。」格蕾喃喃自語道。

安娜麗帶著一張膝上桌，幾枝翎毛筆，一瓶墨水和三張紙回到果園。她彈出曲調，然後要格蕾把音符記下來。當安娜麗發現格蕾不會讀或寫曲譜時，對她教育程度的低落更加咋舌。

「什麼是拍打棒？」格蕾問道。

「用來打掉衣服上塵土的木棒。」安娜麗答道。

「尼可他……呃，經常和一群女人鬼混嗎？」

安娜麗停止彈奏，望著格蕾。「妳最好不要愛上尼可拉斯爵士。一個女人應該只把她的心交給上帝。人會死亡，但上帝永在。」

格蕾嘆口氣。「是沒錯，但在我們仍活著的時候，愛上某個人可以讓生命更有意義。」她正想繼續說下去，抬頭卻瞥見大屋前的露台上站著一個人，看起來很像是……

「那個女孩是什麼人？」格蕾問道，指著屋子的方向。

「克利斯多夫爵爺的未婚妻。等她成年後，他們就會結婚——如果她能活到那麼久。她是個病弱的孩子，很少出門。」

遠遠看過去，那女孩像極了葛洛莉，同樣肥胖，也同樣任性無禮。格蕾記得漢彌頓曾說過，尼可的大哥原本要迎娶一位法國女繼承人，所以才拒絕了蕾蒂提出的婚約。

「所以尼可要娶蕾蒂，而克利斯的未婚妻是個小女孩。」格蕾說道，「告訴我，如果那個女孩死了，克利斯會考慮迎娶蕾蒂嗎？」

安娜麗有點驚訝格蕾如此隨意稱呼伯爵的名字。「克利斯多夫爵爺是位伯爵，亦是女王的親族。蕾蒂小姐的身分和他並不相配。」

「但她配得上尼可。」

「尼可拉斯爵士是次子，並未繼承產業或伯爵爵位。對他而言，蕾蒂小姐是個好對象。她跟女王也有很遙遠的親族關係，不過她的嫁妝並不多。」

「但如果蕾蒂嫁給尼可之後，假設克利斯死亡，尼可就會繼任爲伯爵，對嗎？」

「哎。」安娜麗答道，抬頭看著那個肥胖多病的法國女繼承人。「尼可拉斯爵士將會成爲伯爵。」她若有所思地說道。

23

那天晚上當格蕾爬上床，躺到安娜麗身旁入睡時，早已經筋疲力盡。難怪這個時代很少看到胖子，而女人的腰肢都那麼纖細，有了鐵製緊身褡加上整天沒完沒了的各項活動，脂肪根本沒機會在任何人身上駐足。

她和安娜麗離開花園後，到位於大宅一樓的美麗小教堂裡參加了一場禮拜，長跪在那裡聽穿著華麗的牧師講道。格蕾對經文的內容充耳不聞，光是欣賞在她四周的紳士淑女們極盡奢華的穿著打扮——絲綢、緞料、織錦、毛皮、珠寶——就讓她忙不過來了。

她也在教堂裡首次見到了克利斯。他長得和尼可頗爲相似，但較爲年長，也比不上尼可俊帥，不過他渾身散發出一種沉穩的力量，吸引住她的目光。當他們的視線無意間相遇時，他眼中濃厚的興味讓格蕾羞赧地別過臉，沒注意到尼可因看見他們的互動而眉頭緊蹙。

禮拜完畢後，格蕾和瑪格莉特夫人、安娜麗及另外四名女子在覲見室共進了晚餐，菜餚包括蔬菜牛肉湯，一種苦澀難喝的啤酒和油炸兔肉。一名男僕先削去了麵包外層的焦黑部位，才將它端上桌，這也解釋了之前格蕾在麵包上看到的那些小洞。

稍後格蕾才得知，另外那幾名女子是瑪格莉特夫人的侍女。在這棟大宅裡，似乎每個人都有特定的階級和頭銜，某些僕人甚至還有自己的僕人負責服侍他們。令格蕾驚訝的是，所有僕役都有固定的工作時間。她對傭僕的知識大多來自維多利亞時代，而那個時代的僕人都是從一大清早工作至深夜；但安娜麗告訴格蕾，史岱佛大宅裡的傭僕眾多，所以沒有一個人需要工作超過六小時。

晚餐期間，格蕾被正式介紹給眾人，所有女士們都熱切詢問關於拉哥尼亞、以及她那位國王叔父的問題。因撒謊而有些侷促不安的格蕾勉強應答了幾句，隨即反問起女士們的服飾裝扮，並得到許多有關西班牙、法國、英國及義大利的流行資訊。格蕾聽得津津有味，很快就開始為自己計畫起一件義大利款式的服裝，不同處在於裙下無須穿著鯨骨環，而是換成一種較為輕便的撐架。

飯後，僕役來清理了桌面，把它們移到牆邊擺放，接著瑪格莉特夫人要求聽格蕾演唱，隨之而來的是一個笑聲洋溢、賓主盡歡的和樂夜晚。在一個沒有電視，也極度缺乏職業表演者的時代，沒人會羞於展現自己的歌喉和舞技。格蕾知道她的歌藝與職業歌手相差甚遠，但夜仍未央，她已經表演了好幾首獨唱。

稍後克利斯也加入她們，安娜麗教了他〈他們把風叫做瑪麗亞〉，他沒花多久時間就用魯特琴彈奏出來。似乎大宅裡的每個人都懂得某樣樂器，有形狀古怪的吉他，僅有三條弦的小提琴，體積窄小的鋼琴，巨大的魯特琴，各種類型的笛子，還有兩支號角。五名瑪格莉特夫人的侍女，很快就在她的指揮下合奏起來。

格蕾發現克利斯對她來說頗具吸引力，他和尼可是如此相似——當然是二十世紀的尼可，而非十六世紀這個成天拈花惹草的傢伙。她表演了一首〈準時送我上教堂〉，而克利斯很迅速地抓住了旋律，跟她合唱起這首詼諧的曲子。

她一度瞥見尼可滿臉慍怒地站在門邊，但即使瑪格莉特夫人向他示意，他仍拒絕進來與他們同樂。

差不多九點鐘時，瑪格莉特夫人宣布就寢時間已到，克利斯親吻了格蕾的手背，她回以一笑，然後跟隨安娜麗回到寢室。

安娜麗的女僕進房來協助她們更衣，卸下緊身褡後，格蕾忍不住深吸了幾口氣。她脫到只剩亞麻長內衣，戴上保護頭髮用的小帽，爬上床躺到安娜麗身旁。亞麻質料的床單有點扎人，也不是很乾淨，但鴨絨床墊柔軟得讓格蕾不禁想嘆息；還沒拉上被子，她已經陷入了熟睡。

不知道過了多久時間，格蕾突然從睡夢中驚醒，感覺到有人在呼喚她。然而當她抬頭傾聽時，卻未聽到任何聲音，所以她又躺了回去。但儘管房內一片寂靜，那種某人正需要她的感覺卻盤桓不去。

「尼可！」她陡然從床上坐起。

側首瞧了一眼仍在熟睡的安娜麗，格蕾悄悄下了床，披上擱在床腳的一件厚重織錦長袍，赤足套進一雙柔軟的鞋子。伊莉莎白時代的緊身褡或許可以殺人於無形，但鞋子可舒服得讓人有如置身天堂。

她靜靜地離開房間，站在門外凝神傾聽。四下一片靜謐，沒有任何踩在燈芯草上的腳步聲。格蕾朝右側走去，感覺從那個方向傳來的召喚似乎最爲強烈。她走到一扇緊閉的房門前，將手放在門上。什麼都沒有。下一扇門也是一樣，直到第三扇門才讓她再度有了強烈感應。

格蕾把門打開，毫不意外地看見尼可坐在爐火旁的椅上，手裡拿著銀製酒杯，顯然已經喝了不少。他仍穿著緊身長襪，寬鬆的短褲，亞麻襯衣的前襟直開到腰際。

「你到底想怎麼樣？」她問道，對眼前這個尼可頗爲忌憚。他一點也不像來到她世界裡的那個男人。

他沒有看她，只是繼續盯著爐火。

「尼可，我很願意跟你談一談，但如果你只想跟我冷戰，那我寧願回房睡覺。」

「妳是誰？」他輕聲問道，「爲何我識得妳？」

她坐到他身旁的椅子上，面向著爐火。「我們之間似乎有著某種牽繫，我也無法解釋。我哭著乞求幫助，而你來到了我身邊；在我有需要時，你聽到了我的呼喚。你給了我……」愛。她幾乎把這個字說出口，但那彷彿已是久遠之前的事了，而眼前的男子對她來說只是個陌生人。「看來現在輪到我了，我是來警告你的。」

他望向她。「警告我？啊，是的，我絕對不可犯下叛國罪。」

「你不必用這種嘲諷的語氣說話，我穿越了這麼長的時空來尋你，你至少可以暫時把手從某個女人的裙下抽出來，聽聽我要說的話。」

他的臉因怒氣而發紅。「妳這個娼婦，」他咬牙切齒道，「妳用巫術迷惑我母親，引誘我兄長，現在竟然還敢教訓我？」

「我說過上千次了，我不是女巫。我只是得想盡辦法進到這間宅邸裡，好有機會警告你。」

她站起身，試著冷靜下來。「尼可，我們必須停止爭論，我被送來這裡，是爲了向你提出警告，但除非你肯聽我說，否則一切仍會像之前一樣再度發生。克利斯將會——」

「妳今晚來到我房中之前，是否也爬上了我兄長的床？」他截斷她的話，起身充滿威脅地逼近她。

格蕾想也沒想地摑了他一巴掌。

他把她用力拉靠在身上，低頭狠狠地吻住她的嘴。

格蕾可不會容許自己被一個男人用武力強吻，她拚命想推開他，但他不肯放開，一手攫住她後腦，迫使她迎上他的吻，另一手滑到她後腰，壓著她緊緊貼著他的身體。

格蕾慢慢停止了反抗。這是尼可，一個她全心愛戀，連時空也無法阻隔他們的男人。她的手纏上他的脖子，張嘴回吻他，緊抵著他的嬌軀開始軟化，雙腿無力地顫抖。

他的唇來到她頸間。

「克霖。」她呢喃道，「我心愛的克霖。」

他微向後撤，看起來一臉困惑。格蕾溫柔地輕撫他額邊的黑髮，手指摩挲著他的臉頰。

「我以為我失去了你，」她低語，「我以為再也無法見到你。」

「妳愛看哪裡，要看多少都隨妳。」他微笑地說道，抱起她來到床上，手伸進她的長袍，解開她的睡衣。他輕囓著她的耳垂，舔舐她柔嫩的頸項，一隻手溜進睡衣裡愛撫她的酥胸。

他用拇指輕輕揉弄胸房頂端的蓓蕾，在她耳畔輕聲問道：「是誰把妳送來我身邊？」

「嗯，」格蕾輕吟道，「我想是神的旨意吧。」

「這位神祇有名字嗎？」他的聲量幾不可聞。

「上帝，耶和華，阿拉，是誰都好。」

「是哪個男人在敬拜祂？」

格蕾睜開眼睛。「男人？你在說什麼？」

尼可擠捏她的胸脯。「是哪個男人派妳混入我家中？」

格蕾開始明白他誘惑她的動機了。她推開尼可，從床上坐起，綁好睡衣和長袍的繫帶。「我懂了，」她說道，試著控制自己的怒氣。「你向來就是用這種方法，從女人身上得到你想要的東西，對嗎？在索維克堡的時候，你只消親吻我的手臂，我就同意了你所有的要求。現在你相信我心懷不軌，所以打算引誘我吐露實情。」

她翻身下床，站在床邊怒視他。但尼可仍閒適地躺在那裡，絲毫不在意自己邪惡的伎倆已遭人拆穿。

「你給我聽著，我認識的尼可拉斯．史岱佛是個在乎榮譽和正義的男人，但你不是他，你一心在乎的只是這輩子能睡多少女人。」

她挺直背脊。「好，我告訴你是誰派我來的，以及我來到這裡的目的。」她深吸了口氣。「我來自未來的二十世紀，當時是你先來到我身邊，我們共度了幾個美好的日子。」

他驚訝地開口想說什麼，但格蕾抬手制止他。「先聽我說完。你出現在我面前時，這裡的年代是一五六四年九月，距今四年後；當時你正因叛國罪待在牢房裡，等候被處決。」

尼可眼裡閃爍著愉悅的光芒，下床拿起他的酒杯。「我開始了解，我母親爲何留下妳來娛樂她了。繼續啊，告訴我，我犯了哪一項叛國罪行？」

格蕾握緊拳頭，很想打掉他一臉的訕笑。「你沒有犯罪，你是清白的。」

「啊，是的，」他一副施恩敷衍的語氣。「當然是如此。」

「你招募了軍隊要前去保衛在威爾斯的領地，但在匆忙間，你並未向女王請求允許。有人告訴她，你計畫利用那支軍隊來推翻她的王位。」

尼可坐下來望著她，滿眼不可思議的神色。「請告訴我，是何人以我未擁有的那塊領地，及我不曾招募的那批軍隊造謠欺騙女王？」

他的態度令她憤怒不已，很想就此離開。何必費事拯救他？就讓歷史記載他是個浪蕩子好了，這叫名符其實。「那是你的領地和你的軍隊，因爲克利斯死後，由你繼承了一切。而欺騙女王的人正是你的好友羅柏．席尼，和你心愛的妻子蕾蒂。」

尼可的臉色因暴怒而轉爲冷硬。他起身朝她逼近。「妳進入我的家中，是有意要危害我兄長？妳以爲可以施咒迷惑我，讓我無視於妳邪惡的計謀，最後更娶妳爲妻，使妳成爲伯爵夫人？妳爲達目的，可以不擇手段？污衊我的密友及我未婚妻的名譽，只爲順遂妳的野心？」

她向後退開，首次對他感到畏懼。「我不能嫁給你，因爲我的人生並不屬於這個世紀。我也不能跟你上床，否則可能會消失，如果眞是如此，那麼一切並沒有改變。再說，我也不想嫁給你。好了，我來到這裡就是爲了要告訴你這些訊息，現在我已經說完了，運氣好的話，也許我會立刻消失，我眞心希望如此。老實說，我希望這輩子再也不必見到你。」

她握住門把，但尼可用力將門推上，不讓她離去。

「我會看著妳。若我兄長有任何損傷，我會知道那是由妳所造成，而妳也將付出代價。」

「我把巫毒娃娃忘在飛機上了。現在請讓我離開，否則我就尖叫。」

「記住我說的話，女人。」

「我會記住的，但既然我並非女巫，所以根本無須害怕，不是嗎？把門打開，讓我出去。」

尼可向後退開，格蕾揚起下巴，高傲地離開了房間。一直等她來到和安娜麗共用的寢室門外，她才開始低聲啜泣。當尼可回到十六世紀時，她曾以為自己將永遠失去他，但她此刻卻比當時更感到絕望。眼前的這個尼可，並不是她之前所深愛的那個男人。

她沒有進房，而是走到覲見室，蜷縮在窗前的沙發椅上。她得失去心愛的男人多少次？來到二十世紀和她身邊的尼可，跟方才親吻她的無賴，眞是同一個人嗎？除了樣貌之外，他們之間毫無共同點。

妳又再次愛錯了人，格蕾告訴自己。她看上的男人不是正等著坐牢，就是到處拈花惹草。前一刻尼可還在斥責格蕾身為女巫，下一刻已經熱情地吻住她。

之前的尼可回來時，因為並未掌握足夠資訊，因此遭到處決，而她為此深感內疚。要不是她花了太多時間嫉妒艾蓓拉，他們或許能及時查出眞相；如果格蕾把心神專注在搜尋資料、詢問問題上，也許就能拯救尼可的性命。

現在她得到了第二次機會，卻仍在重複先前同樣的錯誤，讓情緒蒙蔽了她來此的目的。命運讓兩個活生生的人穿越時空，這種不尋常、不可思議之事發生在她和尼可身上，就是為了要拯救許多條人命，讓產業得以繼續留存下去。然而格蕾滿腦子卻只想著尼可是否仍愛著她，一看到他跟某個女人在涼亭的葡萄藤下廝混，她就像個嫉妒的高中女生一樣鬧脾氣。

她有一項任務需要完成，不能再繼續感情用事，讓無謂的情緒阻礙她的目標。

她站起身走回寢室，安靜地躺在安娜麗身旁。從今天起，她會努力開始尋找能阻止蕾蒂·寇賓斯邪惡陰謀的方法。

才閉上眼沒多久，安娜麗的女僕便推門而入。她拉開四柱床邊的布簾，打開窗戶上的遮板，從衣櫃中取出格蕾及安娜麗的層層裡衣和袍服，然後過來搖醒她們。忙碌緊湊的一天再度開始，格蕾穿著安娜麗次好的一件美麗長袍，在寢室裡吃了牛肉、麵包和啤酒當早餐。之後，安娜麗使用亞麻布和肥皂開始清潔牙齒，但格蕾並不想嘗試吃肥皂的滋味，於是從提袋裡拿出旅館附贈的旅行用牙刷，分了一支給安娜麗。她在安娜麗對牙膏發出的驚嘆聲中示範完用法，然後兩人一起刷淨牙齒，把泡沫吐在打造精巧的銅製臉盆裡。

稍後，她跟在安娜麗身後，陪著她協助瑪格莉特夫人打點繁瑣的家務。首先眾人到小教堂裡參加了晨間禮拜，然後是召見僕役的時間。格蕾敬畏地看著瑪格莉特夫人一一處理各種大大小小的瑣事，下達指示，或是聽取任何抱怨。

在尼可的母親極有效率地治理家務的同時，格蕾起碼問了安娜麗上千個問題。瑪格莉特夫人接見了近百名僕役，包括書記、管事及侍從們。據安娜麗解釋，這些僅是各處的主管，他們手下各自都還有多名僕人。她說瑪格莉特夫人親自與他們應對，在貴族階層間並非常見之事。

「這裡還有更多僕人？」格蕾問道。

「是的，但他們由尼可爵士負責管理。」

妳那些歷史書籍裡，全未提到我替我兄長擔任司庫一職？格蕾記得尼可曾這麼問過。

忙碌了一早上之後，僕人們約在十一點鐘左右告退，格蕾跟隨瑪格莉特夫人、安娜麗及其他侍女下樓，來到安娜麗口中的冬季沙龍。長桌上已經鋪好了雪白的亞麻桌巾，每個座位前也擺好了餐盤、湯匙和餐巾。格蕾望著長桌中央，簡直不敢相信自己的眼睛：上面的盤子全都是純金打造而成，較遠處放置的是銀盤，接著是白鑞製的盤子，最末端的則是幾個木盤。金盤後方擺放著餐椅，其他座位則是木凳，讓人可以一目了然用餐者的階級地位；顯然這時代的人們絲毫沒有平等的概念。

格蕾很高興安娜麗領她坐到擺放了銀盤的位子，更高興見到坐在她對面的人是克利斯。

「妳今天將爲我們帶來何種娛樂？」他問道。

格蕾望進他深邃的藍眸，差點脫口而出：來玩轉瓶子，看誰跟誰會接吻如何？

「呃……」她全副心力都放在解決尼可的問題上，根本無暇多想自己在這裡的「工作」。

「華爾滋。」她靈機一動。「這是我國家的國舞。」

克利斯對她露出微笑，她也回以一笑。

僕人們端上水壺、盆子和毛巾供衆人洗手。格蕾發現與克利斯相隔了兩個座位的尼可正在與一名身材高挑、深色頭髮的女子談話，她算不上漂亮，但非常迷人。格蕾盯著那名女子，覺得她看起來有些面熟，卻想不起來曾在哪裡見過她。

她轉頭望向其他人，對於所有女性臉上都沒有化妝這一點，感到有些怪異。但這時代的女人顯然另有照料皮膚的良方，而不只是在起床後，洗把臉就算交代過去。

尼可的另一邊坐著那位將會嫁給克利斯的法國女繼承人。那個女孩十分安靜，噘著下唇，平庸的臉上眉峰緊蹙。沒有人與她交談，她似乎也並不在意；站在她身後的是一名臉上表情極爲嚴厲的年長女子，當女孩不小心碰歪了餐巾時，她立刻趨前將它擺正。

格蕾的視線與女孩相遇，並朝她露出微笑，但後者對她怒目而視，那個面容嚴厲的女子臉上的神情，也彷彿格蕾做了什麼威脅到女孩的事。

食物開始上桌，僕人表現得像是正在舉行某種盛大儀式，而他們端出的菜色也的確有如盛宴。第一道菜是擺放在巨大銀盤裡的各種肉食：烤牛肉、小牛犢、羊肉、鹽醃牛肉。如寶石般閃亮、透明的威尼斯玻璃酒杯裡，倒進了由裝有冷水的銅管冰鎮的葡萄酒。

下一道菜是禽鳥類：火雞、水煮閹雞、韭蔥燉雞、松雞、雉雞、鵪鶉、山鷸。然後是魚類：鰈魚、比目魚、銀鱈、龍蝦、螯蝦、鰻魚。每一樣菜都佐有醬汁，加入了不少香料，嚐起來十分美味。

接下來上桌的是蔬菜：蕪菁、豌豆、黃瓜、紅蘿蔔、菠菜。格蕾認爲它們的味道不如之前那些菜餚，主要是因爲這些蔬菜都被煮成了糊狀的菜泥。經過詢問，格蕾被告知它們必須被徹底煮熟，才能去除隱含的毒素。

每道菜色都搭配了不同的酒類，僕役會在更換新酒前先洗淨杯子。

蔬菜之後是沙拉——不是格蕾所熟悉的那種沙拉——除了煮過的萵苣之外，甚至還有紫羅蘭花苞。

當她肚子已經吃撐到想就此躺下，睡過整個下午時，甜點被端上了桌；有杏仁塔、各種各樣你所能想到的水果派、從軟到硬的各式乳酪，還有格蕾嚐過最甜美多汁的草莓。

這是唯一一次格蕾慶幸自己穿上了緊身褡，使她不至於放任自己大吃大喝。

用餐結束後，僕役再度端來水壺供眾人洗手，因爲所有菜餚都是用湯匙和手來食用。

這餐飯整整吃了三小時，大家各自散去後，格蕾撐著肚子走上樓梯，回到安娜麗的房裡，癱倒在床上。「我要死了，」她悲慘地說，「我這輩子再也無法走路。想想看，我還期望一個總匯三明治就足以餵飽尼可。」

安娜麗嘲笑她的慘狀。「現在我們得去服侍瑪格莉特夫人。」

格蕾很快就了解到，伊莉莎白時代的人們，工作量與食量同樣驚人。手撫著肚子，她跟隨安娜麗下樓，穿過一座美麗的結紋園，來到了馬廄。一名小廝協助格蕾上馬，坐上她並不熟悉的側騎馬鞍；接著瑪格莉特夫人雙腿一蹬，連同她的五名侍女，以及四名佩帶了長劍和匕首的男性護衛飛馳而去。格蕾掙扎著想跟上他們，但側騎馬鞍讓她難以保持平衡；她那些在科羅拉多的親人，若是看到她必須使用兩手才能握緊韁繩，肯定會對她感到非常失望。

「拉哥尼亞沒有馬嗎？」其中一名男護衛問道。

「當然有馬，但沒有側騎馬鞍。」她驚恐萬分地答道。

大約過了一個小時後，她才終於覺得自己不會隨時有落馬之虞。她望向四周，感覺從史代佛宅邸來到英國鄉間，就有如從童話中的美麗城堡來到貧民窟，或是從比佛利山莊來到加爾各答一樣。

對於鄉村居民來說，清潔在生活中不佔任何重要性；牲畜與人們共住在一個屋簷下，兩者也同樣骯髒，廚餘和排泄物就直接潑在門外。村民們身上的髒污，起碼得經過數年的累積，身上衣物的布料粗糙僵硬，上面沾滿了油垢，居住的房舍既狹小又陰暗。

別忘了還有疾病！格蕾望著經過的村民，許多人臉上都有感染天花留下的疤痕。有些人脖子上的甲狀腺腫大，身上到處是癬瘢，臉上還長著膿瘡。她看到有好些人跛腳或是肢殘，而且似乎沒有任何超過十歲以上的人，仍然擁有全口牙齒——就算有，它們也全都污黑得嚇人。

格蕾幾乎吐出胃裡豐盛的午餐。但除了髒亂和臭味之外，更令她難過的是，大部分的疾病都可以經由現代醫學完全治癒。一路行來，她發現很少有村民超過三十歲。如果她出生於十六世紀的話，連十歲都活不過，格蕾暗忖。十歲那年，她因爲盲腸炎被送到醫院進行緊急手術；十六世紀可沒有外科醫生。但或許她根本不會被生下來，因爲格蕾出生時是難產，她母親還曾大量出血。想到這裡，格蕾不得不以全新的眼光來看待這些村民。他們才是眞正的生存者，是最健康的一群人。

瑪格莉特夫人一行人經過時，所有村民都從屋裡跑出來，或是停下田裡的工作，盯著他們身上華麗的服飾，以及胯下的駿馬。瑪格莉特夫人和侍女們朝村民揮手，後者回以大大的笑容。我們簡直集搖滾歌星、電影明星和皇室人物於一身，格蕾心想，同樣伸出手朝衆人揮動。

他們彷彿騎了數小時，直到格蕾臀部痠痛不已，雙腿也開始抽筋，一行人才停在一處可以俯瞰羊群放牧的美麗草原。一名護衛協助格蕾下馬，她跛著腳走到安娜麗鋪好的布巾上坐下。

「這趟騎得還開心嗎？」安娜麗問道。

「大約跟得痲疹和久咳不癒一樣開心，」格蕾咕噥道，「看來瑪格莉特夫人的風寒已經痊癒了。」

「她是位精力旺盛的女性。」

「我看得出來。」

她們安靜地坐了一會兒。格蕾望著眼前美麗的風景，試著不去回想前晚和尼可之間發生的事。

尼可曾稱呼羅柏．席尼為他的密友，自然難以相信羅柏會加害他。這是哪門子的密友？格蕾暗忖。尼可可以跟羅柏的妻子在桌子上打滾，而羅柏則設計讓自己的朋友遭到處決。

「羅柏．席尼是個Pillicock。」格蕾咕噥道。

安娜麗似乎有些震驚。「妳認識他？妳喜歡他？」

「我不認識他，也絕對不會喜歡他。」

安娜麗看起來一臉困惑的神色，於是格蕾詢問她什麼是Pillicock。「那是一種暱稱，意思是英俊的浪子。」

「暱稱？可是——」她頓住。當尼可要求她一起回到十六世紀來替他煮飯時，她非常生氣，罵了他很多難聽的名詞，而他幫忙提供了「Pillicock」這個稱呼。聽到一個正火冒三丈的女人口中說出這個暱稱，想必讓他很得意吧。

她露出微笑。他的確是個Pillicock，一個英俊的浪子。

一名瑪格莉特夫人的侍女拿出杏仁餅乾分送給眾人。

格蕾邊吃邊問道：「今天用餐時，坐在尼可身旁那位迷人的黑髮女子是什麼人？」

「艾蓓拉．席尼夫人。」

格蕾一時嗆咳不已，噴出不少餅乾碎屑。「艾蓓拉夫人？她待在這裡多久了？什麼時候來的？何時會離開？」那張明信片。格蕾終於想起在哪裡見過那個女人：她在貝爾伍德堡買的那張明信片上，有著艾蓓拉的畫像。

安娜麗微笑。「她昨日傍晚抵達，明日一早就會離去，伴隨她的夫婿前往法國。他們將在那裡停留數年，所以她專程來向瑪格莉特夫人道別。」

格蕾迅速地思考著。如果尼可尚未帶著艾蓓拉滾桌子，而艾蓓拉明天即將離開，這表示那樁醜事將會在今天發生。她一定要阻止它！

她突然翻身倒臥，雙手摀著肚子，嘴裡發出呻吟。

「妳怎麼了，不舒服嗎？」安娜麗擔心地問道。

「我好像吃壞肚子了，我得趕快回去。」

「可是——」

「我一定得回去。」格蕾又呻吟了幾聲。

安娜麗很快跑過去找瑪格莉特夫人，並於數分鐘後回來。「我們得到允許了，我與一名護衛將伴隨妳回到宅邸。」

「太好了，我們快走吧。」

格蕾迅速走向馬匹，留下安娜麗一臉困惑的表情。護衛協助格蕾上馬時，她看起來絲毫沒有病容。

格蕾不顧側騎馬鞍的不便，用馬鞭輕擊馬兒的兩脅，催促牠加快速度；護衛及安娜麗跟在後面拚命追趕。一路上格蕾還表演了兩次跳躍障礙，先是縱馬躍過一輛運貨馬車的拉桿，接著又跳過一輛木製的獨輪手推車。有一次她幾乎撞上奔跑過路面的孩童，還把一群鵝驚嚇得四處嘎嘎亂叫。

飛馳回到莊園後，她從馬上一躍而下，卻被厚重的裙子絆倒，面朝下跌在地上。但她一點時間也沒浪費地迅速起身，跑過磚造的小徑和露台，衝上階梯，奔進宅邸的前門。她在門廊停下，注視著樓梯。哪裡？尼可在哪裡？艾蓓拉呢？還有那張桌子？

從她左側傳來聲響，她聽出克利斯的嗓音，於是迅速跑向他。「你知道哪裡有張大約六呎長、三呎寬的桌子嗎？桌腳是螺旋形狀。」

她慌亂的聲調讓他露出微笑——還有她狂野的外表。她的臉上滿是汗水，頭上的帽子歪了半邊，紅褐色的髮絲披散在肩上。

「屋裡有很多這樣的桌子。」

「這張很特別。」她試著保持冷靜，但實在很難做到；她也試著呼吸，但緊身褡壓縮著她的肺部。「它放在尼可使用的某個房間裡，那兒還有個大到足夠讓兩個人躲進去的衣櫃。」

「衣櫃？」克利斯露出困惑的表情，他身後一名年長男子低聲對他說了幾句話，他這才輕笑道：「尼可寢室旁的那間房裡有這麼一張桌子，他經常——」

格蕾沒繼續聽下去，一手撈起層層的裙襬，邁步衝上樓梯。克利斯說的那個房間上了鎖，她轉身跑進尼可的寢室，但連接兩房之間的那扇門也是鎖上的。

她用手掌用力拍打門扉。「尼可！如果你在裡面的話，讓我進去。尼可！你聽見沒有？」

她可以發誓她聽見門內傳來聲響。「尼可！」她大聲尖叫，用力捶門，還抬腳猛踹。「尼可！」

他把門打開時，手裡握著一把看起來很嚇人的短刀。「我母親沒事吧？」

格蕾推開他走進房內，靠在牆邊的，正是她在海伍德家的書房裡見過的那張桌子。雖然「年輕」了四百歲，但是同一張桌子沒錯。而艾蓓拉夫人坐在一張椅子上，一臉無辜的神情。

「我要宰了——」尼可開口道。

但格蕾的舉動打斷了他的話聲，她走過去拉開窗戶左側的一道小門，裡面正蜷縮著兩名僕人。「這就是我要你開門的原因，」她告訴尼可，「這兩名偷窺者原本會看見你們所做的一切。」

尼可和艾蓓拉目瞪口呆地看著她，說不出話來。

格蕾望向兩名僕人。「如果這件事被當成八卦傳揚了出去，我們會知道是誰大嘴巴。聽懂了嗎？」

儘管格蕾的遣詞用字有些怪異，他們還是聽懂了她的意思。

「出去吧。」她說道。

像兩隻小老鼠一樣，兩名僕人迅速地離開了房間。

「妳——」尼可再度開口道。

格蕾完全忽視他，轉向艾蓓拉。「我救了妳一命，因爲妳丈夫原本會聽說這件事，最後還會——」她深吸口氣。「我想妳最好還是走吧。」

艾蓓拉可不習慣有人這樣對她說話，正打算提出抗議，但一想起自己夫婿的脾氣，她還是匆匆離去了。

格蕾轉身面對尼可，看到他臉上的怒氣——這已經不是什麼新鮮事了，從她來到這裡開始，他就很少對她露出過別種表情。她狠狠瞪他一眼，準備離開。

她沒能走出房間，因爲尼可搶在她之前狠狠關上房門。

「妳在窺探我？」他問道，「妳喜歡看我和其他女人辦事？」

數到十，格蕾告訴自己。或許二十好了。她做了個深呼吸，平靜地說道：「我沒興趣看你因爲女人而做出蠢事。我告訴過你，我來到這裡的原因。我知道你將會……跟艾蓓拉在那張桌子上『辦事』，因爲你已經那樣做過了。那兩名僕人把這件事說了出去，約翰．魏佛瑞把它寫了下來；艾蓓拉懷了你的孩子，所以羅柏．席尼殺了她。現在我可以走了嗎？」

她看著尼可臉上閃過一連串的情緒，先是憤怒，然後是困惑。格蕾爲他感到難過。「我知道我說的這些話令人難以相信，當初你來到我面前時，我也不相信你。但是，尼可，我的確來自未來。我穿越時空被送來這裡，是爲了要防止你家破人亡。蕾蒂——」

他截斷她。「妳要指控一個無辜的女子？或是妳嫉妒所有我碰過的女人？」

格蕾簡直氣結，所有控制自己情緒的誓言都飛出窗外。「你這隻膚淺的孔雀！我才不在乎你跟多少女人上床，那對我來說一點也不重要。你不是我曾經認識的那個男人，事實上，你連你大哥的一半都比不上。我被送回這個時代來修正一個錯誤，而我會盡力把事情做好，無論你多麼努力想阻撓我。也許只要我能預防克利斯的死亡，就足以拯救史岱佛的產業，因此根本沒必要試著想改變你這個好色之徒。現在請你讓我出去。」

尼可沒有移開擋在門前的身軀。「妳提及我兄長之死，如果妳打算施咒——」

「我不是女巫。難道你就是不懂嗎？」格蕾無奈地說道，「我是個平凡人，只是正好被捲入這個奇特怪異的狀況裡。我不知道克利斯身亡時發生了什麼事，你說過當時你因練劍弄傷了手臂，所以無法跟他一起去騎馬。他在湖裡看見一名女子，於是追了上去，之後他就溺斃了。我只知道這些。」還有蕾蒂可能正是幕後主使，不過格蕾保留了這一點。

他仍一臉敵意地看著她。

她的嗓音轉柔。「當初你來到我面前時，我也不相信你。你告訴我一些並未記載在歷史書籍裡的事物，但我仍然不肯相信你；最後你帶我到貝爾伍德堡，讓我看了一個裡面擺著象牙盒子的暗櫃。數百年來，城堡經歷了那麼多任主人，卻始終沒有人發現過那道暗門。你說克利斯是在他死前一週告訴你關於暗櫃的事。」

尼可張口結舌地瞪著她。她的確是名女巫，因為就在不久前，克利斯才提過在貝爾伍德堡有道暗門，但他還未帶尼可去看過。她是怎麼做到的，竟能說服克利斯把只有家人才有資格知道，關於那扇門的事告訴她？

說實在的，她到底對他的家族和僕人們做了什麼？昨日他聽見一名馬夫哼唱一首叫做〈茲必地嘟嗒〉❽的荒謬曲子；三名他母親的侍女在眼皮上塗抹色彩，宣稱那些顏料來自格蕾「小姐」；他母親——他那位理智、聰慧、神智清明的母親——像個孩子般信任地服下她拿出的藥錠；而克利斯注視這名紅髮妖女的神情，有如一隻正要獵食的猛禽。

來到史岱佛宅邸不過數日，她已經引起不少騷亂。她的歌曲，她傷風敗俗的舞步，她說的那些故事（近來堡內眾人都在談論一對名為郝思嘉和白瑞德的男女），甚至連她塗在臉上的顏色都影響到每一個人。她是名女術士，並且正逐漸把所有人都納入她的咒語之下。

尼可是唯一試圖抗拒她的人。當他想跟克利斯討論這個女人越來越強的影響力時，他的兄長只是大笑道：「幾個故事和幾首曲子，能有什麼大礙？」

他不知道她到底想要什麼，但他絕不會像其他人一樣，如此輕易地臣服於她的魔咒之下。無論有多困難，他都一定會抗拒她。

而此刻望著眼前的女子，他明白要抗拒她並不容易。她手裡握著綴有珍珠的小帽，紅褐色的髮絲披散在肩上。他從未見過像她如此美麗的女子。蕾蒂的五官或許比她更完美，但這個女人，這個名叫格蕾的女子，卻擁有某種他無以名之的魅力。

從第一眼見到她，他就意識到她似乎握有一種足以支配他的神秘力量。女人向來都在他的掌控之中，他喜歡親吻她們，感覺她們融化在他懷裡。他享受征服女人的挑戰與樂趣，更喜歡離她們而去所帶給他的那種權力感。

但這個女人從一開始就讓他有不同的感受。他看著她的時間，比她看他要多上許多。他知道她什麼時候在注視克利斯，她瞥視某位英俊僕役的每一道眼光，還有她的每一抹微笑，每一串笑聲。昨夜那種感受力膨脹到了頂點，幾乎讓他無法言語或思考；她對他的這種影響力，令他感到無比憤怒。在她離去後，他也整夜無法入睡，因爲他能感應到她的啜泣。女人的眼淚從來不曾困擾他，她們總是在哭泣。在你離開她們的時候哭；因你不願順著她們的心意而哭；當你說出不愛

❽「Zip-a-Dee-Doo-Dah」爲迪士尼公司出版之第一部長篇眞人動畫電影裡的歌曲，一般譯爲〈南方之歌〉。

她們時，更是大哭特哭。所以他喜歡像艾蓓拉和蕾蒂這樣的女人，她們從不會為任何原因哭泣。

然而昨晚那個女人卻飲泣了一整夜，儘管他聽不到、也看不見她，但他能感覺到她的淚水。他有三度幾乎要去找她，但他設法抑制了自己的衝動。他無意讓那個妖女知曉她擁有能夠控制他的力量。

至於她那個過去與未來的故事，他根本不想加以理會。他一刻都不曾相信她是拉哥尼亞王國的公主——他也不認為他母親真的相信她，不過瑪格莉特夫人喜歡那些怪異的歌曲，還有那個女人奇特的說話方式。他母親喜歡看到她對每樣事物——從飲食、衣著到僕役——所表現出的新奇感。

「……你會告訴我，對嗎？」

尼可看著她，完全沒有概念她剛才說了些什麼，但突來的一股因她而起的強烈慾念，讓他不由得向後靠在門板上。「我不會像我的家人一樣受妳迷惑。」他說道，彷彿是想要說服他自己。

格蕾看得出他眼底的慾望，感到她的心開始加速跳動。碰了他，妳就得回去，她暗忖。但在確保克利斯安全無虞，並且揭發蕾蒂的陰謀之前，她還不能離開。

「尼可，我並不想迷惑你，我也沒對你家人做出任何不軌之事，」她輕觸他的手臂，「如果你肯聽我說……」

「聽妳說那些過去與未來的瘋話？」他嗤聲道，低頭俯近她的臉。「最好當心妳的一舉一動，女人，因為我會看著妳。等信差帶回消息，證實妳並沒有一位身為國王的叔叔，我會親自把妳扔出去。現在妳離我遠一點，不要再來窺視我。」他轉身大步走出房間，留下自覺孤單、無助的格蕾一人。

她凝望著他逐漸遠去的背影，開口祈求，「求求祢，上帝，指引我該如何幫助尼可，讓我能彌補之前的失敗。求祢指引我。」

在這一刻，她感到前所未有的疲憊、蒼老，轉身離開了尼可的寢室。

24

翌日早晨，格蕾看見艾蓓拉踏上木凳，好騎上她那匹漂亮的黑馬。在她身旁的男人應該就是她的丈夫羅柏．席尼了，格蕾猜想道。她很想看看那個男人的長相，尼可視他爲友，最後卻被這位「朋友」給送上了斷頭台。

席尼轉過身來，讓格蕾倒抽了一口氣。羅柏．席尼長得與洛柏．惠尼大夫——她一度曾希望能共結連理的男人非常、非常相像。

格蕾別過臉，雙手微微顫抖。她告訴自己，這只是巧合。不過是巧合罷了。但當天稍晚，格蕾回想起在二十世紀，當尼可第一次見到洛柏時，恍若見到幽靈一般的神情；而羅柏則是滿眼恨意地望著尼可。

這是巧合，格蕾再次告訴自己。如此而已。

接下來兩天，格蕾很少見到尼可。當她見到尼可時，他不是站在門口怒視著她，就是在桌子另一端朝她皺眉頭。大宅裡的衆人讓格蕾忙得團團轉，因爲在他們眼裡，她八成集電視、電影、巡迴表演團和演唱會於一身。他們要遊戲、歌曲還有故事，對娛樂的需求彷彿永無止境。無論是在花園或屋子裡，隨時會有人攔住格蕾，要求她提供他們一些樂趣，因此格蕾總是忙著回想所有她讀過或聽過的事物。在安娜麗的幫助下，她設計了一個簡略版本的大富翁遊戲，還用石板瓦來玩畫圖猜謎遊戲。當她消耗光了所有以前看過的小說故事後，她開始對他們講述關於美國的歷史——瑪格莉特夫人尤其愛聽這些歷史故事。納珊．海爾❾成了最受衆人喜愛的英雄，有天晚上瑪格莉特夫人還纏著格蕾，追問關於亞伯拉罕．林肯的種種事蹟直到深夜。

她試著不觸及宗教和政治領域，畢竟距離瑪麗皇后焚燒異教徒，才不過幾年的時間。克利斯曾兩度詢問格蕾關於她家鄉農事方面的問題，儘管所知不多，格蕾依然能夠在堆肥及如何使用它們這些問題上給予他一些建議。

格蕾明白瑪格莉特夫人的侍女們對於她貧乏的教育程度頗感驚愕，因爲她只懂得一種語言，也不會彈奏任何樂器。她們也看不懂格蕾手寫的文字，但大體上而言，她們並沒有因此太過責難她。

在教導她們的同時，格蕾也學習到不少事物。這個時代的女人不像二十世紀的美國女性一樣，需要承受身兼數職的壓力。十六世紀的女性不需要同時是公司主管、照顧孩子無微不至的母親、美食烹飪家、完美的女主人，以及既有運動員般身材，又兼具創意的情人。這時代的女性若稍有資產，她就只需要縫紉、照顧家務和享受人生。當然她們通常活不過四十歲，但至少在世上短短的數十載，她們不必承受社會上持續要求她們做得更多、更好的壓力。

隨著格蕾待在十六世紀英國的時間越久，她越常回想起跟洛柏共度的時光。鬧鐘準時在清晨六點響起，格蕾就立刻下床開始忙碌；如果不加緊腳步，她根本無法完成一天之內所有的工作。有三餐要準備，雜貨要買，房子要整理（洛柏一星期請清潔女工來家裡打掃一次），廚房也需要

❾納珊．海爾爲美國獨立戰爭中，領導殖民地軍隊與英軍作戰的愛國人士。

一再地清理。而在「空閒」的時候，格蕾還有一份全職工作要做。有時她眞希望能在床上躺個三天，讀讀犯罪小說，但總有太多事情要做，沒時間忙裡偷閒。

再說若她眞的那麼做，肯定會有罪惡感。只要一有休息時間，格蕾就會覺得自己「應該」待在健身房鍛鍊大腿肌肉，或是「應該」爲洛柏的同事計畫一場完美的晚餐派對。每當她精疲力盡，只能準備冷凍披薩當晚餐時，總是會感到相當內疚。

可是身在十六世紀，現代的壓力彷佛已距離格蕾十分遙遠。這世紀的人不會離群索居，在這棟大宅裡，一個女人無須包辦所有的工作；相反的，這裡有一百四十幾名僕人，分攤大約七十人份的工作。此處不會有個疲憊孤單的女人身兼數職——既要煮飯、清理、打掃，還得在操持家務之外，另有一份全職差事。在這裡，一個人只需要做一樣工作。

現代女性的人生被自己的罪疚感搞得十分悲慘，然而十六世紀的人卻得面對疾病、對未知的恐懼、對醫藥的無知，以及得天天面臨死亡的壓力。在十六世紀，幾乎隨處可見到有人喪生，伊莉莎白時代的人們經常生活在死亡的陰影下。從格蕾抵達至今，屋裡已經有四個人去世。如果有現代加護病房的照料，他們應能逃過一劫。其中一名男子是被壓在翻倒的馬車之下，因內出血而死。當格蕾看到這種情況時，寧願付出任何代價，只希望能有位醫生在場，可以替那人止血。人們死於肺炎、流行性感冒或是水泡破裂受到感染。格蕾讓他們服用阿斯匹靈，用消炎軟膏替他們塗抹傷口，餵他們吃止瀉劑。她或許能暫時幫助這些病患，但對於蛀牙、韌帶撕裂傷造成終身跛腳，或是因盲腸破裂而死的孩子們卻束手無策。

她對貧困的村民亦愛莫能助。格蕾曾試著跟安娜麗討論史岱佛家族與村人間生活的天壤之別，並從她那裡學到了什麼是禁奢令。在美國，人人自稱平等，一個身價百萬的人並不比一個勞力謀生的人強。但沒人眞的相信這種神話。事實是，有錢的罪犯被從輕量刑；窮人卻加重刑責。

在十六世紀，格蕾發現人人平等的觀念只會引來訕笑。人們並不平等，依法他們甚至不被允許穿著相同服飾。格蕾曾要求安娜麗解釋這些禁奢令：伯爵可以穿貂皮，男爵卻只能穿北極狐皮質料的長袍。若年收入約有一百鎊，那麼他可以穿天鵝絨的上衣，卻不能穿天鵝絨的長袍。若年收入有二十鎊，那麼就只能穿緞子或織花錦緞的上衣和絲質長袍。若年收入只有十鎊或少於十鎊，花在布料上的錢，每碼不得超過兩先令。僕人不能穿著長過小腿的袍子，而學徒通常只穿藍色的衣物（所以上流社會的人很少穿著藍色）。

禁奢令的條文彷彿沒完沒了。舉凡收入、皮毛、顏色、衣服還有剪裁等各方面都包含在內；而身爲瑪格莉特夫人的侍女，格蕾可以穿得像個女伯爵。安娜麗對所有條文嗤之以鼻，說大家都穿自己負擔得起的服裝，如果被發現沒有按規定穿著，就必須繳納罰金，然後再繼續隨心所欲，想穿什麼就穿什麼。

在二十世紀時，格蕾對於穿著從未多花心思。她對服裝的要求就只有舒適和耐穿，其他方面就不太注重。但伊莉莎白時代這些漂亮優雅的長袍可不一樣！格蕾待在十六世紀的短短數日裡，發現到這時代的人有多重視服裝。瑪格莉特夫人的侍女會花上數小時來設計長袍。

有一日，宅邸裡來了一名義大利商人；以他和他帶來的兩車布料被迎進覲見室的熱烈場面，你會以爲他發明了治療跳蚤咬傷的良方。不消多久，格蕾就發現自己也投身於那陣兵荒馬亂，忙著抽取布匹在自己和其他女人身上比劃著。

尼可與克利斯也加入了女士們的行列。就跟大部分的男人一樣，他們也喜歡被笑聲琅琅、滿懷興奮的美麗女人圍繞。讓格蕾困窘和開心的是，克利斯為她選了兩件長袍的布料，因為他說格蕾也該擁有自己的衣服了。

當晚格蕾躺在床上，思忖著這些伊莉莎白時代的人們，跟二十世紀的人有多麼不同，卻又如此相似。根據格蕾讀過的那些背景設在伊莉莎白時代的小說，她總以為這時代的人成天都只是在討論政治。即使有電視、廣播和新聞周刊幫忙傳播資訊，美國人民似乎仍對那些中世紀小說中博學多聞的人物望塵莫及。然而格蕾發現，這些古人就如同大部分美國人一樣，更為關心服飾、八卦及繁瑣的家務，而非女王近來施行了哪些政策。

最後，格蕾決定盡自己所能來幫助他們，但她不認為自己的任務是要改變十六世紀的生活方式。她穿越時空來此，是為了要拯救尼可，這才是她該專心致志的目標。她提醒自己只是個觀察者，而非傳教士。

不過在中世紀的生活中，還有一點令格蕾無法忍受——這時代的人不愛洗澡。他們會清洗臉部、雙手和雙腳，但卻很少沐浴全身。安娜麗不斷警告格蕾不要「太常」洗澡（一週三次），格蕾也不想讓僕人們每次都得把浴缸拖到她們寢室，然後再提來好幾桶熱水以將它注滿。因為洗澡所要做的事前準備功夫極為繁重，一缸的水得讓三個人使用。有一次格蕾是第三個洗澡的人，還看到水面上浮著一層蝨子。

想痛快洗澡的念頭幾乎佔滿格蕾的思緒，直到安娜麗帶她去看了結紋園裡的一座噴泉。「結紋園」是以矮樹叢與美麗的花朵交錯種植，形成各式精巧紋路或圖案的精緻花園。在四塊結紋花樹叢的中央有個小水池，一座高聳的石雕噴泉座落其間。安娜麗向一名正在花園中除草的孩子做了個手勢，他跑到一面石牆後方，接著格蕾欣喜地發現從噴泉頂端噴出水柱，然後流入下方的小池子裡。原來那個孩子是被派去轉動輪軸。

「眞好，」格蕾說道，「就像是瀑布，或是……」她眼裡開始閃爍著光芒。「或是淋浴間。」就在那一刻，格蕾腦中想到了一個計畫。她私下與轉動噴泉輪軸的孩子交涉，願意付給他一便士，請他在翌日清晨四點時和她碰面。

第二天清晨四點，格蕾躡手躡腳地離開安娜麗的房間，走下樓梯，出門往結紋園走去。她帶了自己的洗髮精、潤髮乳、毛巾還有一塊洗滌巾。男孩睡眼惺忪卻滿臉笑意地拿了他應得的一便士（安娜麗給格蕾的），然後跑去打開了噴泉。格蕾遲疑了一會兒，不確定是否該脫掉全身衣物；但此時天色尙暗，距離宅裡人們起床工作也還有一段時間，因此她匆匆脫掉借來的長袍和亞麻長衫，全身赤裸地走到噴泉下。

歷史上不會有任何人比格蕾更享受這一場淋浴。她覺得彷彿經年累月的塵土、油污和汗垢都被清洗得一乾二淨。她一直覺得泡澡沒辦法洗得很乾淨，而經過了數週無法淋浴，格蕾感到全身到處都髒兮兮的，光是頭髮格蕾就洗了三次，然後潤絲，接著刮除了腿毛和腋毛。天堂。格蕾感覺自己有如置身天堂。

最後格蕾終於步出噴泉，吹了聲口哨通知男孩不必再轉動輪軸，然後擦乾身體，穿上長袍。回屋裡的一路上，格蕾臉上都帶著大大的微笑。或許是因爲笑得太開懷了，沒留意看路，抑或是天色尚暗看不清楚，因爲格蕾撞到了某人。

「葛洛莉！」在明白自己撞到的是那位法國女繼承人之前，她已經脫口叫出洛柏女兒的名字。「我是說……」她結結巴巴地繼續說道，「妳當然不會是葛洛莉，對吧？妳那頭母獅子呢？」話才出口，格蕾就心頭一驚。她很少看到這個女孩，但每次見到她時，女孩身旁總是伴隨著她那位高大又專橫的保姆兼監護人。「我不是有意——」格蕾趕緊道歉。

女繼承人並沒有回答，只是目中無人地走過格蕾身邊。「我已經大到可以照顧自己了，不需要保姆。」

格蕾對著女孩豐潤的背影微笑。她就跟格蕾那些五年級的學生沒兩樣，他們也總是認爲自己已經大到可以照顧自己了。

「妳是偷溜出來的，對吧？」格蕾笑著問道。

女孩迅速轉身怒瞪著格蕾，接著她的臉色慢慢和緩下來。「她會打呼。」女孩說道，臉上微微露出一抹笑，然後回身望著噴泉。「妳在這裡做什麼？」

當格蕾望向噴泉時，驚恐地發現小水池裡滿是肥皀泡泡。對格蕾來說，那是種污染，但女孩似乎很喜歡它們。她雙手伸進池子裡捧起泡沫。

「我剛剛在洗澡，」格蕾說，「妳想試試嗎？」

女孩微聳了聳肩。「不要，我的身體十分嬌弱。」

「洗澡無害於——」格蕾講到一半就頓住。妳不是來傳教的，記得嗎？格蕾提醒自己。她走過去站在女孩身旁，透過清晨的微光，仔細打量著這名女繼承人。「是誰告訴妳，妳身體不好？」

「海勒夫人。」女孩望向格蕾。「我的母獅子。」她臉頰上露出小小的酒窩。

格蕾細細思量著自己要說的話，知道她正在冒險，但這孩子看起來似乎很需要朋友。「海勒夫人說妳很嬌弱，這樣她才能指使妳該吃什麼，該去或不該去哪些地方，誰可以當妳的朋友，誰不行。因爲她管妳管得太緊，以至於妳得要在天亮前才能偷溜出來看看花園，透口氣。我說對了嗎？」

有那麼片刻，女孩驚訝地張大了嘴。但她隨即挺直身軀，給了格蕾一抹傲慢的眼神。「海勒夫人要我跟下人保持距離。」女孩上下打量著格蕾。

「好比我這種人？」格蕾忍住笑意問道。

「妳不是公主。海勒夫人說一位公主不會如妳這般招搖。她說妳未受過教育，妳甚至不會說法文。」

「那是海勒夫人的看法。那妳又是怎麼想的呢？」

「妳不是公主，否則就不會——」

「不，」格蕾打斷了女孩的話。「我不是問妳海勒夫人的看法，而是妳怎麼想？」

女孩驚訝地看著格蕾，顯然不知道該說些什麼。

格蕾對著女孩微笑。「妳喜歡克利斯嗎？」

女孩低頭望著自己的手，格蕾好像看到她臉紅了。「那麼喜歡？」

「他從來不曾注意到我。」女孩語帶哽咽地輕聲道。當她再次抬起頭時，兩眼恨恨地瞪著格蕾。那一刻，女孩和葛洛莉相似的程度，讓格蕾不禁有些發毛。「他總是看著妳。」

「我？」格蕾驚呼道，「克利斯對我根本沒興趣。」

「所有男士都喜歡妳。海勒夫人說妳就像一個……一個……」

格蕾做了個鬼臉。「不用說了，我已經被人那樣叫過了。聽著……妳叫什麼名字？」

女孩語帶驕傲地回答：「愛格拉．露辛妲．妮可萊特．庫瑞小姐。」

「妳的朋友都怎麼叫妳呢？」

女孩看起來一臉困惑，然後微笑答道：「我第一位保姆叫我露西。」

「露西。」格蕾微笑地唸道，隨即注意到天色漸亮。「我想我們最好回去了，免得大家找不到……我們。」

露西面帶驚恐，拉起她那笨重又昂貴的裙子跑了起來，顯然很怕被人發現偷溜出來。

「明天早晨，」格蕾在露西背後喊道，「同樣的時間。」她不確定露西是否聽見了。

格蕾回到宅裡，對僕人望著她的濕髮和睡袍時的神情視若無睹。打開安娜麗的房門後，她嘆了口氣。現在又得要開始那段冗長、痛苦的穿衣過程，這一刻格蕾還眞想念輕便、舒適的牛仔褲和運動衫。

早餐過後，格蕾偷偷從其他仕女們身邊溜開，跑出去找尋尼可。她們要求新的歌曲，而格蕾就快要江郎才盡了；她已經開始隨意哼出曲調，然後要衆人自己創作歌詞。可是今天她一定得跟尼可談談，否則將無法改變他被送上斷頭台的命運。

格蕾在一個類似辦公室的房間裡找到尼可。他坐在那裡，面前的桌子上擺滿文件，似乎正在計算某一欄數字。

尼可抬頭，揚起眉毛望著格蕾，然後低頭繼續看文件。

「尼可，你不能裝作沒我這個人。我們必須談談。你一定得聽我說。」

「我在忙，不要用妳那些嘮叨荒謬的言談煩擾我。」

「嘮叨！荒謬！」格蕾怒道，「我要說的可不止如此而已。」

尼可又看了她一眼，示意她閉嘴，然後繼續專注在那欄數字上。

格蕾瞄了瞄文件，但那些數字在她看來毫無意義，其中既有羅馬數字——有些應該是i的地方寫成了j——也有阿拉伯數字。難怪尼可要為此傷透腦筋，格蕾暗忖。她打開繫在腰間的繡花小袋，拿出她的太陽能計算機。她之所以要隨身攜帶它，是因為安娜麗和其他侍女們刺繡時，總是在計算針數，所以格蕾常幫她們加加減減，以確保繡出來的圖案正確無誤。不過目前她還有比幫尼可計算數字更重要的事，她邊想邊將計算機放在他手邊。

「你和克利斯離開了幾天。你們是不是去了貝爾伍德堡？他有沒有帶你去看那道暗門？」格蕾試著問道。

「克利斯多夫爵爺的事與妳無關，」尼可刻意強調那句稱謂。「我的事也一樣，至於我母親的家務更無須妳費心。女人，這裡不歡迎妳。」

格蕾低頭望著尼可，思考到底該怎麼做才能讓尼可肯聽她說話。接著就在她的注視下，尼可突然在惱怒中順手抓起計算機，開始打進數字，中間還不時按幾下加號鍵，結尾時則按了等號鍵。尼可嘴裡仍說著話，顯然並沒有意識到自己在做什麼，最後他將加好的總額寫在紙上。

「還有，妳——」他邊說邊開始計算第二欄的數字。

「尼可，」格蕾低語道，「你記得。」她吸了一口氣，然後再次大聲說道：「你記得。」

「我什麼都不記得。」尼可生氣地回答，但在話聲出口的當下，他低頭瞪著手中的計算機，了解到自己剛才一直在使用它；然而對於它是什麼東西，又是如何運作，此刻他卻是毫無頭緒。他迅速地丟下那玩意兒，彷彿它是什麼不祥之物。

看到尼可使用計算機，對格蕾來說是一種啓示。他在二十世紀所經歷過的一切，正深埋在他的記憶中。現在距離尼可穿越時空到二十世紀還有四年，同時也是格蕾出生的四百年前；但有過這麼多光怪陸離的經驗後，她已不會再對尼可懂得使用計算機這件事產生任何質疑。只是若尼可記得計算機，那麼他一定也記得她才對。

她跪坐到他身旁，雙手放在尼可的臂上。「尼可，你記得的。」

尼可想推開她，但是卻無法做到。這女人到底有何魔力？他自問道。她確實很美麗，但他見過更美，也比她更討喜的女子。然而這個女人……這個女人卻在他腦海裡揮之不去。

「求求你，」格蕾輕聲道，「不要對我關上心門。不要抗拒我。如果你容許自己去回想，或許會記起更多的事。」

「我什麼都不記得。」尼可直視她的雙眼，堅定地回答。但他真正想做的是扯掉她的小帽，解開她編成辮子的秀髮。

「你記得的，否則你怎麼可能會用計算機？」

「我並沒有——」尼可開口想反駁，接著朝文件上的那個玩意兒瞄了一眼。雖然不清楚是何原因，但他明白自己的確知道如何使用它，知道怎麼用它來加數字。他抽出被格蕾握住的手臂。

「出去。」

「尼可，求求你聽我說。」格蕾哀求他。「你一定要告訴我，到底克利斯帶你去看過貝爾伍德堡那道暗門沒有，這樣我們才知道他何時會……慘遭溺斃。」知道蕾蒂何時將下令殺死他，格蕾暗自想著。「離事情發生或許還有數星期，甚至數月之久，但若是克利斯讓你看過那道暗門，那麼距離他……發生意外的時間就只剩幾天了。求求你，尼可，不要再和我作對了。」

尼可不會容許格蕾控制他。他不打算像宅裡其他人一樣成天跟在她身後，等著她略施小惠。想必不久的將來，格蕾就會要求用一袋金子換取她一首歌，而他母親早已受到格蕾迷惑，肯定會毫不遲疑地答應她。瑪格莉特夫人已經賞賜給那個女人許多衣物和扇子，並且從史岱佛家族的珠寶箱中拿出各種首飾借給她穿戴。

「我不知道什麼門。」尼可撒謊道。事實上，數日前克利斯才告訴尼可關於貝爾伍德堡那道暗門之事。而這個女巫竟會知道這件事，就證明了她並不如表面所見，僅是名普通女子。

格蕾鬆了口氣坐回地上，綠色緞料的長裙散開在她腳邊。「那就好。」她輕聲道，「那就好。」格蕾不願去想克利斯或許將命在旦夕的事。如果克利斯沒有死，或許蕾蒂就沒機會將魔爪伸向尼可，這樣一來，就能預防那件極度不公不義之事發生。況且克利斯若能得救的話，格蕾或許就能回到二十世紀。

「妳在意我的兄長？」尼可問道。

格蕾微笑。「他看來是個好人，但他永遠不會是……」格蕾差點脫口說出「我此生的摯愛」。凝視著尼可湛藍的眼眸，她記起他們做愛的那一夜。她記得他的笑聲，他對現代事物無止境的好奇心。她想也沒想地朝他伸出手，他似乎也出於自然地握住它放到唇邊。

「克霖。」她低喃道。

「爵爺，」從門邊傳來一個聲音。「抱歉打擾您。」

尼可迅速放開她的手，而格蕾心知這夢幻的一刻已就此過去。她站起身撫平裙子。「你會告訴我關於那道門的事，對不對？我們必須隨時注意克利斯的安危。」她柔聲問道。

尼可沒有看她。這個女人嘴裡提的永遠都是克利斯；她佔滿了他的心神，然而自己對她卻似乎沒有同樣的影響力，她腦子裡只有克利斯。「去吧。」他喃喃道，接著提高嗓音。「去把妳那些曲子唱給別人聽，光靠一首歌是無法迷惑住我的。把那玩意兒也一起帶走。」他看著計算機的眼神，彷彿它是屬於魔鬼之物。

「你留著用吧。」

他瞪了她一眼。「我不知如何使用它。」

格蕾嘆口氣，拿起計算機走出房間。到現在爲止，她每次想和尼可談話的嘗試均宣告失敗；但至少她逐漸開始了解，他對她的敵意是出自於想要保護自己的家人。這個念頭讓她露出微笑。她深愛過的尼可向來也總是以家人爲先。在二十世紀時，他爲了要衛護家族榮譽，寧可面對處決也要回來。

這的確是她所愛的那個尼可。表面上，他成天和女人在桌子上和涼亭裡胡搞，就像歷史書籍裡描述的那副浪子模樣。而因爲他的家人們如此熱情地歡迎她，更凸顯出他對她的敵意。但其實在心底深處，他仍是她愛上的那個，把所有人置於自己之前的男人。

光憑這個原因，就足以讓她原諒他的不友善。倘若她果眞對這個家族意有所圖呢？他的家人對一個外人太過信任，這其實並非好事。尼可的反應才是正確的，既然他對她並無任何記憶，自然不該放膽信任她；尤其因爲他倆之間的牽繫，使他能聽見她的「召喚」，這更讓他有充分的理由懷疑她。

然而他的確記得。儘管他否認一切，但至少他記得如何使用計算機。還有什麼其他的東西能幫忙喚起他的記憶？格蕾開始回想她帶來的大提袋裡，有哪些物品可以派上用場。

下午在覲見室裡起了一場騷動。受史岱佛家聘僱，到英國各地採辦食物的管事每月差人運來的貨物送到了。這個月送來的包括鳳梨，從墨西哥和西班牙進口的可可粉，以及來自巴西的糖。

看著衆人對這些美食發出驚嘆，不禁讓格蕾想到二十世紀的人們如何將食物視爲理所當然。美國人幾乎可以在任何時間，吃到屬於任何季節的食物。

被仔細包裹起來的巧克力粉，令格蕾想起她曾爲尼可準備的那頓道地美式野餐：炸雞、馬鈴薯沙拉、魔鬼蛋和巧克力布朗尼蛋糕。

她突然靈光一現，記起曾聽說過嗅覺和味覺是喚起人們記憶最好的方法。她自己就曾因爲某些食物的氣味，而回想起她的祖母，因爲在祖母家裡，永遠有著多到數不清的各種美食；而茉莉花的香味總是讓格蕾想到自己的母親。如果讓尼可吃到他在二十世紀時所吃過的同樣餐點，會不會有助於他記起曾和她共度的時光？

格蕾前去尋找瑪格莉特夫人，請求允許讓她來籌備今日的晚餐。瑪格莉特夫人欣然同意，不過對格蕾要親自進廚房的打算感到愕然。她建議格蕾指導廚子該如何著手即可，但格蕾堅持要自己來。

史岱佛宅邸的廚房大得令人敬畏：數個相連的房間裡各自有著巨大的壁爐，工作檯十分龐大，裡面還有許多人正在忙碌地工作。每個人似乎都有自己的職責，包括兩名屠宰牲畜的屠夫，兩名烘焙廚娘，兩名釀酒人，另有一人負責製作麥芽，兩人負責採集蛇麻子（即啤酒花），數名洗衣婦，以及包辦各項雜役的童工，甚至還有一名粗工，專門負責在牆面剝落時塗上灰泥。另外廚房裡也有數名書記，詳細記載花用掉的每一分錢。而這些人各自都還有助手幫忙他們。

整隻屠宰後的牛和豬被送進廚房，比一般房舍還大的儲藏室裡擺滿了木桶，長達數呎，比手臂還粗的香腸從高高的天花板垂下。在其中兩個房間裡，靠壁爐的牆面上方層層排列著數張臥鋪，上面擺了稻草紮成的床墊供廚工們睡覺。

從見識到如此巨大廚房的震撼中恢復之後，格蕾開始指揮眾人照她的要求去做。一籠籠的雞被扭斷脖子，放進熱水裡燙過後撈起來拔毛，最柔軟的那部分雞毛會留下來裝塡僕人使用的枕頭。

格蕾很驚訝地發現，十六世紀的人們並不經常食用馬鈴薯，不過在她的指示下，數名女僕很快地開始替馬鈴薯削皮，其他人則忙著煮蛋。炸雞及布朗尼蛋糕需要使用到的麵粉得經過層層過篩，因爲精製的白麵粉非常珍貴，所以階級越低，吃到的麵粉就越粗糙。只過篩一次的麵粉裡通常還帶著麩皮——以及沙土，至於宅邸的主人和近侍們所吃的麵粉會一再過篩，直到完全不含雜質爲止。

格蕾知道炸雞、沙拉和蛋的分量足夠供應所有人，但需要使用到昂貴巧克力粉的布朗尼蛋糕，就只有史岱佛家族的人可以食用。一名廚師協助格蕾計算出多少隻雞該用最精製的麵粉來沾裹，多少隻該用次一級的麵粉，並依此類推。格蕾不想教訓這些人平等的觀念，尤其是她知道精製麵粉裡的維生素都已大量流失，反而不像較粗糙的麵粉那樣富含營養。

在現代的英國廚房裡輕易就可準備好的一餐，移到十六世紀來可就大不相同了。所有東西都必須從頭做起，這兒可沒有超市，能買到拌沙拉和蛋所需要的芥末醬和美乃滋；鎖在箱子裡小心保管的胡椒粒必須先挑去石頭，然後放進跟澡盆一樣大的研臼裡搗碎；布朗尼蛋糕裡的乾果仁也不是用塑膠袋一包包裝好，而是得一一去殼後才能使用。

一切進行得還算順利，格蕾唯一一次感到驚慌，是在她發現烤蛋糕用的鐵盤裡鋪著已使用過，帶著墨跡的紙張。她愕然地看著巧克力麵糊被倒在一張有著亨利七世簽名的文件上。

食物大致準備好之後，格蕾決定要以野餐的方式來進行，於是吩咐僕人在果園的地面鋪好布巾，擺上從屋裡拿來的坐墊和枕頭。從眾人嚐到第一口食物時的表情看來，一切的辛勞都有了代價。所有人用湯匙挖著馬鈴薯泥，大口吞下一盤盤的魔鬼蛋，更深深地愛上香味濃厚的炸雞。

格蕾坐在尼可對面，仔細地觀察他的反應；但據她所見，似乎並沒有任何東西勾起他的回憶。

晚餐接近尾聲時，僕役們慎重端出在銀盤裡堆得高高的、裡面填滿了核果的布朗尼蛋糕。才咬下第一口，就已經有不少人眼裡流露出喜悅與感激的淚光。但格蕾的全副心神都專注在尼可身上。他拿起一塊蛋糕，咬了一口，嚼了兩下，然後緩緩地望向格蕾。她的心幾乎要跳出喉嚨。他記起來了。

尼可放下布朗尼，取下左手的戒指遞給格蕾，儘管他並不明白自己為何會這麼做。

她顫抖地伸手接下它。是枚翡翠戒指。那天在艾蓓拉家中，她頭一次做布朗尼蛋糕給他吃時，他送給她的就是這枚戒指。她看得出來，尼可對自己的行為似乎感到相當迷惑。

「你之前也曾經把這枚戒指送給我。」她柔聲道，「當我第一次做了跟今天同樣的餐點給你吃時，你把這枚戒指給了我。」

尼可只是瞪著她看。當他開口想要求她解釋時，克利斯的笑聲打破了這夢境般的一刻。

「我不怪你，」克利斯笑道，「這些蛋糕就有如金子一般珍貴。來，拿去吧。」他取下一只簡單的金戒交給格蕾。

她微笑地收下。這枚戒指與尼可的翡翠戒指相比，價值當然相差甚遠，但即使情況相反過來，她還是會把尼可送她的任何東西視若珍寶。「謝謝你。」格蕾喃喃道，然後看向尼可，但他已經轉開目光。她知道無論他剛才想起什麼，那一刻也已經過去了。

25

「小弟，你太安靜了。」克利斯笑著對尼可說道，「你今晚應該加入我們同樂，格蕾要教我們玩一種叫做『撲克牌』的遊戲。」

尼可別開臉。今晚發生了某件讓他難以理解之事。晚餐時，他咬下一口那女人準備的巧克力蛋糕，而突然間，他就明白了她並非他的敵人。

在遞給她戒指的同時，他心裡也在斥責自己的愚蠢；通常只要牽扯到這個女人時，全家只有他能保持理智，也只有他深信她並非什麼天上掉下的禮物。若最後證明她果眞另有圖謀，那麼他會是唯一一個看出她眞面目的人。

然而今晚當他吃下那塊極端美味的蛋糕時，腦海裡猝然冒出許多景象。他看見她披散著頭髮，裸露出雙腿，坐在一種有著兩個輪子的怪異鐵架上。他看見水花潑灑在她美好、赤裸的胴體上。他還看見她將那枚翡翠戒指緊握在胸前，以充滿愛意的眼光凝視他。就在那一刻，他想也沒想地脫下戒指遞給她，因爲不知什麼原因，他就是覺得那枚戒指應該屬於她。

「尼可？」克利斯問道，「你沒事吧？」

「沒事。」尼可心不在焉地答道，「我很好。」

「你會來參與我們的新遊戲嗎？」

「不。」尼可喃喃道。他不想靠近那個女人，不想再看見一些他明知並未發生過的景象。還是離她遠一點，對他比較好。如果繼續跟她相處下去，說不定他將會開始聽信她那些關於過去和未來的胡言亂語。

「不，我不去。」他對克利斯說道，「我今晚要工作。」

「工作？」克利斯的嗓音裡帶著取笑。「不是去找女人？我想知道，從格蕾小姐來到這裡之後，你是否跟任何女人上過床？」

「她不是什麼小——」尼可正想反駁，卻突然有另一幕景象閃過他的腦海：格蕾柔軟的髮絲披散在肩上，笑意盎然地低頭看著他。

克利斯發出了然的笑聲。「你也陷進去了，對嗎？我不怪你，那個女人的確很美麗。你打算在婚後將她納為情婦？」

「不！」尼可堅決有力地說道，「那女人對我毫無意義。你把她帶走吧，我希望永遠不會再見到她，聽見她的聲音。我希望她從未來到我面前。」

克利斯向後退開，臉上仍帶笑意。「看來有人被閃電擊中了。」他說道，顯然很享受地看著弟弟在痛苦掙扎。

尼可驀地起身，想要打掉兄長臉上嘲弄的笑容。但克利斯已退向門邊，在尼可衝上前時離開了房間。他一面放聲大笑，一面替弟弟關上了房門。

尼可回到桌後坐下，想專注心神在面前的帳冊上，但他滿腦子裡只有那個紅髮女人。他知道此刻她一定正因為自己的計謀得逞，而笑得十分開懷；因為不知為什麼，他能夠感應到她何時不快樂。

他走到牆邊，拉開窗閂把窗子推開，注視著下方的花園。一幕景象不請自來地出現在他腦海。他看見另一座籠罩在夜幕下的花園，一名女子在雨中召喚著他；路旁高高的柱子上透出藍紫色的奇異光芒，而他走在大雨裡，鬍髭刮得乾乾淨淨，身上穿著怪異的服裝。

他用力關上窗子，用手揉著眼睛，彷彿想抹去那幕景象。他不會讓那個妖女迷惑他，控制他的心神！

他離開書房，回到自己的寢室，倒了杯葡萄酒一仰而盡，接著又吞下第二杯、第三杯，直到酒液溫暖了他帶著寒意的身軀。他要把她趕出他的腦海。他決定把自己灌醉，直到他再也聽不見她的聲音，看不到她的容顏，聞不到她的芳香……他要徹底忘記她。

酒精暫時發揮功效，麻痺了他的思緒。尼可滿意地爬上床，迅速地陷入沉睡。

但一幕幕景象再次出現，這次變成了他的夢境。

「你一定要告訴我，克利斯有沒有帶你去看那道暗門。」他聽到那個女人的聲音如此說道。「告訴我你有沒有割傷手臂。」「克利斯死了，這都是你造成的。」「萬一你錯了呢？」女人的嗓音提高，也變得更加急切。「萬一你錯了，而克利斯因此死亡，就因爲你不肯聽我說呢？」

尼可渾身大汗地醒來，接下來整夜他都睜著眼睛，不敢再次入睡。如果那個女人不肯讓他睡覺，那麼他得想個辦法解決她才行。他一定得做點什麼。

26

格蕾在清晨四點溜出了房間，好來到噴泉洗澡。昨天有兩位侍女在談論水池裡出現的泡沫，而瑪格莉特夫人望向格蕾的目光裡帶著了然的神色。格蕾紅著臉避開了視線，很懷疑史岱佛宅邸裡是否有任何這位夫人不知道的事。但若是她不該使用噴泉來洗澡，瑪格莉特夫人必定會下令阻止她才對。

儘管清晨的光線微弱，格蕾仍能看見露西已經在水池邊等著她。可憐的孩子，格蕾心忖。露西年僅三歲時，就和她的監護人一起來到史岱佛家，據說是為了讓她及早學習英國人的生活方式，並在婚前有機會熟悉未來夫婿的家人，以便能成為更適合克利斯的妻子。

但從露西抵達的那一刻起，海勒夫人便截斷了所有人與這孩子接觸的管道。橫越英吉利海峽，加上來到史岱佛宅邸的顛簸路程，讓年幼的露西生了場大病；等到她病體痊癒時，宅邸裡似乎根本已無人記得她的存在。

格蕾早已注意到十六世紀的人們，並不像現代美國人那樣寵愛孩子。她很意外地發現多數瑪格莉特夫人的侍女都已婚，其中兩位尚有幼子，留在百哩之外的家中。這些女人似乎並不因為離開孩子而感到心痛，有次與衆人圍坐在一塊兒刺繡時——所有人的女紅都頗具水準，只有她的乏善可陳——格蕾曾提到在她的國家，母親會盡力找時間陪伴孩子玩耍，教導他們。女士們似乎對此深感驚愕，她們相信孩子們直到適婚年齡前，都應該被忽視，畢竟小孩子很容易死亡，而在成年前，他們的靈魂仍尚未成形。

在此之前，格蕾一直以為無論在任何時代，父母總是疼愛孩子的。而身為母親的人，一向都對自己是否已為孩子付出全副心力而耿耿於懷。顯然十六世紀與二十世紀的差別，並非只限於服飾與政治。

此刻望著露西，她能感覺得出女孩的孤獨寂寞。她從幼年時期就生活在這幢宅邸裡，但她認識的人卻比格蕾還要少。

「哈囉。」格蕾道。

露西露出大大的笑容，但隨即神色一斂，回復僵硬的姿勢。「早安。」她很正式地問安。「妳又要沐浴？」她在格蕾脫去睡袍時問道，然後轉過身子，不去看格蕾赤裸地踏進水池。

「每天都要。」格蕾答道，吹了聲口哨，示意男孩開始轉動輪軸。冰冷的泉水讓她抽了口氣，但乾淨的身體值得這小小的不適。

露西雖然轉身不看她，但是並未離去，格蕾知道女孩必定有話想說，但也可能是她太希望能有個朋友。

格蕾走出池子，用毛巾擦乾身體，然後轉向露西。「今天早上我們要玩比手畫腳的猜謎遊戲，也許妳願意加入我們。」

「克利斯多夫爵爺也會參加嗎？」露西立刻問道。

原來如此。「我想不會。」格蕾道。

露西像顆洩了氣的海灘球般跌坐到長椅上。「那我也不去。」

格蕾一面擦乾頭髮，一面若有所思地望著露西。一個體型過於圓潤，長相也不夠漂亮的青少女，該如何抓住像克利斯那樣一位大帥哥的注意力？

「他經常提起妳。」露西憂鬱地說道。

格蕾坐到她身旁。「克利斯跟妳提到我？妳什麼時候會見到他？」

「他幾乎每日都來看我。」

這的確很像克利斯會做的事。他似乎十分仁慈、體貼——而且八成把探視未婚妻當成是他的責任。「克利斯跟妳提到我，那妳又跟他談些什麼？」

露西絞弄著放在膝上的雙手。「我什麼都沒說。」

「妳什麼都沒對他說？他每天都去看妳，妳卻像根木頭似地呆坐在那裡？」

「海勒夫人說隨便開口是不得體的——」

格蕾無法控制她的怒火。「海勒夫人！那個老妖怪？那女人醜得連她的後腦都能震碎一面鏡子。」

露西咯咯發笑。「曾經有一次，一隻老鷹飛向她，而不是牠的主人。我想那隻鷹是把她誤認成牠的伴侶了。」

格蕾笑了。「我能理解牠爲何犯下這種錯誤，是因爲她那管鷹勾鼻吧？」

露西笑得更大聲，但旋即掩住嘴。「我眞希望能像妳一樣。」她充滿渴望地說道，「若我能讓我的克利斯露出笑顏……」

格蕾能體會她的心情。「我的克利斯」，就如同「我的尼可」一樣。

「也許我們能想到方法逗他開心。我正打算找安娜麗跟我合演一齣輕歌舞劇，也許妳可以和我搭檔演出。」

「『輕歌舞劇』？我想海勒夫人一定不會——」

「露西，」格蕾握住女孩的手。「無論任何時代，我發現有件事始終沒有改變，那就是如果妳想得到某個男人，就得盡一切努力去爭取他。現在妳想要的是讓克利斯能注意到妳，而妳需要的是自信心；同時妳也得相信自己的判斷力，而非一逕聽從別人。也許這場演出，能幫助妳達成這幾項目的。克利斯將會發現，妳已不再是個小女孩——海勒夫人也一樣，而我們倆也可以一起度過一段歡樂的時光。妳覺得怎麼樣？」

「我……我不知道……」

「妳一定可以的，」格蕾道，「我相信妳會做得很好。現在我們先來計畫一下。我們什麼時候可以排演？別找藉口，記住，妳才是繼承人，海勒夫人是爲妳工作。」

等格蕾回到大屋時，天色早已大亮。她知道大部分人都曉得她每天清晨在做些什麼，因爲在這幢宅邸裡沒有秘密，不過衆人都禮貌地沒有當面出口詢問。

通常整個上午時間，瑪格莉特夫人都十分忙碌，不會要求格蕾提供娛興節目，因此她走到花園裡閒逛。不消多久，她已經在泥地上畫著英文字母，開始教導三名在廚房裡工作的小孩認字。時光迅速地流逝，眨眼間便已到了用餐時間。

克利斯與尼可並未現身。格蕾暗自發誓，飯後一定要再試著去找尼可談談。至少現在她知道，克利斯還未帶他去看過貝爾伍德堡的那道暗門，代表克利斯並沒有立即的生命危險。

她微笑著離開餐桌，跟著安娜麗學習如何用亞麻布來製作蕾絲。安娜麗正在縫製一塊精緻的袖口花邊，還把格蕾兩個字繡在上面，旁邊圍繞著奇怪的小鳥和獸類圖案。

格蕾低著頭專心刺繡，心裡感覺非常平靜。她想到了辦法幫助露西，昨天尼可也記起了一些他們在二十世紀時的回憶。她瞥向拇指上的翡翠戒指。如今她既已喚起了他的記憶，很快他就會想起更多。這次她一定能完成之前失敗的任務。

27

尼可的頭很痛，腳步也不怎麼平穩。昨夜他拒絕入睡後，的確不曾再看見任何影像，但今早他仍然為那些夢境所苦。「萬一你錯了呢？」他不斷聽見她的聲音。他到底哪裡錯了？錯認她是女巫嗎？光憑她放進他腦子裡的那些影像，就足以證明他是對的。

他有些昏沉地下樓，來到練劍場。與手下過招時，他出劍的力道比平時狂猛，但他並未留意到對手驚愕的神情。通常他練劍時不會這麼具有攻擊性，但此刻劇烈的頭疼加上怒氣，讓他忍不住想藉此發洩一下。他一再揮劍戮刺，但對手卻垂下劍尖，向後退開。

「爵爺？」那名衛士訝然道。

「你到底要不要陪我好好練場劍？」尼可挑戰道，再次舉劍。如果他夠疲累，或許就不會再聽見那個女人的聲音，或在腦裡看見她的影像。

他累垮了三名對手，直到換上第四位時，尼可才一個不留心，被對手的劍刃劃破左上臂，傷口深可見骨。尼可站在那裡，瞪著正在流血的手臂，眼前驀然出現一幕景象。但不同的是，這次他不只是看見它，連他自己也置身其中。

他和那名紅髮女子一起走在某個怪異的地方，接著他們停在一棟有著玻璃窗戶的建築物前方；他從未見過像那樣的玻璃，它們清澈透明得彷彿根本不存在。一種巨大、有著輪子的奇特機器從旁邊呼嘯而過，但他似乎對它並不感興趣，只是專注地跟那個女人談話，告訴她關於自己手臂上那道傷疤的事，並提到克利斯就是在他因練劍而弄傷手臂的那天溺斃。

他突然間清醒過來，發現自己躺在地上，他的手下憂心地圍在他四周，其中一人正在設法替他止血。

尼可沒有時間理會傷口的疼痛。「準備兩匹馬，其中一匹配上女士用的側騎馬鞍，給那名叫蒙哥馬利的女人。」

「騎馬？」他的手下問道，「但你的手臂在流血——」

另一名騎士語氣不屑地說：「那個女人的騎術，只能讓她勉強不從馬上摔落。」

尼可在旁人攙扶下，困難地站起身來。「綁緊我的手臂，好阻止它繼續流血，然後把兩匹馬都配上男用馬鞍。快去。」尼可說道，「別再浪費時間。」他的聲音不大，但卻充滿威嚴。

「要我去把那女人找來嗎？」一名手下問道。

尼可伸出手臂讓人替傷口裹上布條，同時抬頭望向宅邸的窗戶。「她會來的，」他充滿自信地說道，「我們只須在此等待。」

格蕾低著頭刺繡，一面聽著侍女講述某位女士試圖勾引一名有婦之夫的八卦韻事。她正聽得津津有味，驀然間感到從左上臂傳來一陣熱辣辣的劇痛。

她痛叫一聲，從椅子上跌下來，滾倒在地上。「我的手臂，有什麼東西弄傷了我的手臂。」她把手臂護在胸前，疼痛的淚水奪眶而出。

安娜麗迅速跑過來跪坐在她身旁，開始解下她的衣袖，但她的動作讓格蕾發出痛苦的呻吟。

褪下袖子後，安娜麗仔細察看她的手臂，但它毫無異狀，皮膚上連一道紅痕都沒有。

「我什麼都沒看見。」安娜麗說道，忽然感到一絲畏懼。她很喜歡格蕾，但這個女孩的確十分怪異。尼可拉斯爵士曾指控她爲女巫，這看不見的疼痛是否便是她巫術的顯現？

劇烈的疼痛讓格蕾幾乎無法忍受，但是當她望著自己的手臂時，卻看到它仍完好無缺。「感覺起來像是割傷，」她低聲道，「就像有人拿了把刀深深地劃過去。」

她用右手揉著左臂。「我可以感覺到傷口。」格蕾輕喃道，其他女士們看著她的表情，彷彿是在懷疑她是否神智不清。

突然間，她在腦海裡聽見尼可的聲音。他們一起躺在床上，她正觸摸著他左臂上的傷疤。尼可說那是克利斯溺斃那天，他練劍受傷時留下的疤痕。

格蕾迅速起身。「男士們都在哪裡練劍？」她問道，盡力不讓嗓音顯示出心底的慌亂。求求祢，上帝，她祈禱著，別讓我去得太遲。

格蕾的問話無疑讓所有人更加確定了她的精神狀態，但安娜麗仍開口回答。格蕾所做的任何事，都早已不再令她感到訝異。「在迷宮後面，東北方那扇門外。」

她點點頭，毫不浪費時間地抓起裙襬開始奔跑。途中她在走廊上撞倒一個男人，並從他身上躍過，低頭從一名女僕要拿高處的物品而抬起的手臂下穿過去，還一個接著一個跳過沒綁緊而滾落一地的五只木桶，看起來就像個服裝怪異的奧運跳欄選手。在迷宮外面，她與瑪格莉特夫人擦身而過，但是並未回應後者的叫喚。發現迷宮後側的門扉卡住時，她提起腳來用力將它踢開。

尼可手臂上纏著仍在滲血的繃帶，坐在馬上，看著她朝自己奔來。

「克利斯！」格蕾一面跑一面尖叫。「我們得去救克利斯。」

她不需要再多說，因爲一名男子已將她一把抱起，扔到馬背上。感謝老天，這是一副男用馬鞍。格蕾雙腳踩進馬鐙，抓起韁繩，然後望向尼可。

「出發！」他大吼一聲，策馬奔馳而去。

迎面而來的強風刺痛了她的眼睛，她的手臂也仍然疼痛不已，但格蕾專注心神緊跟著尼可，身後的三名騎士正全力想追上他們。

他們馳經已犁好的田地，踏爛了包心菜與蕪菁菜園，越過荒地上渾身髒污的農人；這是頭一次格蕾不去考慮平等概念或農民生計，而是任由身下的馬蹄摧毀那些農作物。

當尼可扯動韁繩，轉進樹林時，格蕾只是緊緊跟上去，一點也不懷疑尼可曉得克利斯在哪裡。就如同他知道格蕾會在他手臂受傷時趕來，他也確知他的兄長此刻人在何處。

他們來到一處空地，前方在樹叢的圍繞下，是一窪閃閃發亮的美麗湖水。尼可胯下的坐騎尙未停步，他已縱身一躍而下；格蕾跟著下馬，渾不在意笨重的長裙被馬鞍給扯破。

當她趕到湖邊時，眼前的景象令她全身發冷。三名男子正將克利斯毫無生氣的赤裸身軀抬出水面，他面容朝下，脖子虛軟無力地低垂著，長長的黑髮落在額前。

尼可雙眼緊盯著兄長，怒吼道：「不！不！」

格蕾把他推開，走向抬著克利斯的三人。「把他放到這裡，」她命令他們，「臉部朝上。」

克利斯的手下有些遲疑。

「照她的話做！」尼可在她身後大聲喝道。

「禱告。」她對眾人說道，跨坐在克利斯身上。「祈禱奇蹟出現。」

所有人立即雙膝著地，垂下頭，雙手交握在胸前。

尼可跪在克利斯沒有氣息的身軀旁，用手捧著兄長的頭，望向格蕾的眼神顯示無論她想做什麼，他都信任她。

格蕾托起克利斯的下巴，讓他的頭向後仰，然後開始施行口對口人工呼吸。尼可瞪大了眼睛，但並未試圖阻止她。

「克利斯，求求你，」她低聲道，「求求你活下去。」

她一再把空氣吹進克利斯的肺裡，但他仍然毫無反應。就在她幾乎想要放棄時，克利斯嗆咳了一下。

尼可抬頭看著格蕾。「加油，快啊。」格蕾說道，「該死，快呼吸啊！」

她在尼可的幫助下，讓克利斯翻身側臥。克利斯再度咳嗽，然後又咳了一聲，接著開始吐水。

格蕾滾下他的身體，把臉埋進雙手痛哭了起來。

尼可扶著兄長的肩膀，讓他吐光肺中積水，一名騎士用自己的斗篷掩住克利斯的下半身，其他的人則敬畏地瞪著格蕾。她髮絲凌亂地披散在肩上，長裙裂開，一隻鞋子不知所蹤，一邊袖子上沾著尼可的血，另一邊臂膀上空無一物。

克利斯終於停止咳嗽，向後靠在弟弟身上。他疲累地看著尼可緊環在他胸前的手臂，上面的鮮血緩緩滴落在自己光裸、濕透的胸膛上。他抬起頭，看見六名手下瞪大了眼睛，望著那個叫格蕾的女子，她正雙手掩面，低聲地哭泣。

「用這樣的場面來歡迎一個死而復生之人，還眞不錯。」克利斯嗓音沙啞地說道，「我弟弟在我身上滴血，一名美麗的女子哀傷落淚。難道沒人高興看到我還活著？」

尼可的回應是收緊了環著克利斯的手臂。格蕾抬起頭，用手背抹去臉上的淚水，吸了吸鼻子。一名騎士遞給她一條手帕。「謝謝。」格蕾喃喃致謝，然後擤了鼻涕。

「是這名女子救了你。」其中一名騎士說道，語氣裡帶著敬畏。「這是個奇蹟。」

「巫術。」另一人咕噥道。

尼可抬頭望向他，眼裡隱含威脅之意。「若你敢再稱呼她爲女巫，那將是從你口中吐出的最後一句話。」

所有人都看得出尼可言出必行。

格蕾看著尼可，知道他對她的恨意已經過去，現在他會願意聽她要說的話。她又擤了次鼻子，試著站起身，但是踉蹌了一下，一名男子伸手扶著她站好，不過所有人看她的眼神，就彷彿她半是聖者，半是魔鬼。

「噢，看在老天的分上，」格蕾說道，「不要那樣看著我。這種救人的方法在我的國家十分平常。我們那兒有很多湖泊，不時有人溺水。我所做的並非奇蹟。」

看見他們似乎相信了她的解釋，讓格蕾鬆了一口氣。

「好了，你們別光只是站在那裡，可憐的克利斯一定凍壞了；還有尼可，你的手臂簡直一團糟。你們兩個扶著克利斯，你們倆去找些乾淨的繃帶替尼可裹傷，至於你們兩個，去查看一下馬匹的情況。還不快去！」

格蕾話聲一落，男人們便互相衝撞著，匆匆忙忙照她的指示行事。無論任何時代，女人都享有一個優勢，那就是所有男人都曾經是個小男孩，都曾臣服在某位女性的權威下。

「你可遇到了一名悍婦，小弟。」克利斯愉快地說道。尼可仍然緊抱著兄長，彷佛懼怕自己一鬆手，克利斯就會死於非命。「也許你可以替我把衣服拿過來。」克利斯柔聲地對尼可說，並在格蕾打算代勞時搖頭阻止她。

尼可慢慢地鬆開雙臂，站起身來，但他腳步不穩地顛躓了一下。失血過多，策馬疾馳，加上兄長生死未卜的恐懼，讓他變得十分虛弱。格蕾靜靜地站在一旁，看著他緩步走向湖岸，拾起克利斯的衣物，然後再度回到兄長身邊。

克利斯咧開嘴。「坐下吧，小弟。」

尼可身形一晃，格蕾連忙扶住他，讓他坐到地上，然後坐在他身邊。尼可側轉身子，把頭枕在她的腿上。

克利斯笑了。「這才像我熟知的那個弟弟。」

格蕾低頭注視尼可，用手輕撫著他汗濕的黑色鬈髮。這才是她的尼可。她曾愛過又失去的尼可終於回來了。

「妳又被洋蔥熏到眼睛了？」

這句熟悉的話語差點讓她心跳停止，也立刻引出她的淚水。「是風吹的。」她咕噥道，朝他微笑。「讓我看看你的手臂。」

他順從地伸出手，格蕾只覺得胃部一陣翻騰。他臂上的繃帶和衣袖全都吸飽了血。

「情況有多糟？」她輕聲問道。

「我想尚不至於失去這條手臂。水蛭可以——」

「水蛭！」格蕾叫道，「你不能再失去更多血了。」

各自去辦事的男人們陸續回到了空地，她抬頭看見克利斯已經穿好衣物，他的手下正在協助他上馬。

「尼可，起來吧，我們回去替你治療你的手臂。」

「不，我們倆留在這裡。」

他眼裡性感、誘惑的神情，似乎在向格蕾保證，她將會很高興自己決定留下來。

「不行。」她道，但忍不住地低頭給他一吻。

「我向來喜歡女人對我說『不』。」尼可柔聲道，未受傷的那隻手撫弄著她的頭髮。

「不可以。」格蕾堅定地說道，「起來！我是說眞的，尼可，起來。我不會被你的甜言蜜語迷昏頭，坐視你的手臂生疽壞死。我們要回大宅去替你清理傷口，然後讓安娜麗幫你縫合。」

「安娜麗？」

「她的女紅是所有人之中最好的。」

尼可皺起眉頭。「我的手臂的確很痛。」他不情願地慢慢從她腿上起身，還趁機在她唇上偷了一吻。

他們緩緩地騎馬回到史岱佛宅邸。儘管格蕾盡力想整頓自己的外貌，但她頭上綴著珍珠的小帽早已不知掉落在何方，身上破損染血的衣物也讓她無計可施。接近屋子時，格蕾想起她之前跑過瑪格莉特夫人身邊，對她的召喚毫不理會，甚至在她面前踢門，現在又一身髒兮兮地騎著男用馬鞍回來，裙子還撩到小腿上。

「我不能用這副模樣面對你母親。」格蕾道。

尼可一臉困惑的模樣，但在他能開口之前，從不遠處傳來叫聲。其中一名護衛已先行回到大宅通報消息，瑪格莉特夫人和她的侍女們都在等著歡迎他們一行人歸來。見到這種場面，格蕾不由得開始擔心，自己會不會再度遭到行使巫術的指控。

克利斯一下馬，瑪格莉特夫人立刻趨前擁抱她的長子，然後轉向格蕾。

「我很抱歉，夫人，」格蕾開口道，「我的外表——」

瑪格莉特夫人捧住格蕾的臉，親吻她兩邊臉頰。「在我眼裡，妳非常美麗。」她說道，嗓音裡充滿感激。

格蕾羞紅了臉，但是感到十分高興。

瑪格莉特夫人轉向尼可，只瞥了一眼他血污的手臂便高聲道：「水蛭！」

格蕾上前擋在他們母子中間。「夫人，請求您讓我來治療他的手臂，可以嗎？安娜麗可以幫我。」

瑪格莉特夫人似乎有些遲疑。「妳有料理傷口的藥物？」

「沒有，只有肥皂、清水和消毒劑。但是請讓我來照顧他。」

瑪格莉特夫人看了看格蕾身後的尼可，終於點頭同意。

回到尼可的寢室後，格蕾唸出她所需要的東西。「最強效的含鹼肥皂、一壺煮開的熱水、縫衣針——要銀製的——白色的絲線、蜜蠟、我的提袋，以及屋裡最白、最乾淨的亞麻布。」安娜麗和三名女僕迅速跑出去替她張羅。

房裡只剩下她和尼可，她拿起放在壁爐架上保溫的水壺，將熱水倒進一個長形銅盤，用來浸泡尼可裹著繃帶的手臂。他袒露著上半身，而儘管格蕾很想專心在手邊的事物上，卻始終能感受到他凝注在她身上灼熱的視線。

「把我們之前的事說給我聽。」

格蕾把水壺放回爐火上煮開。「你來到我的時代，來到我身邊。」現在他願意聽了，格蕾卻發現自己不怎麼情願開口談論那些事。她對指控她施行巫術的尼可毫無眷戀，但眼前這個用閃閃發亮的藍眸望著她的尼可，足以讓她心旌動搖。

她走回尼可身邊，看到繃帶上乾涸的污血已逐漸軟化，於是把尼可的手架在銅盤上，拿裁縫用的小剪刀把它剪開。

「我們曾是情人？」尼可柔聲問道。

格蕾猛吸了一口氣。「你別亂動，否則我沒辦法好好做事。」

「我沒動，是妳在動。」尼可盯著她看了一會兒。「我們在一起很久嗎？我們很相愛？」

「噢，尼可。」她的眼眶再度盈滿淚水。「並不是那樣，你來到我身邊是有原因的。你被控叛國，但因後世發現了瑪格莉特夫人所留下的信件，所以你來到我的時代。我們兩個想找出是誰陷害你。」

她慢慢撕開黏在他臂上的繃帶。

「我們找出眞相了嗎？」

「沒有。」她柔聲道，「我們沒找到。但之後我找出了答案，在你回到你的時代，在你……」她抬起頭看著尼可。「遭到處決之後。」

尼可的臉色開始起了變化，不再滿是情慾。他無法再拒絕相信眼前這女人所說的話。當他和艾蓓拉在那張桌子上胡搞時，她知道有僕人躲在衣櫥裡；她也知道克利斯將遭遇危險。直到此刻，一想到差點就要失去敬愛的兄長，仍會令他心跳加快。若不是有格蕾在場，克利斯肯定會喪命。

而那會是他的錯，因爲當格蕾問起貝爾伍德堡的暗門之事時，他撒了謊。她說過克利斯是在死亡前一週帶尼可去看了那道暗門，但他卻因爲嫉妒她提起俊帥的克利斯，而不肯聽信她的話，結果幾乎害死自己的兄長。

尼可靠回枕頭上。「妳還知道些什麼？」

她開口想告訴他關於蕾蒂的事，但她知道現在還不是時候，他仍不夠信任她。他是如此深愛蕾蒂，不遺餘力地想離開二十世紀——還有格蕾——只爲了回到心愛的妻子身邊。她需要多一點時間好贏取到他足夠的信任，才能跟他談論他心愛的蕾蒂，但絕對不是現在。

「我晚點兒會把一切都告訴你。」格蕾道，「但現在我得先照料你的手臂。」

她對血淋淋的傷口其實有些畏懼，但在小學任教多年的經驗，教會她在撞掉牙齒、傷口滴著血，或是折斷了手腳的孩子面前如何保持安撫的笑臉。她知道尼可的傷勢需要一位醫生，但她也清楚這裡沒人比她更有資格。

安娜麗和女僕們帶著她吩咐的東西回到寢室，在格蕾的指揮下，她們褪去了衣袖，把雙手徹底刷洗乾淨，同時格蕾也忙著將針線放進清水中煮沸。

她很希望手邊能有顆安眠藥，可惜並沒有，只好讓尼可服下兩顆醫生開給她治療胃痛的鎮靜劑，祈禱它們能發生催眠的功效。

它們的確很有效，不到幾分鐘他便沉沉睡去。

確定所有器具都已盡可能消毒乾淨後，格蕾指派安娜麗替尼可縫合傷口。安娜麗臉色發白，但格蕾堅持，因爲她縫線的針腳既細密又確實。

格蕾並不確定該怎麼做，但她指示安娜麗分兩層來縫合傷口，裡層的絲線將必須永遠留在尼可手臂內，不過格蕾父親的一隻腳裡至今還留著當年從軍時，砲彈炸開後嵌進的碎片，所以她猜想幾根絲線應該不會造成什麼大礙。

傷口縫合之後，格蕾用乾淨的亞麻布裹好尼可的手臂，並要女僕們煮好更多布條備用。她堅持所有人在碰觸那些繃帶前，一定要先洗淨雙手，安娜麗承諾會負責處理此事。

最後格蕾請衆人離開，坐進火爐前的椅子裡等待——以及憂心。如果尼可開始發燒的話，她沒辦法讓他服用盤尼西林或消炎藥，只能餵他幾顆阿斯匹靈。她告訴自己無須擔心，因爲她早已知道尼可的未來；但是她今天的行爲改變了歷史。既然克利斯沒死，也許死的會是尼可。有沒有可能當她回到二十世紀時，會發現克利斯活到高齡後壽終正寢，但他的弟弟卻因手臂的劍傷受到感染而喪命？歷史——或者該說是未來——從今天起已經完全改變了。

數小時後，格蕾在椅子上打起瞌睡，安娜麗開門進入房中，手裡捧著一件深紫色的絲絨禮服——就像茄子的顏色——袖口上還鑲著柔軟的白色貂皮。

「這是瑪格莉特夫人送給妳的。」安娜麗放低聲音，以免驚擾到尼可。「還需要修改一下尺寸，但我想先拿來給妳看看。」

格蕾輕撫著閃閃發亮的柔軟絲絨，輕聲問道：「克利斯還好嗎？」

「他睡了。他說有人想殺他。當他游向那名女孩時，有兩個人在水裡抓住他的腳，把他拉進湖底。」

格蕾記得在瑪格莉特夫人留下的文件中，曾提到她相信克利斯是遭人謀殺，他的溺斃並非意外。

「若不是妳懂得如何讓他死而復生……」安娜麗悄聲道。

「我沒有讓人復活的能力，」格蕾尖銳地說，「這與魔法或巫術無關。」

安娜麗直視她的雙眼。「妳的手臂不痛了嗎？它已經好了？」

「好多了，只剩下一點悶痛，它——」她沒有繼續說下去，也不肯迎視安娜麗的目光。沒錯，這的確牽涉到某種神奇的魔法。她能感應到尼可手臂的劍傷，其實只是其中最微不足道的部分，但安娜麗沒有必要知道這些。

「妳該去休息一下，換件衣服。」

格蕾瞄一眼仍在熟睡的尼可。「我得留在這裡陪他。他醒來的時候，我要在他身邊，以免他開始發燒。妳認爲瑪格莉特夫人會介意我留在這裡嗎？」

安娜麗微微一笑。「現在就算妳要求史岱佛家族一半的產業，我相信夫人都不會拒絕。」

格蕾回她一笑。「我只要尼可平安就好。」

「我去替妳拿件袍子。」安娜麗說道，轉身離開房間。

一個小時後，格蕾已經脫去破損髒污的衣裙和緊身褡，換上一件紅寶石色的織錦長袍，安坐在爐火邊。她每隔數分鐘就會把手放在尼可的額頭上試探溫度，雖然他感覺起來有些許發熱，但並不會比正常體溫高出太多。

28

夜幕逐漸降臨，一名女僕替格蕾端來餐點，但尼可依然沒有醒來。格蕾點亮了蠟燭，望著他平靜的睡顏。她已經盯著尼可看了好幾個小時，但他並沒有發燒的跡象，所以她逐漸放鬆下來，直到此刻才有心情環顧他的寢房。

尼可的房間佈置得十分氣派，很符合他貴族子弟的身分。壁爐上陳列著不少純金和銀質的杯盤，令格蕾微笑地回想起尼可曾說過，他所有的財富都放在他的屋子裡。既然這個時代沒有銀行，像史岱佛這樣的富有家族，只能將財產打造成美麗的金、銀器皿和珠寶。她笑著輕撫一把水壺，想像著自己家族所擁有的財富，如果把它們轉換成純金的碗盤，會比股票和債券來得悅目多了。

壁爐旁邊掛著一排橢圓形的小型肖像畫，上面的人物格蕾大多不識，但有一幅看起來應該是年輕時代的瑪格莉特夫人，她的眼睛和尼可有些相似。還有一名較爲年長的男人，下巴和尼可一模一樣。是他的父親？格蕾猜想著。克利斯的迷你油畫也在其中，最下方那幅的主角是尼可。

格蕾將它從牆上取下，輕撫了片刻。這些畫像到了二十世紀會有什麼下場？被掛在某間博物館裡，旁邊附著一張「不知名男士」的小卡片嗎？

她帶著尼可的畫像來到窗邊。窗台下有張擺放了坐墊的長椅，格蕾知道長椅的頂端可以掀起，不由得納悶尼可會把什麼東西放在裡面。回頭確定了一下尼可尚未醒來，她把畫放到架子上，然後將椅板掀開，發出些許嘰嘎聲。

椅子內側放著好幾個用紗線綁住的紙卷，她拿起其中一卷，解開繫繩，在桌上將它展開鋪平。只看了一眼，格蕾就知道紙上畫的屋子是索維克堡。

「妳在窺探我？」從床上傳來尼可的嗓音，讓格蕾驚跳起來。

她走過去摸了摸他的前額。「你感覺怎麼樣？」

「如果沒有某個女人偷翻我的東西，我會感覺好一點。」

他聽起來就像個秘密寶箱被母親拿去翻看的小男孩。格蕾拿起那張設計圖。「除了我以外，你還把它們拿給別人看過嗎？」

「我並沒有把它們拿給妳看。」尼可傾身想搶回圖稿，但格蕾向後退開。他虛弱地躺回枕頭上。

格蕾放下設計圖。「餓了嗎？」她從爐床上熱著的小鍋裡把湯舀進一個銀碗，坐到床緣開始餵他。起初他還抗議說要自己來，不過就和天下所有男人一樣，他很快就適應了被人呵護的感覺。

「那些圖妳看了多久？」他邊喝湯，邊問道。

「我才剛打開那一張來看，你打算何時開始興建它？」

「這只是愚蠢的空想，克利斯他——」他突然停住，然後露出微笑。

格蕾知道他在想什麼。他差點就失去了克利斯。

「我兄長還好嗎？」

「比你健康多了，至少他並未血流成河。」她用餐巾替尼可擦嘴時，他抓住她的手，親吻她的指尖。

「若我能活下去，那麼我們兄弟兩條命都是妳救回來的。我該如何回報妳？」

愛我，格蕾幾乎脫口而出。像你之前那樣，再度愛上我；用充滿愛意的眼神望著我。如果你肯愛我，我願意永遠留在十六世紀。我會放棄車子、牙醫和浴室，只要你能再愛我一次。

「我什麼都不要，只要你們兄弟倆能夠平安，歷史能還你公道。」她把空碗放到桌上。「你該多休息，讓你的手臂有時間痊癒。」

「我睡夠了，留下來娛樂我。」

格蕾扮個鬼臉。「我已經想不出任何娛樂了。我絞盡了腦汁好記起所有我曾玩過的遊戲，曾聽過的曲子，如今我早已江郎才盡。」

尼可朝她微笑。有時他並不懂她使用的那些詞彙，但他似乎總是能了解她的意思。

「不如換你來娛樂我好了！」她拿起那張設計圖。「告訴我關於這張圖的事。」

「不！」他迅速說道，「把它放回去！」他想坐起來，但格蕾把他推回枕頭上。

「不要亂動，小心扯裂了傷口的縫線。別再瞪著眼看我！我知道你對建築的熱愛，當初你來到我的時代時，早已開始興建索維克堡。」尼可臉上的表情讓格蕾幾乎忍俊不住。

「妳怎麼知道這是我爲索維克畫的設計圖？」

「我告訴過你，你是在離現在四年後，穿越時空來到我的年代，那時索維克堡已經開始動工了。但它一直沒有興建完成，因爲你……你……」

「被處決了。」尼可說道，頭一回認眞考慮格蕾所說的話。「把所有的事都告訴我。」

「從一開始說起？」格蕾問道，「那得花上很長時間。」

「如今克利斯已平安無事，我有很多時間。」

直到你落入蕾蒂手中，格蕾心忖。「當時我人在艾胥伯登的教堂裡哭泣，然後——」

「妳爲何哭泣？又爲何會在艾胥伯登？還有，妳不能站著說完這個很長的故事。不，別坐那兒，過來這裡。」他拍拍身旁的空位。

「尼可，我不能跟你躺在一張床上。」光是想到能如此靠近他，就讓她心跳加速。

尼可朝她一笑。「我曾經……夢到妳。妳站在某種白色的箱子裡，水花噴灑在妳身上，而且妳身無寸縷。」他上下打量著她，彷彿能看穿那襲厚重的織錦長袍。「我不信妳向來對我如此害羞。」

「當然不是。」她的嗓音沙啞，記起和他一起擠在淋浴間裡——他夢中的「白箱子」。「那晚我們對彼此毫不害羞，第二天早上你就被帶離我身邊。我害怕只要一碰你，我就會回到我的時代，但我還不能離開，我還有更多事要做。」

「更多？」他問道，「妳知道還有其他人會喪命？我母親？克利斯仍身處險境？」

格蕾對他露出微笑。她心愛的尼可，總是先想到別人，而非自己。「有危險的人是你。」

他如釋重負地笑了。「我可以照顧我自己。」

「你可以才怪！如果不是有我在這裡，你很可能會失去這條手臂，或因傷口感染而死。只要任何一個你們稱之爲大夫的蠢蛋，用他的髒手碰到你的傷口，你就嗚呼哀哉了。」當然啦，他第一次手臂受傷時並沒有死，不過……

尼可茫然地眨眨眼。「妳的言談著實怪異。來吧，坐到我身旁，把一切都告訴我。」當格蕾仍然一動也不動時，尼可嘆了口氣。「我以我的榮譽向妳起誓，絕對不會碰妳。」

「好吧。」她道。老實說，比起他來，她恐怕不信任自己還多一點。她從另一邊爬上床，身體陷進羽毛床墊裡。

「妳爲何在教堂中哭泣？」

格蕾不情願地把她跟洛柏之間的一切告訴他。

「妳未成婚便與他住在一起？妳父親是否因他誘拐妳而殺了他？」

「二十世紀的情況跟現在不同，女性有選擇的自由，當父親的也不會命令女兒該怎麼做。在我的時代，男人和女人是平等的。」

尼可嗤笑了一聲。「看起來男人似乎仍是掌權者，因爲此人佔盡了妳的便宜，卻並未娶妳爲妻。他未與妳共享他的財富，亦不曾要求他的女兒尊敬妳，而妳說這是出於妳的選擇？」

「我……呃……事情沒你形容的那麼糟。大部分時間洛柏都對我很好，我們共度過不少美好時光，只有當葛洛莉在場的時候，情況才會變得惡劣。」

「若有一名美麗女子願對我獻出一切，而我只須回報她一些……妳是怎麼說的，『美好時光』？我也會非常樂意。你們那時代的女子都如此輕賤地給出自己嗎？」

「這並不輕賤，你只是不了解罷了。幾乎所有人在婚前都會同居，好觀察彼此是否能共同生活。再說，我以爲洛柏會向我求婚，但是他沒有，而是買了——」她頓住。尼可的話讓她感到自己十分卑微。「反正你不懂啦，二十世紀的男女跟現在不同。」

「我明白了，女人不再想得到男人的尊敬，只想要一段『美好時光』。」

「她們當然想得到尊敬，只是……」她不知道該如何向一個十六世紀的男人解釋自己和洛柏之間的同居關係。事實上，如今生活在伊莉莎白時代，她開始理解到，跟男人同居的確是貶低了自己。當然，婚姻並不能保證她會得到男人的尊敬，但她爲何沒有對洛柏據理力爭，告訴他：「你憑什麼如此對待我？」或是「不，我不會分攤葛洛莉的機票錢。」還有「不，我有太多事情要做，沒空去替你拿乾洗好的衣物。」此刻的她實在想不出，她怎會任由洛柏那樣欺凌自己。

「你到底要不要聽我說這個故事？」格蕾不悅地說道。

尼可微笑著躺回枕頭上。「我要聽完全部。」

格蕾繼續講述自己如何在他的墓前哭泣，他的突然現身，以及她拒絕相信他的身分等等，還提到尼可差點被巴士撞倒一事。

之後她的故事就沒有太多進展，因爲尼可開始提出問題。他似乎曾見過一幕她坐在某種兩輪車輛上的景象，並要求她解釋那是什麼。他也想知道什麼是巴士，而當她講到自己曾打電話給姊姊的時候，他又要她解說電話的功用。

最後光用言語已經無法描述一切，於是她下床取來手提袋，從裡面拿出三本雜誌，好找出照片給他看。

一旦看到雜誌之後，繼續講述故事的希望也宣告終結。伊莉莎白時代有句諺語：「寧願別出生，也不要未受教育。」尼可簡直是這句話的最佳典範，他的好奇心彷彿永無止境，連綿不絕的問題多到格蕾根本來不及回答。

找不到照片讓他看見實物時，她就拿出紙筆自己動手畫，而線圈筆記本和各色簽字筆當然又引來更多問題。

無法說完故事讓格蕾感到惱火，但她隨即了解到，未來她會有更多時間告訴尼可一切，因爲他已經開始相信她了。

「我之前看到的索維克堡，左邊的塔樓跟你畫的不一樣。還有那些弧形窗戶呢？」

「弧形窗戶？」

「就像這樣。」格蕾開始描繪，但她對於畫建築圖不怎麼在行。

尼可把筆拿過去，畫出了一幅美麗的窗景透視圖。「是這樣的窗戶？」

「對，一點也沒錯。我們住在其中一個房間裡，可以看到下方的花園。教堂就在隔壁，導覽手冊上說，那裡原本有條木造步道從教堂通往主屋。」

尼可靠回枕上開始作畫。「我從未告訴任何人關於我的設計，但妳說它已經完工了一半，之後我就……我就……」

「是的。克利斯死後，你繼任成爲伯爵，可以自由去做任何你想做的事。但現在克利斯平安無事，你將必須請求他的准許才能開始建造它。」

「我並非建築技藝人。」尼可說道，看著他的設計圖。「克利斯若須興建房舍，自會僱請他人。」

「爲何要另僱他人？你做得到的，這些設計圖美極了，我也看過索維克堡，它建造得美輪美奐。」

「要我成爲一名技藝人？」他傲慢地揚眉。

「尼可，」格蕾嚴肅地說道，「這個時代有許多令我喜愛的事物，但你們的階級制度和禁奢令並非其中之一。在我的時代裡，所有人都工作。沒人願意被恥笑爲『有錢有閒的懶富豪』。在英國，甚至連皇室中人都有工作。黛安娜王妃到世界各地，爲各式各樣的慈善機構募款；還有女王的長公主，我光是看她的日程表就快累垮了；安德魯王子愛好攝影；邁克親王夫人出版著作；查爾斯王子熱中於環保——」

尼可輕聲一笑。「皇室中人勤於工作，並非少見之事。妳以爲我們美麗的女王整日閒坐宮中，無所事事嗎？」

格蕾突然想起曾讀過書上的記載，尼可遭到處決的其中一個理由，便是因爲某些人擔憂他將出仕宮廷，勾引年輕的伊莉莎白女王。「尼可，你不會考慮進入宮中，成爲女王的弄臣之一吧？」

「她的弄——」尼可震驚道，「妳對女王有何了解？有人認爲蘇格蘭的瑪麗才是眞命女王，而史岱佛家族應該與衆人合力將她推上王位。」

「別那麼做！無論如何，你一定要支持伊莉莎白女王。」她一面說，一面不禁懷疑她是否在改變歷史。如果瑪麗有史岱佛家的人馬與財力相助，她是否能奪下英格蘭的王位？若伊莉莎白不是女王，英國還能否一度成爲世界霸主？又是否會派遣殖民者來到美國？而英語又是否會成爲美國主要的語言？

「伊莉莎白會嫁予何人？」尼可問道，「她將選擇誰成為她的王夫？」

「誰都不是。你別又來了，我們之前就已經為此爭論過了。伊莉莎白終生未婚，而且非常成功地統治英國與好幾處殖民地。至於現在，你到底要不要讓我說完故事？」

他咧嘴一笑。「妳把自己給了一個男人，卻未得到回報，而我拯救了妳。是的，請繼續。」

「事情不像你說的這樣，不過……」格蕾停下來看著他。

他的確拯救了她。他穿著一身閃亮的盔甲出現在教堂裡，帶她離開那個不愛她的男人，並讓她明瞭眞正的愛需要彼此的付出與回報。跟尼可在一起，她可以做她自己，而無須成天想著該如何取悅他；彷彿只要有她在身邊，就能令他感到愉悅。在格蕾成長期間，她總是努力想變成像姊姊們那樣完美，但似乎她的每一位老師都曾教過她的三個姊姊，而格蕾在相形之下，總是黯然失色。她喜歡做白日夢，但姊姊們總是理智又實際；她的運動神經不發達，姊姊們卻是運動健將；姊姊們交遊滿天下，她卻向來羞怯，常感覺自己像個局外人。

她的父母從未將她們姊妹放在一塊兒比較，也似乎不曾注意到所有的網球、馬術、棒球獎盃、拼字比賽的獎牌，以及科學競賽的得獎緞帶，全都屬於較年長的幾名女兒。格蕾曾在教堂的烘焙比賽中，以蘋果派贏得第三名的黃色緞帶，她父親驕傲地把它和其他女兒那些藍色及紫色的優勝緞帶掛在一起。那抹黃色看起來顯得如此怪異，令格蕾羞愧地將它取下。

她這一生都在盡力想取悅別人，然而卻總是失敗。她父親常說無論格蕾表現如何，他都不會介意，但姊姊們的成就，總令她自覺必須做點什麼，好讓人刮目相看。洛柏就是她所做的嘗試之一，或許一位受人尊敬的外科醫生，會是那座最大的獎盃。

但尼可救了她，雖然並非以他所認爲的那種方式。他救了她，不是因爲他把洛柏推出門外，而是因爲他表現出對她的尊重。經由尼可，格蕾開始看見眞正的自己。她很懷疑三位姊姊若是跟她有相同遭遇，也能像她應付得這麼好。她們都太過理智、冷靜，很可能會通知警察帶走這名身穿盔甲，聲稱自己來自十六世紀的男子。她們的心腸都不夠軟到會去同情一個發了瘋的可憐人。

「何事令妳發笑？」尼可柔聲問道。

「我想到我的姊姊們。她們都很完美，毫無缺點，但我剛剛才領悟到，太過完美有時是很寂寞的。也許我太努力想取悅別人，但這並不算什麼太大的缺點。也許我只是需要找到對的那個人去取悅。」

尼可顯然不是很懂她在說什麼，但他握住她的手，開始親吻她的掌心。「妳很能取悅我。」

格蕾抽回手。「我們不能……碰觸對方。」她結結巴巴地說道。

他垂下濃睫凝視她，嗓音低沉地說道：「但我們曾非常親密，不是嗎？我記得見過妳，也知道如何碰觸妳的身體。」

「是的。」格蕾低語道。在滿室黑暗，只有燭火照耀的房裡。

「若我們曾碰觸過，那麼在這一世再來一次也無妨。」他朝她伸出手。

「不，」格蕾眼裡充滿懇求。「我們不能這麼做。我將會回到我的世界。」

尼可不明白自己爲何停住，但他感覺得出她語調中的急切。從來沒有任何女人的一個「不」字能阻止他，因爲他早就發現那並非她們眞正的心意。然而此刻和這個最令人渴望的女子躺在床上，他卻聽從了她的意思。

他躺回枕頭上，嘆了口氣。「我太累了，什麼也不能做。」

格蕾笑了。「才怪。」

尼可回她一笑。「來，坐在我身邊，告訴我關於妳的世界，還有我們一起做過些什麼。」他抬起未受傷的那隻手臂，格蕾遲疑了一下，還是靠了過去。

尼可將她擁進懷裡，格蕾微微掙扎想推開他，但最後輕嘆一聲，放鬆下來，靠在他光裸的胸前。「我們替你買了一些衣物，」她說道，因那段回憶而微笑。「你攻擊那個可憐的店員，因為它們的價格太高。之後我們去喝茶，你愛死了午茶。接著我幫你找到一家供應早餐的旅店，」她頓了一下。「就是那天晚上，你在雨中找到我。」

尼可不確定自己是否真的相信她那些過去未來的故事，但他確定有她在懷中的滋味好極了。他記得她的嬌軀緊貼著自己的感覺。

她解釋了他似乎能聽見她的召喚，儘管她也不明白那是怎麼回事，不過來到十六世紀的第一天，她就用那種方式讓他冒雨來尋她。格蕾責備他那晚的無禮，竟讓她騎在馬臀上。稍後在閣樓裡，她再次用兩人之間的感應力將他喚來。

尼可並不需要她詳加解釋，因為他似乎總是能對她的任何情緒感同身受。例如此刻，她躺在他懷裡，螓首靠在他的胸前，他能感覺到她的舒適與滿足，但他同時也能感受到她的慾望和興奮。他從未如此想與一名女子做愛，但有某種力量阻止了他。

她正講到他們去了貝爾伍德堡，以及他帶她去看那扇暗門的事。

「在那之後，我就相信你了。」格蕾說道，「不是因為你知道那扇門，而是因為你那麼難過後人只記得你行止不端，而非你的那些功績。在二十世紀無人確定索維克堡是由你所設計，沒有任何紀錄能證明這一點。」

他低頭注視她，用指尖托起她的下巴，緩緩地、溫柔地吻住她的唇。

「妳對我做了什麼？」他輕聲問道。

「我不知道。」格蕾的嗓音沙啞。「我想，也許我們注定要相遇。儘管相隔四百年時空，我們仍是彼此命定的伴侶。」

他的手輕撫過她的臉龐、脖子、肩膀和手臂。「而我卻不能與妳做愛？不能脫去妳的衣服，親吻妳的胸部，妳的腿，妳的——」

「尼可，求求你。」她推開他。「這對我來說已經夠困難了。我只知道在二十世紀，當我們做愛之後，你就消失了。前一刻你還在我懷中，接著你就不見了。現在我又能夠擁有你，我不想再次失去你。我們可以在一起做任何事，只除了做愛——」她頓了一下。「如果你希望我留在你身邊的話。」

尼可望著她。他能感覺到彼此分離時的那種痛楚，但同時他也有種不顧一切的衝動想佔有她。

格蕾看出了他的心思，在他朝她撲過來時，立刻翻身下床。「我們其中一人必須保持理智。我要你休息一下，明天我們再繼續談。」

「我想做的不是談話。」他陰鬱地說。

格蕾笑了，想起以前自己爲了引誘他而做的各種努力。現在她可不需要高跟鞋就能做到！

「我該走了，馬上就要天亮，我得去見露西——」

「誰是露西？」

「露辛妲，克利斯要娶的那個女孩。」

尼可哼了一聲。「那個胖妞。」

格蕾很生氣。「比不上你要娶的那個女人漂亮，對嗎？」

尼可微微一笑。「妳在嫉妒。」

「我才沒有，我是——」她別開臉。嫉妒遠遠不足以形容她對蕾蒂的觀感，但她什麼都沒說。尼可清楚表明過他愛那個女人，所以絕對不會相信任何對蕾蒂不利的言論。「我得走了，」她終於說道，「我要你多休息。」

「有妳陪著，我會睡得更好。」

「騙子。」她微笑說道，但不敢再靠近他，白日大量的活動加上一夜未眠，已經消耗掉她太多精力。她拿起提袋，看了他光裸的胸膛最後一眼，然後在自己改變主意前迅速離開了房間。

露西在噴泉池畔等著她。格蕾沖完澡後，她們一起排演了那齣輕歌舞劇。她讓露西演出劇中較爲討喜的那個角色，好讓女孩能得到觀衆更多掌聲。

天亮後，格蕾回到寢室，安娜麗已經拿出了那件紫色絲絨長袍。

「我想先睡一下。」格蕾打著呵欠道。

「瑪格莉特夫人與克利斯多夫爵爺在等妳。妳將得到賞賜。」

「我不要任何賞賜，我只是想幫忙。」不過她知道自己在說謊。她想跟尼可一起度過接下來的人生，無論是十六或二十世紀她都不在乎，只要能跟他在一塊兒就好。

「妳一定要去。妳可以要求任何妳想要的東西，一棟房舍，一筆津貼，一位夫婿，一──」

「妳想他們會讓我擁有尼可嗎？」

「他已有婚約。」安娜麗柔聲道。

「我很清楚這一點。來幫我著裝吧。」

換好衣服後，她們來到覲見室，瑪格莉特夫人和她的長子正在下棋。

「啊！」格蕾進門時，克利斯握住她的手輕輕一吻。「歡迎妳，拯救我性命的天使。」

格蕾臉紅地露出微笑。

「坐吧。」瑪格莉特夫人指著一張有背的座椅說道。椅子，不是木凳，格蕾知道她的身分已大為提升。

克利斯站在母親身後。「為了表示感激，我要送妳一份禮物，但我不知道妳想要什麼，因此隨妳開口要求吧。記得多要一點，」克利斯眼裡閃著愉快的光芒。「我的命對我來說很値錢。」

「我沒有什麼想要的東西。」格蕾說道，「你們對我非常仁慈，供我吃、住，還有美麗的衣物，其他我什麼都不需要。」除了尼可。你們能否把他包裝好，寄到我在緬因州的公寓？

「別這麼說，」克利斯放聲一笑。「一定有什麼是妳想要的。也許是一箱珠寶？我在威爾斯有棟房子──」

「一棟房子。」格蕾說道，「是的，一棟房子。我想請你在索維克興建一座城堡，由尼可來畫設計圖。」

「我兒子？」瑪格莉特夫人震驚地問道。

「是的，尼可。他已經畫了一些房舍的設計圖，它們美極了。不過他必須先得到克利斯的……我是說，克利斯多夫爵爺的允准。」

「妳要住進這棟房子？」克利斯問道。

「噢，不。我的意思是，我並不想擁有它，只是希望尼可能得到允許來設計它。」

克利斯及瑪格莉特夫人瞪視著她，格蕾看看坐在四周正在刺繡的女士們，她們也全都瞠目結舌地看著她。

克利斯首先恢復過來。「我應允妳的要求，我弟弟將會設計那棟房子。」

「謝謝你。眞是太感謝你了。」

房裡沒人再出聲，於是格蕾站起身。「我還欠您一場比手畫腳的遊戲。」她對大宅的女主人說道。

瑪格莉特夫人露出微笑。「妳不需要再賺取生活所需，拯救我兒子的性命就已足夠。從此妳可以任意做妳想做之事。」

格蕾本想抗議，因爲她並不想閒散度日，不過她相信自己總會找到事情可做。「謝謝您，夫人。」她行了個屈膝禮，然後轉身離開。

她自由了，格蕾邊想邊走回安娜麗的房間。她不需要再想法子娛樂人們；也幸好如此，因爲她唯一還沒搬出來唱過的曲子，只剩下麥當勞的廣告歌。

安娜麗的女僕協助她脫下長袍和緊身褡，她微笑著躺到床上。她已經阻止了尼可讓艾蓓拉懷孕，也救了克利斯；剩下的唯一一件事，就是設法擺脫掉蕾蒂。如果她能成功做到這一點，就能夠改寫歷史。她帶著微笑進入夢鄉。

29

接下來的一週是格蕾一生中最快樂的日子，史岱佛宅邸裡所有人似乎都喜歡她，彷彿無論她做錯任何事，都不會受到責備。格蕾猜想這種禮遇大概不會持續太久，但她會在這段時間裡盡情享受這份好運。

她幾乎把所有時間都花在尼可身上。他想知道關於二十世紀的一切，而且永遠有著沒完沒了的問題。他不太相信汽車的存在，至於飛機更是被他徹底否決。他仔細審視過她提袋裡的每一樣物品，在底部找到兩包鋁箔包裝的茶包，於是格蕾替他泡了一杯奶茶。就像頭一次那樣，他嚐了一口之後，愉悅地在她唇上大聲地吻了一記。

尼可也向她介紹他的生活，教導她這時代流行的舞步，帶她去放鷹，取笑她拒絕放手讓獵鷹飛走好獵捕食物。他帶她去看飛禽和牲畜的欄圈，向她解釋灰面鷲被宰殺來吃之前，會被餵食好幾日的白麵包，以清除牠胃囊中的腐肉。

他們對是否該教育「低階級」人民的看法相異，這也引出一段對於平等觀念的爭論。他想知道英國短期內的未來會發生什麼事，尤其對伊莉莎白女王特別感興趣。格蕾眞希望能記得更多她父親告訴她的那些故事，以便轉述給尼可聽。

尼可似乎認爲航海旅行這個念頭十分有吸引力，也對探索美國這個新國家躍躍欲試。

「但你得待在這裡迎娶蕾蒂。如果你被砍了頭，就哪裡也別想去了。」

每次一提起他遭到處決一事，尼可都拒絕再聽下去。他有著那種年輕人特有的自信，相信沒有任何事物能夠傷害到他。「我不會招募軍隊保衛我在威爾斯的領地，因為它並非屬於我所有，而是克利斯的產業。只要他活著，那麼我之前的命運就不會重演。」

當她問起尼可是誰有可能想殺害克利斯時，他只是聳聳肩，認為必定是某些暴徒所為。格蕾實在無法適應這種沒有聯邦政府或警察，一切刑罰由領主來決定的時代。貴族只需要聽命於女王，而且不但擁有財富，還有權裁決紛爭，隨自己喜好吊死人民。如果農民能有一位好領主來治理他們，就算運氣好了；但大多數人都沒有這麼好運。

某日格蕾要求尼可帶她到城裡看看。他挑了挑眉，說她一定不會喜歡這趟旅程，但仍同意帶她前往。

他是對的。史代佛家族宅邸的平靜和還算清潔的環境，讓格蕾對中世紀城鎮裡的情況完全沒有心理準備。總共有八名衛士陪著她和尼可出門，以免遇上攔路的劫匪。一路上格蕾都提心吊膽，在羅曼史小說裡讀到女主角遭到俊帥的強盜襲擊是一回事，但她很清楚在現實世界裡，若遇到劫匪可是非常危險。

城裡的髒亂出乎格蕾所能想像。廚餘和便盆當街傾倒，許多人可能一輩子都不曾洗過澡；他們經過一條小河時，在橋頭下看見數根木桿，上面掛著半腐爛的人頭。

她試著只去看好的一面，想盡力記住一切，以便回到二十世紀後，可以講述給她的父親聽。但她所看到的實在讓她太過於震撼，這裡的房子全都緊密相鄰，婦女們直接從窗戶就可以互相傳遞東西。人們的叫嚷，牲畜的嗥叫，還有人用鎚子擊打金屬的聲響。骯髒的病童奔上前抱住他們的大腿乞討，尼可的手下把他們踢開，但格蕾並未感到同情或憐憫，反而發現自己退縮地避開他們的碰觸。

當尼可轉身看到她發白的臉色時，命令手下們準備回返大宅。一直等來到了城外的空地，格蕾才有辦法正常地呼吸。

尼可要衆人暫時停下休息，隨從們在樹下鋪好布巾，端出食物。尼可遞給她一大杯烈酒，格蕾雙手顫抖地接過來，喝了一大口。

「我們的世界和妳的不同。」尼可說道。他過去幾天裡問的問題包羅萬象，沐浴設備和污水處理系統也包含其中。

「是啊。」格蕾說道，試著不去想起城裡的氣味和景象。美國也有很多無家可歸的遊民，但即使是那些人的生活也沒有那麼糟糕。當然城裡也有些裝扮華麗的人們，但那並不能掩蓋住那裡的惡臭和髒亂。「現代的城市與它大不相同。」

他在她身旁躺下。「妳仍希望留在這個時代？」

她望著尼可，無法忘懷剛才所看到的一切。如果她留在這裡，尼可和這種生活方式都將成爲她生命中的一部分。每當她離開安全的史岱佛大宅，就會看到插在桿子上的腐爛人頭，踩在滿佈排泄物的街道上。

「是的。」她說，望進他的眼底。「如果可以的話，我願意留下來。」

他握起她的手輕吻。

「不過我會要求產婆一定要洗手。」

「產婆？啊，那麼妳打算為我生育子嗣？」

想到得在缺乏合格醫生與醫院的地方生產，就令她毛骨悚然，但她並沒有告訴尼可這些。

「至少生一打。」

她的袖子無法捲高，但隔著衣袖，格蕾仍能感受到他雙唇的灼熱。「我們何時可以開始製造他們？我很高興能有更多孩子。」

格蕾正閉著眼，仰起頭享受他的親吻。「更多？」突然間，格蕾記起尼可曾經說過的話。一個兒子。他說他有過一個兒子。他是怎麼說來著？

她抽回手臂。「尼可，你有兒子嗎？」

「哎，一個嬰兒。不過妳無須擔心，他的母親已經過世很久了。」

格蕾仔細回想。一個兒子。尼可當時是怎麼說的？**我曾有過一個兒子，但他在我兄長溺斃一週後夭折。**

「我們得趕快回去。」格蕾說道。

「先吃東西。」

「不行，」格蕾站起身子。「我們必須去看你兒子。你說過他在克利斯溺斃的一週後夭折。明天就滿一週了，我們必須現在就趕回去。」

尼可並未猶豫，留下一名護衛收拾食物及餐具，他和格蕾及其餘的人則快馬加鞭地趕回史岱佛大宅。

尼可帶著格蕾到了一處她從未來過的廂房，然後推開房門。眼前的這一幕比她在十六世紀看過的任何景象還要令格蕾震驚。一名看起來還未滿週歲的嬰兒，從脖子到腳底全被亞麻布緊緊束縛住——而且被吊在牆面的一根釘子上。寶寶的手腳和身體被像尊木乃伊般緊裹，下半身的布料因久未更換，早已因嬰兒的便溺而變得髒污不已。在他下方的地板上擺了一只木桶，好接住滴下來的排泄物。

格蕾無法動彈地望著那個眼睛半睜半閉的孩子。

「孩子很好，」尼可說道，「沒有受到任何傷害。」

「沒有受到傷害？」格蕾的聲音幾不可聞。如果二十世紀有孩子受到如此的對待，他早就被帶離父母身邊了，然而尼可卻說孩子很好。「把他放下來。」

「放下來？但是他很安全，沒有理由要——」

格蕾憤怒地瞪著他。「放下來！」

尼可一臉無可奈何的表情，抓著嬰兒的肩膀，把他舉在一臂之遙處，以免排泄物滴到自己身上，然後轉身面對格蕾。「現在要我怎麼辦？」

「我們要替他洗澡，再替他穿上合宜的衣物。他會不會走路？說話？」

尼可一臉驚愕。「我怎麼會知道？」

格蕾眨眨眼，再度體會到他們兩人的世界有多大的不同。格蕾花了一番功夫，找人搬來了一個大木盆，在裡面注滿熱水。尼可不停抱怨和詛咒，但還是動手解開了兒子身上又髒又臭的布條，把他扔進木盆裡。那可憐的孩子從腰部以下佈滿了紅腫的尿布疹，格蕾取出她珍貴的柔軟肥皂爲寶寶洗澡。

期間孩子的保姆曾進來育嬰室，對格蕾的行爲感到十分不悅，宣稱這樣將會害死寶寶。起先尼可不想介入——多半是因爲他也贊同保姆的說法，格蕾暗忖——但在她的怒目而視下，他命令保姆離開房間。

溫暖的浴水讓孩子的精神恢復了不少，格蕾猜測布條可能裹得太緊，使得寶寶變得呆滯而遲緩。她把自己的想法告訴尼可。

「這能讓他們保持安靜。放鬆束縛的話，他們會哭得很大聲。」

「不如把你也像這樣裹起來，掛在釘子上，看看你會不會哭得昏天黑地。」

「小孩並沒有知覺。」他顯然對她的行爲和想法感到困惑。

「他很聰明，將來甚至可以進耶魯。」

「耶魯？」

「算了！安全別針發明出來沒有？」

格蕾必須就地取材，不顧尼可的抗議，用一枚鑽石及一枚翡翠胸針各自別緊了亞麻布的兩端，做成克難尿布。她眞希望自己的提袋裡能有條尿布疹軟膏。

當孩子終於清洗乾淨，擦乾身體，撲上爽身粉後（再次感謝飯店提供的旅行包和她的大提袋），格蕾將男孩遞給他父親。尼可的表情既驚駭，又迷惑，但他還是接過孩子。沒過多久，他已經開始對著寶寶微笑，孩子也回他一笑。

「他叫什麼名字？」格蕾問道。

「傑米。」

格蕾把孩子從尼可手裡抱過來。他是個很俊帥的小男孩，有著他父親的黑髮藍眸，下巴處還有一道小溝。「我們來看看你會不會走路。」她把孩子放到地上，顛躓了幾步後，他搖搖擺擺地走進格蕾張開的雙臂。

尼可陪著她，看著她和寶寶玩了將近一個小時。當格蕾要送他上床睡覺時，發現了更多伊莉莎白時代的可怕育兒方式。傑米的搖籃中間開了一個洞，當晚上寶寶被綁在搖籃裡時，臀部正好對準了洞口，搖籃下面同樣擺了一只木桶。

當她要求替孩子準備合宜的床墊時，尼可翻了翻白眼。保姆提出抗議，而格蕾看得出她抱怨的原因；除非男孩穿著橡皮質地的褲子入睡，否則到了明天早上，床墊將會變得污穢不堪。弄髒的羽絨床墊要怎麼清理？她解決問題的方法是在床上鋪了一塊裁製雨衣用的防水布。保姆照著指示去做，但直到尼可和格蕾離去時，她嘴裡仍不斷在嘀嘀咕咕叨唸著。

尼可咯咯笑著走出房間，將格蕾的手拉過來勾住自己的臂彎。「陪我一起用餐，我們要慶祝我兒子的整潔。」

30

尼可斜倚在花園的長椅上，看著格蕾陪他兒子玩耍。陽光燦爛，空氣中充滿玫瑰的芳香，在尼可眼中，此刻世上的一切都美好極了。三天前她將男孩從釘子上抱下來，拆去他身上的束縛之後，這孩子就經常跟在他們身邊。說起來，圍繞在他們身邊的人還眞不少；尼可很驚訝地發現格蕾在這麼短的時間裡，參與了宅邸裡所有人的生活。每天早上，她都會陪著胖露西「排演」——格蕾如此稱呼她們在做的事——而昨天她跟那位女繼承人穿著荒謬的農民衣著，演出了一齣同樣荒謬的戲劇。她們在劇中唱著可笑的歌曲，還說了許多幾近傷風敗俗的笑話。

觀看整齣戲的過程中，尼可都拒絕發笑，因爲他知道格蕾如此費心是爲了克利斯，這還是她親口告訴他的。其他人都被劇情逗得鬨堂大笑，但尼可就是從頭到尾板著一張臉。

稍後他們獨處時，格蕾曾爲此取笑他，指控他是在嫉妒。嫉妒？尼可拉斯．史岱佛會嫉妒？他可以擁有任何他想要的女人，因此又何須嫉妒？她一臉了然的微笑，讓他爲了制止她，只好把她抓進懷裡熱吻，直到她連自己的名字都記不起來，更別提分心去想別的男人。

此刻靠在花園的牆上，看她和他兒子拋著球玩，尼可感到十分平靜。這就是愛嗎？那種吟遊詩人歌頌的玩意兒？他怎可能愛上一個還未帶上床的女人？曾有一度他以爲自己愛上了一個擁有一半吉普賽血統的女孩，她讓他的身體得到了無比歡愉。然而跟格蕾在一起，他們所做的僅有談話——還有歡笑。

自從翻找到他那些畫之後，她就不斷叨唸他，讓他不得不開始創作新圖。克利斯已經告知尼可，他在春天來臨時便可著手興建索維克堡。

和格蕾共度的日子裡，他們一起談天、唱歌、騎馬及散步。他發現自己告訴她許多從未對任何人說過，關於他自身的秘密。

兩個月前有名肖像畫家來到史岱佛宅邸，尼可僱用他爲格蕾畫了一幅迷你油畫，應該很快就可以完成。

現在看著她的模樣，尼可開始懷疑自己是否能夠忍受失去她。但她總是提到當她離去之後，他必須做的事。她會一直講述清潔的重要性，直到他再也受不了爲止。

當她離去之後。他無法想像沒有她在身邊的日子。他發現自己常在一天中不時想著：我要告訴格蕾這個、那件事她一定會感興趣……等等。她說在她的時代，男女會分享彼此的思想和看法；他知道他母親的上一任丈夫經常徵詢她對某些事物的意見，但他不記得他的繼父曾像格蕾常做的那樣，開口問上一句：「你今天過得好嗎？」

再來還有那個男孩。當然，小孩向來代表了麻煩，但他還挺喜歡看到那張笑臉。那孩子仰望父親時的眼神，就彷彿他是天上的神祇。昨日尼可讓那個小傢伙坐在身前，帶著他一塊騎馬，男孩喜悅開懷的尖叫聲也引出了尼可的微笑。

小傢伙不知做了什麼，逗得格蕾突然大笑出聲，也喚回了尼可漫遊的思緒。陽光在她髮上閃耀，但似乎也只有她在場的時候，太陽才會出現。他極度想碰觸她，擁她入懷，與她做愛；然而她或許會消失的威脅阻止了他將她帶上床的衝動。他親吻過她，探索過她胴體上每一吋他能觸及的部位。夜晚時，他們會躲進某個隱蔽的角落，親密地窩在彼此懷中，一起注視著壁爐裡的火光，或是窗外的星空。他會抱著她，愛撫她，但不曾更進一步。她將因此離去的可能性，對他而言是太大的冒險。

一名小廝前來通報尼可，瑪格莉特夫人要見他。尼可不情願地離開花園，回到屋內。

他母親在她寢室旁的小房間裡等著他。

「你告訴她了嗎？」瑪格莉特夫人問道，表情十分嚴厲。

不需要解釋，尼可也了解她的意思。「還沒有。」

「尼可，事情不能再這樣下去了。那個女人救過克利斯一命，所以我對她一直很寬容，但是你的行爲……」她並未把話說完，顯然也無此必要。

尼可走到窗前，推開窗子，凝視下方花園中格蕾的身影。「我要與她共度一生。」他柔聲道。

瑪格莉特夫人用力關上窗戶，怒視著她的兒子，犀利的眼神猶如銳劍。「你不能那麼做。我們已經接受了蕾蒂．寇賓斯的嫁妝，其中一部分也已用來購買了羊群。她可以帶來土地與人脈，你們的孩子身上將會具有皇室血統，你不能爲一個一無所有的女人拋開這一切。」

「她對我而言即代表一切。」

瑪格莉特夫人憤怒地瞪著他。「她什麼都不是。信差已自拉哥尼亞返回，那兒並無一位蒙哥馬利國王。這個杜格蕾思．蒙哥馬利不過是個滿口謊言的——」

「不用再說了，」尼可打斷她，「我從未相信她是皇室中人，但她對我的意義早已遠超過血統和產業。」

瑪格莉特夫人發出哼聲。「你以爲只有你會陷入愛河？我年輕時也曾愛過我的表兄，並且拒絕嫁給你父親。我母親不斷責打我，直到我願意屈服；而她是對的，你父親給了我兩個活到成年的兒子，我表兄卻賭掉了所有家產。」

「格蕾不太可能賭掉我的財產。」

「但她也無法增加你的財富。」瑪格莉特夫人要自己冷靜下來。「到底有何事令你不滿？克利斯的未婚妻是個肥胖的孩子，而你將迎娶英國最美的女子之一。蕾蒂比那個叫蒙哥馬利的女人漂亮多了。」

「我不在乎金錢或美醜。蕾蒂有副鐵石心腸，她願意委身我這個次子，只是爲了我與皇室之間的血緣。她可以另找一個願意忽視她的冷若冰霜，只看見她美貌的男人。」

「你打算違反協議，背棄這樁婚約？」瑪格莉特夫人驚駭地問道。

「當某個女人擁有了我的心時，我如何還能另娶他人？」

瑪格莉特夫人不屑地嗤笑。「我可不曾把你教養成一個傻子。在你成婚後，仍然可以留下那個女人，讓她成爲你妻子的侍女。你無須每晚爬上妻子的床，我相信蕾蒂不會在意。讓她懷上孩子，然後去找你的格蕾。我第二任丈夫就曾如此安排，而我並不介意。雖然他給了那女人三個孩子，我生下的孩子卻夭折了。」她苦澀地補充道。

「我想格蕾不會同意這種安排，在她的國家裡似乎並非如此行事。」

「她的國家？這個國家位於何處？絕不會是拉哥尼亞。她從何而知那些餘興遊戲？又是從哪裡得來身邊那些奇怪物事？她在器械上加工，她的藥劑具有神奇效力。她是魔鬼派來的嗎？你意欲與魔鬼之女共處？」

「她不是女巫，她來自——」尼可頓住，望著母親。他不能告訴瑪格莉特夫人關於格蕾的眞相，否則她因拯救克利斯而受衆人喜愛的局面將會徹底改變。

「你把自己出賣給了魔鬼？你相信她告訴你的所有故事？那女人是個騙子和……」她遲疑了一下。「她插手干預了太多事務。她讓你如同技藝人般畫起房舍，讓克利斯的未婚妻打扮成農婦，從育兒室帶走孩子們，教導僕人之子如何讀寫——彷彿那眞有任何必要。她——」

「但這都是妳鼓勵她去做的事。」尼可驚訝地說道，「當初是我不斷提醒衆人留心她的來意，妳毫不考慮就服下她拿出的藥錠。」

「是的，起初她的確取悅了我，若非我的次子自認愛上了她，我此刻仍會喜愛她的陪伴。」瑪格莉特夫人的神色柔和下來，一手輕放在尼可臂上。「敬愛神，若有必要，在你的孩子們長大後疼愛他們，但不要把你的愛給予一個撒謊的女子。她想從你身上得到什麼？對我們家族又有何企圖？聽我說，尼可拉斯，要當心這個女人，她讓這個屋子裡的人起了太大改變，必定是有所圖謀。」

「不，」尼可柔聲道，「她不要任何東西，只想給予幫助。她被送來此地——」

「送來？是何人送她來此？她有何目的？」瑪格莉特夫人睜大眼睛。「克利斯說他在湖中時，有人試圖將他拉進水底。是那個女人安排他溺水，之後再假意營救他？這種詭計足以博取我們對她的信任。也許她有意要置你兄長於死地，克利斯死後，你將繼任爲伯爵，而她可以讓你對她言聽計從。」

「不，並非如此，」尼可道，「她不知道克利斯將會遇險，因為我瞞騙了她關於貝爾伍德堡那處暗門之事。」

他的話顯然令瑪格莉特夫人感到困惑。「你對她有何了解？」

「我知道她並未心存惡念。妳必須相信我，她只求史岱佛家眾人平安。」

「那麼她為何阻撓你的婚約？」

「她並沒有。」尼可別開臉道。初見格蕾時，她曾說過一些詆毀蕾蒂的言詞，但近來她已不再多說。然而他母親的話，無可避免地讓他對格蕾有絲起疑。

「那個女人愛你嗎？」

「是的。」

「那麼她會希望你能得到最好的一切，蕾蒂・寇賓斯就是最好的對象。那個紅髮女孩知道自己並無任何陪嫁，她謊稱有位叔父貴為國王，但我很懷疑她會有任何身世顯赫的親族。她是什麼身分？又是何人之女？」

「她父親是名教員。」

「她終於說出實情了。一個一無所有的女人，能帶給史岱佛家什麼利益？」瑪格莉特夫人拍拍他的手臂。「我不要求你放棄她，她可以待在這裡陪伴你，或跟你及你的妻子一同離去。讓她生下孩子，愛她，想如何待她都行，」她的臉色轉為嚴厲。「但不可娶她為妻。聽到了嗎？史岱佛家不會迎娶身無分文的教員之女。」

「我聽得很清楚，母親。」尼可的眸色因怒意而加深。「我比任何人更能體會在我肩上家族名譽的重擔。我會盡我的責任，迎娶那位美麗卻冰冷的蕾蒂。」

「很好，」瑪格莉特夫人道，然後壓低嗓音。「我並不想看到任何事發生在那個蒙哥馬利女人身上，我還挺喜歡她的。」

尼可瞪著母親片刻，接著轉身離開房間。他怒氣沖沖地回到寢室，闔眼靠在門板上。他母親已經表達得很清楚了：盡你的責任迎娶蕾蒂．寇賓斯，否則格蕾就會出事。儘管如此，他知道格蕾對他娶別的女人會有什麼反應；她絕不會留在他的家中伺候他的妻子。

失去格蕾，得到蕾蒂。以格蕾充滿愛意的目光，換取蕾蒂冰冷、精於算計的眼神。初見到蕾蒂時，他也曾爲她深髮、深眸，紅唇豐潤的驚人美貌傾倒。但他見過夠多的美女，很快就看穿了她美麗的皮相。她漫步在史岱佛的宅邸裡，眼睛只盯著所有黃金器皿，在腦裡計算它們的價値，估量史岱佛家族有多少財力。

尼可試過引誘她，但是失敗了；不是因爲蕾蒂不情願，而是因爲她根本缺乏興致。親吻她就像在吻一座溫暖的大理石雕像。

責任。他的責任就是娶回一個最富有，擁有最純正貴族血統的女子。

「格蕾。」他閉著眼輕喚道。

今晚他必須告訴她這樁即將到來的婚事。他無法再拖延下去了。

31

「你不能娶她。」格蕾冷靜地說道。

「吾愛。」尼可走向她，朝她伸出手。

他邀她一塊騎馬出遊，帶她來到史岱佛家鄰近一處產業。那兒的花園裡有座迷宮，樹籬高達十二英尺（約三．七公尺），入口和出口都極爲複雜。他知道她一定無法找到出路，因此在聽到他要告訴她的消息時，也無法跑開他身邊。

「我一定得娶她，這是我對家族的責任。」

格蕾告訴自己要保持冷靜，她必須向尼可解釋，他爲何不能和蕾蒂結婚；但親耳聽見心愛的男人說出要迎娶別的女人，所有邏輯霎時被拋到腦後。

「責任？」她咬牙切齒道，「娶一個像蕾蒂那樣的美女還眞是委屈你了，你一定怕得要死吧。我猜你也想要我，對嗎？有了妻子，再加個情婦。可惜我不能當你的情婦，不是嗎？」她怒視他。「也許我可以。如果我陪你上床，你是否就可以不娶那個邪惡的女人？」

尼可正要走向她，想將她擁入懷中，但她的話讓他停下腳步。「邪惡？蕾蒂或許貪婪，但說她邪惡？」

格蕾握緊拳頭。「你懂什麼叫邪惡？無論什麼時代，你們男人都是一個樣，只看得到一個人的外表。只要是美女，無論她內心多麼卑劣，都能得到她想要的任何男人。但若女人容貌醜陋，那其他一切都無關緊要。」

尼可眼裡冒出怒火。「哎，我就只對女人的美貌感興趣，不在乎責任、家族和我所愛的女子。我一心只想扒光蕾蒂的身子。」

格蕾倒抽一口氣，感覺就像被他摑了一掌。她想離開迷宮，卻不曉得出路在哪兒。她僵硬地轉身面對尼可，但怒氣卻在突然間消失殆盡。她跌坐在一張長椅上，把臉埋進掌心。

「噢，天啊。」她低語道。

尼可坐到她身邊，把她擁入懷中，任她靠在胸前啜泣。「我必須履行這樁婚約，一切都已經安排好了。我並不想這麼做，尤其是此刻我已擁有了妳；但我別無選擇，如果克利斯出了任何事，我將繼任為伯爵，孕育子嗣是我的責任。」

「蕾蒂不能生意。」她鼻音濃重地說道。

尼可從口袋裡掏出手帕。「什麼？」

格蕾擤了擤鼻子。「蕾蒂不能生育。」

「妳如何知道此事？」

「是蕾蒂害你遭到處決。噢，尼可，請不要娶她，她會害死你。」格蕾冷靜下來，想起必須讓他知道的那些事。「我一直想告訴你，但我以為我們還有更多時間能在一起。在我說出一切之前，我要你信任我。我知道你有多愛蕾蒂——」

「愛她？我愛蕾蒂．寇賓斯？是誰告訴妳的？」

「是你。你說她是讓你想回到十六世紀最重要的原因，因為你是如此深愛她。」

尼可抽身後退，從椅上站起。「我將來會愛上她？」

格蕾抽抽鼻子，又擤了一次鼻涕。「你來到我身邊的時候，已經跟她成婚四年了。」

「想要我愛上那女人，四年時間絕對不夠。」尼可咕噥道。

「什麼？」

「再多說一點我對我妻子的愛。」

格蕾的喉嚨糾結，幾乎說不出話來，但還是盡力複述了他曾說過的話。尼可鉅細靡遺地詰問她，尤其很仔細地問清他們最後一次相處的情形。回答他的問題時，格蕾一直用雙手握住他的手掌。

最後，他用指尖托起她的下巴。「當我之前與妳在一起時，我知道我必須回來。也許我不想讓我的離去造成妳的痛苦，也許我是想防止妳愛上一個無法留在妳身邊的男人。」

格蕾睜大眼睛，淚水在眼眶中閃爍。「你那時也這麼說過，」她輕聲道，「我們在一起的最後一個晚上，你說你不會碰我，因為我將因你離去而過於悲痛。」

他對她微笑，輕撫開她臉上一綹淚濕的髮絲。「就算和蕾蒂共住千年，我也不可能愛上她。」

「噢，尼可，」她摟住他的脖子，開始親吻他。「我就知道你會做出正確的決定，我就知道你不會娶她。現在一切都會回歸正途了，你不會被處決，因為蕾蒂沒有理由殺害你或克利斯；她也不會與羅柏．席尼合謀，因為艾蓓拉並未懷有你的孩子。噢，尼可，我就知道你不會娶她。」

尼可拉開格蕾環住他的雙臂，把她的手握在掌中，眼神鎖住她的雙眸。「我一定得娶蕾蒂，三天後我就要出發去迎娶她。」格蕾開始掙扎，但他牢牢握住她的手。「我的時代和妳的不同，我並無你們所享有的自由，不能隨自己的喜好成婚。」

他傾身在她頰上落下一吻。「妳必須了解，我的婚姻多年前即已安排好，這是對雙方有利的聯盟，我的妻子將爲史岱佛家族帶來產業及人脈。」

「當你被劊子手砍下腦袋的時候，這些產業和人脈能幫你嗎？」她氣結地問道，「你赴死之時，還會想著這樁婚姻能帶來多少利益？」

「妳得把一切都告訴我，這能助我避免遭指控叛國。」

她掙開他的箝握，轉身走向迷宮中央的草地。「你可以免於被處死，就像你救了克利斯免於溺斃一樣。如果我沒來到這裡，你的兄長將會死亡，而你那位美麗的蕾蒂會嫁給一位伯爵。」

尼可嘲弄地一笑。「若我是伯爵，就不會娶蕾蒂。我母親無疑會命我迎娶胖露西。」

「你的確在成爲伯爵後娶了蕾蒂。也許你欠了她什麼，所以必須娶她。」

「啊，是的，那群羊。」尼可微笑道。

「你儘管笑吧，但我可以向你保證，當初你來到我面前時，可是一點也笑不出來。要面對劊子手的斧頭，並不是什麼讓人愉悅的事。」

尼可斂起笑容。「是啊，極不愉悅。妳會告訴我關於蕾蒂的一切？把妳所知全告訴我。」

格蕾在長椅另一端坐下，遠遠離開他的碰觸，雙眼凝望著前方修剪整齊的綠色樹籬，開始把經過慢慢說出來。她從讀到瑪格莉特夫人藏在牆洞中的文件說起，解釋當時尼可如何矇混海伍德，住進他的家中，並見到漢彌頓·諾曼及艾蓓拉。

「我們整個週末研讀文件，問了一大堆問題，但卻沒找出多少線索。最後你對漢彌頓拔劍相向，他才說出背叛你的人名叫羅柏‧席尼。你跟我都以爲，在此之後你便會回到你的時代，但它卻沒有發生，你留下來了。」她闔眼片刻。「後來我們一起度過了一段很快樂的日子，然而當我們……」她至今仍能清晰地感受到，那日早晨在教堂中失去尼可的痛苦。「我們做愛之後，第二天你就回來了。稍後我發現你遭到了處決。」

她深吸了口氣，繼續往下說，提到她如何遇見漢彌頓，從他那裡知道他發現了瑪格莉特夫人在尼可死後，秘密寫下的事實眞相。她說出蕾蒂計畫要嫁進史岱佛家，生下子嗣，然後把自己的孩子推上英國王位。另外瑪格莉特夫人還相信是蕾蒂找人殺害了克利斯，以便能嫁給一名伯爵，而非僅是個次子。

「你娶了她以後，她試圖說服你出仕宮廷，想藉此培植自己的勢力，但你拒絕了。」

「我不喜歡宮廷，」尼可說道，「太多爾虞我詐。」

格蕾轉身望著他。「你不肯陪妻子待在宮廷裡，所以她想殺了你。當我遇見你時，你的小腿上有道深長的疤痕，是你婚後一年從馬上摔下來時所受的傷。你母親寫下的文件中提到，從你結婚後就發生過不少起『意外』。」

尼可並未開口，於是格蕾繼續訴說蕾蒂如何開始尋找幫手好除去尼可，終致與羅柏‧席尼勾結。「他因你和他的妻子私通，並讓她懷孕而痛恨你，瑪格莉特夫人認爲是他殺害了艾蓓拉和那個孩子。」

「但這次我並未讓艾蓓拉懷孕。」尼可柔聲道。

「是啊。」格蕾露出微笑。「當你開始招募軍隊好衛護威爾斯的領地，蕾蒂很輕易就說服了羅柏去向女王密告你意欲通敵。伊莉莎白女王當時正因蘇格蘭的瑪麗女王而坐立不安，或許她曾聽說過史岱佛家族有意加入瑪麗的陣營。」

她望著尼可俊美的臉龐，清亮的藍眸，伸手輕撫他柔軟、深色的鬍髭。「他們砍下了你的頭。」她輕聲道，眨回盈眶的淚水。

尼可輕吻她的掌心。

格蕾收回手，把臉轉開。「在你……死後，羅柏．席尼勒索蕾蒂，逼她嫁給他；他想讓自己的子嗣登上王位，只可惜美麗的蕾蒂——這個讓男人因她而死的女子，卻生不出孩子。」

她輕蔑地撇了撇嘴。「漢彌頓說這一切其實很諷刺，蕾蒂毀了史岱佛家族，只為了一個她永遠不可能擁有的孩子。」

他們倆靜默了好一會兒。

「我母親呢？」

她望向尼可。「女王沒收了史岱佛所有產業，之後羅柏．席尼把她嫁給了理查．海伍德。」

「海伍德？！」尼可的語氣十分不屑。

「不嫁給他，就只好等著餓死。女王把你的兩處產業分封給席尼家，不久你母親就被人推下樓梯，摔斷脖子身亡。」

尼可的抽氣聲讓格蕾頓了一頓。「在那之後，世上就再也沒有史岱佛家族了，蕾蒂害得你們被抄家滅族。」

他的臉色變得蒼白，起身走向樹籬。他沉默地站了一會兒，回想著她所說的一切，然後回頭望著格蕾。「妳說的這些有可能發生過，但如今不會再發生了。」

她了解他這句話的意思，現在他娶蕾蒂就不會有事了。她感到怒火在血管內開始蔓延。「在聽完我說的一切之後，你該不會蠢到還是要娶她吧？」

「但妳說的故事如今已不可能發生，艾蓓拉並未懷有我的孩子，所以羅柏沒有理由恨我；克利斯還活著，因此我無須招募軍隊，即便克利斯眞有必要那麼做，我也一定會先向女王請求許可。」

格蕾站起身。「尼可，你不懂嗎？沒人知道未來將會發生什麼事。當你還在我的時代時，書上說你在行刑三天前暴斃；但在你回來之後，書上的記載變成你遭到處決。歷史是如此容易產生變化，如果你娶了蕾蒂，等我回去會不會發現克利斯是因另一種方式身亡？也許蕾蒂會想出別的方法讓你被處決？她可以找到其他人來幫助她，想必還有不少擁有美麗妻子的男人同樣痛恨你。」

她最後那句話令尼可露出微笑。「是有一兩位。」

「你在取笑我！我在討論生死攸關的大事，你卻站在那裡取笑我。」

他把格蕾僵直的嬌軀拉進懷中。「吾愛，我很高興妳如此關心我，也很感激妳預先警告我這些事，從此刻起，我當會小心為上。」

她用力推開他，嗓音和身軀明顯散發著怒氣。「你腦子裡只有一派大男人的思想，」她指控道，「你認為沒有女人能傷害到你，對吧？我把一切真相告訴你，你卻一笑置之。你何不對我眨眨眼，拍拍我的頭，要我回去做針線活就好，把這種生死交關之事交給你們男人來處理？」

「格蕾，請別這樣。」他朝她伸出手。

「不要碰我，去找你的蕾蒂啊。告訴我，她真有那麼美，讓人可以完全不顧她將造成的那些可怕悲劇？你的死，克利斯的死，你母親的死，以及高貴的史岱佛家族從此滅亡？」

尼可的手垂下身旁。「妳看不出我毫無選擇嗎？要我告訴寇賓斯家和我的家人，我必須背棄這樁婚約，因為某個來自未來世界的女子宣稱，我的新娘可能會讓史岱佛滅族？我將被視為傻子，而妳……妳將不會得到太好的待遇。」

「你為了別人的眼光，情願拿所有身家性命來冒險？」

尼可試著用她能理解的方式，來解釋他為何必須那麼做。「在妳的時代，難道沒有契約嗎？以明文記載，具法律效力的協議？」

「當然有，我們有各式各樣的合約，甚至還有結婚契約，但婚姻應該源自於愛，而不是——」

「我的階級不會，也不能為愛成婚。妳看看四周，看到這座莊園富裕的景象了嗎？這僅是我家族所擁有的其中一處產業。我們的財富來自於先人聯姻的對象，而非情愛。我祖父娶了一名潑婦，但她帶來三幢宅邸及許多金銀。」

「尼可，我明白你的理論，但婚姻是如此……如此親密之事，不該只是一紙冰冷的契約。婚姻是關於愛和孩子，家庭和安全感，以及身旁有人作伴。」

「然後跟妳所愛之人貧困度日？妳口中的愛會供妳吃、穿，在嚴冬裡爲妳禦寒？婚姻不只是妳所說的這些，妳是窮人，所以無法理解。」

她雙眼冒火。「你給我聽著，我一點也不窮，事實上，我的家族非常富有，錢多得不得了。但我家很有錢，並不代表我不需要愛情，或是我該把自己賣給出價最高的對象。」

「妳的家族如何得到這些財富？」他輕聲問道。

「我不知道，我們一直都很有錢。我父親說我們的祖先娶了——」

「你們的祖先娶了何人？」

「沒什麼，這只是玩笑話，他不是認眞的。」

「何人？」

「富有的女子。」她怒聲道，「他說我們的祖先很懂得挑選有錢的女人爲妻。」

尼可沒有開口，只是站在那裡看著她。

她的憤怒消逝，走過去緊緊抱住他。「你可以爲錢娶妻，去跟世上最富有的女子結婚，但就是不要娶蕾蒂。她壞透了，她會傷害你，尼可，她會害死你們所有人。」

尼可微微推開她，好望進她的眼底。「以我的身分，蕾蒂．寇賓斯已經是我能娶到最好的對象。我是次子，僅受封騎士，只能擁有克利斯願意分予我的財產。我很幸運他如此慷慨，容許我留住在家中。蕾蒂帶來的土地對整個家族極有利益，爲了待我如此寬容的兄長，我必須這麼做。」

「蕾蒂不是你能娶到最好的對象，有很多女人喜歡你，如果你一定得爲了財富娶妻，我們就幫你另找一個。找個富有，但不像蕾蒂那麼有野心的女人。」

尼可朝她微笑。「跟女人上床，跟以婚姻來結盟不同；相信我，蕾蒂是我的好對象。不，別皺眉，我不會有事的。妳不懂嗎？她的危險之處在於無人知悉她的計畫，如今我既已明白，便可以挽救我的家人和我自己。」

「如果她發現你沒興趣推翻女王，甚至也無意出仕宮廷，也許悔婚的會是她。」

「儘管她十分富有，且具有皇室血統，但她的家族不如史岱佛家古老。若她果眞如妳所言意有圖謀，便不會放棄我。有哪個女人不相信自己有能力讓男人言聽計從？」

「那麼她一定會殺了你，」格蕾道，「難不成你每次騎馬前，都得檢查鞍帶是不是已被人割斷？萬一她在食物裡下毒怎麼辦？或是在樓梯前方拉條細繩？如果她僱人來襲擊你呢？還有溺水？火燒？」

他安撫地笑笑。「我很高興妳這麼在乎我，妳可以幫我注意她的行爲。」

「我？」她退開身子。「我？」

「哎，妳將待在我的家中，」他垂下濃睫望著她。「服侍我的妻子。」

格蕾花了片刻工夫才反應過來。「服侍你的妻子？」她力持鎮定地道，「你是指協助她更衣，檢查她的浴水是否過熱，那一類的事？」

她冷靜的聲調並沒有唬過他。「格蕾，吾愛，我唯一心愛之人，」他哄誘道，「事情不會太糟的，我們將會有很多時間在一起。」

「我們想在一起的時候，需不需要你的妻子先下條子批准？」

「格蕾。」他哀求道。

「在你教訓我不該與洛柏同居之後，竟然還對我提出這種建議？至少跟洛柏在一起時，我是他身邊唯一的女人。然而你……你是在要求我伺候那個……那個殺人兇手！當你在夜裡爬上她的床，嘗試和她製造子嗣的時候，我該做什麼？」

尼可僵住了。「妳不能要求我禁慾。妳說過害怕將會回到妳的時代，因此無法與我共眠。」

「噢，我明白了，我可以禁慾沒關係，但是你，種馬先生，你床上每晚都得躺著不同女人。在那些蕾蒂拒絕你的晚上，你打算怎麼做？追著女僕到花園的涼亭裡嗎？」

「妳不可以如此對我說話。」他的眸色因怒氣而變暗。

「不行嗎？如果我穿越數百年時空而來，只是爲了要對某人提出警告，但那個某人卻因爲膚淺可笑的理由而不予理會，那麼我高興想說什麼都行。去啊，去娶你的蕾蒂啊，我才不在乎。讓她害死克利斯，害死你母親，害你失去史岱佛家所有寶貴的產業，還有你的腦袋！」

她大聲吼出最後一句，然後推開他跑進迷宮，滿眼淚水遮蔽了她的視線。

不消三分鐘她就已經迷了路，只是站在那裡啜泣。也許人並無法改變歷史。也許克利斯注定會死，而尼可注定將被斬首。也許史岱佛家族注定不該傳承下去。也許沒有人能改變注定將發生的一切。

尼可來到她身邊，但一句話也沒說。格蕾對此感到慶幸，她知道言語並無法改變他們彼此都認為自己該做的事。靜默地，她跟隨他走出迷宮。

32

對格蕾而言，接下來三天猶如地獄。史岱佛宅邸上上下下都因尼可即將來臨的婚禮感到興奮，每個人開口閉口都將它掛在嘴邊。婚宴上的菜餚、服飾，有誰將去參與盛會，史岱佛家該由誰陪同前往，誰該留下來陪伴瑪格莉特夫人等等，都是一談再談的話題。數輛巨大的貨車上，載滿了尼可和克利斯要帶去寇賓斯家的物品，婚禮將會在那裡舉行。看著眾人忙碌地準備遠行所需，格蕾感覺就像世界末日即將降臨。尼可和克利斯帶去的東西不只是衣物，還包括傢俱和僕役。

裝上貨車的每一樣物品，都如同壓上她心頭的重擔。她再三試著要找尼可談談，但他就是不肯聽。對他來說，責任比世上任何事物都更重要，他不會爲了任何理由拋下他對家族的責任。不會爲了愛情，甚至不會爲了避免他自己可能死亡的噩運而那麼做。

在尼可要出發的前一晚，格蕾感到空前未有的沮喪，只有尼可回到十六世紀，留下她一人在教堂那天可與之比擬。

夜裡當女僕協助她更衣完畢後，她從自己的大提袋裡拿出絲薄的睡衣換上，裹著借來的長袍，來到尼可的寢室。

格蕾站在他的房間外面，把手放在門上。她知道他醒著，她能感覺得到。她沒有敲門就直接打開它，尼可坐在床上，床單蓋著他的長腿，裸露出他的胸膛和平坦、堅硬的腹部。他握著一個銀製的大酒杯啜飲，在她進門時並未抬頭看她。

「我們必須談談。」她低語道，除了壁爐裡柴火燃燒，及燭芯偶爾爆開時的微響，房裡靜謐無聲。

「不，沒有什麼好說的，」他答道，「我們都得做我們必須做的事。」

「尼可，」她輕叫道，但他仍然沒有看她。她脫去遮掩的長袍，身上的睡衣以二十世紀的標準來說，算不上驚世駭俗，但和伊莉莎白時代的服裝準則相比，可就另當別論了。睡衣的細肩帶、低領口和貼身的布料，並未提供太多的想像空間。

她像頭獵食中的母虎般爬上大床。「尼可，」她輕聲道，「不要娶她。」

直到她貼近他的身側，尼可才抬眼望向她——並差點打翻杯裡的酒液。「妳在做什麼？」他聲音沙啞地詰問道，眼裡先是掠過驚駭，接著轉爲火熱。

「也許你會陪我一起度過今夜。」她說道，更加靠近他。

尼可注視著她睡衣的前襟，用微顫的手觸摸她的肩膀。

「就這麼一夜。」她低喃道，抬起臉貼近他。

尼可反應迅速地擁住她，雙唇貼上她的唇，啜飲她，佔有她，如同他長久以來想做的那樣。睡衣菲薄的布料在他手下四分五裂，他的唇吻上她的胸，把臉埋入其中。

「這一個夜晚，換取你的承諾。」格蕾仰起頭說道，試著在尼可的唇瓣與雙手令她迷失神魂前，記起她必須做的事。「對我起誓。」

「我所有的一切都是妳的，妳不明白嗎？」他道，雙唇往下來到她的腹部，十指緊攫住她的嬌臀。

「那麼明天就別去，」她道，「用今夜來換取明天。」

尼可強勁的雙手抬起她的臀，睡衣僅剩的布料往下滑開。「妳可以擁有我所有的明天。」

「尼可，求求你，」格蕾想記住她要說的話，但尼可的撫觸讓她幾乎無法思考。「求求你，吾愛，我不認爲過了今晚，我還能留在這裡，所以你一定要向我發誓。」

尼可頓了一下，抬起頭，目光掃視過她美麗的身軀，來到她的臉。他迫切地想碰觸這個對他已變得如此重要的女人，但他逐漸理解了她話中的含意。「妳要我向妳立下什麼誓言？」他嗓音低沉地問道。

格蕾揚起頭，平穩地說道：「我會與你共度今晚，如果你立誓不會在我離去之後娶蕾蒂爲妻。」

有好一會兒工夫，尼可只是看著她，未著寸縷的身體懸宕在她半裸的嬌軀之上。格蕾屏住了呼吸。她並非輕易做出這個決定，但她知道，即使這意味著她將永遠失去尼可，她仍須全力阻止這樁婚姻。

他滾下她的身子，下床套上睡袍，走到爐火前背對著她。當他開口說話時，嗓音顯得低沉、沙啞。「妳對我評價如此之低，竟認爲我會冒著失去妳的危險，就爲了與妳一晌貪歡？妳就如此看輕自身，爲了一句承諾就願意出賣自己？」

他的話讓格蕾自覺渺小。她把被扯破的睡衣拉回肩上。「我想不出別的辦法，我願意做任何事來阻止你這場婚姻。」

他轉身看著她，眼裡滿是陰鬱。「妳曾告訴我關於妳的國家與妳的時代，難道唯有妳的想法才是正確之道？這樁婚姻對我毫無意義，對妳卻似乎代表了一切。」

「我不能任你冒生命危險去——」

他雙眼冒出怒火。「是妳拿我倆的一切來冒險！妳一再告訴我，妳不能與我共效魚水之歡，但此刻妳卻在我的床上，穿得像個……像個……」

格蕾拉起被子遮掩自己，感覺像個廉價妓女。「我只是想讓你承諾不會娶她。」

他走近床邊，低頭俯視她。「這就是妳所謂的愛？偷偷爬上我的床，像個婊子般向我求愛。只不過妳要求的並非金錢，而是要我背叛家族的榮譽，我最看重的一切。」

格蕾雙手掩面。「不要再說了，我受不了這樣，我從來無意——」

「妳知道我有多麼畏懼明日？畏懼那個即將成為我妻子的女人？若我是自由之身，若我活在妳的年代，我可以隨心選擇想愛之人；但今時今日，我卻無法那麼做。就算娶了妳，我也無法養活妳，克利斯將不會再提供我住所，衣食——」

「克利斯不是那樣的人，我們一定能想辦法過活。你幫助克利斯管理產業，他不會把你趕出去的，他會——」

尼可攫住她的手腕。「妳沒聽見嗎？妳不懂嗎？我一定要履行這樁婚約。」

「不。」她喃喃道，「不。」

「妳無法阻止既定的事物，只能從旁幫助我。」

「怎麼做？你要我怎麼幫你？擋住劊子手的刀刃嗎？」

「哎，妳可以幫我，方法就是永遠待在我身邊。」

「永遠？然後看著你和別的女人在一起？與她共眠？和她做愛？」

他放開她的手，看著她裸露在外的肩膀。「所以妳才會這麼做，寧願永遠從我身邊消失，也不願看到我跟別的女子在一起？」

「不，不是這樣的。蕾蒂太邪惡了，我告訴過你她會做出什麼事，你可以娶別的女人。」

他嘲諷地一笑。「妳會容忍我娶別的妻子？願意終此一生都站在一旁，看著我碰觸別的女人，卻無法碰妳？」

格蕾呑嚥了一下。她眞能跟他和他的妻子住在同一個屋簷下？她能做什麼，當尼可未來孩子們的老處女姨媽？每天晚上，當尼可跟另一個女人上床就寢時，她會有什麼感覺？如果無法碰觸她、佔有她，他又能繼續愛她多久？他們兩人都夠堅定，足以維持柏拉圖式的愛情嗎？

「我不知道，」她悄聲道，「我不知道我能否站在一旁，看著你與別的女人恩愛。噢，尼可，我不知道該怎麼做。」

他坐到床沿，把她擁入懷中。「我不會爲任何女人冒失去妳的危險，包括蕾蒂。妳是我的一切。上帝將妳送來我身邊，我要留下妳。」

她把臉埋進他敞開的睡袍裡，淚水充盈在她眼中。「我好害怕，蕾蒂她——」

「只不過是個女人。她既無高超的智慧，亦無呼風喚雨的魔力。只要有妳在我身邊，她將無法傷害我，或我的家人。」

「在你身邊？」她輕撫著他光裸的胸膛。「每天看著你，卻無法碰觸你？」

他握住她游移的手指。「妳確定要是我們——」

「確定。」她堅決地答道，「至少我認爲我很確定。」

他凝視她的眼神，有如盯著眼前豐盛大餐的餓鬼。「如果嘗試看看……這會太過冒險，對吧？」

「對，」她哀傷地說，「非常冒險。」

尼可放開她的手。「妳還是走吧。我只是個男人，無法長久抗拒妳的誘惑。」

格蕾知道自己該離去，但她遲疑了。她的手再次撫上他的胸前。

「走！」他命令道。

她迅速下床，奔出尼可的寢室，回到與安娜麗共用的房間。但輕手輕腳爬回床上後，她卻始終無法入眠。

明天她所愛的男人——不，不只是愛，而是對她如此重要，連時空都無法分隔他倆的男人，就要啓程去迎娶另一個女人了。等到尼可帶著他美麗的妻子回來時，她該怎麼做？對她行屈膝禮並恭喜她嗎？「希望妳滿意他的表現，也希望他在妳床上，就跟與我在一起時是同樣熱情的愛人。」

格蕾眼前出現一幕景象，尼可和他嬌豔的妻子，因某個夫妻間的私人笑話而開懷暢笑；她想像著尼可一把抱起蕾蒂，上樓走向他們共享的房間。他們一起用餐時，會不會親密地交談，互換甜蜜的微笑？

她用力捶打枕頭，差點吵醒了安娜麗。男人都是蠢蛋，總是看不穿美麗的皮相。他們只想知道一個女人有沒有花容月貌，從不費事考慮她的品德如何，是否仁慈、誠實，想不想生孩子。就算蕾蒂在他面前折磨一隻小狗，尼可八成也不會注意到，因爲美豔、性感的蕾蒂正眨巴著睫毛，挑逗地看著他。

「男人！」格蕾咕噥道。但她知道這並非事實，尼可今晚拒絕了她的引誘，因爲他害怕將會失去她。如果這不是愛，又是什麼？

「也許他是想爲蕾蒂保留精力。」格蕾把臉埋進枕頭，開始哭泣。

她一直哭到了天亮仍停不下來，安娜麗想盡辦法要逗格蕾開心，卻毫無成效。她滿腦子只有尼可和他即將迎娶的那個女人，而想到自己僅有的幾種悲慘選擇，令她哭得更兇了。她可以留在十六世紀，看著蕾蒂正大光明地佔著尼可妻子的地位；或是她可以威脅尼可放棄他的妻子，否則她就走人。但離開史岱佛家後，她又能怎麼辦？在十六世紀她能做什麼工作？開計程車嗎？也許她可以去應徵執行秘書，她對電腦還頗有一套。她在伊莉莎白時代也待了不少日子，足夠她了解一個沒有男人伴護的單身女子，將會遭遇何種命運。恐怕走不到兩哩路，她就會成爲盜匪盤中的大餐了。

就算她眞的離開了尼可，那也表示他將會落在心機狡詐的蕾蒂手中。

既不能留下，又不能離去，所以她到底該怎麼做？她可以更努力地誘惑尼可，然後在一夜激情後，被送回二十世紀——單獨一人，身邊沒有尼可，也永遠無法再見到他。她想像自己坐在緬因州的家中，因極度思念他而願意付出一切代價，只求能再見他一面。到那個時候，她八成早已被寂寞給逼瘋，根本不會在乎他身邊是否有上百個女人。

「女權運動可沒教過，在這種情形下該怎麼辦。」她淚眼矇矓地喃喃說道。

想擁有尼可，就得跟別的女人分享他；不只是肉體，還包括他的心，他的思想，他的一切。但離開他，就代表了全然的、無窮無盡的孤獨與思念，更別提尼可和他整個家族滅亡的可能性。

日子一天天過去，她始終無法停止哭泣。安娜麗會每天替她更衣，並試著要她進食，但格蕾什麼也吃不下。她不在乎食物或睡眠，她的心裡只想著尼可。

起初史岱佛宅邸裡的人，都對格蕾的眼淚感到同情。他們見過她和尼可互望時的眼神、觸摸對方的方式，也知道她為何哭泣。有不少人為此嘆息，回想起自己的初戀情人。他們看到尼可啓程前往參加婚禮時，格蕾心碎的模樣，並為她感到難過。但她一天接著一天沒完沒了的淚水，逐漸削弱了他們的同情心，甚至令大家覺得厭煩，開始自問這個女人到底有何用處？瑪格莉特夫人給予了格蕾一切，但她卻沒有回報。她應該提供衆人的新遊戲和新歌到哪裡去了？

到了第四天，瑪格莉特夫人召見了格蕾。

她因久未進食及不斷哭泣而虛弱，垂首站在瑪格莉特夫人面前，紅腫的頰邊猶帶淚痕。

瑪格莉特夫人看著格蕾低垂的頭，耳中聽見她微微的啜泣聲，好半晌沒有開口。

「停止！」她終於命令道，「我厭倦了妳的眼淚。」

「我沒辦法，」格蕾打著嗝道，「我似乎停不下來。」

瑪格莉特夫人皺起眉頭。「妳就這麼毫無骨氣？我兒子是個蠢蛋，才會相信自己愛上了妳。」

「我同意，我配不上他。」

瑪格莉特夫人打量著面前的女子。她很了解自己的次子，知道這個女人的眼淚會絞痛他過於柔軟的心房。在他離去前，曾經說過他無法盡自己的責任迎娶寇賓斯家的女兒；若他回來後發現這名紅髮娼婦爲了他淚流不止，這對他的婚姻會造成何種影響？對她的長子克利斯，瑪格莉特夫人向來可以與他以理溝通，但尼可就像他父親一樣，十分地固執。她不認爲尼可眞會那麼做，但萬一他回來後，看到格蕾哭紅的雙眼，因而決定將他的婚姻棄之不顧呢？

這個女人一定得離開這裡，瑪格莉特夫人心中暗忖。但她爲何仍遲疑著不把她送走？還有，當初她又怎麼會容許格蕾進入史岱佛家？起先尼可對於母親竟會信任這名服裝奇特、言談怪異的女子，並願意服用她提供的不明藥劑而深感惱怒。但瑪格莉特夫人只看了這個女孩一眼，就決定信任她，甚至把生命交託在她手中。

之後尼可還憤怒地將她關進閣樓骯髒陰暗的儲藏室裡，瑪格莉特夫人微笑地回憶著。當他們母子爭辯著這個女孩的命運時，她只能待在那裡，飽受跳蚤的攻擊。尼可想把她扔出去，而儘管瑪格莉特夫人心裡知道他是對的，卻似乎有著某種力量讓她拒絕那麼做。

想到那個女孩自稱是遙遠的拉哥尼亞王國裡的公主，讓瑪格莉特夫人加深了微笑。她一點也不相信那個荒謬的故事，但這給了她一個理由，讓她可以不顧尼可激烈的抗議，留下那個女孩。

之後的日子過得新鮮而熱鬧。這個叫格蕾的活潑女孩帶來了不少歡樂，就連她說話的方式都十分有趣。她的行爲總是令人感到愉悅，卻也困惑不已；她對很多事務看似笨拙，例如穿衣，甚至是進食，但在其他方面卻無比聰慧。她比任何大夫都更了解醫藥，也講述了許多關於月亮與星辰，以及這世界其實是圓形的奇特故事。她製作了一種低矮、寬大的椅子送給瑪格莉特夫人，裡面塞滿了羽絨，外層釘著布料，她把它稱之爲「懶人椅」。她自己並不知道，但整個宅邸裡有一半以上的人每天提早起床，以便躲進花園裡，觀看她使用那種神奇的泡沫在噴泉池裡沐浴。瑪格莉特夫人私下檢視過她那個提袋裡的奇怪物品，甚至還使用過一把形狀奇怪的小刷子，和某種叫做牙膏的東西。

她是如此具有娛樂性，瑪格莉特夫人曾一度希望她永遠不會離開。

但接著尼可卻愛上了她。起初瑪格莉特夫人並不在意，年輕男子經常會陷入愛河；克利斯十六歲那年就愛上了她的一名侍女。瑪格莉特夫人要那名侍女帶克利斯上床，教導他床笫之事；之後她藉故要克利斯到廚房去，知道有位身材豐滿的女僕正在那裡工作。不到一週，克利斯已經「愛上」那名身分低賤的村姑。

但尼可向來不需要瑪格莉特夫人費心替他安排女人，多年來他大方地與眾多女子分享他的身體，卻從不曾交出他的心。她早該明白，一旦尼可動了心，就會完全將它奉獻出去，即使一百名身材豐潤的女僕也無法將它召回。

原先瑪格莉特夫人還很欣慰尼可開始對格蕾感到興趣，她認爲如此一來，即便尼可娶了妻子，但格蕾會因爲深愛他而決定留下來。如果她離去，瑪格莉特夫人將會十分想念這個紅髮女孩的幽默感，以及她淵博的知識。

但隨著時日過去，瑪格莉特夫人發現尼可與格蕾越來越密不可分，而家中的情況也漸漸令她感到不悅。她的次子極端迷戀那個女孩，長子也提及要贈與她相當的財富，克利斯的未婚妻更是開口閉口格蕾說過什麼、做了什麼。

其他人的情況也是一樣。「格蕾說孩子們不該被綁縛住」，「格蕾說傷口一定要洗滌乾淨」，「格蕾說女人應該有權控制自己的財產」。格蕾說，格蕾說，瑪格莉特夫人惱怒地想著，是誰在治理這幢宅邸？史岱佛家的人，還是那個對自身來歷撒謊的女孩？

看著眼前不斷在哭泣的格蕾，瑪格莉特夫人不禁咬緊牙關，想到她一個人的眼淚將對所有人造成的影響。

尤其是對尼可。他說了愛她，還曾打算為了這個一無所有、來歷不明的女子悔婚。瑪格莉特夫人給予她這麼多，她卻對史岱佛家族產生了威脅。萬一尼可解除了與寇賓斯家的婚約……她不敢想那將會帶來什麼後果。

這個紅髮女子必須離開。

瑪格莉特夫人的嘴唇緊抿成一直線。「信差已從拉哥尼亞返回，妳並非什麼公主，與皇室也無任何關係。妳是誰？」

「只是個女人，毫無特別之處。」格蕾哽咽地說。

「我們慷慨地提供妳一切所需，妳卻欺騙我們？」

「是的，我撒了謊。」格蕾仍舊低著頭，同意瑪格莉特夫人說的每句話。現在不管任何人說什麼，都不可能讓她心情更糟了。婚禮今早已經舉行，尼可將娶回美麗的蕾蒂。

瑪格莉特夫人深吸了口氣。「明天一早妳就離開，只准帶走妳來時身上的衣物，從此再也不許涉足史岱佛宅邸。」

格蕾過了片刻才理解她的話。她抬起頭，透過朦朧的淚眼望向瑪格莉特夫人。「離開？但是尼可要我留在這裡等他回來。」

「妳認爲他的妻子會想見到妳？我的蠢兒子太過迷戀妳，妳對他沒有好處。」

「我永遠不會傷害尼可，我是來拯救他，不可能會害他。」

瑪格莉特夫人對她怒目而視。「妳從何處而來？妳在來此之前居住於何地？」

格蕾噤口不語。她什麼都不能說，如果她告訴瑪格莉特夫人眞相，肯定會沒命，而且將再也沒有機會見到尼可。「我……我可以提供娛樂，」格蕾嗓音裡透著絕望。「我還知道很多歌曲和遊戲，我可以說更多關於美國的故事，還有飛機、汽車——」

瑪格莉特夫人抬手制止她。「我已厭倦了妳那些雜耍，不願再供妳衣食。妳是什麼人？農人之女嗎？」

「我父親是教師，我也是。瑪格莉特夫人，妳不能趕我走，我無處可去，而且尼可需要我。我必須保護他，如同我保護克利斯一樣。我救了克利斯一命，記得嗎？他當時曾允諾給我一棟房子，現在我願意接受。」

「妳要求了報酬，也已經得到了。因爲妳，我兒子淪爲技人之流。」

「可是——」

「妳必須離開，這裡不收留騙徒。」

「我可以洗盤子，」格蕾懇求道，「我可以擔任你們的家庭醫生，我再怎麼樣也不會比水蛭更糟。我會——」

「妳會離開！」瑪格莉特夫人近乎咆哮道，雙眼因怒氣而閃亮。「我不會容許妳繼續待在我的家中。我兒子因爲妳而要求解除婚約。」

「眞的嗎？」格蕾幾乎露出微笑。「他從未告訴我。」

「妳擾亂了我家中的寧靜，迷惑我的兒子，使他忘記了責任。妳該慶幸我沒下令鞭打妳。」

「那跟趕我出去有何不同？逼我離開尼可身邊，還有可能落入那些……那些暴民之手。」

瑪格莉特夫人起身背對格蕾。「我無意與妳爭辯。善用今日向大家道別，明天妳就得離開這裡。妳走吧，我不想再看到妳。」

格蕾呆滯地轉身走出房間，回到安娜麗的寢室，後者一看到她就猜出發生了什麼事。

「瑪格莉特夫人要把妳送走？」安娜麗輕聲問道。

格蕾點點頭。

「妳有地方可去嗎？是否有人可以照顧妳？」

她搖搖頭。「我走後，尼可將獨自面對那個邪惡的女人。」

「蕾蒂小姐？」安娜麗困惑地問道，「那個女人或許爲人冷漠，但我相信她並不邪惡。」

「妳不了解她。」

「但妳了解？」

「她的事我知道的可多了，我曉得她想做什麼。」

安娜麗早已學會忽略她奇怪的言論，或許是她並不想知道太多關於格蕾的事。「妳打算去哪裡？」

「我不知道。」

「妳有親人嗎？」

格蕾擠出一抹虛弱的笑容。「也許有吧，我相信在十六世紀的某處，一定有蒙哥馬利家族的人存在。」

「但妳並不認識他們？」

「我只認識尼可。」尼可此刻無疑已經成婚了。她曾以爲自己可以選擇留下或離開，現在看來，她的命運早已被人做好決定。

「妳去找我的家人吧，」安娜麗堅決地說道，「他們一定會喜愛妳的遊戲和歌曲。他們會照顧妳。」

格蕾微微一笑。「妳眞好心，但如果我不能跟尼可在一起，我也不想再留在這個世界。」

安娜麗臉色變得蒼白。「自殺有違上帝的意旨。」

「上帝。」格蕾輕喃道，眼裡再度充滿淚水。「我會變成這樣，都是上帝所爲，現在一切都亂了套。」她閉上眼輕喚道，「尼可，求你不要娶她。」

安娜麗擔心地摸摸她的前額。「妳有些發燒，今天還是躺在床上養病吧。」

「生不生病都不重要了。」格蕾說道，但還是在安娜麗攙扶下躺到床上，閉著眼讓她替自己脫下長袍。

數小時後，她張開眼睛，發現房內一片昏暗。她躺在床上，身上只穿著亞麻長內衣，頭髮披散在肩上。她的枕頭是濕的，代表她於睡夢中仍在哭泣。

「尼可。」她低喃道。他現在已經娶了那個將會害死他，甚至害死史岱佛全家的女人。她再度閉上眼睛。這次當她醒來時，夜幕已經降臨，房中沒有一絲光亮，安娜麗正在她身旁熟睡。

有某件事情不對勁，格蕾暗忖。她還記得瑪格莉特夫人要她離開的事，但這不是讓她感到不安的原因。

「尼可，」她低語道，「尼可需要我。」

她下床來到走廊上，四下一片靜默。赤著腳，她走下階梯，乾燥的燈芯草在她足下窣窣作響。她走出後門，穿過磚造的露台，憑著直覺和某種牽引的力量朝結紋園前進。夜空中只有一彎新月，視線晦暗不清，但她不需要用眼睛看，她的心裡自有明燈指引。

她走近花園，聽到裡面的噴泉池傳出水花的波濺聲。自從尼可離去後，她再也沒有來這裡沐浴過。

而此刻他正站在池裡，光裸身軀上滿是肥皀泡沫。

前一秒她還在噴泉池外，接著她已經置身尼可懷中。她緊緊攀住他，帶著所有的絕望與恐懼吻上他的唇。

事情發生得太快，格蕾根本沒有時間思考。他們雙雙來到草地上，她的睡衣被扯離身軀。禁錮多時的慾望突然間爆發，尼可一點也不溫柔地把她放上石椅，讓她拱起背脊，接著以雷霆萬鈞的力道進入她。格蕾緊扣住他的肩膀，十指陷入他的肌膚，雙腿交纏在他腰間。

快速、猛烈、瘋狂，他們互相呑噬對方，兩具佈滿汗水的胴體貼合在一起，動作一致地起伏，一次、兩次、無休無止。

當結束的時刻來臨，尼可強壯的手臂伸到她的身下托起她，迎接他最後一記深遠、綿長的衝刺。格蕾哭喊出聲，眼前一黑，嬌軀倏地僵直，在狂喜中得到了解放。

過了好半晌她才恢復過來。她睜開眼睛，看見尼可正對她露齒而笑，即使在黑暗中，她也能看出他的快樂。

但格蕾的神智開始清醒。「我們做了什麼？」她瘖聲道。

尼可解開她仍纏在他腰間的雙腿，拉她起身。「我們才剛開始。」

她眨眨眼，試著讓腦筋恢復運作，但她的身體仍因他的撫觸而顫抖，輕抵著他胸膛的乳尖正微微刺痛著。「你爲什麼在這裡？噢，天啊，尼可，我們做了什麼？」她想坐到石椅上，但尼可把她拉進懷中。

「有話稍後再談，」他道，「此刻我只想做我長久以來最想做的事。」

「不，」格蕾推開他，慌亂地尋找著衣物。「我們必須現在就談，稍後不會有時間了。尼可！」她提高聲量。「我們沒有時間了！」

他把她拉回懷裡。「妳還是堅持妳將會消失？看看妳，我們已經品嚐了彼此的滋味——只是淺嚐而已——但妳仍然在此。」

她垂頭跌坐在長椅上。「我知道你在這裡，我能感覺到你。就如同我明白你需要我一樣，我也確知這將是你我共度的最後一夜。」

尼可沉默了片刻，然後坐到她身旁，但兩人裸裎的身軀並未相觸。「我一直都能感覺到妳，」他柔聲說，「今晚妳聽到了我的呼喚，但我從起始就能聽見妳。在我離去之後，我……」

他頓了一下，「我感覺到妳的淚水。除了妳的飲泣聲外，我什麼都聽不見；我看不見蕾蒂的面容，只看得到妳的淚眼。」

他握住她的手。「我離開了那個女人，沒留下任何字句，甚至沒告訴克利斯，只是騎上馬飛奔回來。在我應當說出婚誓的那一刻，我正策馬馳向妳。我一路並未休息，直到現在才回到妳身邊。」

這正是她想要的，然而當他真的這麼做了，可能引發的後果讓她深感恐懼。「現在會發生什麼事？」

「肯定會引起不少人震怒……兩邊都一樣。」他轉開臉。「克利斯……我母親……」

格蕾看得出他是如何在責任與愛情中掙扎，但她將無法留下來幫助他。她輕捏了捏他的手。

「即使在我離去後，你也不會娶她？」

他轉頭對她怒目而視。「妳要離開我？」

她紅著眼撲向他。「如果可以的話，我永遠不想離開你，但現在我已別無選擇。我知道我很快就會被送走，我能感覺得出來。」

他親吻她，撫開她臉頰上的髮絲。「還有多少時間？」他悄聲問道。

「黎明，不會再多了。尼可，我——」

他用吻讓她沉默。「與妳共度數小時，勝過與他人共度一生。別再多說了，餘下的時間裡，讓我們在愛中度過。」

他拉著她站起來，引她進入仍在流動的噴泉池中，用僅剩的最後一點香皂替她塗抹身軀。

「妳忘了把它帶走。」他朝她微笑。

忘記這一切即將結束，格蕾告訴自己。忘了它。僅此一晚，時間將會爲他們停駐。「你怎麼知道我——我在這裡淋浴？」她嗓音不穩地疑問道。

「我是觀賞者其中一員。」

她停下塗抹香皀的動作。「觀賞？誰在觀賞我？」

「所有人，」尼可咧嘴一笑。「妳沒注意到男人們都在打呵欠嗎？他們提早起床好躲藏進這裡。」

「躲藏！」她氣結道，「而你也是其中之一？你容許他們這麼做？讓男人偷窺我？」

「若是阻止妳，就會毀了我自身的樂趣，這眞是兩難的處境。」

「兩難？你這個——」她朝他撲過去。

尼可接住她，把她按貼在自己身上。泉水仍在輕緩地流洩，香皀已經被遺忘，他開始親吻她的胸房。「我夢見過這幕景象。」

「二十世紀的淋浴間。」她喃喃道，雙手深埋進他的髮絲。他的吻繼續往下游移，屈膝跪在她身前。「尼可，我的尼可。」

他們像之前一樣，再度在水中做愛。對尼可來說，這是他第一次探索她的嬌軀，但對格蕾而言，這是她數週以來的回憶與渴望。她的手撫過他強健的軀體，重溫過往的記憶，發掘她仍未碰觸或品嚐過的新目標。

當激情結束時，已經是數小時後。泉水早已停止流動，格蕾猜想無論是誰在轉動輪軸，想必已累得無法繼續。她和尼可躺臥在散發出甜香的草地上，蜷縮在彼此懷中。

「我們必須談談。」最後她終於開口道。

「不，沒有必要。」

她蹭了蹭他。「當然有必要。我眞心希望我不用跟你說這些，但我一定得說。」

「明天早上，當陽光輕撫上妳的秀髮，妳將會嘲笑此刻的自己。妳不是什麼來自未來的女子，妳會留在這裡，永遠留在我身邊。」

「我也希望如此……」她的嗓音變得沙啞，一隻手不斷輕撫著他的身軀。「尼可，請你聽我說。」

「好吧，我聽，然後我將再愛妳一次。」

「上次你消失之後，沒有人記得見過你，彷彿你從未存在，那對我來說眞是可怕的感受。」她把臉埋進他的胸前。「你來過，又離去，卻沒有人記得，就好像你是我編造出來的人物。」

「我向來容易被人遺忘。」

她撐起手肘好看著他，伸手輕觸他的鬍髭、臉頰，愛撫他的眉毛，親吻他的眼瞼。「我永遠不會忘記你。」

「我也不會忘了妳。」他微挺起身軀吻住她，但當他想加深那個吻時，格蕾將他推開。

「在我離去後，可能會發生同樣的事，我要你先有心理準備，或許將不會有人記得我。別徒勞無功，像個瘋子一樣想讓別人記起我。」

「沒有人會忘記妳。」

「他們很有可能忘記。萬一有人記得我教你們唱的歌呢？那也許將毀了二十世紀幾齣非常傑出的百老匯歌舞劇。」她試著擠出笑容，但並未成功。「有幾件事我要你向我發誓。」

「我不會娶蕾蒂。我很懷疑她如今還會想嫁給我。」

「很好，非常好。這樣我就不必讀到你被處決的消息了。」她的手指在他頸間游移。「答應我你會好好照顧傑米，別再把他綁起來，偶爾要抽空陪他一起玩耍。」

他親吻她的指尖，點點頭。

「照料安娜麗，她一直對我很好。」

「我會替她找位最好的夫婿。」

「不是最富有的，而是最好的。答應我？」他再次點頭，於是她繼續說道：「無論是誰，在替人接生之前一定要先洗淨雙手。還有，你必須建造索維克堡，並留下紀錄，證明它是由你所設計。我要後世的人知道這一點。」

他對她微笑。「還有嗎？妳得留在我身邊，好提醒我這些事。」

「我很想，」她低語，「但我不能。可以給我你那幅小畫像嗎？」

「我可以把心與靈魂都給妳，吾愛。」

她緊緊抱住他。「噢，尼可，我實在無法承受。」

「妳不需要承受任何事，」他親吻她的手臂、肩膀，雙唇繼續往下挪移。「也許克利斯會給我一處小莊園，我們可以——」

她微微退開身子。「把小畫像包在油布之類的東西裡，保護它可以歷經四百年而不毀，然後把它放在……撐住屋梁那塊石頭叫什麼來著？」

「梁托。」

「把索維克堡其中一個梁托做成克利斯的頭像，包好畫像放進梁托裡，當我……當我回去之後會去取走它。」

他的吻來到她的胸前。

「你聽見了嗎？」

「全聽見了。傑米，安娜麗，產婆，索維克堡，克利斯的頭像。」每說一句，他就吸吮一下她的乳尖。「現在，吾愛，」他低語道，「到我身上來。」

他抬起她的嬌軀，讓她坐到他身上。格蕾忘記了一切，眼裡、心裡只有這個她心愛的男人。他愛撫著她的胸、她的臀，兩人合爲一體地律動著，起初緩慢，逐漸加快速度。

尼可帶著她翻身，讓她仰躺在草地上，深深地、火熱地在她體內進出。她挺身迎接他的每一次衝刺，直到兩人同時到達極致的巔峰。尼可頹然地倒在她身上，緊緊擁著她不願放開。

「我愛妳。」他啞聲道，「我會永遠愛著妳。」

格蕾用盡全身力氣摟緊他。「你會記得我？不會忘了我？」

「永遠不會，」他道，「我永不會忘記妳。倘若明日我即死去，我的靈魂將會記得妳。」

「別提死亡，只提生命就好。跟你在一起，我才感覺活著，覺得自己是完整的。」

「我也一樣。」他翻下她的身子，把她擁在懷中。「妳看，太陽升起了。」

「尼可，我好怕。」

他輕撫她潮濕的秀髮。「怕被人看見妳一絲不掛？反正他們之前早已見過了。」

「你！」她笑了。「我永遠不會原諒你竟然沒告訴我。」

「我有一生的時間來說服妳原諒我。」

「是啊，」她低聲道，「的確得花上一生的時間。」

他瞥一眼漸漸亮起的天空。「我們該走了，我得把我做的事告訴我母親。克利斯應該不久後就會到家。」

「他們一定會很生氣，尤其是針對我。」

「妳得跟我一起去見克利斯，我將不顧羞恥，要求他撥給我們一處產業，好回報妳救了他的恩情。」

格蕾望向天空，看著它越來越明亮。她幾乎要相信自己可以留在他身邊。「我們會住在一間漂亮的小房子裡，」她說話的速度逐漸加快。「我們不需要太多僕役，五十名就夠了。」她露出微笑。「我們會生一打孩子，我喜歡小孩。我們會好好教育孩子們，還要讓他們了解清潔的重要性。也許我們可以發明抽水馬桶。」

尼可輕聲發笑。「妳太常沐浴了，我的兒子們——」

「我們的兒子們。我得找時間向你解釋一下女權運動。」

他站起身，把她拉入懷裡。「得花很長時間解釋嗎？」

「大約四百年。」她輕聲道。

「那麼我會給妳時間。」

「是的，」她微笑道，「時間。我們將會有一輩子的時間。」

他給了她一記綿長、熱情的深吻，然後輕觸著她的唇瓣。「永遠。」他低語道，「我對妳的愛永誌不渝。」

前一刻她還在他臂彎裡，他的唇輕吻著她，下一刻她已站在艾胥伯登的教堂裡，外面一架噴射機轟然掠過。

33

格蕾沒有哭。她的感受太過深刻，讓她流不出眼淚。她坐在艾胥伯登那間小教堂的地板上，知道尼可的石墓就在她身後。她無法忍受看見它，無法忍受看著尼可溫暖的身軀化作一塊冰冷的大理石。

她在原地坐了一會兒，靜靜地看著教堂。它看起來如此老舊、平凡，梁柱和牆面上毫無色彩，沒鋪燈芯草的石地板顯得光禿，第一排的長椅上原本擺著繡滿花紋的坐墊，現在看起來卻粗陋不已。她已經習慣了看見瑪格莉特夫人的侍女們精美的繡品。

教堂的門開了，牧師走進來時，格蕾仍坐著沒動。

「妳還好嗎？」牧師問道。

起先格蕾沒聽懂他在說什麼，他的腔調和發音感覺如此陌生。「我在這裡待了多久？」她問道。

牧師皺起眉頭。這名年輕女子實在非常怪異，她走在快速行駛的車子前方；明明只是獨自一人，卻堅稱有個男人陪在她身邊；此刻又在進入教堂不到一會兒的時間裡，詢問她在這裡待了多久。

「幾分鐘而已。」他答道。

格蕾給了他一抹虛弱的微笑。只有幾分鐘而已。她恍如在十六世紀度過了一生，但事實上卻只離開了幾分鐘。她試著起身，但雙腿無力，得靠牧師的幫忙才能站起來。

「也許妳該去看醫生。」牧師說道。

是啊，去看心理醫生，格蕾幾乎要如此回答。如果把她的故事告訴心理醫生，對方會不會把它寫成一本書，然後將格蕾的遭遇拍成每週一部的電視電影？「不用了，我沒事，」她低語道，「我只是得回旅館去，然後——」然後什麼？尼可已經不在了，她還有什麼事可做？她向前跨出一步。

「別忘了妳的袋子。」

格蕾轉身看見她的老舊手提袋躺在石墓旁的地上。袋裡的東西曾幫助她度過在伊莉莎白女王時代的生活，看著它，給了她一種親切感，它曾跟著她回到過去。她走向提袋，有股衝動令她拉開了袋口的拉鍊，用不著查看她就知道裡面放的東西全部都還在。瓶子裡裝滿了阿斯匹靈，她給出去的那些藥丸一顆也沒少。牙膏飽滿，感冒藥錠仍在原處，筆記本內頁沒有被撕去的痕跡。一切都保持原狀。

她撿起提袋揹到一邊肩上，轉身朝外走去，卻突然間停住腳步，回頭瞥向石墓的底部。有件事不對勁。起先她並不確定是什麼，但某樣事物改變了。

她小心地避開不去看尼可的雕像，只盯著石墓的底座。

「有什麼不對嗎？」牧師問道。

格蕾連讀了銘文兩遍，才領悟到是什麼起了變化。「日期。」她輕聲道。

「日期？啊，是的，這座石墓的年代十分久遠。」

尼可死亡的年份是一五九九年，而不是一五六四年。她彎下腰觸摸那幾個數字，想確定自己並沒有看錯。三十五年。他比原本預定將被斬首之日多活了三十五年。

直到這時她才抬起頭望向石墓。上面的雕像仍然是尼可，但看起來卻很不一樣。那不是一位英年早逝的年輕人的樣貌，而是一名經歷過人生，年華老去的男子。她掃視雕像的身軀，發現服飾也已大不相同。他穿著一五九九年流行的較長及膝馬褲，而非三十年前樣式寬鬆的短褲。

她輕撫過雕像冰冷的面頰，描摹著雕塑家在他眼角刻畫的細紋。「我們做到了。」她輕聲道。「尼可吾愛，我們做到了。」

「抱歉，我沒聽清楚妳說什麼。」牧師道。

格蕾抬起頭，給了他一抹燦爛的微笑。「我們改變了歷史。」她說道，然後笑著走入門外的陽光。

她在墓園裡站了一會兒，感覺有點迷失。這些墓碑看起來十分老舊，然而一小時前它們還是新的。當第一輛車駛過時，格蕾驚恐地倒抽了一口氣，並在同時感覺到肺部擴張，因為不再有鐵製的緊身褡緊箍住她的肋骨。有那麼一刻，她只覺得一切都亂了套。身上樸實的衣物令她感到赤裸而單調，她低頭厭惡地看著自己無趣的上衣和裙子，沒穿緊身褡讓她感覺背部少了支撐，腳上的皮靴也令她疼痛不已。

另一輛車駛過，車速快得讓格蕾感到暈眩。她走向墓園大門，打開它，然後踏上人行道。腳底踩著水泥地的感覺實在很怪異。她一面走，一面用敬畏的神情打量四周的建築物。它們有著大片的玻璃，上面寫著店鋪招牌。誰看得懂那些字？她想著，記起她之前所在之處只有少數人能認字，所以招牌上畫的是店裡所賣的貨物。

一切都是那麼乾淨。沒有泥濘，沒有便盆倒出的污物，沒有廚餘，沒有豬隻四處覓食。街上的人們看起來也很怪異。他們穿著跟她一樣單調無趣的衣物，而且每個人看起來都是平等的，沒有穿著骯髒破布的乞丐，也沒有裙上點綴著珍珠的仕女。

格蕾慢慢地走過街道，睜大了眼睛注視著，彷彿從未見識過二十世紀。食物的香味讓她轉身走進一間酒吧，她站在門口四下張望。這地方顯然有意模仿伊莉莎白時期的酒館，但實際上卻差之甚遠。這裡太乾淨，太安靜，太……寂寞了。酒客們坐在各自獨立的桌位旁，互不接觸，一點也不像伊莉莎白時期合群、喧鬧的人們。

酒吧後方有塊黑板，上面寫著菜單，格蕾點了六道菜，渾然不覺女侍揚眉的表情。她找了個桌位坐下，啜飲著她的啤酒，厚重的玻璃杯感覺很奇怪，啤酒嚐起來也像摻了一半的水。

吧檯上有個架子，上面擺滿了介紹大不列顛歷史建築的旅遊指南。格蕾遞給酒保一張十英鎊的紙幣，把書拿回包廂座裡開始閱讀。貝爾伍德堡仍跟之前一樣，開放供大眾參觀。她查詢其他屬於尼可的產業，發現它們已不再被列爲廢墟。十一處尼可曾擁有過的房舍都依然矗立，其中三處目前仍屬於史岱佛家族所有。

格蕾用力地眨了眨眼睛，重讀了一遍書上的資訊。指南中提到史岱佛家族是英國最古老、最富有的家族之一，並曾於十七世紀時與皇室聯姻，現任公爵還是女王的表親。

「公爵。」格蕾低聲道，「尼可，你的後代成了公爵。」

餐點送來時，格蕾對上菜的方式感到有些詫異；沒有複雜繁瑣的儀式，所有食物全部同時放置到桌上。

她一面吃，一面繼續閱讀指南。除了貝爾伍德堡之外，尼可其他的產業均爲私人宅邸，不對外開放。她轉而查詢索維克堡，它同樣是私人住所，但城堡裡有一小塊區域，於每週四開放供人參觀。「現任的公爵認爲索維克堡的美麗——由他的先人，才華洋溢的學者尼可拉斯·史岱佛所設計建造——應該與所有世人分享。」她讀道。

「才華洋溢的學者。」格蕾輕聲道。不再是之前人們口中的好色之徒。不再被稱爲浪子，敗家子，而是一名「才華洋溢的學者」。

她闔上書本，抬起頭，發現女侍就站在她的桌邊，一臉怪異的表情。

「妳的叉子有什麼不對嗎？」她問道。

「叉子？」格蕾不懂她的意思，但女侍一直盯著她看，直到格蕾低頭望向自己已清空的餐盤。盤子旁邊擺著一支未被使用過的叉子。格蕾只用湯匙和刀子吃完了這一餐。「叉子沒問題，我只是——」她想不出該說什麼，所以只給了女侍一抹虛弱的微笑，拿起了帳單。上面的金額——足夠她吃上一百頓中世紀晚餐——令她臉色發白，但她還是付了帳。

離開之前，她詢問了女侍今天是星期幾——她已經記不得了——然後很高興地發現當天是星期三。

走出酒吧後，她不容許自己待著不動，如果她留在一個地方太久，就會開始思考。她會想到尼可，想到自己已失去他，想到她將永遠無法再見到他。

她幾乎是用跑的來到火車站，好搭上第一班開往貝爾伍德的列車。她必須親眼看看有哪些地方改變了。在火車上，她強迫自己繼續閱讀那本旅遊指南，好讓她的腦子有事可做。

她對於從火車站到貝爾伍德這段路程已經相當熟悉，根據二十世紀的時間，她昨天才去拜訪過那裡——並且聽聞了尼可遭到處決的消息。導覽員對她感到非常不悅，畢竟她還記得格蕾不斷開啓、關閉設有警鈴的門窗，打擾到她的解說。

格蕾買了導覽手冊和參加導覽解說的門票，當她排進隊伍時，發現站在最前端的是之前同一位導覽員。

進入屋內後，在格蕾眼中曾經是如此美麗的一切，現在看來只顯得光禿、單調、毫無生趣。壁爐邊的牆面上沒有金、銀打造的盤子，桌上少了精美的刺繡桌巾，椅子上沒有坐墊，然而最大的差別是沒有衣著華麗的人們四處走動，聽不到衆人的笑聲，也沒有音樂陪襯。

格蕾還未從她對屋內簡陋佈置的厭惡感中恢復過來，導覽隊伍已經來到尼可的臥室。她站到一旁，注視著尼可的畫像，耳裡聽著導覽員訴說一個跟先前截然不同的故事。

她用盡了所有極具推崇的詞句來形容尼可。

「他非常博學多才，」導覽員說道，「是他的時代裡最高成就的象徵。他設計出的美麗房舍，比當時的年代要進步百年以上。他在醫藥的領域裡也做了劃時代的改進，甚至寫了一本關於疾病防治的書籍，如果當時的人肯照著去做，將可以拯救數千條人命。」

「書裡寫了些什麼？」格蕾問道。

導覽員瞪了她一眼，顯然並未忘記開門事件。「基本上，尼可爵爺談及清潔衛生的重要，並提到大夫和產婆在碰觸病人之前，必須先洗淨雙手。現在大家請跟我來，我們要去看看——」

在那之後，格蕾就離開了導覽隊伍，從入口處走出去，來到鎮上的圖書館。她花了一整個下午閱讀歷史書籍，所有記載都起了變化。格蕾讀到了她認識，且逐漸愛上的那些人的事蹟；對其他讀者而言，他們只是史籍中的人名，但對她來說，他們是活生生、有血有肉的人們。

嫁過三任丈夫後，瑪格莉特夫人並未再婚，直至七十歲才辭世。

克利斯娶了小露西，其中一本書中提到，露西致力於捐助及提倡音樂與藝術。克利斯繼續治理史岱佛家族產業，直到四十二歲那年死於胃疾。因爲他和露西並未育有子嗣，便由尼可繼承了伯爵爵位及產業。

格蕾一面讀著尼可的生平，一面輕觸著書上的文字，彷彿那能讓她更親近他。當她讀到尼可一生從未娶妻時，眼淚霎時盈眶，但她努力眨去淚水。

尼可活到六十二歲的高齡，一生中做了不少大事，許多書中都詳細提及他所設計的那些充滿創造力的美麗建築。「他對玻璃的運用，大幅超前了當時的年代。」某位作者如此描述。其中一本書裡談到尼可對醫藥的概念，以及他是如何倡導清潔的重要性。「如果他的建議受到採用，」作者評論道，「現代醫學原可提前發跡數百年。」

「大幅超前他的年代。」所有書中均一再提到這一點。

格蕾靠回椅背上。沒有在桌上打滾的艾蓓拉；沒有記載尼可風流事蹟的日記本被人發現；沒有背叛；沒有他的妻子與好友共謀；最重要的是，沒有處決。

她待到圖書館休館時間才離開，走到火車站，搭車回到艾胥伯登。她在旅館的房間仍未退掉，衣物也還在那裡。

進入房間後，她對其中現代化的設施有些難以適應，尤其是浴室。她沖了個澡，但卻無法容忍熱水的溫度，或是從蓮蓬頭灑下的強勁水柱。她轉動水龍頭，直到調整成微溫的涓滴細流，才感到自在多了。

抽水馬桶讓她覺得十分浪費，明亮的大鏡子也讓她目瞪口呆。

吃完了叫進房內的晚餐後，她換上輕薄的睡衣，自覺像個放蕩的女人；等她上床睡覺時，身邊少了安娜麗也令她感到孤單。

意外的是，她立即陷入了熟睡，如果她曾經做夢，也不記得自己夢到了什麼。

第二天早晨，當她向旅館要求以牛肉和啤酒作爲早餐時，碰到了一點困難，不過英國人可比世界上任何國家的人，更能了解並包容人們的怪癖。

她在早上十點前來到索維克堡，正好趕上開門時間。她買了票，加入參觀遊客的行列；導覽員滔滔不絕地描述史岱佛家族，其中幾位成員至今仍擁有這座堡壘，當然最被津津樂道的還是該家族中最傑出的祖先，尼可拉斯．史岱佛。

「他終身未娶，」導覽員眼裡閃著光道，「但他有個兒子名叫傑米。尼可的大哥身後並未留下子嗣，由尼可繼承了一切。當尼可去世時，史岱佛家族的產業全部歸於傑米所有。」

格蕾露出微笑，想起她曾陪著玩耍的那個甜美的小男孩。

「傑米選擇了很好的婚姻對象，並將家族財富擴展了三倍，史岱佛家族也經由他而從此躋身富豪之林。」

而要不是格蕾插手干預，他在幼兒時期便會夭折。

導覽員繼續講述史岱佛家族下一代的事蹟，將遊客帶進另一個房間，但格蕾悄悄離開了隊伍。之前看見索維克堡時，它有一半是廢墟，但尼可曾帶她去看過有著克利斯頭像的梁托原本會在的位置，也就是二樓。遺憾的是，二樓並不開放參觀。

然而格蕾已經經歷了太多事物，不會容許任何事阻礙她的目標。她開啓了一扇標明「非請勿入」的門扉，發現自己來到一間以英國印花棉布佈置的小會客室。她自覺像個間諜，但她知道她必須這麼做。她走到門口向外窺視，確定走道上空無一人，然後躡手躡腳地走出去，一面想著，地板上鋪著地毯，可比會窸窣作響的燈芯草讓人更容易鬼祟行事。

她找到一座樓梯，爬上了二樓，其中有兩次得因爲聽見腳步聲而躲起來，不過並沒有人發現她。在尼可的時代，屋內有著那麼多穿梭來去的僕役，任何人侵入二樓都不可能不受注意，但那個年代早已過去。

上到二樓後，格蕾有些搞不清方向，她試著記起梁托的位置，但連著搜尋了三個房間，最後才在一間臥室裡看見它高懸在一座美麗的胡桃木衣櫃上方。

一名女僕走出相連的盥洗室時，格蕾立刻貼靠著牆，擠進衣櫃與壁面之間的小空隙，屏住氣息，直到女僕整理好床罩，離開房間。

房裡再度只剩她一人後，格蕾拉過衣櫃旁一把厚重的椅子，踩上去，嘗試了三次，終於設法爬上了衣櫃頂端。才剛伸手摸到老舊的石造梁托時，房門突然開了，格蕾盡可能地平貼住牆壁。

又是剛才那名女僕，這次她手裡捧著一大疊毛巾，遮住了她的視線，讓她無法看見格蕾。直到她離去，格蕾才敢呼吸。

房門關上後，格蕾轉身觸摸克利斯的頭像，它看起來相當厚實，令她後悔沒有先見之明地在身上帶把螺絲起子或小鐵撬。她用力地扯動頭像，幾乎都快要放棄了，才感覺到石頭在她手下鬆動。

她弄斷了好幾根指甲，指節處也破皮見血，但終於成功地移開了頭像。她將它翻轉過來，反面的空洞裡放著一個用布包住的小包裹。她很快地將包裹放進口袋裡，把頭像推回原位，然後回到地面上，沒有浪費時間將椅子放回去，就匆忙離開了房間。

她在導覽團來到參觀行程的最後一個房間時，未引起任何注意地回到了隊伍之中。

「這裡展出的是蕾絲，」導覽員說道，「大半都屬於維多利亞時期，但有一條很特別的蕾絲是來自十六世紀。」

她的話引起格蕾的專注。

「雖然十六世紀的尼可拉斯．史岱佛爵爺終身未婚，但似乎在他生命中曾出現過一位神秘女子。他臨終前吩咐將這片蕾絲放入棺木中陪葬，但蕾絲卻陰錯陽差地未被放入棺中。因爲它顯然對他所敬愛的父親具有重大意義，因此尼可的兒子傑米下令，這片蕾絲將由家族珍藏，永遠享有尊貴的地位。」

格蕾得耐心等待其他觀光客移開，才能望進展示櫃裡。玻璃下方靜躺著已經泛黃、老舊，當年安娜麗替她縫製的那條蕾絲袖口，花紋中隱含著格蕾這個名字。

「格雷？」一名觀光客笑道，「那是個男人的名字，也許老尼可沒有娶妻是因爲他是個——」他做了個手勢。「——你知道。」

格蕾搶在導覽員之前開口。「我可以告訴你，在十六世紀時，『格蕾』是屬於女人的名字；我也可以向你保證，尼可拉斯．史岱佛伯爵絕對不是個——」她怒視對方。「『你知道』。」然後怒氣沖沖地轉身離開。

她走進花園裡，在其他遊客讚嘆它的美麗時，只覺得它看起來一團糟，且疏於照料。她找到一處安靜的角落，坐在長椅上，從口袋裡拿出包裹。

她慢慢地打開它，觸摸到長久之前尼可也曾碰觸過的防水油布，讓她的手指不由自主地顫抖。

尼可的小畫像就跟當年剛完成之時一樣地鮮麗。「尼可。」她低吟道，指尖輕觸著畫。「噢，尼可，我眞的徹底失去你了嗎？你就這樣永遠離開我了？」

她看著畫像，觸摸它，當她翻過背面時，發現上面刻了字。她將畫拿起來朝向光源，讀著上面篆刻的字跡。

時間並無意義

唯眞愛爲永恆

兩排字的上端刻著可和蕾兩個字。

她靠回石牆上，眨掉眼裡的淚水。「尼可，回到我身邊，」她低喚道，「請你回到我身邊。」

她在花園裡坐了好一會兒才起身離開。她錯過了午餐，因此到茶館點了一盤司康餅和一壺濃茶，一面用餐，一面閱讀她在貝爾伍德堡和索維克堡購買的兩本旅遊導覽。

隨著她讀到的每個字，她告訴自己，用失去心愛男人的痛苦來交換這一切是値得的。如果放棄他們的愛情，能夠改變歷史，那麼區區一對男女之間的愛情又算得了什麼？克利斯活著，瑪格莉特夫人活著，傑米活著——尼可也活著。他們挽救了家族的榮譽，今日史岱佛家族才能榮膺公爵，並成爲皇室的一分子。

與這些相比，一段微小的戀情又何足道哉？

她離開茶館，徒步走回火車站。現在她可以回家了，回到美國，回到她的家人身邊。她將不會再自覺是個局外人，也永遠無須再勉強假裝成她不是的那種人。

在回艾胥伯登的火車上，她告訴自己應該開心才是。她跟尼可完成了一項了不起的成就，有多少人能如此幸運地可以改變歷史？而格蕾卻被賜與了這個機會。經由她的努力，使得史岱佛家族因此繁榮興盛；有許多優美建築至今仍屹立，因爲是她鼓勵尼可發揮他的設計才華；更有很多……

那些念頭逐漸飄遠。告訴自己該有什麼感覺毫無用處，因爲事實上她感覺糟透了。

到達艾胥伯登後，她慢慢走回下榻的旅館。她得聯絡航空公司，預訂回程機票。

洛柏和葛洛莉在旅館大廳等著她，但她此刻實在沒有心情應付任何爭端。她幾乎看也沒看洛柏一眼。「我去拿手鍊。」她說道，然後在他能開口前轉身離開。

他拉住她的手臂要她停下。「格蕾，我們談談好嗎？」

她渾身僵硬，準備好要應付他的折磨。「我說過會去把手鍊拿來還你，也很抱歉把它留了這麼久。」

「拜託。」他說道，眼神溫和。

格蕾看了眼葛洛莉，女孩臉上不再有那抹帶著嘲弄、「我要給妳好看」的神色。心裡仍帶著提防，格蕾走到那對父女對面的椅子上坐下。露西和羅柏．席尼，格蕾暗忖。葛洛莉長得有多麼像克利斯的未婚妻啊，而現代的這個洛柏又是如此神似十六世紀的那位羅柏．席尼。她想到自己跟尼可如何改變了那兩個人的人生，羅柏．席尼不再有理由痛恨尼可，因為艾蓓拉並未在那張桌子上受孕；而格蕾則幫助露西建立了不少自信心。

洛柏清了清喉嚨。「葛洛莉和我長談過了，我們……呃，我們認為以往或許並沒有公平地對待妳。」

格蕾瞪大了眼睛望著他。曾有段時間，她是戴著眼罩在看著洛柏，她只看到她想看見的，把他並未擁有的良好人格特質強加於其身。現在回想起他們一起生活時的點滴，她看得很清楚，他從來不曾愛過她。「你們找我想做什麼？」格蕾疲累地問道。

「我們只是想向妳道歉，」洛柏道，「也希望妳能加入我們，一起繼續接下來的行程。」

「妳可以坐在前座。」葛洛莉道。

格蕾困惑地看著他們，不是因為他們所說的話——因為洛柏經常利用道歉當手段，好讓她照著他的心意去做——而是對他們臉上誠摯的神情感到不解，他們看起來彷彿完全出自於眞心。

「不，」她柔聲說道，「我明天就要回家了。」

洛柏向前握住她的手。「希望妳的意思是回我的家，」他的雙眸發亮。「一旦我們結婚後，它將會成爲我們的家。」

「結婚？」格蕾輕聲問道。

「格蕾，我正在向妳求婚。我太蠢了，才會看不出我們在一起有多美好。」

格蕾露出淺淺的微笑。這曾是她多麼想要的：嫁給一個受人尊敬、牢靠的男人。

她深吸了一口氣，笑容加深了一些，突然間不再想要如此廉價地賣掉自己。她不再是事事比不上姊姊們的么女，她曾穿越時空，去到一個陌生的時代，而她不但存活了下來，還完成了一項了不起的任務。她不再需要靠著帶回一個有成就的老公，好向她太過完美的家人們證明自己存在的價值。不，現在格蕾自己就已經有了足夠的成就。

她拾起洛柏的手，放回他自己腿上。「謝謝，但不必了。」她愉快地說道。

「但我以爲妳一直很想結婚。」洛柏看起來十分不解。

「爹地還說我可以當妳的伴娘。」葛洛莉說道。

「當我要結婚的時候，一定會選擇一個肯爲我付出的男人。」格蕾說道，然後望向葛洛莉。

「而且我會自己決定伴娘人選。」

葛洛莉紅了臉頰，低頭看著自己的雙手。

「妳變了，格蕾。」洛柏輕柔地說道。

「我的確變了，不是嗎？」她答道，嗓音裡充滿驚異。「我真的徹徹底底改變了。」她站起身。「我去拿手鍊。」

她走向樓梯，洛柏跟在她身後，葛洛莉則留在大廳等著。他一直沒開口，直到她打開門鎖，進入房間。他跟著進房，關上了身後的房門。

「格蕾，妳是不是有了別的男人？」

她從行李箱中取出藏好的鑽石手鍊交給他。「沒有人。」她道，因失去尼可而憂傷。

「也不包括妳說要幫他做研究的那個男人？」

「研究已經完成了，他……離開了。」

「不會再回來了？」

「……是的。」她短暫地移開目光，然後又望向洛柏。「我很累了，明天還要搭長途飛機，所以就此道別吧。等我回到美國以後，會去你家把我的東西搬走。」

「格蕾，請妳再重新考慮一下，我們之間不能因為一次小爭執而就此結束，我們深愛對方。」洛柏問道。

格蕾看著他，想著她曾一度以為自己很愛他，但如今她已看清了他們之間其實是種一面倒的關係，全由格蕾在懇求、試著討好。「是什麼令你改變了？」她問道，「你怎麼能在幾天前還將身無分文的我丟在異鄉，現在卻又開口向我求婚？」

洛柏的臉色有些發紅，心虛地撇開目光。「我為那件事向妳致歉，」他轉回頭望著她時，臉上的表情滿是誠懇——也帶著不少困惑。「說來其實挺怪異的。妳知道嗎，妳們家族所擁有的那些財富，曾經令我非常憤怒。我半工半讀唸完醫學院，三餐靠著吃罐頭豆子維生，但妳卻一直坐擁一切。妳有呵護寵愛妳的家人，幾世紀累積而來的財富。我痛恨妳總是自認為妳是靠著教師的薪水過活，因為我很清楚，只要妳開口，想要多少錢都不是問題。其實我在教堂丟下妳的時候，就知道葛洛莉拿走了妳的皮包，而且我還暗自竊喜，我想讓妳嚐嚐我所經歷過的，那種阮囊羞澀、除了自己沒有別人可以依靠的感受。」

他吸了口氣，臉色變得柔和許多。「但昨天，一切都改變了。葛洛莉跟我坐在一間餐廳裡，突然間我希望妳也跟我們在一起。我……我不再對妳感到憤怒。妳能了解我的意思嗎？我因妳享有一切而起的怒意，就這麼消失無蹤了，彷彿它從不曾存在似的。」

他走向她，把雙手放到她肩上。「我是個蠢蛋，才會放開像妳這樣的好女人。若妳允許的話，我將用我的餘生來補償妳。如果妳不願意，我們不一定要結婚，甚至不必住在一起。我會……我會追求妳，如果妳肯讓我那麼做。我會用鮮花和糖果，還有……還有氣球來追求妳。妳覺得怎麼樣？願意再給我一次機會嗎？」

格蕾睜大眼看著他。他說他的怒氣在昨天消失了。她在十六世紀度過的那段日子，在二十世紀裡不過僅僅數分鐘而已，而她跟尼可在一起時，設法消解了羅柏．席尼和露西的憤怒。有沒有可能，現代這位洛柏的怒意，其實是肇因於十六世紀所發生的一切？當洛柏頭一次見到尼可時，就曾經十分憤慨地怒視他。為什麼？因為尼可曾經讓他的妻子受孕？

葛洛莉似乎也不再怨恨格蕾了。因為格蕾幫助了她的前世？因為之前那位葛洛莉的化身不再堅信她所愛的男人想要的是格蕾？

格蕾甩了甩頭好釐清思緒。倘若明日我即死去，我的靈魂將會記得妳，尼可曾這麼說。是否洛柏和葛洛莉也依然懷有前世的靈魂？

「妳願意再給我一次機會嗎？」洛柏再度問道。

格蕾笑著吻了吻他的臉頰。「不，但我很感謝你能這麼說。」

她抽身後退時，很高興看到他並未生氣。「有別人？」他又問了一次，彷彿他的自尊比較能接受她是因爲另一個男人才拒絕他，而不是她寧可選擇孤身一人，也不願和他在一起。

「算是吧。」

洛柏看著掌中的手鍊。「如果我買的是訂婚戒指而不是這個……或許會有不同的結果吧？」他抬頭望向她。「無論他是誰，都是個幸運的渾蛋。祝妳幸福。」他離開房間，帶上了房門。

格蕾獨自在房間裡站了一會兒，然後拿起電話打給她的父母，她很想聽聽他們的聲音。接電話的人是麗莎。

「爸媽回來了嗎？」格蕾問道。

「沒有，他們還待在度假小屋。格蕾，我要妳告訴我到底發生了什麼事。如果妳又遇上了麻煩，最好快說出來，我好想辦法替妳解決。這回該不會是妳入獄了吧？」

格蕾很驚訝地發現，她那位完美姊姊所說的話，不但並未讓她感到憤怒，也沒有令她感到內疚。「麗莎，」她堅定地說道，「如果妳能不要用這種態度對我說話，我會非常感激。我只是想打電話通知我的家人，我要回家了。」

「噢。」麗莎說道，「我沒有惡意，只是妳通常總是身陷麻煩。」

格蕾沒有說話。

「好吧，我道歉。要我去機場接妳和洛柏，還是他自己有車？」

「洛柏不會跟我一起回來。」

「噢，」麗莎重複道，等著格蕾的解釋。當格蕾仍舊保持沉默時，麗莎繼續說道：「格蕾，我們都會很高興見到妳。」

「我也會很高興見到你們的。不用來接我了，我會自己租車，還有……麗莎，我很想念妳。」

電話那頭安靜了片刻，然後麗莎道：「回來吧，我會煮頓豐盛的晚餐以表慶祝。」

格蕾發出呻吟。「妳剛才說媽媽何時回來？」

「好吧，我的廚藝的確不怎麼樣。妳來掌廚，我負責清理善後。」

「就這麼說定了。我後天會到家。」

「格蕾！」麗莎道，「我也很想念妳。」

格蕾笑著放下電話。看來不僅是歷史改變了，連現代也起了變化。她打從心底感覺得出，她將再也不會成爲家中的笑柄，彷彿她無法掌控自己的人生。

她去電希斯洛機場，訂好了機票，然後開始打包。

34

格蕾必須一大早就起床，好趕上開往倫敦的列車，接著再搭乘長程且昂貴的計程車前往機場。離開十六世紀後，一直支撐著她的成就感已經逐漸減退，此刻她只感覺到萬分疲累和孤獨。她兩度愛上尼可，而回憶似乎隨著逝去的每一秒更加鮮活。她記得當他在二十世紀，手下觸摸著書中的彩色照片時，臉上驚嘆的神情；她記得他入迷地看著計程車司機換檔的動作；還有艾蓓拉家中那本《花花公子》雜誌。

當她回到十六世紀，而他不記得她，甚至好像很厭惡她時，她曾以爲他變了。但他沒有變，他仍是那個看重家人甚於自己的男人；而當他開始將格蕾也視爲家人後，即像深愛他們那般毫不保留地愛她。

機場開始響起請旅客登機的廣播，格蕾等到最後一刻才上機。也許她不該離開英國，如果她留在這裡，就能更靠近尼可。也許她該在艾胥伯登買棟房子，每天都去看看尼可的石墓。如果她祈禱得夠虔誠，就能回到他身邊，或讓他回來她的世界。

格蕾試著控制自己，但仍無法忍住淚水，尼可是眞的、徹底地離開她了。她再也見不到他、聽不到他、觸摸不到他。

登機時，格蕾盈眶的淚水模糊了她的視線，讓她撞上走在身前的旅客，掛在肩上的行李袋滑落到一位頭等艙乘客的腿上。

「對不起。」她說道，抬眼望進一位英俊男士的湛藍雙眸。一剎那間，格蕾的心跳驟然加快，但她隨即強迫自己轉開目光。他不是尼可，他的眼睛也不是尼可的眼睛。

她在對方頗帶興味的注視下拿回行李袋，對他完全不感興趣。世上唯一能讓她動心的男人，已被封進冰冷的大理石墓。

她找到位子坐下，將行李袋塞進前方座位下的小空間，然後望向窗外。當飛機開始在跑道上滑行，她理解到自己終於要離開英國時，不禁心碎地淚如泉湧，而她身旁靠走道位子上的英國男子，只把頭更深地埋進報紙裡。

格蕾試著要停止哭泣，在心裡用她所成就的一切為自己打氣，提醒自己，跟她所做的那麼多好事相比，失去尼可不過是個微小的代價。但這只讓她更無法止住奔流的淚水。

等到飛機平穩地升空，繫好安全帶的指示燈也熄滅時，格蕾已經哭到完全沒去留意身旁發生了什麼事。之前頭等艙的那位男士帶著香檳和兩只酒杯，請求和坐在格蕾隔壁的男士互換位子。

「來。」他說道。

格蕾透過矇矓的淚眼，看見一只裝滿香檳的高腳杯。

「喝吧，對妳有好處的。」

「你是……美國人？」她哽咽地問道。

「是的，我來自科羅拉多，妳呢？」

「緬……緬因，」她接過香檳，但喝得太急，被嗆到了。「我……我有親戚住在科羅拉多。」

「哦？在哪兒？」

「錢德勒市。」她的淚水漸漸停止。

「他們該不會姓泰格吧？」

她抬頭看向他。黑髮、藍眼，就和尼可一樣。她點點頭，淚水再度盈眶。

「我父親和我以前常去錢德勒市，認識了幾位泰格家的人。對了，我叫瑞德．史丹佛。」他朝她伸出手，當她並未回應時，他從她腿上拿起她的手，握在掌中。「很高興認識妳。」他沒有鬆開手，而是一言不發地盯著它看，直到格蕾用力將手抽回。

「抱歉。」他說道。

「史……？」

「史丹佛。」

「史丹佛先生，」她吸吸鼻子道，「我不知道我哪裡給了你錯誤印象，認爲我可以任人隨意勾搭，但我保證我不是。我想你還是帶著你的香檳，回到你原來的位子去吧。」她試圖表現出莊嚴高貴的模樣，但發紅的鼻頭、腫起的雙眼和頰邊的淚水多少破壞了她的努力。

他沒有拿回酒杯，也沒有離開。

格蕾開始感到憤怒。他是那種喜歡看女人流淚的變態嗎？他是經歷了什麼樣的童年，才導致他會因淚水而感到興奮？「你再不離開，我就要叫空服員了。」

他轉頭望向她。「請別那麼做。」他眼中的某種神色令格蕾停止伸手按下叫人鈴。「請妳一定要相信我，我這一生從未做過這種事。我是說，我從來不曾在飛機上找異性搭訕，甚至在酒吧裡也不曾有過，只是妳讓我想起某個人。」

格蕾停止了哭泣，因爲他轉頭的姿勢看來奇異地眼熟。「誰？」

他微微咧嘴一笑，讓格蕾的心跳漏了一拍。尼可有時也會那樣笑。「就算我告訴妳，妳也不會相信，那太牽強附會了點。」

「你可以試試看，我很有想像力。」

「好吧。」他說道，「妳讓我想起某張畫像裡的一位女士。」

格蕾開始專心聽他說話。

「大概是在我十一歲那年吧，我父母帶著我哥哥和我到英國住了一年，家父在那裡有份工作。我母親總愛拖著我哥哥跟我去逛古董店，但我一點也不喜歡，直到某個週六下午，我看到那幅畫像。」

他稍停了一會兒，爲格蕾注滿酒杯。「那是一幅迷你油畫，大約是十六世紀時期的作品，是一位女士的畫像。」儘管格蕾的臉因哭泣而浮腫，他仍以近乎愛撫般的目光凝望著她。

「我想要那幅畫。我無法解釋原因，但我不只是想買下它，而是非得擁有它不可。」他微笑道，「我很堅決地表達了我的意願，但那幅畫頗爲昂貴，所以家母拒絕了我的請求，但我向來不接受否定的答案。接下來那個星期六，我獨自搭乘地下鐵來到那家古董店，付出我全部的財產，當作購買那幅畫的訂金，我記得大約有五英鎊。」

那段回憶讓他露出微笑。「現在回想起來，我想那家古董店的老闆大概以爲我想成爲收藏家；但我並不想收藏古董，我只想要那幅畫。」

「你買到了畫嗎？」格蕾悄聲問道。

「噢，買到了。我父母認爲我瘋了，他們說一幅伊莉莎白女王時代的迷你畫像，不是小孩子該擁有的東西；但發現我一週接著一週，把所有的零用錢都拿去買畫之後，他們決定要幫助我。在我們即將離開英國，而我以爲我永遠存不到足夠的金額買下它時，家父開車載著我前往那家古董店，買下了那幅畫像送給我。」

他靠回椅背，彷彿這個故事就此結束了。

「那幅畫像在你手邊嗎？」格蕾輕聲問道。

「是的，我從未讓它離開我身邊。妳想看看嗎？」

格蕾無法出聲，只能點點頭。

他從西裝內袋裡掏出一只小皮匣遞給她。格蕾緩緩地打開盒蓋，躺在黑絲絨上的，正是尼可命人爲她繪製的那幅畫像，銀製的畫框四周鑲嵌著米粒大小的珍珠。

格蕾並未開口尋求允許，便將畫像從盒中取出，翻到背面朝著光。

「上面刻著**我的靈魂將會尋到妳**，落款是個霖字。」瑞德說道，「我一直想知道這句話有什麼意義，還有霖字代表什麼。」

「克霖。」格蕾脫口而出。

「妳怎麼會知道？」

「知道什麼？」

「克霖是我中間的名字。瑞德．克霖．史丹佛。」

直到這時格蕾才眞正地看著他。他低頭望著那幅畫，然後抬眼看向她；而當他那麼做時，透過濃密眼睫望著她的方式和尼可一模一樣。「你以何爲生？」她輕聲問道。

「我是個建築師。」

格蕾深吸了口氣。「你結過婚嗎？」

「妳還眞直截了當，是嗎？沒有，我從未結過婚，但我可以坦白告訴妳，我曾在婚禮前夕逃婚，那是我這輩子做過最差勁的一件事。」

「她叫什麼名字？」格蕾的聲音低得幾不可聞。

「蕾蒂。」

就在這時空服員停在他們的座位旁邊。「今天的晚餐有烤牛肉和基輔雞，請問要哪一種？」

瑞德轉向格蕾。「妳願意與我共進晚餐嗎？」

我的靈魂將會尋到妳，尼可如此寫道。靈魂，而非形體。「好的，我願意與你共進晚餐。」

他對她微微一笑，樣子就和尼可一模一樣。

謝謝您，上帝，她暗自思忖，謝謝您。

——全書完——

Lámour Love More **01**

吻了五個世紀 A Knight in Shining Armor

國家圖書館出版品預行編目資料
吻了五個世紀／茱蒂・狄弗洛著；向慕華譯
.一 初版.一 臺北市 ： 春天出版國際, 2010. 08
面；公分.一（Lámour Love More ；01）
譯自：A Knight in Shining Armor
ISBN 978-986-6345-38-8（平裝）
874.57　　　　99013675

ISBN 978-986-6345-38-8
Printed in Taiwan

作　者　茱蒂・狄弗洛
譯　者　向慕華
總編輯　莊宜勳
主　編　鍾靈
特約編輯　Eleven
行　銷　胡弘一

發行人　蘇彥誠
出版者　春天出版國際文化有限公司
地　址　台北市忠孝東路四段303號4樓之一
電　話　02-2721-9302
傳　眞　02-2721-9674
E－mail　frank.spring@msa.hinet.net
網　址　http://www.bookspring.com.tw
部落格　http://blog.pixnet.net/bookspring
郵政帳號　19705538
戶　名　春天出版國際文化有限公司
法律顧問　蕭顯忠律師事務所
出版日期　二〇一〇年八月初版一刷
　　　　　二〇一〇年十月初版七刷
定　價　380元

總經銷　楨德圖書事業有限公司
地　址　台北縣新店市復興路45號3樓
電　話　02-2219-2839
傳　眞　02-8667-2510
香港總代理　一代匯集
地　址　九龍旺角塘尾道64號 龍駒企業大廈10 B&D室
電　話　852-2783-8102
傳　眞　852-2396-0050

排　版　浩瀚電腦排版股份有限公司
印刷所　鴻霖印刷傳媒股份有限公司

Lámour
Love More

Ever-tangling, ever-loving.

Lámour
Love More

Ever-tangling, ever-loving.